L'INCONNU DE PORT BÉLON

ÉGALEMENT CHEZ POCKET

Les Enquêtes du commissaire Dupin

Un été à Pont-Aven
Étrange printemps aux Glénan
Les Marais sanglants de Guérande
L'Inconnu de Port Bélon
Péril en mer d'Iroise
Les Disparus de Trégastel
Les Secrets de Brocéliande
Enquête troublante à Concarneau
Meurtre gourmet à Saint-Malo

JEAN-LUC BANNALEC

L'INCONNU DE PORT BÉLON

Une enquête du commissaire Dupin

Traduit de l'allemand
par Amélie de Maupeou

PRESSES DE LA CITÉ

Titre original :
BRETONISCHES STOLZ
KOMMISSAR DUPINS VIERTER FALL

ISBN 978-2-266-28176-8
Dépôt légal : mars 2018

Il y a ceux dont l'arrivée vous rend heureux
Et ceux dont le départ vous rend heureux.

Proverbe breton

à L.

à Dr. H. A.

LE PREMIER JOUR

C'était le plus grand de tous. Son cri était puissant. Perçant. Monosyllabique. Sa tête était tendue vers le ciel, bravache. Son appel péremptoire s'adressait à un compagnon, guettant depuis une avancée rocheuse, qui s'empressa de le rejoindre. Il faisait froid, aux alentours de zéro, une odeur de givre mouillé flottait dans l'air.

Presque intimidé, le commissaire Dupin, du commissariat de police de Concarneau, s'était immobilisé à deux pas de lui. Imposant autant par son attitude que par son apparence, il mesurait près d'un mètre.

Une tête couleur charbon au milieu de laquelle perçait un regard sombre et pénétrant, une gorge noire, une nuque éclaboussée de taches d'un jaune teinté de rouge. Un bec long, sombre sur le dessus et orange sur le dessous, plein de noblesse. Le haut du torse était couleur de feu, le bas d'un blanc lumineux ; le dos, d'un gris ardoise chatoyant de la nuque à la queue, tout comme les ailes. Les pattes, en revanche, étaient d'un noir d'encre. Le manchot royal offrait décidément un spectacle captivant et majestueux.

Son compère, un peu plus petit, avait fini par le rejoindre. Dupin savait que les manchots se reconnaissaient à la voix.

Soudain, ils lâchèrent tous deux un appel bref, tranchant. Une menace, c'était évident. L'espace d'un instant, Dupin crut qu'il lui était destiné, mais il se trompait : à l'extrémité de l'avancée rocheuse recouverte de neige blanche qui avait été aménagée dans le pavillon polaire se tenaient trois spécimens de son espèce préférée : des manchots papous. A Océanopolis, à Brest, ils partageaient avec les gorfous sauteurs le privilège d'appartenir à la plus grande colonie de manchots en Europe. Grand amateur, Dupin ne manquait jamais d'y faire un crochet quand il devait se rendre à Brest. Aujourd'hui, il était accompagné d'Henri. Egalement parisien, celui-ci était devenu son meilleur ami dans cette « nouvelle patrie » qu'était pour lui la Bretagne. Vingt ans plus tôt, Henri avait trouvé ici l'amour et le bonheur. C'est au bout du monde que tout commence, avait-on coutume de dire, « au Finistère ». Cette formule typiquement bretonne exprimait fidèlement une conviction largement répandue dans la région.

Le commissaire se rendait à un « séminaire de formation à l'usage de la police ». Il y allait avec des pieds de plomb, mais c'était un passage obligé pour son « avancement » – une promotion qui, soit dit en passant, lui semblait tout à fait nébuleuse. Il avait officiellement été nommé commissaire divisionnaire, mais, de mémoire d'humain, jamais le poste de police de Concarneau n'avait compté plus d'un commissaire. L'établissement était plutôt modeste mais c'était le seul, tout au moins d'après la légende, qui jouissait d'une vue panoramique sur la mer – personne à ce jour ne s'était donné la peine de vérifier l'information. Il donnait également sur la vieille ville, avec son grand bassin portuaire et ses imposantes fortifications. Si petit soit-il, le périmètre d'action du commissariat s'était élargi au cours des dernières années, à mesure que les inspecteurs et autres commissaires de la région étaient partis à la retraite sans être remplacés. Les finances publiques étaient à sec. La promotion de Dupin coïncidait presque exactement avec le cinquième anniversaire de son entrée en fonction en Bretagne. Cinq ans plus tôt, le 1er mars, juste après sa « mutation » un peu brutale vers la province – les raisons de celle-ci étaient l'objet des spéculations les plus obscures –, il s'était présenté à son nouveau poste de travail pour la première fois.

Lors du coup de fil d'annonce « officielle » de sa promotion, le préfet avait vaguement bredouillé quelques mots sur le fait que Dupin s'était « pas mal » débrouillé, qu'il avait fourni un travail « acceptable » mais surtout qu'ils pouvaient se targuer d'avoir « remporté ensemble » quelques succès « respectables ».

Le sujet du séminaire – tout spécialement choisi pour lui par la préfecture, prétendument comme « prime » – était le suivant : « Approche systématique et systémique d'un interrogatoire ». Il va sans dire que la formation reposait sur les derniers résultats de recherches hautement scientifiques et psychologiques. Dupin était réputé pour ses méthodes d'interrogatoire peu conventionnelles, loin de toute notion de psychologie et de « système », quel qu'il fût.

La participation de Dupin était cependant obligatoire, et sa promotion s'accompagnait d'une augmentation de salaire significative, sinon généreuse. En d'autres termes : c'était du chantage. Pour cette raison plus que toute autre, Dupin n'aurait eu aucun scrupule à sécher la séance d'ouverture prévue ce jour si le programme d'Henri ne s'était pas si bien accordé avec son propre emploi du temps : il était convié à un rendez-vous de gastronomes non loin de Brest.

Les deux manchots royaux s'avançaient maintenant vers leurs congénères papous qui semblèrent leur adresser un petit signe d'aile. Quelques instants plus tard, ils plongeaient d'un même élan dans le bassin. A une allure vertigineuse et avec un plaisir évident, ils se mirent à enchaîner les torsions et virevoltes, se séparant brusquement pour faire demi-tour quelques mètres plus loin et converger à toute vitesse les uns vers les autres, se frôler et se séparer à nouveau avant de disparaître dans les divers canaux qui menaient aux autres bassins. Le spectacle avait duré à peine plus de cinq secondes. Ces bêtes, si gauches quand elles étaient sur terre, et qui avaient perdu leur capacité à voler au fil de l'évolution, se transformaient en véritables fusées dès qu'elles se trouvaient dans leur élément. Nageurs les plus agiles et les plus rapides du monde marin à la trajectoire hydrodynamique irréprochable, les manchots atteignaient une vitesse de quarante kilomètres à l'heure. Ils pouvaient rester sous l'eau pendant vingt-deux minutes sans reprendre leur respiration et plonger jusqu'à cinq cents mètres de profondeur.

Dupin lisait avec passion tout ce qui concernait les manchots, et leurs attributs physiques lui étaient aussi familiers que les données techniques des voitures des jeux de cartes auxquels il s'adonnait quand il était petit garçon. Ce qui l'impressionnait plus que tout, c'était leur sens de l'orientation : grâce à un œil infaillible et des mécanismes mnémotechniques imparables, ils mémorisaient le relief précis de la glace et des sols sur d'innombrables kilomètres carrés. Ils savaient exactement où se trouvait le trou où émerger – détail qui mettait leur vie en jeu ; d'une certaine manière, cette faculté les rapprochait des commissaires… Ils avaient également la faculté de conserver une température corporelle de trente degrés par un froid sibérien pouvant atteindre jusqu'à moins quatre-vingts degrés, au cœur de tempêtes effroyables, d'une obscurité complète et en l'absence totale de ravitaillement. Une vision qui emplissait Dupin d'horreur.

Après avoir vainement essayé de suivre des yeux la trajectoire des manchots, Henri et Dupin s'apprêtaient à repartir quand les papous surgirent subitement derrière les deux manchots royaux. Un clin d'œil plus tard, ils trônaient, paisibles, sur l'avancée de glace. Une véritable scène de film. Ainsi leur apparent désintérêt faisait-il partie d'une chorégraphie savamment orchestrée. En équipe, ces oiseaux étaient imbattables.

Visiblement pris de court, les deux manchots royaux parurent se préparer à l'affrontement. Ils se redressèrent, corps tendus comme des arcs, dans une attitude de défi. Le plus grand des deux lâcha quelques cris perçants puis, sans transition, ils se laissèrent glisser dans l'eau tête la première, sans la moindre hâte. Ils émergèrent une dernière fois un peu plus loin, puis disparurent sous la surface.

L'avancée de glace où se trouvait la nourriture était désormais aux mains des trois papous.

— Ah ça, ils savent s'y prendre, dit Dupin avec un sourire.

— Eh oui. C'est toujours le plus malin qui gagne, au bout du compte ! renchérit Henri en riant.

Cette colonie de manchots bretonne était la plus grande d'Europe, mais ce qui la rendait exceptionnelle était qu'il s'agissait de spécimens français. Ils provenaient en effet des îles subantarctiques Crozet. Plus étonnant encore, ces îles étaient un archipel breton, découvert au XVIIIe siècle par l'officier de marine Julien-Marie Crozet ! Lequel, d'ailleurs, venait lui-même du Morbihan. Ces manchots étaient donc de vrais Bretons ! Cela impliquait, évidemment, l'existence d'une Bretagne antarctique. Pour des novices, cela pouvait sembler curieux, mais plus rien ne surprenait Dupin. Au cours des dernières années, il avait découvert l'existence d'une Bretagne des mers du Sud, d'une Bretagne caribéenne, et d'une autre méditerranéenne – sans compter l'australienne. « Il n'y a pas *une seule* Bretagne, ne manquait jamais de rappeler son assistante Nolwenn. Il y en a plusieurs ! »

— Savais-tu que les manchots disposent d'une technique susceptible de les propulser à deux mètres au-dessus du niveau de la mer ? Des ingénieurs de l'armement ont analysé leur comportement pour la construction de torpilles, et…

L'enthousiasme de Dupin fut interrompu par la sonnerie stridente et monocorde de son téléphone portable. Il sortit à regret l'appareil de sa poche.

C'était Nolwenn.

— Oui ?

— Ecoutez, patron, c'est inadmissible ! Il ne faut pas laisser faire ça.

Une chose était certaine : la situation était sérieuse. Habituellement d'une efficacité calme et maîtrisée quelle que soit l'urgence, l'assistante de Dupin semblait en proie à une extrême agitation.

— D'ici quelques jours, le dernier gardien de phare de France quittera ses fonctions – vous vous rendez compte ? Ils ne fonctionneront plus que par ordinateur ! Désormais ils appartiennent à la DIRM NAMO !

— Nolwenn, je…

— C'est tout un corps de métier qui disparaît. Fini, terminé. Il n'y aura plus de gardiens de phare ! Jean-Paul Eymond et Serge Andron ont vécu trente-cinq ans à soixante-sept mètres et demi au-dessus de la mer. Ils ont enduré les tempêtes les plus redoutables, des vagues si hautes que leur écume venait s'écraser sur la coupole et que l'unique recours était la prière. Combien de fois, au cours de tels orages, n'ont-ils pas hésité à se mettre en danger pour réparer leur phare ? Ils risquaient leur vie pour sauver celle des autres ! Est-ce que leurs ordinateurs vont sortir réparer les câbles défectueux pendant les tempêtes, désormais ? Ramasser les débris de vitres ?

Nolwenn reprit son souffle avant de poursuivre :

— Le gardien de phare est une figure historique de toute première importance, commissaire ! Je vous le dis : c'est inadmissible.

Si la nouvelle était, en effet, peu réjouissante, Dupin ne voyait pas où Nolwenn voulait en venir. Espérait-elle qu'il prenne position en tant que représentant de la police ? Qu'il arrête quelqu'un, peut-être ?

— Que se passe-t-il ? Un meurtre ? demanda à mi-voix Henri, rongé par la curiosité.

Manifestement, le visage de Dupin reflétait un peu de la consternation de Nolwenn, tout au moins sa propre perplexité ; il la minimisa d'un geste apaisant.

— Vous êtes au centre de séminaires ?

Le ton de Nolwenn était passé sans transition de l'inquiétude au pragmatisme dénué de toute émotion. Dupin connaissait bien ces brusques changements d'humeur. Aux mots de « centre de séminaires », il eut une vision : des thermos décorées de fleurs disposées sur des tables en formica marron et remplies d'un café insipide préparé des heures auparavant. Cela dit, pas plus tard que la semaine précédente, son médecin lui avait formellement interdit toute consommation de café pendant un mois. Le docteur Bernez Pelliet s'était montré intraitable : il devait immédiatement mettre un terme à sa « consommation excessive de caféine ». On lui avait de nouveau découvert une inflammation aiguë de la muqueuse gastrique, autrement dit une gastrite de type C, particulièrement douloureuse. Dupin ne pouvait le contredire : il souffrait réellement. Le médecin, cependant, ne s'était pas arrêté là. Il avait également diagnostiqué une « dépendance lourde et pathologique à la caféine, accompagnée de symptômes prototypiques ». Un verdict parfaitement ridicule, sans compter que l'interdiction de café était une perspective insupportable pour Dupin. S'il la prenait au pied de la lettre, il ne manquerait pas d'être rapidement assailli par une attaque de panique sans commune mesure avec les hypothétiques symptômes de dépendance. Après mûre réflexion, il s'était finalement accordé un unique et petit café le matin, ce qui n'avait rien à voir avec un vrai café.

— Non, je suis…

— J'entends les manchots d'ici.

Nolwenn avait dit cela sans la moindre raillerie. Parfois, il se demandait si elle ne lui avait pas glissé un traceur GPS quelque part. Elle en était capable.

— Patron, votre séminaire commence dans trois minutes.

— Je sais.

— Bon. Le Ber veut vous parler. Il s'agit du braquage d'hier soir.

— Du nouveau ?

Les responsables de l'effraction de l'établissement bancaire d'un minuscule village du coin ne s'étaient pas contentés de prendre l'argent du distributeur, ils avaient carrément emporté la machine tout entière. Une opération qui, au-delà de l'appareillage important qu'elle exigeait, trahissait une intelligence douteuse.

— Il était sur place, avec Labat. Ils viennent de rentrer.

— Dites-leur que je les rappellerai depuis ma voiture.

— Amusez-vous bien, patron.

Nolwenn raccrocha. Intrigué, Henri ne l'avait pas quitté des yeux.

— Oh, rien de spécial, dit Dupin.

— Bon, alors j'y vais, répondit Henri en prenant la direction de la sortie.

Résigné, Dupin lui emboîta le pas. Cela ne servait à rien de traîner, il allait devoir se farcir ce séminaire.

L'eau surgissait de partout. A droite, à gauche, devant, derrière, d'en bas et même parfois, comme par surprise, d'en haut. Cette pluie avait quelque chose d'unique : ce n'étaient pas des gouttes ou des traits visibles à l'œil nu mais une infinité de fils mous comme des tentacules qui s'immisçaient sous les vêtements au gré des bourrasques capricieuses qui les poussaient constamment dans des directions opposées. Le ciel était si uniformément nébuleux et triste que les contours des nuages disparaissaient – un bloc de matière informe et monochrome, enveloppant et lourd comme un couvercle. Si ce temps était aussi sinistre que rare en Bretagne, il s'accordait au mieux avec une journée de séminaire. Et puis, il y avait l'odeur. Le monde entier semblait sentir l'humidité mêlée d'un relent de moisissure.

Les trente mètres qui séparaient le bâtiment principal du pavillon d'accueil avaient suffi pour les tremper jusqu'à la moelle. Quand Dupin vivait encore à Paris, le mot « pluie » ne désignait rien de plus qu'une averse. C'était en Bretagne qu'il avait découvert toute l'amplitude du phénomène : la *vraie* pluie. Il en était de même d'ailleurs pour les autres manifestations météorologiques : les nuages, le ciel, la lumière. Pour tous les éléments – et pour tous les sens. A l'instar des Bretons, il avait appris à reconnaître les différents types de pluie, comme les Esquimaux la neige. Pire encore que l'averse était le crachin, presque impossible à discerner ; il se démarquait par sa capacité à transformer quiconque en éponge en quelques secondes. Pourtant, le commissaire avait fait une constatation importante – quoique difficile à vérifier pendant une journée comme celle-ci : le vilain préjugé selon lequel il pleuvait davantage en Bretagne que dans d'autres régions était sans réel fondement. Il l'avait lu récemment, encore, dans quelque journal parisien : « La Bretagne compte deux saisons : la brève saison des averses continues et la longue saison des courtes pluies. » Les statistiques dignes de confiance démentaient largement ce type d'affirmation. En effet, la Bretagne (sud) comptait un taux de précipitations inférieur à celui de la Côte d'Azur. Un point, cependant, était décisif : en règle générale, les Bretons étaient indifférents à l'eau du ciel. Une conduite très sage, selon Dupin. Ils n'étaient pas pour autant habitués à la pluie. Cette attitude reposait sur deux raisons essentielles : d'une part, il ne s'agissait tout de même que de météo. Il existait des choses plus importantes : la vie, par exemple. Il ne serait venu à l'esprit de personne, ici, d'annuler l'une ou l'autre des innombrables festivités traditionnelles à cause de quelques gouttes. D'autre part, les Bretons détestaient se laisser dicter quoi que ce soit par un élément extérieur, qu'il s'agisse du temps ou de mesures prises par un gouvernement centralisé. Une réplique était très populaire, quand on se plaignait du climat : « En Bretagne, il ne pleut que sur les cons. » Le magazine *Bretons* avait même recensé, parmi les dix qualités permettant de reconnaître à coup sûr un véritable Breton, la faculté d'être dehors sans prendre conscience de la pluie. Les autres étant l'aptitude à se mettre dans des états pas possibles quand le beurre n'était pas salé ; celle de proposer d'aller boire un verre dès qu'une conversation se prolongeait au-delà de deux minutes ou d'extraire un *Gwenn ha Du* – le drapeau breton – de sa poche dès qu'une assemblée comptait plus de vingt personnes.

Les véhicules d'Henri et de Dupin étaient garés côte à côte, à l'avant du gigantesque parking. En ce mardi de la semaine précédant Pâques, l'endroit était quasiment désert.

La sonnerie stridente se manifesta de nouveau.

— Eh bien, c'est ma fête…

Dupin extirpa son téléphone de la poche de son jean et l'écran se recouvrit aussitôt de longues traînées d'eau. Pourvu que l'appareil soit étanche ! En moyenne, Dupin achevait deux téléphones portables par an, et celui-ci avait à peine plus d'un mois. C'était son premier smartphone – une petite révolution dont Nolwenn avait été l'instigatrice.

Dupin reconnut le numéro de Le Ber. Il aurait pu s'en douter mais ce n'était pas le moment, il fallait qu'il se mette en route.

— Je ne veux pas arriver en retard, Georges, déclara Henri qui se préparait à un second sprint sous la pluie.

Vingt mètres, environ, les séparaient encore de leurs voitures.

— Il faut que je prépare mon plaidoyer pour le lard breton. Je veux absolument qu'il passe. C'est lui qui donne tout leur goût aux aliments – surtout le lard de la ferme porcine Terre et Paille, à Bossulan.

Attendre la prochaine accalmie semblait en effet illusoire.

Dupin laissa sonner son téléphone. De toute façon, l'appel serait automatiquement redirigé vers le poste de Nolwenn. Dans cet environnement hostile, l'évocation du lard lui avait mis l'eau à la bouche. La réunion à laquelle Henri se rendait visait à choisir les aliments et les plats qui seraient mis à l'honneur au cours de la Semaine du Goût. Durant une semaine, cinq aliments seraient l'objet d'une thématique spéciale dans les écoles, les cantines, les jardins d'enfants, mais aussi les restaurants. Un véritable hommage aux innombrables trésors gastronomiques de la France. Manifestement, Henri avait encore suffisamment de temps pour faire l'apologie de son mets favori :

— Ah ça, c'est avec le lard que tout commence ! Tu fais dorer ton morceau dans un faitout avec un peu de beurre salé, tu ajoutes une touche de miel sauvage… Le lard, c'est le nerf du cassoulet breton, le *friko kaol* ! Sans oublier les saucisses fumées, les pommes de terre, les oignons et le chou de Lorient – oh, je sens que je vais leur dénicher quelques bonnes petites recettes, tu vas voir !

— Je les veux toutes !

De nouveau la sonnerie entêtante du téléphone. De nouveau Le Ber. Cette fois, Dupin hésita. Peut-être était-ce important, après tout.

— Passe chez nous ces prochains jours ! lança Henri avant de se risquer sous les trombes d'eau. Salut, Georges !

— A bientôt !

Dupin avait déjà l'appareil collé à l'oreille.

— Ce n'est pas le moment, Le Ber. Nous…

— Il s'agit du cambriolage dans la banque. Ils ont…

— On s'appelle plus tard.

— Ils se sont trompés : ils ont emporté le terminal bancaire au lieu du distributeur !

— Quoi ?

— Les deux appareils sont identiques : l'un sert à retirer de l'argent et l'autre aux transactions. En tout cas, on n'a aucune trace des malfaiteurs.

— Ils ont volé la machine à imprimer les relevés bancaires ?

— Ce n'est pas seulement une imprimante, on peut aussi…

— C'est complètement crétin.

— On peut faire des virements, ou alors…

Un son violent se fit entendre au bout de la ligne, comme si une porte était ouverte à la volée. Le Ber s'arrêta au milieu de sa phrase.

Pendant un moment il ne se passa rien, puis Dupin perçut une voix forte, très distincte. Péremptoire. Un ton de commando. C'était Labat, son deuxième inspecteur.

— Raccroche tout de suite. Il faut prévenir le patron. Maintenant, je te dis ! C'est une urgence !

Dupin entendait chacun de ses mots.

— On a un cadavre. Couvert de sang. Pas loin du Bélon, allongé dans l'herbe. Juste à côté d'un petit parking, non loin de la pointe de Penquernéo. Quand on prend le sentier du haut – celui qui mène à Rosbras – pour longer le fleuve depuis Port Bélon en direction de l'embouchure, on accède à un grand champ. Depuis cet endroit, il faut prendre à droite…

L'habituel ton militaire de Labat se prêtait parfaitement à son penchant pour l'exactitude pointilleuse.

— Quoi ? intervint Dupin d'une voix forte. Le Ber, dites-moi ce qui se passe !

— Je… Labat vient d'entrer en trombe pour me dire que…

— Raccroche ! l'interrompit Labat, qui l'avait visiblement rejoint pour hurler plus près de l'écouteur.

— Bon sang, Labat, c'est le patron au téléphone ! Il est au bout du fil ! se défendit Le Ber d'une voix désespérée.

— Passez-le-moi, demanda Dupin.

Le combiné passa aussitôt aux mains de son deuxième inspecteur.

— Commissaire, c'est vous ?

— Qui d'autre, Labat ? Alors, que se passe-t-il ?

— Un homme, allongé…

— Son identité ? Qu'est-ce que nous savons ?

— Rien. Aucune information pour le moment. L'appel vient d'arriver, c'est un collègue de Riec-sur-Bélon qui nous a informés. Une vieille dame promenait son chien. Elle a vu un homme allongé par terre, dans une position étrange, et couvert de sang. Elle s'est rendue aussi vite qu'elle le pouvait dans un restaurant – c'était plus rapide que de rentrer chez elle – et nous a appelés depuis cet endroit. Il s'agit de la Coquille, qui se trouve…

— Je connais la Coquille. Et alors ?

— Alors, rien. C'est tout ce que nous savons. Deux collègues de Riec sont sur le chemin, ils arriveront d'ici quelques minutes.

— Bon. Je veux un rapport, tout de suite. Je me mets en route, j'en ai pour trois quarts d'heure. Je veux vous voir sur place, tous les deux. Appelez-moi dès que vous avez du nouveau. Et dites à Nolwenn de me transmettre la localisation précise du parking et de l'emplacement du cadavre.

— Comme je vous le disais : sur la falaise, quand…

Dupin raccrocha et resta quelques instants immobile et silencieux.

— Bon sang… grommela-t-il enfin avant de s'élancer vers son véhicule.

La bonne nouvelle, c'était qu'il allait échapper à son séminaire sans en porter la faute.

Dupin venait de dépasser le dernier rond-point avant la quatre-voies. A cent kilomètres à l'heure, sa vieille Citroën XM fatiguée émettait des bruits étranges. Il n'allait pas tarder à rejoindre la voie express qu'il ne quitterait pas avant Riec. Nolwenn lui avait déjà transmis quelques informations concernant l'endroit. Autour de l'estuaire de Port-Bélon, les petites routes n'avaient pas de nom – une particularité fréquente dans la région – et son GPS ne lui servirait à rien. Elle lui avait décrit l'itinéraire dans les grandes lignes et il la rappellerait une fois en chemin, pour les détails. L'équipe technique et le médecin légiste étaient déjà en route. Son échange avec Nolwenn avait été bref, Dupin ne souhaitant pas bloquer sa ligne au cas où d'autres essaieraient de le joindre.

Les essuie-glaces poussaient l'eau de droite à gauche mais sans grand effet, il aurait été prudent de rouler plus lentement.

Un vrombissement sourd se fit entendre : le téléphone de sa voiture, presque aussi vieux que celle-ci. Les doigts de Dupin volèrent vers les touches minuscules.

— Patron, vous m'entendez ?

— Très bien, Le Ber.

— Vous pouvez faire demi-tour. On n'a pas trouvé de cadavre. Fausse alerte.

— Pardon ?

— On n'a rien trouvé, chef.

Dupin se tendit sur son siège.

— Vous vous fichez de moi ?

— Les deux collègues de Riec sont sur le parking, à l'emplacement où devait se trouver le corps. Il n'y a rien. Pas de corps, pas de mort, pas de blessé. Personne. Il n'y a aucune trace, ni de sang ni d'autre chose.

Dupin relâcha légèrement la pression sur l'accélérateur.

— Qu'est-ce que ça veut dire ?

— Pour le moment, nous ne pouvons…

— Est-ce que vous avez parlé à la vieille dame qui a découvert le corps ? Qu'est-ce qu'on sait d'elle ?

— C'est une ancienne actrice. Sophie Bandol, une femme très connue. Elle vit à Port Bélon, en bordure du village. On dit qu'elle est excentrique, parfois un peu embrumée. C'est notre collègue qui nous a transmis ces informations.

— Sophie Bandol ? Sophie Bandol vit à Port Bélon ?

C'était incroyable ! Dupin la vénérait littéralement. Il avait vu tous ses films. C'était une des grandes actrices françaises du XXe siècle, de l'âge d'or du cinéma, une actrice aussi célèbre que Jeanne Moreau, Brigitte Bardot, Catherine Deneuve ou Isabelle Huppert.

Il l'avait toujours crue à Paris, ou alors sur la Côte d'Azur.

— Oui. Depuis un moment, déjà. Mais elle n'est pas d'ici – c'est une Parisienne.

— Elle est au poste de police ?

— Je ne crois pas.

— Peut-être nos hommes ne cherchent-ils pas au bon endroit ?

— Ils connaissent les lieux dans les moindres recoins, et la description était suffisamment précise. D'après ce que j'ai compris, madame Bandol s'y promène tous les jours.

— Je voudrais lui parler, Le Ber. Attendez-moi tous au parking. J'y serai dans quelques instants.

— Très bien. Je préviens les collègues. Nous sommes aux portes de Trégunc, avec Labat. Voulez-vous quand même que nous…

— Absolument ! Je veux voir tout le monde sur place.

— Peut-être l'homme s'est-il blessé et voulait-il se reposer quelques instants avant de rentrer chez lui. Ce n'est pas impossible…

Dupin lâcha un soupir. Oui, c'était envisageable.

— A moins que… Sophie Bandol n'est plus toute jeune. Elle doit avoir passé les quatre-vingts ans. A cet âge, on peut avoir une vision un peu déformée des choses…

— Vous pensez qu'elle n'a plus toute sa tête ? Elle aurait tout inventé ?

— Ce n'est pas impossible.
— L'actrice s'est-elle approchée du cadavre ?
— Je n'en sais rien. Comme je vous le disais, il ne semble pas y avoir de cadavre, en fin de compte.
— Peut-être a-t-il disparu ?
— Disparu ?
Le Ber semblait perplexe.
— A tout de suite, Le Ber.
Dupin raccrocha et s'enfonça dans son siège.
Quand bien même s'agirait-il d'une fausse alerte, le seul signalement d'un cadavre exigeait un rapport formel de la part des forces de l'ordre. Aucun doute n'était permis, et il ne pouvait se dispenser de se rendre sur les lieux. En théorie, bien sûr, il aurait pu déléguer cette tâche à ses inspecteurs, mais cela l'aurait obligé à retourner au séminaire. Et puis les histoires abracadabrantes étaient moins rares qu'on ne le pensait. Dupin écrasa le champignon.

Trente-cinq minutes plus tard, les pneus de sa Citroën hurlaient quand il freina brutalement sur l'asphalte fissuré du petit parking, juste en dessous de Goulet-Riec.
— Merci, Nolwenn. Je suis arrivé. Je vous rappelle plus tard.
Dupin raccrocha. Comme d'habitude, Nolwenn l'avait dirigé sans encombre.
A hauteur de Quimper, le ciel s'était soudain éclairci et la grisaille s'était dissoute à mesure qu'il approchait de la mer. La pluie avait cessé. Quand il avait quitté la quatre-voies, le rideau de plomb s'était déchiré, dévoilant un ciel argenté, lumineux et magique – doux, parfaitement limpide, oui, cristallin. Une teinte qu'on

ne trouvait qu'au printemps. Ici, chaque saison, chaque mois colorait le ciel de ses propres couleurs.

Ce brusque changement de temps était typiquement breton. Quelques heures plus tôt, Dupin aurait pu jurer que la triste pluie était partie pour s'installer.

Il repéra trois voitures de police garées au bout du parking : les deux Peugeot de ses inspecteurs – Le Ber et Labat partageaient l'habitude de se déplacer dans leurs propres véhicules – et une troisième qui devait appartenir aux collègues de Riec. Dupin s'était arrêté un peu avant le parking, entre le bas-côté herbeux et la route.

Il ne voyait personne.

Il sortit de sa Citroën et resta un moment debout, à emplir ses poumons d'air frais. C'était divin. Tout était revenu : l'horizon infini, le ciel, la lumière. L'odeur, surtout, était particulièrement intense. L'Atlantique était là, tout près.

L'odeur de sel, d'algues, de varech et de minéraux flottait jusqu'à l'embouchure du fleuve. Au cours de sa dernière enquête d'envergure[1], Dupin avait eu l'occasion de s'intéresser de plus près à la composition de l'eau de mer et cette découverte l'avait beaucoup impressionné. Le fait que toute vie soit née de la mer ne le surprenait plus.

On entendait les vagues s'écraser contre les rochers. Quand le vent venait du large, leur rumeur portait très loin – on les percevait distinctement, l'une après l'autre. Si quelque chose, sur cette terre, était en mesure d'inspirer à Dupin un quelconque sentiment de sérénité, ce serait le chant des vagues. Hélas, il

1. Voir *Les Marais sanglants de Guérande.*

n'était pas près de s'inscrire à un cours de méditation en bord de mer.

Dupin avança jusqu'au milieu du parking isolé. Tout au bout, un sentier niché entre des chênes noueux, aux branches garnies de bourgeons vert vif, menait en pente douce jusqu'à deux pistes étroites et pierreuses reliant les falaises à la mer, bordées de buissons d'aubépines sculptés par le vent, de quelques pins épars et surtout d'ajoncs d'un jaune éclatant. Depuis quelques semaines, ils étaient en pleine floraison et le paysage était parsemé de grandes flaques claires aux contours indistincts. Juste derrière cette étendue éclatante se déployait une large bande d'un bleu mêlé de vert : l'Atlantique, qui commençait à quelque cent mètres, tout au plus. Encore au-dessus, un ciel d'azur, cristallin, quasiment surnaturel.

Dupin jeta un nouveau coup d'œil alentour. Là non plus, il n'y avait pas âme qui vive. Rien ne bougeait. Le parking était un emplacement reculé, caché à la vue par un petit bois et d'épais buissons hauts d'un mètre.

Dans l'herbe, non loin du parking : voilà ce qu'avait indiqué Labat. Par réflexe, Dupin commença à sonder le sol du regard tout en sachant que cela n'avait pas de sens. Il n'avait pas la moindre idée de l'endroit où la célèbre actrice avait pu dénicher le corps. L'asphalte mouillé étincelait dans l'éclat du soleil ; la récente averse n'avait pas épargné ce petit coin de terre.

Dupin composa le numéro de Le Ber : rien. Il tenta sa chance avec celui de Labat. Là non plus, pas de réponse. Pourtant, son appareil affichait deux barres de réseau. Pourquoi ne décrochaient-ils pas ? Peut-être se trouvaient-ils dans un endroit dépourvu de connexion.

Le chemin qui remontait la colline était étonnamment raide. Pas à pas, Dupin entreprit de la gravir. A cet endroit, la nature changeait d'un seul coup. La forêt de chênes celtiques, ancestrale et fabuleuse, laissait place à une pelouse aux pentes douces, ombragée de pommiers et saupoudrée de taupinières fraîches qui sentaient bon la terre lourde. Ce paysage paisible et idyllique, c'était ce que les Bretons avaient coutume d'appeler « les terres » : des formes harmonieuses, une atmosphère champêtre qui invitait à la contemplation et contrastait fortement avec les roches acérées des côtes et la force brute de l'océan. Deux paysages radicalement différents et qui pourtant se côtoyaient de près.

Le plateau mamelonné s'étendait entre l'embouchure de l'Aven et celle du Bélon, deux cours d'eau mythiques, presque des fjords, qui débouchaient sur la mer dans une même crique dentelée. L'un arrivait du nord-ouest, l'autre du nord-est. Les profondes échancrures que les deux fleuves découpaient dans la terre formaient une large pointe ; une sorte de presqu'île triangulaire, un terrain naturellement protégé, accessible uniquement par le nord, via des routes minuscules qui reliaient Pont-Aven à Riec-sur-Bélon.

Là non plus, pas âme qui vive.

Dupin tourna les talons.

Un instant plus tard, il débouchait de nouveau sur le parking. Il allait tenter sa chance sur l'un des sentiers, côté mer.

Soudain, un murmure de voix indistinctes lui parvint et il les aperçut enfin : ses deux inspecteurs, une gendarme et un collègue que Dupin ne connaissait pas approchaient sur le sentier.

— Où est notre comédienne ?

— Elle a voulu rentrer à Port Bélon, elle avait froid, lui répondit Labat avec une satisfaction non dissimulée. On ne pouvait tout de même pas l'obliger à rester avec nous jusqu'à ce que vous ayez terminé votre petite visite chez les manchots !

Le Ber s'empressa d'intervenir d'un ton volontairement neutre pour éviter que Dupin ne s'énerve :

— Elle nous a montré l'emplacement où elle a… où elle croit avoir vu le corps, puis nous l'avons déposée à la Coquille.

— Aucune trace du cadavre, depuis ?

— Aucune, patron.

— Montrez-moi l'emplacement où Sophie Bandol l'a découvert.

— Suivez-moi.

La jeune gendarme à la queue de cheval blonde et aux yeux d'un vert éclatant prit les devants et tourna vers la gauche.

Ils avancèrent jusqu'à l'entrée du parking – un espace de vingt-cinq mètres sur quinze, tout au plus. Le mur de broussailles formait ici une sorte de niche, où l'herbe sauvage et touffue s'élevait à hauteur de cheville.

— Ici.

La collègue désigna un point situé à quelque cinquante centimètres de l'asphalte, en bordure des broussailles.

— D'après sa description, la tête de l'homme était tournée selon un angle étrange. Elle a également noté des traces de sang. J'ai tout balisé avec ce ruban.

Dupin ne l'avait pas remarqué jusqu'alors : un ruban de nylon, fixé parallèlement à l'asphalte. L'officier de gendarmerie plus âgé intervint en bredouillant :

— C'est… notre nouvelle collègue. Elle débute dans le métier… J'imagine que cette tâche revient habituellement à l'équipe technique.

D'une cinquantaine d'années, il inspirait la sympathie.

— Erwann Braz. Nous ne sommes pas certains d'avoir ici de quoi mener une enquête, voyez-vous. Nous avons tout vérifié avec la plus grande attention, mais nous n'avons rien découvert… Très honoré de faire votre connaissance, commissaire, ajouta-t-il d'un ton obséquieux tout à fait gênant.

C'en était terminé de son impression positive : Dupin détestait les lèche-bottes.

— Je suis certain que notre consœur… répondit Dupin en regardant la gendarme, qui comprit aussitôt.

— Magalie Melen.

— … que notre consœur Magalie Melen a fait exactement ce qu'il fallait.

L'intéressée ne semblait pas nécessiter le moindre soutien de la part du commissaire.

— Sophie Bandol a-t-elle vu le visage du mort ?

— Non, répondit Magalie Melen, la position du corps ne le permettait pas, sans compter qu'elle est restée à bonne distance.

— Où a-t-elle vu le sang ?

— Elle n'a su le dire précisément.

Au bruit d'un moteur, tous se retournèrent. Un 4 × 4 tape-à-l'œil approchait du parking. Dupin le reconnut immédiatement : celui de René Salou, son expert favori. Le « Monsieur Univers » de la médecine légale. Un type odieux. Si Dupin avait nourri le faible espoir de réussir à l'éviter, c'était raté.

— On est bien avancés.

— Madame Bandol venait de la colline, par là-bas, poursuivit Magalie Melen sans se laisser distraire. Elle dit avoir aperçu le corps assez tard, parce que son chien s'était mis à aboyer furieusement. Elle ne s'est pas approchée à plus de quatre ou cinq mètres. Elle nous a montré où elle s'est arrêtée. Elle a dit que son chien était dans tous ses états, elle avait peur qu'il n'entre en contact avec le corps… et qu'il ne soit contaminé, termina la gendarme après une brève hésitation.

— Contaminé ?

— Oui, c'est ce qu'elle a dit.

— C'est une vieille dame, vous savez, intervint Le Ber. Elle a dû avoir une peur bleue.

— Elle perd parfois la boule – tout le monde le sait, ici. Elle s'emmêle les pinceaux. Sans doute une forme précoce de démence. Sans compter que c'est une originale, de toute façon. Une excentrique, intervint Erwann Braz avec impatience.

— D'où vient cette information ? Qu'est-ce que vous en savez ? demanda Dupin sur un ton revêche.

— C'est de notoriété publique. Au cours des dernières années, elle a déjà appelé plusieurs fois la gendarmerie pour des cambriolages fictifs. Des broutilles. Rien n'a jamais été prouvé. Un jour, elle a même affirmé qu'un gros rocher avait disparu de l'allée centrale de son jardin. On la connaît bien, à la gendarmerie.

Peu d'expressions avaient autant le pouvoir d'agacer Dupin que « c'est de notoriété publique ».

— Le rocher avait disparu, tout de même, intervint Magalie Melen sans se démonter.

— Vous voyez ! renchérit Dupin d'une voix joyeuse.

Contre toute attente, Labat rendit à leur échange un tour plus terre à terre :

— Nous avons exploré les alentours, patron : rien à signaler.

— Ah ! Si je comprends bien, le rapport de l'équipe technique est fin prêt, alors ! C'est fantastique ! On aurait pu se dispenser de faire le trajet. La police se charge du travail de la médecine légale, maintenant : on aura tout vu ! lâcha René Salou qui s'était approché en douce.

Le médecin était escorté de son équipe, deux jeunes hommes à l'air aussi arrogants et imbus d'eux-mêmes que lui.

— Eloignez-moi tous les véhicules du lieu du crime ! Je parle du parking tout entier. Chacune des voitures que je vois là est une violation des règles du métier. Si ça se trouve, vous avez déjà contaminé des indices essentiels.

Salou et son équipe déposèrent d'un même élan leurs grosses valises argentées par terre et entreprirent de les ouvrir. Ni les deux gendarmes de Riec ni Dupin et ses inspecteurs ne réagirent à la demande du légiste.

— Il est bien possible, reprit Le Ber sans ciller, qu'il n'y ait jamais eu de cadavre.

— Rien ne le prouve, en tout cas, confirma Erwann Braz.

— Tout ce que nous avons, résuma Labat d'un ton détaché, c'est une affirmation non vérifiée selon laquelle se trouvait ici, il y a peu, un cadavre présentant des traces de sang. Il n'est plus là, mais cela ne veut rien dire – peut-être l'assassin s'en est-il débarrassé.

— Montrez-moi l'endroit où le cadavre est supposé avoir été vu.

Salou n'était pas du genre à se laisser démonter. Erwann Braz consulta timidement Dupin du regard. Le commissaire leva les sourcils en haussant les épaules.

— Voilà où la vieille dame croit l'avoir vu, déclara Braz en pointant l'index vers la niche de verdure.

— Cet endroit est doté d'une aura, déclara soudain Le Ber d'un air sombre et mystérieux.

Tous les regards convergèrent vers lui. Cet aspect mystique de sa personnalité, contrebalancé par un sens pratique très développé, n'était plus un secret pour son équipe. Dupin fut soulagé de constater que personne ne cherchait à en apprendre davantage, pas même les deux gendarmes de Riec.

— Mon informateur est persuadé que du sable a été enlevé des plages de Kerfany-les-Pins et de Trenez au cours des derniers jours, dit Labat sans prêter attention à son coéquipier. C'est à deux pas d'ici.

Il ne manquait plus que cela. C'était fabuleux. Cela faisait des semaines, déjà, que l'inspecteur rebattait les oreilles de l'ensemble du commissariat avec cette histoire : le vol de sable. C'était devenu une sorte d'obsession. Bien que Nolwenn ait expliqué à Dupin qu'il s'agissait d'un problème réel, il ne supportait plus d'en entendre parler. Régulièrement, une rumeur courait à ce sujet, certaines côtes auraient même été littéralement pillées. Contrairement à ce qu'on pouvait penser, le sable était une matière première très précieuse, universelle et particulièrement polyvalente : il servait pour la fabrication du béton, du mortier, du verre, du papier et du plastique. Le silicium présent dans le sable quartzeux était également essentiel dans la construction des micro-puces, des ordinateurs, des téléphones portables et bien plus encore. Labat ne ratait pas une occasion de leur énoncer des chiffres, comme une litanie : il fallait deux cents tonnes de sable pour la construction d'une seule maison, trente mille pour un seul kilomètre d'autoroute. D'après une estimation pourtant prudente, soixante-dix pour cent de toutes les plages du globe étaient déjà victimes de la cupidité de l'industrie. La plupart, d'ailleurs, de manière tout à fait illégale. Des réseaux criminels, mais aussi des entreprises, volaient sans vergogne des quantités énormes de sable. Dupin avait appris que ce phénomène mondial touchait également la Bretagne, et que les conséquences écologiques ne pouvaient être que catastrophiques. Quelques années plus tôt, une association très combative s'était constituée pour opposer une résistance forte, officielle et médiatisée, à la destruction des plages : « Le peuple des dunes ». Nolwenn avait déposé sur le bureau de Dupin un important article consacré au sujet : « La guerre du sable ».

Quelle que fût l'urgence du sujet, ce n'était pas le moment.

— Vous n'allez pas nous refaire le coup des voleurs de sable, Labat ! On a d'autres soucis, tout de même.

— Vous savez, il a fallu attendre deux années avant que l'on remarque sa disparition progressive, sur les plages sauvages de Kerouini et de Pendruc. La découverte du coupable a d'ailleurs été pure coïncidence.

Labat était fanatique. Il n'avait pas tort, dans le fond : le vol de sable était difficile à prouver si l'on s'y prenait avec habileté. Les nuits de marée basse, les voleurs se rendaient sur les plages peu fréquentées avec des camions et, le lendemain, la mer montante effaçait toute trace de leur passage. Les grosses quantités elles-mêmes passaient inaperçues, d'autant que les grandes marées et les tempêtes charriaient généralement des masses de sable beaucoup plus importantes, qui se déplaçaient ainsi le long des côtes, quand elles ne disparaissaient pas partiellement ou totalement dans les profondeurs de l'océan. Ce phénomène se produisait plusieurs fois par an. Chaque fois, Dupin redoutait que sa plage favorite ne fût touchée – que le sable ne disparaisse du jour au lendemain. Cette façon qu'avait la mer de sculpter jour après jour de nouveaux paysages était fascinante. Un matin, telle ou telle crique, si étendue fût-elle, se retrouvait entièrement couverte d'une étendue de sable fin comme du sucre glace qui se prolongeait sur plus de cinq cents mètres avant de s'enfoncer dans les flots. Un autre jour, la même crique n'était que roches et pierres et avait perdu deux ou trois mètres de hauteur. En février dernier, sur la plage des Sables-Blancs à Concarneau, une tempête avait emporté tant de sable que les troncs fossilisés d'une ancienne forêt de chênes avaient été visibles plusieurs jours d'affilée. Telle une installation géante, ils se dressaient à cinquante centimètres du sol boueux.

— Si je comprends bien, vous voyez un rapport entre le cadavre mentionné par madame Bandol, la disparition du corps et le pillage supposé des côtes bretonnes ?

Dupin remercia mentalement sa collègue pour cette question très précise. Hélas, elle n'arrêta pas Labat pour autant :

— A mon avis, l'homme de Kerouini n'a pas agi en solo, quoi qu'en dise l'entrepreneur. Tout un système se cache derrière ces disparitions. Une criminalité organisée, très perfectionnée. Une véritable mafia ! D'ailleurs, l'une de ces bandes vient d'être démasquée au Sénégal.

— Pour le moment, ce soupçon me semble très vague, lâcha Magalie Melen calmement.

— Tout le monde se l'arrache, pourtant : le sable breton est le meilleur du monde ! Du pur granit, c'est ce qui plaît. Un matériau idéal pour tout, pour…

— Assez, Labat. Nous sommes au courant.

— J'aimerais tout de même attirer votre attention, intervint Erwann Braz, sur le fait que nous ne savons toujours pas si une enquête est nécessaire.

— A quelle heure, exactement, la vieille dame a-t-elle prétendu avoir vu le cadavre ? l'interrompit René Salou qui s'était agenouillé à quelques mètres de leur groupe.

— Un peu avant dix-sept heures, a-t-elle dit.

— Formidable. Et j'imagine que la grosse averse n'a pas épargné ce coin.

A l'entendre, on aurait pu croire que le légiste prenait les aléas de la météo pour une offense personnelle.

— Une pluie pareille, ça vous nettoie toute trace organique en l'espace de quelques minutes. On va faire des prélèvements, bien sûr, mais on n'a pas beaucoup d'espoir.

Dupin sentit l'agitation le gagner.

— Je vais m'entretenir avec madame Bandol. Vous deux, patientez ici jusqu'à ce que monsieur Salou ait un premier rapport à nous communiquer.

Ce disant, Dupin s'était mis en marche et avançait d'un pas rapide vers sa voiture. Quand il démarra, la voiture fit un bond. Quelle histoire ! Un cadavre volatilisé ! S'il refusait de croire que Sophie Bandol avait fabulé, il fallait se rendre à l'évidence : les personnes âgées n'avaient pas toujours les idées claires.

Dupin adorait Port Bélon, ce village minuscule et enchanteur qui semblait échapper à toute notion de temps et d'espace. Son charme, sa patine, son atmosphère incomparable – tout cela lui rappelait ces films des années 1970 ou 1980, ces scènes où l'on célébrait la vie, attablé à de longues tables de bois, dans des jardins sauvages en bordure d'un fleuve, d'un lac ou de la mer.

Port Bélon se nichait à l'embouchure du Bélon. A quelques centaines de mètres de l'Atlantique, le fleuve était déjà très large. A marée haute, l'Atlantique infiltrait le continent sur plusieurs kilomètres. En face, sur la terre ferme, c'était le Bélon qui terminait sa longue course à travers les prairies et les bois idylliques, les sols sombres et riches, dont il emportait toujours quelques résidus. Au Guily, à huit kilomètres seulement de la côte, le Bélon était encore un ruisseau. Il disparaissait sous un pont pittoresque pour réapparaître de l'autre côté sous forme de véritable fleuve. L'eau douce et l'eau salée se mêlaient en proportions variables, créant là un phénomène unique.

C'était un secret, un mystère. La mer et le fleuve, voilà ce qui faisait la spécificité de cet endroit – quelque chose qui flottait dans les airs, qui titillait les narines et humectait les lèvres : un mélange singulier de terre – les prairies vertes, les herbes hautes, les fleurs, les champs, les sols lourds et les sous-bois humides – et d'eau douce, sans oublier le sel et l'iode marins plus ou moins présents selon la direction et la force du vent.

Port Bélon était lové au milieu de l'épais bois breton qui recouvrait l'avancée pointue et plate – des arbres millénaires, envahis par le lierre et le gui. Le long de l'unique route qui y menait, les cimes des arbres se rejoignaient pour former un tunnel de verdure sombre. Le village comptait moins d'une douzaine de bâtisses blanches ou de granit clair, ainsi que deux propriétés centenaires, de véritables châteaux entourés de jardins anarchiques où s'élevaient çà et là quelques palmiers touffus. Leur grandeur passée était encore visible mais le temps avait fait son œuvre et le lierre avait envahi les façades écaillées – le charme de l'érosion et d'un âge révolu.

Dupin avait garé sa voiture un peu plus haut, sur le parking, comme il en avait l'habitude. Il aimait parcourir les derniers mètres à pied sur l'étroite route qui menait tout droit à la mer et débouchait abruptement sur le petit quai.

Dupin adorait se tenir là, sur la jetée, au bord de l'eau. Une échelle métallique rouillée permettait d'accéder au rivage. A marée haute, elle plongeait dans les flots.

En face, de l'autre côté du fleuve, se trouvait Port Bélon : à peine autant de maisons que le village voisin, des petites bâtisses blanches dotées de volets bleu Atlantique et surmontées de toits d'ardoise sombres. Elles aussi se cachaient dans un écrin de bois verdoyants, essentiellement composés de chênes, de quelques hauts pins et autres conifères, qui recouvraient les berges aux pentes douces. Sur la surface plate du fleuve, d'un turquoise sombre à cette heure de la journée, se balançaient paisiblement quelques bateaux de pêcheurs locaux aux couleurs joyeuses – orange, vert pomme, jaune, bleu Méditerranée et rouge pétard. *Au large*, *Horizon*, *Dauphin* étaient leurs noms, ou encore *L'Espoir II*. Chaque fois, Dupin s'interrogeait avec quelque tristesse sur le sort de *L'Espoir I*.

La marée était encore basse, très basse, et les courants du Bélon, tirant vers la mer, étaient visibles à l'œil nu. De part et d'autre du rivage, de grandes plages dénudées laissaient apparaître le sable et le limon dans lesquels le soleil se reflétait, éblouissant. Des paysages aux étendues infinies et accidentées se découvraient, étincelants dans la clarté du jour. Des scènes quasi oniriques, noires et blanches dans la lumière éclatante – si violente qu'elle semblait ôter toute couleur à la campagne. Des centaines d'artistes avaient immortalisé ce paysage incomparable. Des ombres étranges laissaient deviner ce qui avait élevé les lieux au rang de curiosité touristique, voire légendaire au XIXe siècle, au-delà des frontières de Bretagne et de France, jusque dans le monde entier : les vastes parcs à huîtres qui s'enfonçaient dans l'eau à marée montante.

Outre Cancale, plus au nord, Bélon était la Mecque des huîtres et de leur élevage. L'ostréiculture bretonne était née ici, et les huîtres du Bélon étaient célébrées dans le monde entier. On les savourait dans les meilleurs bars et restaurants de Tokyo, New York, Rome, Londres ou encore Paris, mais elles provenaient d'*ici*. Pourtant, rien ne laissait deviner leur prestige ou leur immense succès. Il en était du Bélon comme des villages de Champagne : les délicatesses dont ils étaient le berceau laissaient imaginer des lieux élégants et raffinés, alors que ce n'étaient que de simples bourgs.

Si Port Bélon n'était pas un endroit chic, il n'en était que plus beau. Dès que l'on quittait sa voiture, on se sentait submergé par une sorte d'enchantement, ce charme supplémentaire qui démarquait certains lieux des autres. Au fil des années, le commissaire avait d'ailleurs constitué une liste personnelle des coins qui le mettaient en joie, qui le rendaient heureux, même si le mot était pompeux. Au cours d'une vie, chacun se devait de définir pour soi ces endroits de bonheur.

Il était venu ici à peine quelques semaines plus tôt, avec Claire, comme chaque fois qu'elle venait passer le week-end dans la région (en bonne Normande, elle raffolait des huîtres). Ils se retrouvaient de plus en plus rarement à Paris. Claire aimait séjourner à Concarneau, au grand soulagement de Dupin qui évitait par ce moyen les obligatoires et toujours très cérémonieuses visites à sa mère. Il était même arrivé à Claire de lui rendre visite en semaine, quand son travail à la clinique l'empêchait de prendre son week-end.

« J'aimerais me faire une idée de la vie quotidienne en Bretagne, avait-elle déclaré. Je veux savoir comment tu vis. »

En fin d'après-midi, ils avaient longé les rives du Bélon, caressés à la fois par les rayons d'un soleil aveuglant et par la brise fraîche. Ces promenades étaient pour Dupin des enchantements. Tous deux étaient rentrés les joues rosies par le vent et la chaleur. La soirée s'était prolongée tard dans la nuit, et après avoir dévoré un dîner arrosé de bon vin, ils avaient longuement parlé et beaucoup ri.

Dupin s'arracha à sa contemplation. Il pouvait rester des heures ici, perdu dans cette vision paisible.

Ce n'était pas le moment.

Le restaurant La Coquille se trouvait à quelques pas de là, en bordure du village, au creux de la dernière boucle du fjord. Tenu par trois sœurs d'un certain âge, l'endroit était une véritable institution, un paradis pour les amateurs de fruits de mer.

A cette heure, seules quelques tables étaient occupées. Cela ne durerait pas. Dupin reconnut immédiatement

Sophie Bandol, assise à une petite table pour deux personnes, devant l'une des fenêtres qui donnaient sur la terrasse en bois. A côté d'elle, le large rebord était entièrement recouvert d'objets décoratifs disposés dans un savant pêle-mêle : des mouettes taillées dans du bois, de petits bateaux multicolores, un phare rayé bleu et blanc, une lampe surmontée d'un grand abat-jour démodé ainsi qu'un certain nombre de cadres dans lesquels on reconnaissait diverses représentations de l'Atlantique. Au cours des dernières décennies, des centaines de bibelots, généralement en rapport avec la mer, avaient trouvé refuge à La Coquille. Il y en avait partout – sur les murs, dans chaque recoin, accumulés au hasard, sans ordre particulier. Dupin appréciait beaucoup ce type d'intérieur. Des sextants, des bouées de sauvetage, des coquillages et des pierres, de petites boîtes fermées d'une plaquette de verre qui contenaient des paysages balnéaires, des rames de bateau, des baromètres, des morceaux de cordages, des lampes-tempête.

Dupin se rendit compte tout à coup qu'il était agité, nerveux. C'était ridicule ! Cela ne lui arrivait presque jamais. Ni les personnalités officielles ni les stars du show-biz ne l'avaient jamais impressionné. Hormis, bien entendu, celles qu'il admirait.

— Madame Bandol, bonsoir… Enchanté. Commissaire Georges Dupin, du commissariat de police de Concarneau.

L'embarras l'avait fait paraître beaucoup plus formel qu'il ne l'aurait voulu et il en fut d'autant plus gêné. L'interpellée le dévisagea avec une expression de scepticisme et de curiosité mêlés.

Dupin décida de se donner une seconde chance.

— Vous... vous avez appelé la police parce que vous avez aperçu un homme allongé par terre à côté d'un banc, près de la pointe de Penquernéo. D'après ce que vous avez dit, cet homme était...

— Je sais reconnaître un cadavre. Celui que j'ai vu était bien mort. Quelle tristesse.

Elle était éblouissante. Ses cheveux ébouriffés, d'un blond savamment teint et séparés par une raie hasardeuse, lui arrivaient aux épaules. Ses yeux d'un noir de jais brillaient avec chaleur – dès ses premiers films, Dupin avait eu un faible pour ce regard. Sa large bouche aux lèvres bien ourlées était rehaussée d'un rouge à lèvres d'une teinte vive, très distingué. Son sourire était généreux et ravageur, il n'y avait aucune trace de retenue dans son attitude, aucun artifice.

Dupin reconnut ce sourire qu'il avait tant admiré dans ses films – aussi célèbre que la bouche plus boudeuse, coquette, qu'elle affichait parfois.

— Je... Madame Bandol, je suis très heureux – que dis-je, je suis extrêmement heureux de vous rencontrer. J'arrive à peine à y croire.

C'était sorti tout seul, mais en fin de compte Dupin n'avait rien à y redire. Après tout, c'était Sophie Bandol ! Il avait tout d'une véritable groupie.

— Que comptez-vous faire, commissaire ? Maintenant que le mort a disparu, comment allez-vous le retrouver ? Vous ne pouvez tout de même pas accepter qu'un cadavre disparaisse de la sorte ! L'heure est grave, si vous voulez mon avis.

— Qu'est-ce que je vous apporte ?

Jacqueline, l'une des trois sœurs de La Coquille, s'était approchée.

— Jacqueline a déjà pris ma commande. Vous allez bien dîner, commissaire ? Sachez que j'ai une faim de loup, ajouta la comédienne d'un ton familier, comme si elle s'adressait à un vieux copain.

— Moi ? Oh, non merci. Je vais prendre…

Dupin calcula mentalement le nombre de *petits* cafés qu'il pouvait s'autoriser avant que cela ne fasse un *vrai* café, puis il se décida :

— … un thé, s'il vous plaît. Je vais prendre un thé.

Il se sentit d'autant plus misérable que le thé, si noir soit-il, n'avait jamais eu le moindre effet sur lui. Alors que Jacqueline tournait les talons, certainement dépitée par sa triste commande, il ajouta avec empressement :

— Et un verre d'anjou !

C'était un de ses vins blancs favoris.

— Ah, tout de même, remarqua Jacqueline avec satisfaction.

— Il s'est passé quelque chose d'affreux, commença Sophie Bandol d'une voix rauque.

Elle eut une mine inquiète, immédiatement chassée par un sourire ravi :

— Moi, je vais en rester au champagne, si vous n'avez rien contre.

Elle souleva sa coupe vide.

— Qu'avez-vous vu, madame ? Expliquez-moi tout en détail, s'il vous plaît.

— Tout d'un coup, Zizou s'est mis à aboyer comme un fou.

Elle jeta un coup d'œil à ses pieds : un chien brun et blanc, de taille moyenne, était allongé sous la table et observait les alentours d'un air bonhomme. Dupin ne connaissait pas grand-chose au monde canin, mais il reconnut la race : un fox-terrier, comme le fidèle compagnon de Tintin. Devant l'intérêt qu'il suscitait, l'animal leva la tête mais la reposa aussitôt sur ses pattes avant, l'air rassuré.

— Il était complètement hors de lui. On était encore dans le petit bois, à ce moment-là. Sur le sentier. On n'avait pas encore atteint le parking. J'ai tout de suite compris qu'il se passait quelque chose. Zizou ne s'énerve pas facilement, vous savez, il a un caractère bien trempé. J'ai bien vu qu'il ne s'agissait pas d'un lièvre, d'un sanglier ou d'un renard. Parfois, il me prévient quand Kiki est dans les parages, mais ce n'était pas ça non plus. Heureusement que je le tenais en laisse.

— Et ensuite ?

Dupin extirpa son calepin rouge de son pantalon ainsi qu'un des stylos qu'il achetait en quantités industrielles au tabac-presse à côté de l'Amiral, et qu'il perdait à une vitesse ahurissante.

— Je lui ai demandé ce qu'il avait, et il m'a attiré vers le parking. Il était de plus en plus agité ! C'est à ce moment que je l'ai vu. L'homme. Il était allongé là, dans l'herbe, non loin de l'asphalte. J'ai montré l'emplacement à votre inspecteur. Je ne me suis pas approchée, je ne voulais pas que Zizou devienne complètement fou ou qu'il attrape quelque saleté.

Dupin ne réagit pas.

— Décrivez-moi la scène.

— Il pleuvait des cordes, on ne voyait pas très bien. Qu'est-ce que je peux vous dire ? C'était un homme. Sa tête était dans une position étrange, anormale, tout comme sa jambe. Je ne sais plus laquelle, mais elle partait dans la mauvaise direction. Je n'ai pas vu son visage – ou juste un peu. Comme je vous le disais, je ne me suis pas approchée.

— Comment avez-vous su qu'il était mort ?
— C'était évident.
Sa réponse n'était pas des plus convaincantes.
Jacqueline déposa sur leur table son thé, son verre de vin et une coupe de champagne.
— Et le sang ?
— Il y en avait sur le cadavre.
— Où ?
— Je serais bien en peine de vous le dire.
— Il y en avait beaucoup ?
— Non, je ne crois pas. Mais tout de même, ce n'était pas rien.
— Quel âge avait l'homme, à votre avis ?
— C'était impossible à voir. En tout cas, il avait des cheveux. Courts, je crois.
Elle se tut un instant, ferma les yeux et ajouta :
— … Brun foncé. Oui, brun foncé. Eh bien, voilà enfin un indice utile !
— Vous êtes bien sûre de ce que vous dites ?
— Oui, oui, je suis presque sûre.
— Mais vous n'êtes pas certaine du fait qu'il avait les cheveux courts.
— Non.
— Vous en avez parlé à mes collègues ?
— Je n'avais plus ce détail en tête, non. Je crois que j'étais encore sous le choc. Sinon, ajouta-t-elle en élevant un peu la voix, vous pensez bien que je le leur aurais dit.
— Est-ce que quelque chose, dans son visage, a attiré votre attention ? Un grand nez, un détail ?
Madame Bandol lui jeta un regard surpris.
— Non, rien.
— Vous rappelez-vous ses vêtements ?

— Non. Ce n'est pas le genre de situation où on prête attention aux détails.

Cette fois, Dupin sentit un certain reproche dans la voix de la vieille dame.

— Auriez-vous aperçu quelque chose d'autre – dans l'herbe, peut-être, ou sur le parking ?

— Que voulez-vous dire ?

— Une voiture, par exemple ?

— Non.

— Un individu ? Que ce soit à l'aller ou au retour ?

— Ah, si !

Dupin dressa l'oreille.

— Vous avez vu quelqu'un ? Quand ? Et où ?

— Non, non. Une voiture. Il y avait une voiture. Une grosse voiture, si je me souviens bien.

— Qu'est-ce que vous entendez par « grosse voiture » ?

— Eh bien, ce n'était pas un de ces nouveaux véhicules tout petits.

— Vous rappelez-vous la couleur ?

— Non. Sombre, je crois.

– Noire ?

— Non. Peut-être rouge. Je ne sais plus. C'était impossible à distinguer.

— Impossible à distinguer ?

— On ne voyait pas bien, et puis Zizou et moi étions absorbés par le spectacle du cadavre.

— La voiture était garée où ?

— A gauche, quand on arrive de la route. Avant le parking.

— Loin du cadavre ?

— Pas tout près. Pas très loin non plus.

— Ce détail aussi vous a échappé quand vous avez fait votre rapport à la police ?

— Oui, répondit Sophie Bandol avec insouciance.

— Une voiture ? Une seule, vous êtes bien sûre ?

— Je crois, oui.

— Pardon !

Jacqueline s'approchait avec un plateau de fruits de mer d'une taille respectable.

— Vous en prendrez bien un peu, commissaire ? Jacqueline, vous pourriez nous apporter un second couvert, s'il vous plaît ?

Les cuisiniers semblaient apprécier Sophie Bandol, car la sélection était impressionnante. Il y avait là toutes sortes de coquillages – des praires, des clams, des coques, des amandes, des palourdes grises et des palourdes roses, des grands et des petits bigorneaux, de grandes et de petites langoustines, des crevettes roses, un demi-tourteau, une araignée de mer entière et, bien entendu, des huîtres du Bélon. Quelques heures plus tôt, tout ce petit monde s'agitait encore au fond de la mer. La petite boutique attenante vendait des plateaux à emporter que Dupin et Claire s'offraient régulièrement. Il ne manquait plus que quelques zestes de citron, une mayonnaise maison et du pain complet pour faire un festin.

Dupin avait beau résister, il avait l'eau à la bouche et ce plat était bien suffisant pour deux convives.

— Fais-je partie des suspects ? (La voix de Sophie Bandol tremblait légèrement.) Ça m'est déjà arrivé, vous savez. Eh oui ! En 1960, sur la Côte d'Azur. Un meurtre a été commis dans la chambre voisine – un vrai assassinat, avec un véritable pistolet. Quatre coups à bout portant. Un beau garçon ! Il m'avait un peu draguée au bar de la piscine, la veille au soir. Il ne connaissait personne – un type étrange, si vous voulez mon avis. Son corps était littéralement troué...

Elle brisa une crevette rose en deux pour mieux la décortiquer, marqua une pause puis conclut calmement :

— Ah, c'était le bon temps !

— Je ne crois pas que vous fassiez partie des suspects, madame, mais ce qui est certain, c'est que vous détenez un rôle clé. Vous êtes le seul témoin.

Son visage s'assombrit et elle garda le silence.

— Je sais bien ce que les gens disent de moi. Que je suis une vieille femme sénile, et qui fabule par-dessus le marché. Qui raconte des bobards, qui s'imagine des choses improbables. Ce n'est pas vrai ! Il y a même un médecin qui m'a dit que je souffrais d'un « début de démence ». N'importe quoi ! C'est grotesque. Je suis vieille, c'est tout. Et c'est pas drôle. Il arrive qu'on oublie des choses, et alors ? J'ai vu cet homme mort exactement comme je vous vois en ce moment.

Emportée par son indignation, la vieille dame gesticulait avec la minuscule pique avec laquelle elle extirpait d'un geste adroit les bigorneaux de leur habitacle.

— Je vous crois, madame Bandol, je vous crois.

C'était la vérité. Les détails n'étaient peut-être pas fiables à cent pour cent, mais il doutait qu'elle ait inventé toute l'histoire ou qu'elle l'ait imaginée. Les traits de Sophie Bandol se détendirent et aussitôt son air rieur prit le dessus.

— Eh bien, déjeunons, puisque c'est ainsi !

Jacqueline avait apporté un second jeu de couverts.

Ce serait idiot de ne pas s'en servir, se sermonna Dupin, d'autant plus que son interlocutrice ne semblait pas décidée à poursuivre son récit tout de suite.

Il saisit une grosse langoustine.

— Elles viennent de Loctudy. Ce sont les meilleures.

Sophie Bandol s'attaquait désormais au crabe et sa pince claqua bruyamment à la première tentative.

Dupin se servit de la mayonnaise maison avant de presser un demi-citron : mélangés au goût de noisette des langoustines toutes fraîches… il n'y avait rien de meilleur.

Il avait déjeuné – à chaque bouchée, Dupin avait perdu un peu de son inhibition. Sophie Bandol avait commencé par lui poser des questions personnelles, d'une manière directe, sans détour. Elle voulait tout savoir de son métier, de ses origines, de son parcours dans la police mais aussi des raisons qui l'avaient poussé à embrasser cette profession. Puis elle était passée ensuite à sa vie privée : avait-il une compagne ? Ils avaient longuement évoqué Paris et étaient tombés d'accord sur le fait que, parmi toutes les plus belles villes d'Europe, Paris occupait incontestablement la première place. Venaient ensuite Londres, Barcelone puis Rome – l'ordre classique. Ils s'aperçurent qu'ils partageaient la même joie particulière quand ils se trouvaient dans la capitale – un sentiment qui les submergeait uniquement dans cette ville. Dupin avait commandé un autre verre d'anjou, Sophie Bandol une autre coupe de champagne.

— Bon, qu'allez-vous faire avec ce cadavre disparu, commissaire ?

Manifestement, la comédienne jugeait que le moment était venu de revenir à l'« incident » qui les avait réunis.

— Ma foi, je vais tout mettre en œuvre pour le retrouver.

— Comment pensez-vous vous y prendre ?

La question méritait d'être posée.

— Peut-être qu'un autre détail finira par vous revenir ?

Sophie Bandol s'enfonça dans son siège.

— Vous êtes de la police, c'est vrai, commença-t-elle en scrutant avec méfiance le visage de Dupin, mais je vous fais confiance. De toute façon, je ferais mieux de vous le dire.

Elle saisit la dernière des douze huîtres qu'elle avait dégustées toute seule – Dupin n'y tenant pas particulièrement –, y déposa quelques gouttes de citron et l'avala d'un geste élégant avant de reprendre :

— Je ne suis pas Sophie Bandol.

Elle sourit brièvement puis savoura une gorgée de champagne.

— Pardon ?

Dupin avait presque sursauté.

— Je suis Armandine Bandol.

— Que voulez-vous dire ?

— La sœur jumelle de Sophie. (Elle esquissa un nouveau sourire :) Tout le monde nous confond, depuis toujours. Sophie vit à Paris. Nous avons acheté notre maison près du fleuve il y a vingt-cinq ans de cela – une ravissante bâtisse, vous devriez venir m'y rendre visite. Mais nous n'y passions pas beaucoup de temps. Au début, Sophie venait plus souvent que moi, mais ses visites se sont faites rares. Quant à moi, je m'y suis installée. J'y vis toute l'année, depuis bien longtemps.

Elle prit une nouvelle gorgée de champagne et laissa son regard s'échapper par la fenêtre, sur les rives du Bélon.

— Pourquoi… Enfin, comment est-ce possible ?

Dupin se gratta la nuque, troublé.

— Oh, ça n'a rien de bien compliqué. Il n'y a pas grand-chose à en dire.

— Racontez-moi tout au moins ce peu-là.

— Je suis créatrice de mode. J'ai travaillé avec Yves Saint Laurent pendant trente ans. Quand j'ai cessé mon activité, j'ai déplacé mon lieu de vie ici, petit à petit. Un jour, un reporter m'a prise pour Sophie Bandol. Il a rédigé toute une histoire sur la célèbre comédienne qui prenait sa retraite et passait les dernières années de sa vie ici. Il a même publié des photos et tout le tralala. Cela fait dix ans que ça dure. Au début, nous ne nous en sommes pas vraiment rendu compte et puis, petit à petit, nous nous sommes prises au jeu. L'histoire est restée, les gens nous confondaient systématiquement. Sophie était ravie que les paparazzis la laissent tranquille à Paris. Quant à moi… ici, personne ne s'intéresse aux célébrités. Il en faut davantage pour impressionner un Breton ! On laisse la grande actrice en paix.

C'était inimaginable. Dupin n'avait jamais entendu une histoire pareille. Il savait que Sophie Bandol avait une sœur jumelle et qu'elles se ressemblaient comme deux gouttes d'eau, bien sûr. Tout le monde le savait. Mais jamais il ne se serait douté du reste !

— J'ai encore un peu faim, pas vous ? lança la vieille dame en adressant un signe discret à Jacqueline.

— Moi, eh bien…

Dupin ne s'était pas encore remis de la révélation inattendue. Sans répondre à sa question, il insista :

— Vous n'avez donc jamais besoin de montrer votre carte d'identité ? Pour des événements officiels, par exemple ?

Entre-temps, Jacqueline s'était approchée de leur table.
— Oui ?
— Encore quelques palourdes roses des Glénan, s'il te plaît.
Elle se tourna de nouveau vers Dupin :
— Au supermarché, chez le poissonnier, chez le boulanger, chez le vendeur de journaux, personne ne me demande jamais mes papiers. Je vis assez en retrait, vous savez. J'ai Zizou. J'ai une bonne amie et un vieux copain. Je fais mes promenades, j'ai mon atelier, dans lequel je confectionne occasionnellement des vêtements pour mes amis ou moi-même. Il m'arrive d'aller à Paris ou de recevoir de la visite – voilà tout.
Elle considéra Dupin avec curiosité et, peut-être, une once de reproche dans les yeux.
— Je n'ai jamais prétendu être Sophie Bandol, et personne ne m'a jamais posé la question.
Dupin se surprit à sourire. Plus il y songeait, plus l'histoire lui semblait plausible. Bien sûr, c'était possible ! Sans compter que les sœurs Bandol n'avaient absolument rien à se reprocher. Elle n'avait pas orchestré la confusion, pas même vis-à-vis de lui. Curieusement, il n'était pas déçu. Pourtant, il aurait sincèrement aimé rencontrer Sophie Bandol.
— Vos deux amis savent qui vous êtes ?
— Oh oui ! Bien sûr. Qu'est-ce que vous croyez ? Que je leur joue la comédie ?
Son indignation était comique, mais elle était sincère.
— Qu'est-ce qu'ils en pensent ?
— Cela les amuse.
— Qui sont-ils ?
— Ici il y a seulement Baptiste Kolenc, un ostréiculteur. Il produit surtout des huîtres plates – les

meilleures ! (Elle considéra son assiette avec satisfaction.) Elles sont de taille n° 2, parfois n° 3 – les plus petites, en somme. Mon amie, c'est Maëlle Gilot. Elle fait des marmelades et des confitures. Elle vit en bordure de Riec.

— Et votre médecin ?

— Son cabinet est à Paris. J'y suis allée deux fois au cours des vingt dernières années – un charlatan, comme tous les docteurs. J'ai une chambre chez Sophie, à Paris.

— J'imagine…

Dupin fut interrompu par la sonnerie de son téléphone. C'était Le Ber.

— Veuillez m'excuser un moment.

Dupin se leva et se dirigea vers la porte de la terrasse.

— Oui, Le Ber ?

— C'est Salou. Il vient de partir. Il nous a donné un premier rapport. Il n'a rien trouvé du tout. Il a prélevé plusieurs échantillons à l'emplacement où aurait dû se trouver le cadavre. Il espère dénicher des traces de sang, de textile ou autres.

— Il a plu des cordes.

— Que dit madame Bandol ? Vous avez du nouveau ?

— Elle… (Dupin se ravisa.) Elle a aperçu une voiture, un peu au-dessus du parking. Les collègues de Riec n'en ont pas vu quand ils sont arrivés ?

S'il lui racontait la confusion autour de l'identité de la vieille dame, elle perdrait encore en crédibilité.

— Non. Quel type de voiture ?

— De couleur sombre, apparemment.

— Noire ?

— Sombre – ou bien rouge.

— Ou bien rouge ? (Le Ber n'insista pas davantage.) Elle s'est rappelé autre chose ?

— L'homme avait sans doute les cheveux courts, et sûrement brun foncé.

— Ça aussi, c'est nouveau ?

— Oui. Pour le reste, elle s'est contentée de confirmer sa déposition. Il ne faut pas oublier qu'elle se trouvait à cinq mètres du cadavre. Par faible luminosité et pluie battante, elle ne devait pas voir grand-chose. Et puis Zizou était dans tous ses états.

— Le chien ?

— Euh… oui.

— OK, patron. Les collègues de Riec sont en train d'interroger les habitants des environs pour savoir si quelqu'un a remarqué quelque chose d'inhabituel. Labat et moi pensions nous remettre en route pour Concarneau.

— Je n'ai rien à y redire.

En remettant son téléphone dans sa poche, Dupin se fit la réflexion qu'il prononçait très rarement ces mots.

Si l'ensemble du village était ravissant, la terrasse de La Coquille, installée sur le fleuve, dépassait tout le reste. On s'installait sur de hauts tabourets le long d'un bar en bois au bout duquel un véritable mât de voilier arborait fièrement un drapeau breton. La partie couverte de la terrasse abritait les deux bassins à eau de mer. La vue donnait sur le dernier tronçon du Bélon, juste avant qu'il ne se jette dans l'Atlantique. Aucun peintre n'aurait pu inventer de paysage plus pittoresque. De part et d'autre, convergeaient en pente douce vers le fleuve des forêts de sapins touffus, régulières et harmonieuses au point d'être quasi symétriques. Chaque cime d'arbre se détachait nettement sur le bleu du ciel. Au-delà, l'immensité de la mer. Une scène idyllique, parfaite. Dupin jeta un coup d'œil à l'ouest : le soleil était encore haut dans le ciel, mais il avait déjà commencé à colorer l'horizon. L'heure orange avait commencé.

Le commissaire soupira. Il aurait voulu que la soirée soit différente, que Claire soit auprès de lui.

Il tourna les talons et rentra dans le restaurant.

Armandine Bandol, qui s'apprêtait à savourer un beau morceau de tarte Tatin, l'accueillit d'un sourire joyeux.

— Je vous en ai commandé une part !

Elle pointa le menton vers la place de Dupin où trônait une ravissante assiette de porcelaine remplie d'une énorme part de gâteau.

— On dirait que Jacqueline vous aime bien !

Dupin se rappela soudain ce qu'il avait voulu lui demander un peu plus tôt :

— Kiki. Qui est-ce ?

Son interlocutrice s'apprêta à rire, puis elle s'aperçut que la question était sérieuse et son visage prit une expression stupéfaite.

— Ce n'est pas possible, commissaire ! Vous connaissez Kiki, tout de même. Depuis combien d'années vivez-vous ici, m'avez-vous dit ?

— Cinq ans.

— Vous ne lisez pas les journaux ?

— *Ouest-France* et *Le Télégramme.* Tous les matins, sans omettre un seul article.

— Kiki est le requin de dix mètres qui arpente nos côtes, tous les ans, début avril. Il adore notre baie, l'Aven, le Bélon. Il lui arrive même de s'aventurer dans le fleuve, à marée haute.

Bien sûr. Dupin avait lu des papiers à son sujet, en effet. Il n'avait jamais su qu'en penser.

— J'avais oublié son nom, dit-il piteusement.

— Vous ne l'avez encore jamais vu ?

De fait, le commissaire n'avait pas encore eu cette chance, et il s'en félicitait secrètement.

— C'est un requin pèlerin ! Après le requin-baleine, c'est le plus gros poisson du monde, vous savez. Il est de la même famille que le grand requin blanc.

Elle avait fourni ces explications d'un air triomphant.

— En effet, mais il ne se nourrit que de plancton, me semble-t-il, s'empressa d'objecter Dupin. Même s'il le voulait, son anatomie n'est pas adaptée à d'autres types de nourriture. Par exemple la viande.

Il était allé vérifier lui-même l'information après que Nolwenn lui avait assuré qu'il ne courait aucun risque. Le requin pèlerin appartenait réellement à la famille du grand requin blanc. Dupin n'avait pas été particulièrement réjoui d'apprendre qu'il risquait de voir apparaître la nageoire d'un squale de dix à douze mètres quand il nageait loin des côtes, ce qu'il affectionnait tout particulièrement. Comme pour ajouter à son désarroi, lesdits requins aimaient s'approcher du rivage. Si le commissaire détestait se retrouver sur l'eau, il aimait beaucoup nager dans la mer. En été, il avait pris l'habitude de s'y adonner avant de partir au bureau. C'était pour lui un moment délectable, qu'il n'avait pas envie de gâcher en pensant aux requins. Il savait pourtant qu'ils n'étaient pas rares : le site Internet d'*Ouest-France* recensait d'innombrables vidéos de squales.

— On l'appelle Kiki, comme celui, conservé dans le formol, qui est exposé au marinarium de Concarneau. C'est une bête très fidèle. On l'a vu pas plus tard que la semaine dernière, avec Zizou. Il se trouvait dans l'embouchure. Le Bélon charrie un plancton particulièrement savoureux, à ce qu'il paraît. Les huîtres en raffolent tout autant. Enfin, assez parlé de Kiki. Il y a des choses plus urgentes. Comment voulez-vous que nous procédions, commissaire ? Je suis à vos ordres. En tant qu'unique témoin ! (Elle marqua une pause, puis reprit d'un air pensif :) Un témoin difficile, qui n'a pas grand-chose à dire… Non seulement il n'a presque rien vu, mais sa mémoire lui joue des tours.

Dupin aurait aimé échanger un peu plus sur ce requin, lui dire que Kiki ressemblait davantage à un nom de canari, par exemple. Il y renonça. Depuis qu'il était en Bretagne, il avait abandonné toute velléité de s'extasier devant la faune exceptionnelle, car elle ne l'était que pour un homme de la ville. Ici, elle faisait partie du quotidien, que ce soit sur terre ou dans les mers – les dauphins souffleurs, les petits manchots. Dernièrement, il avait rencontré Skippy, le kangourou géant. Il ne manquerait certainement pas de croiser un jour la route du grand mammouth, du rhinocéros, du bison et de la panthère géante qui habitaient la Bretagne depuis l'ère primaire – c'est-à-dire hier, si l'on en croyait la notion bretonne du temps.

— Je vous propose de nous retrouver ici demain, pour continuer à parler.

Armandine Bandol adressa un signe discret à Jacqueline.

— Nous avons récolté des échantillons à l'emplacement supposé du cadavre, dit le commissaire.

— Je doute fort que vous trouviez quelque chose, avec cette pluie. Sans compter que je n'ai vu de sang que sur le torse de l'homme.

Dupin se redressa :

— Vous m'avez dit que vous ne saviez pas où il saignait ?

— Ma foi, on dirait que je le sais, maintenant. Sur le haut du corps. Je viens de m'en souvenir. La mémoire me revient pendant que nous parlons… Tiens, je peux aussi vous dire, par exemple, que le bas de son manteau était propre.

Armandine Bandol semblait convaincue de ce qu'elle disait.

— Son manteau ? Il portait donc un manteau ?

— Oui, vert foncé. Ou bien une veste longue.

— Vert foncé ? Vous avez pu voir la couleur ?

— Mes yeux fonctionnent à peu près bien, à distance.

Troublé, Dupin entreprit de prendre des notes : sang sur le haut du corps, manteau ou veste longue, vert foncé. Puis il barra d'autres notes.

— Il faut que j'y aille, commissaire.

Jacqueline avait apporté l'addition sur une petite coupelle en plastique.

— Permettez-moi de régler ça.

Armandine Bandol sortit son portefeuille et déposa quelques billets sur le ticket de caisse, sans prendre la peine de le regarder.

— Merci beaucoup.

— C'était très amusant. On fait équipe, désormais !

Elle le regarda avec insistance, comme si elle attendait une réponse à cette affirmation.

— Ça m'en a tout l'air, madame.

Elle se leva et Jacqueline apparut au même moment avec un de ces cirés jaunes qui étaient devenus des symboles de la Bretagne. Quand leur inventeur, Guy Cotten, était décédé quelques années plus tôt, la région entière avait porté le deuil pendant plusieurs jours.

Il avait dessiné le célèbre ciré jaune en 1966 pour les marins de haute mer et on le voyait aujourd'hui aux quatre coins du monde. Ce vêtement répondait par ailleurs à une autre question de Dupin : comment madame Bandol avait-elle pu s'aventurer dehors par cette pluie battante ? Il remarqua également qu'elle portait des chaussures robustes. De véritables bottes de marche, brun foncé. C'était la première fois, depuis le début de leur échange, qu'il la voyait tout entière. Elle était vêtue d'une longue jupe noire, à la fois élégante et confortable, d'une sorte de blazer léger et d'un chemisier de soie, tous deux noirs également.

Elle avait une allure folle. Le jaune du ciré, qui descendait quasiment jusqu'à ses chevilles, contrastait violemment avec sa tenue noire, créant un effet quasi théâtral.

Zizou se tenait à côté d'elle, soudain vif comme un pinson. Il connaissait manifestement la routine des soirées à La Coquille. Dupin se leva à son tour.

— A demain, commissaire. Jacqueline vous dira comment vous pouvez me joindre.

— Je… Très bien, à demain. J'ai été très heureux de faire votre connaissance. Très heureux, vraiment !

— Oh, voyons, commissaire…

Armandine Bandol lui adressa un sourire moqueur et tourna les talons.

Dupin se rassit. Il n'était pas pressé. Toute cette histoire était décidément abracadabrante. Il regarda par la fenêtre et laissa son regard glisser sur le fleuve. Les bateaux amarrés à leurs bouées tanguaient plus fort à présent. La marée montait. Il repensa au cadavre disparu, à la fantastique et confuse Armandine Bandol. A ce qu'il allait faire de cette « affaire ». Il n'en avait pas la moindre idée.

Au-delà du Bélon, la mer scintillait, violette et orangée, alors que le soleil avait déjà sombré dans l'Atlantique. Seule une fine bande colorée de ciel était visible. Certains soirs, les couleurs semblaient adhérer à la ligne d'horizon sans vouloir s'élever plus haut dans la voûte céleste qui restait obstinément d'un bleu azur, cristallin, jusqu'au dernier moment. Seul l'est s'était déjà assombri.

Dupin s'était posté sur le petit quai, tout près de l'eau. Il sortit son téléphone.

— C'est tout pour aujourd'hui, Nolwenn.

Leur équipe avait coutume de fonctionner ainsi – Nolwenn était la première informée.

— Rien de nouveau, alors ? Madame Bandol ne s'est pas rappelé d'éléments utiles pour l'enquête ?

— Si, il y a quelques détails supplémentaires.

Dupin lui rapporta les informations qu'il avait récoltées.

— Vous a-t-elle semblé sénile ? Aurait-elle pu inventer toute l'histoire ?

— Non, je ne crois pas. A certains moments, peut-être. Elle est un peu excentrique et sa mémoire fonctionne curieusement, on dirait. Elle…

— Vous la croyez, alors. Très bien ! Suivez votre instinct, patron.

Selon Nolwenn, c'était l'atout le plus fiable de l'homme. Dupin fronça les sourcils.

— Je suis sûr qu'elle a vu quelqu'un. Son récit est trop détaillé pour être inventé.

Dupin savait bien que ces précisions n'étaient pas une garantie de véracité – elles pouvaient même être la preuve du contraire. Pourtant, son sentiment lui disait qu'Armandine Bandol était sincère. Elle avait bien vu un cadavre ou un blessé.

— Très bien. Alors il ne nous reste plus qu'à ouvrir une enquête officielle, constata Nolwenn prosaïquement, mais avec fermeté.

S'il y a un cadavre, c'est qu'il manque quelqu'un ! Un homme aux cheveux bruns, probablement courts, vêtu d'une veste ou d'un manteau vert foncé, blessé au buste et conduisant un véhicule de couleur sombre – ou rouge. C'était déjà un début !

— C'est parti. Voyons d'abord si quelqu'un a été porté disparu hier ou aujourd'hui, que ce soit dans le Finistère ou dans le Morbihan. Transmettez la description faite par madame Bandol.

C'était un maigre début, se dit Dupin, mais il fallait bien commencer par quelque chose. La routine avait du bon, parfois.

— Faites appeler les hôpitaux et les médecins de Riec et des environs. Qu'ils poussent jusqu'à Quimper et Lorient. Il faut qu'on sache si un homme blessé s'est présenté quelque part hier soir.

— C'est noté. Labat s'en occupera. Le Ber doit réviser, ce soir…

Nolwenn marqua un silence avant de reprendre d'un ton solennel :

— … pour demain. Son diplôme.

Le diplôme. Bien sûr. Cela faisait des semaines que le commissariat tout entier vivait au rythme des examens de l'inspecteur. Il voulait se qualifier en « Langues et cultures bretonnes » au Centre de recherche bretonne et celtique de l'université de Brest. Trois heures de cours, tous les mardis soir, deux semestres durant. Dupin devait bien avouer qu'il avait été le premier surpris d'apprendre que Le Ber, si fier de ses origines, suivait ce type de formation. Pourtant, qui d'autre que lui aurait pu être candidat ?

Selon Nolwenn, l'une des motivations de cette formation était que Le Ber allait bientôt être papa. Le Ber n'avait pas nié. Il voulait « approfondir ses connaissances » pour offrir une éducation solide à son fils qui allait naître dans un mois. La formation se concentrait essentiellement sur les différentes langues parlées en Bretagne, la culture, les arts, la littérature, mais avant tout l'histoire. En gros, cela se résumait à apprendre tout ce que les Bretons avaient découvert, inventé et accompli avant les autres peuples du monde. Une discipline généralisée qui se retrouvait dans les magazines, la littérature, à la radio – un sport régional, en quelque sorte.

Le Ber ne manquait jamais de leur rapporter fièrement ses exploits après chaque cours. Ces dernières semaines, il avait été jusqu'à mettre ses collègues à contribution. Le temps d'une pause-déjeuner, il avait réuni toute l'équipe autour d'un quiz. Quel était le premier monument réalisé par l'homme ? Non pas les pyramides d'Egypte, comme tout le monde aurait pu le croire : le cairn de Barnenez, évidemment. Une sépulture de pierres de soixante-quinze mètres de longueur qui avait été construite en 4500 avant Jésus-Christ, deux mille ans avant les pyramides !

— Au fait, j'ai signé sa demande de congé en votre nom, pour deux jours. Demain c'est l'épreuve écrite, la semaine prochaine l'examen oral.

— Eh bien, Labat prendra le relais. Bien sûr. Qu'il m'appelle dès qu'il peut.

— OK. Demain matin, nous parlerons de votre fête. Il faut que vous disiez si vous êtes d'accord. Il ne reste que quelques jours.

Surtout pas. Dupin n'en avait aucune envie. Toute cette histoire de festivités le froissait depuis le début. Il avait d'abord réussi à faire traîner l'idée d'organiser quelque chose pour les cinq ans de son entrée en fonction. Cependant, quand sa promotion avait été annoncée, très justement qualifiée par Nolwenn de « récompense pour l'ensemble du commissariat », il n'avait pas pu opposer plus longuement de résistance. Son assistante avait fini par le convaincre en le menaçant d'organiser une « fête surprise » s'il rechignait plus longtemps. Ç'avait été le coup de grâce.

— Très bien, soupira-t-il.

— Je ne suis pas là demain après-midi, vous n'avez pas oublié ?

Si, Dupin avait complètement oublié.

— Bien sûr que non.

L'enterrement de sa tante Elwen, quelque part dans les terres. L'un des innombrables membres du clan de Nolwenn. A en juger par la plaisanterie que son assistante avait lâchée quand elle avait appris qu'elle devrait se rendre aux obsèques, elles ne devaient pas être très proches. Quand il s'agissait d'humour noir, les Bretons n'avaient rien à envier aux Celtes britanniques : « Un vieux Breton rencontre un autre Breton à une réunion de la Guilde : Harryston, mon vieux, toutes mes condoléances. J'ai entendu dire que tu avais enterré ta femme la semaine dernière. — Ah, mon ami, il le fallait bien, puisqu'elle était morte. »

— Je vais passer quelques coups de fil, puis je rentrerai à la maison. Bonne soirée, patron.

— Bonne soirée, Nolwenn.

Dupin regarda les flots qui remontaient vers les terres. Quelle force et quelle vitesse sidérantes les animaient ! Il était chaque fois impressionné par ces masses d'eau qui remontaient vers leur source et envahissaient la terre.

Il reprit lentement la route jusqu'au parking. A sa droite et à sa gauche se dressaient deux propriétés qui avaient vu se succéder des dynasties entières d'ostréiculteurs.

Il décida de rentrer à Concarneau et de prendre un verre de lambig à l'Amiral. Lily Basset, la propriétaire, venait de recevoir le millésime nouveau, offert par son beau-frère.

Le parking était vide, hormis la Citroën de Dupin. Il faisait presque nuit et les hauts arbres, serrés les uns contre les autres, laissaient à peine filtrer un peu de lumière.

Dupin se trouvait à quelques pas de son véhicule quand il perçut un bruit insolite. Une sorte de croassement effrayant, indéfinissable. Tout proche.

Cela semblait provenir de l'arrière de sa voiture. Il s'immobilisa. Ses muscles se tendirent. Sa main droite chercha instinctivement la présence rassurante de son arme.

Pendant quelques instants, il ne se passa rien.

Soudain, une tête étrange et brune apparut derrière le pare-chocs. Deux yeux sombres se fixèrent sur le commissaire. Un corps informe suivit. Une oie. Une grosse et vieille oie.

Son cri avait quelque chose d'indiscutablement agressif. Dupin s'y connaissait en oies. Dans le petit village du Jura d'où son père était originaire, et où, dans son enfance, il passait ses vacances, il avait frayé avec les oies. Il en conservait un souvenir désagréable, voire douloureux, et en avait gardé un respect certain. Quand elles étaient mal lunées, les oies pouvaient se transformer en véritables monstres. Or, le spécimen qu'il avait devant lui était de la race la plus capricieuse, la plus agressive : l'oie de Toulouse.

Très agitée, l'œil mauvais, elle se précipita vers lui avec un cacardement furibond. Dupin battit aussitôt en retraite. Le volatile s'immobilisa soudain et se mit à faire des allées et venues, comme pour lui indiquer les limites d'une frontière invisible à ne pas franchir.

Dupin savait que les oies pouvaient être très rapides. Ses chances de la prendre de court avec une accélération subite étaient faibles. Demeurer immobile et miser sur le fait qu'elle se lasserait d'attendre n'avait pas plus d'intérêt, sachant qu'elles étaient plus têtues encore que lui-même. La situation était critique.

Il ne lui restait qu'une possibilité. Dupin fit volte-face et retourna vers La Coquille. Il se posta devant le zinc, où l'une des sœurs était affairée à essuyer des verres. Elle leva vers lui un regard curieux.

— J'aurais besoin de quelques restes de verdure, annonça le commissaire d'une voix ferme avant d'ajouter : S'il vous plaît.

— Vous vous y connaissez plutôt bien, pour un Parisien, remarqua l'interpellée.

Sa voix aimable trahissait une réelle déférence. Elle se retourna, disparut dans la cuisine et revint munie d'un sac en plastique.

— Des épluchures de carottes, des restes de salade, des pelures de concombre : notre mélange spécial

Quimper. Un endroit reculé dans les terres, très isolé, où on ne croisait pas – surtout pas – un chat.

— Est-il vêtu d'une veste ou d'un manteau vert foncé ?

— Un manteau vert ? Euh, non, il porte une veste beige, souillée de sang, déchirée. Un jean et des chaussures de cuir marron. Peut-être que ce sont des baskets, d'ailleurs.

Dans la voix du gendarme de Sizun, l'incompréhension était de plus en plus perceptible.

— Des cheveux bruns et courts ? Des blessures sur le haut du corps ?

— Il est couvert de blessures, commissaire. Son corps est horriblement abîmé. Il gît juste en dessous d'un des sommets abrupts. Il a dû tomber de là. Il y a autre chose, cependant…

— Quoi ?

— Son cou est couvert d'hématomes. Le médecin pense qu'il a pu être étranglé avant de tomber. En tout cas, il est certain que ces marques ne viennent pas de la chute. Cela ne ressemble pas à un accident.

— Etranglé ?!

— Quel médecin est sur place ?

— Celui de Sizun. On fait souvent appel à lui. Il est venu avec nous, au cas où. L'homme aurait pu être vivant. C'est un très bon professionnel. Quatre-vingts ans, mais en pleine forme.

— Il est sûr, pour les hématomes ? Déjà ?

D'ordinaire, les légistes rechignaient à donner des informations avant d'avoir achevé leur autopsie.

— Oui, certain. Vous voulez lui parler ?

— Non, non. Et les cheveux, alors ? Courts et bruns ?

— Euh… Ils ne sont pas longs, en effet. Qu'est-ce que vous entendez par « courts » ? Rasés ?

— D'une longueur normale, en somme.

— C'est possible. En tout cas, ils ne sont ni blonds ni roux. C'est difficile à dire, parce qu'ils sont imbibés de sang et qu'on n'aperçoit pas bien la tête…

— Aucun moyen de l'identifier ?

— Rien dans les poches de son pantalon ou de sa veste. On dirait que quelqu'un a veillé à ce qu'on ne puisse pas le reconnaître.

— Quel âge, à votre avis ?

— Eh bien, c'est difficile à dire. Soixante-cinq ans, peut-être. Comme je vous le disais, le cadavre est très amoché.

— D'où vient le médecin légiste officiel ?

— C'est une femme. De Brest. Elle ne va pas tarder à arriver.

Dupin avait presque rejoint sa Citroën. L'appel était arrivé alors qu'il quittait son appartement pour se rendre à l'Amiral. Il avait tourné les talons sans tarder et s'était dirigé vers la grande place qui jouxtait le bassin portuaire. C'est là qu'il avait l'habitude de garer sa voiture – sans tenir compte des réglementations officielles spécifiant qu'il devait faire usage des places réservées au parking du commissariat.

— J'ai besoin de connaître dès que possible l'heure supposée du décès. Il faut que je sache s'il est mort hier vers seize ou dix-sept heures, et aussi s'il porte sur lui quelque chose qui laisse supposer qu'il vient d'ailleurs. De la terre dans les cheveux, de l'herbe sur ses vêtements, par exemple.

Etait-il vraiment possible qu'ils aient deux cadavres d'un coup ? Deux hommes morts, de toute évidence assassinés ? Si la déposition d'Armandine Bandol était fiable, c'était tout de même un gros morceau. Dupin était tout aussi convaincu ce matin qu'hier de la sincérité de la vieille dame, mais il fallait tout envisager. Deux crimes en l'espace de douze heures seulement, c'était un peu beaucoup pour le Finistère sud. Un cadavre disparaissait et voilà qu'un autre surgissait, quelques heures plus tard, à une centaine de kilomètres de distance. Il était difficile de ne pas faire le lien. N'importe qui aurait pensé qu'il s'agissait d'une seule et même victime déplacée de Port Bélon aux monts d'Arrée.

Extrêmement sauvages, les monts étaient un endroit idéal pour cacher un cadavre, mais les coins perdus ne manquaient pas autour de Port Bélon – sans compter le plus discret d'entre tous : l'Atlantique. Enfin, peut-être que le choix des monts d'Arrée répondait à un critère encore inconnu. A moins, bien sûr, qu'il ne fût en présence d'un second cadavre.

— Je passe le message à la légiste dès qu'elle arrive.

— Qui a trouvé le corps ? Et pourquoi si tôt ?

Il était à peine huit heures et quart.

— Un groupe de randonneurs. Un tour organisé, avec un guide. Douze personnes. Ils sont partis de Sizun à sept heures, ils voulaient gagner le sommet et poursuivre vers le lac Saint-Michel. La saison des treks vient de commencer, par ici.

Dupin connaissait l'altitude du Roc'h Trévézel : 384 mètres, point culminant de la Bretagne. Même si le mont était très escarpé sur son versant ouest donnant sur l'Atlantique, cela faisait sourire Dupin quand il entendait parler de « sommet ». Lui connaissait de vrais sommets. De vraies montagnes. Le village de son père nichait à sept cents mètres d'altitude, en bordure des Alpes. En moins d'une demi-heure, on accédait à des hauteurs de deux mille mètres, puis aux pics alpins situés à trois mille mètres ou plus encore.

— Vous l'avez trouvé sur un sentier de randonnée ?

— Non. Sur un rocher, un peu à l'écart. Ce chemin est très étroit et peu fréquenté. Un randonneur a voulu prendre une photo et s'est éloigné de la piste, c'est lui qui a découvert le corps. Comme je vous le disais, il gît au pied d'une falaise qui doit bien faire cent cinquante mètres. Il est sans doute tombé – ou on l'a jeté dans le vide. Selon toute probabilité, il était déjà mort.

— Un habitant du coin aurait-il pu savoir qu'un chemin passe par là ?

— Oui.

— Vous avez repéré une voiture dans les parages ?

— Non.

— Pas de véhicule sombre, ou rouge ?

— Non.

— Comment cet homme est-il arrivé jusque-là ?

— Nous ne pouvons rien dire à ce sujet, pour le moment. Mon collègue est en train d'inspecter la crête. Peut-être en saurons-nous davantage. Il est très fort pour dénicher des indices.

Dupin avait rejoint sa Citroën.

— Je pense que je serai là un peu après neuf heures, dit-il en jetant un coup d'œil à sa montre. La légiste doit m'appeler dès qu'elle a quelque chose. Ah, faites une photo du cadavre avec votre téléphone et envoyez-la à mon assistante. Tout de suite.

Ils la montreraient à Armandine Bandol. Sa mémoire était capricieuse, imprévisible et peu fiable, mais l'effet de surprise pouvait la stimuler. L'espoir de réussite était mince, mais il fallait tout tenter.

Dupin raccrocha sans attendre de réponse.

C'était fou. La série d'événements qui s'étaient succédé depuis sa visite d'Océanopolis, la veille, était parfaitement invraisemblable. Manifestement, ils n'étaient pas au bout de leurs peines. Dupin croyait fermement à la loi des séries. Depuis toujours. Quand des événements exceptionnels survenaient, peu importe qu'ils fussent heureux, graves, drôles ou absurdes, ils en attiraient généralement d'autres à leur suite.

Il y avait autre chose qui intriguait Dupin : le matin même, Claire l'avait réveillé à sept heures et demie par un coup de fil étrange. Elle lui demandait de la retrouver à Quimper, en début de soirée, « vers dix-huit heures ». Elle lui préciserait plus tard l'endroit exact. Il avait d'abord cru à une plaisanterie. C'était d'autant plus mystérieux qu'aucun train n'arrivait de Paris « vers dix-huit heures ». Le TGV arrivait soit à seize heures quarante-cinq, soit à dix-huit heures quarante-cinq. Dupin espérait qu'il parviendrait à honorer le rendez-vous. Car à présent, il avait un véritable cadavre sur les bras.

Le paysage était presque irréel. Hostile, étrange, sauvage comme dans un conte de fées sinistre. L'endroit parfait pour laisser son esprit vagabonder dans des sphères imaginaires et fantastiques comme les récits et légendes qui hantaient ces lieux. C'était l'habitat des druides, des magiciens, des fées, des nains et autres êtres fabuleux. Un lieu intimidant, inhospitalier pour de simples humains. Un décor rêvé pour des films de fantasy – les personnages de Frodon, Gandalf et leurs acolytes auraient fort bien pu évoluer dans de tels paysages.

Les monts d'Arrée, la « chaîne de montagnes » bretonne, marquaient la frontière du Finistère nord et du Finistère sud. Dupin se rappelait encore à quel point il avait été impressionné la première fois qu'il les avait traversés. Pour une broutille administrative, il avait dû remonter la D785 vers Morlaix et les paysages qu'il avait parcourus l'avaient stupéfié. Jamais il ne se serait attendu à un tel spectacle en Bretagne. La route fendait des forêts de sapins noirs avant de déboucher dans un autre monde : les fameux *menez*, des collines de granit et de grès aux sommets arrondis par les intempéries. Ils alternaient avec les *roc'h*, des crêtes acérées, des rochers quartziques hérissés et des formations aux silhouettes étranges. Çà et là, on apercevait également de vastes plateaux. C'était presque comme si le sol avait explosé d'un coup, les *roc'h* se dressaient, désordonnés, au milieu de la campagne aride de bruyères, d'ajoncs, de fougères et de mousses diverses, de sources légendaires, de ruisseaux et de tourbières. A intervalles irréguliers se dressait une chapelle isolée, décor d'innombrables histoires, et de mystérieux menhirs.

Pour Dupin, le mot qui décrivait le mieux ces paysages était « surnaturel ». Le Finistère marquait la limite du monde réel, de notre monde. Des contrées perdues où un brouillard épais se disputait avec les vents impitoyables et les tempêtes rageuses. Phénomène encore plus dépaysant : il n'y avait pas d'arbres. Ils ne poussaient pas, comme si c'était trop haut. Les vents et les orages charriaient des particules d'écume chargée du sel de l'Atlantique furibond. Elle se posait sur les montagnes, interdisant toute végétation élaborée. C'était là, tout au moins, l'explication scientifique du phénomène. Il existait une légende à ce sujet – sans doute la plus improbable que Dupin ait jamais entendue : à la naissance de Jésus, le ciel avait envoyé les arbres du mont d'Arrée à Bethléem pour y saluer le Messie. Comme ils refusaient catégoriquement de se plier à cet ordre (en bons Bretons qu'ils étaient), ils furent condamnés à dépérir pour ne plus jamais renaître.

A l'époque, Le Ber n'avait pas hésité à se lancer dans quelques récits très imagés pour dissuader son supérieur de prendre la route de Morlaix après la tombée de la nuit. Dupin n'avait pas compris si son inspecteur dramatisait ou non. Si absurde que celui puisse paraître, ce dernier avait néanmoins réussi à semer en lui un sentiment de malaise, léger mais insistant.

Avant et après le coucher du soleil, des âmes impures erraient ici dans l'espoir insensé de trouver une rédemption. Les nains s'adonnaient à des danses frénétiques dans l'obscurité de la lande. Taillées dans la pierre des anciens monuments, les représentations de l'Ankou, la Mort, s'animaient une fois la nuit tombée. Le diable lui-même avait caché ici son trésor. Celui qui tentait de le dénicher se voyait attrapé par les jambes et attiré vers les abysses. On allait jusqu'à dire que l'entrée de l'enfer, le Youdig, se trouvait ici, dans le Yeun Elez, l'ancestral marécage entouré de *roc'h* coupants. Dupin avait fini par le prier de mettre un terme à ces récits d'épouvante. Aujourd'hui, il se réjouissait de ne pas être accompagné de son inspecteur.

Il était presque arrivé. Le Roc'h Trévézel se dressait, impressionnant, à gauche de la route. Un instant plus tard, il découvrit une Peugeot de la gendarmerie sur un petit parking caillouteux.

Dupin voulait jeter un coup d'œil au cadavre et échanger quelques mots avec Labat, les gendarmes et surtout la légiste. Si le coupable avait laissé des traces, ce ne pouvait être qu'en haut, sur la crête, et non à l'emplacement où la victime avait percuté le sol.

Dupin immobilisa son véhicule derrière celui de la gendarmerie.

La météo semblait décidée à rendre le paysage encore plus dramatique. Des blocs de nuages énormes, noirs et menaçants, traversaient le ciel, percés de formes étranges où la lumière filtrait en rais éblouissants et spectraux. Tels des spots lumineux, ils balayaient le sol et dessinaient tour à tour les contours d'un sommet, d'un coin de bruyère ou d'un lac. Un cadre prédestiné pour une apparition mystique ou paranormale.

Dupin sourit : un panneau vieilli par le temps indiquait le chemin du « point culminant de Bretagne ». Trois cents mètres tout au plus le séparaient de la cime via un sentier étroit et caillouteux. Il avait dû pleuvoir abondamment pendant la nuit, car le chemin était transformé en ruisseau. D'autres sommets sauvages apparaissaient de part et d'autre du Roc'h Trévézel.

Depuis le sommet, il jouirait d'une bonne vue d'ensemble. Dupin se mit en route. Rapidement, ses chaussures s'enfoncèrent dans la terre lourde, bientôt chaque pas lui coûta. Au bout de quelques mètres, il avait les pieds littéralement trempés. Même les hautes herbes jaunies par le soleil poussaient de travers sur ces hauteurs. Il n'y avait pas grand-chose à voir : des buissons trapus et noueux qui ressemblaient à des bonsaïs surdimensionnés, quelques taches vives de végétation verte et violette, des rochers épars.

Dupin dut parcourir les derniers mètres en s'aidant des mains et arriva en haut à bout de souffle.

La vue était spectaculaire dans toutes les directions. C'était exactement ce qu'il avait imaginé : en contrebas, sur le côté opposé à celui où il avait garé sa voiture, il aperçut un petit groupe d'individus. Il reconnut la nouvelle veste cramoisie de Labat. Les deux autres devaient être le gendarme qui l'avait appelé et sa collègue de l'équipe technique. A quelques mètres d'eux, le sentier de randonnée était à peine visible.

Dupin vit également la grande corniche, sur laquelle gisait une silhouette informe. Une personne était agenouillée près d'elle, probablement la légiste. Deux autres individus se tenaient devant le rocher.

Dupin avait encore une bonne centaine de mètres à parcourir, tant bien que mal, pour arriver à l'emplacement – c'était tout au moins ce qu'il espérait – d'où la victime avait été précipitée dans le vide. Déjà morte, si ce que le médecin de Sizun disait était vrai. A cet endroit, les rochers étaient un peu moins hauts.

Il était presque arrivé quand la sonnerie de son téléphone lui parvint enfin à travers les hurlements du vent.

— Patron ?

— Oui, qui d'autre pensiez-vous joindre, Labat ?

— Où êtes-vous ? Nous vous attendons.

— Levez la tête.

— Qu'est-ce que vous…

Dupin vit son inspecteur se mouvoir, lever les yeux. Quelques instants s'écoulèrent.

— C'est vous ?

— A votre avis ?

Labat se mit bêtement à agiter les mains.
— Qu'est-ce que vous faites là-haut ?
— Qu'avez-vous à me dire, Labat ? Venez-en aux faits !
— La légiste nous a livré une première estimation de l'heure du décès. Elle s'est basée sur la rigidité et la lividité cadavériques. Par le temps qu'il fait, évidemment, la température…
— Labat !
— L'homme est mort entre neuf heures et midi. Mais ce n'est qu'une esti…
— Hier matin ?
— Oui, entre neuf heures et midi.
Cela changeait tout.
Si ce qu'elle disait était vrai, madame Bandol avait vu le cadavre vers dix-sept heures, avant que l'assassin n'ait eu le temps de revenir le chercher sur le parking de Port Bélon. Le meurtre avait donc très probablement eu lieu avant dix-sept heures. Cela n'avait pas de sens de tuer quelqu'un le matin pour le déposer ou l'abandonner à Port Bélon vers dix-sept heures et l'emmener ensuite aux monts d'Arrée pour le précipiter depuis le haut de la montagne. Ce serait parfaitement absurde.
Il fallait bien se rendre à l'évidence : ils avaient très probablement affaire à deux cadavres ! Deux meurtres !
— Allô ? Vous êtes là, patron ?
— Je… Et que dit-elle des marques d'étranglement ?
— Elle partage l'avis du médecin de Sizun. Selon toute probabilité, le décès est dû à un étouffement par pression mécanique. Il a sûrement été étranglé. On ne saura qu'après l'autopsie s'il était sans connaissance ou déjà mort au moment de la chute. Elle part cependant

du principe que la strangulation est la cause de décès la plus plausible.

— J'imagine que vous n'avez pas trouvé d'indice supplémentaire concernant l'identité du corps ?

— Nous vous aurions prévenu, tout de même, maugréa Labat. Vous descendez ? La légiste aimerait emporter le corps dès que possible.

Il raccrocha et resta quelques instants immobile, à s'ébouriffer les cheveux d'un geste nerveux. Il avait poursuivi son ascension en téléphonant et regardait à présent autour de lui.

L'homme avait dû pousser le corps depuis un emplacement très proche de là. Il avait probablement emmené sa victime en voiture. Le chemin depuis la route était moins escarpé que celui qu'il avait emprunté.

Il existait plusieurs scénarios possibles. Soit le meurtre avait eu lieu ici, sur ce sommet, soit l'assassin avait traîné ou porté le cadavre jusque-là. Quoi qu'il en soit, cela n'avait pas dû être une partie de plaisir. A moins qu'il n'ait été aidé d'un complice, il devait être de constitution solide.

— C'est vous, le Français ?

Une voix grave l'interrompit au milieu de ses réflexions. Il se retourna. A quelques mètres de lui, une tête émergea de derrière un rocher. Le corps apparut ensuite, revêtu d'un uniforme. A en juger d'après sa chevelure d'un blanc immaculé et son visage tanné par le soleil, le gendarme n'était plus tout jeune. C'était sûrement le confrère qui cherchait des indices. Il s'immobilisa et détailla Dupin des pieds à la tête.

— Ne le prenez pas personnellement, mais, avec la France, il ne nous est jamais rien arrivé de bon…

— A qui ai-je l'honneur ? demanda Dupin d'un ton aimable.

Il avait l'habitude de ce type d'entrée en contact depuis qu'il vivait en Bretagne.

— Brioc L'Helgoualc'h.

— Très heureux de vous rencontrer, monsieur... (Dupin était incapable de se rappeler ce genre de noms, sans parler de les prononcer.) Vous avez trouvé quelque chose ?

— C'est vous qui dirigez ça ?

— Si vous voulez parler de l'enquête, en effet, oui, répondit calmement le commissaire.

— Eh bien, décidément, c'est de mieux en mieux.

Son ton débonnaire contredisait la brusquerie des propos.

— C'est la première fois que vous êtes chez nous ? Dans les monts d'Arrée ?

— Vous pensez que ce détail est important pour le bon déroulement de l'enquête ? répliqua Dupin avec autant de bonhomie que son interlocuteur grincheux.

— Oh, oui !

— Vous vouliez me dire ce que vous avez trouvé d'intéressant.

Brioc L'Helgoualc'h bougonna quelque chose que le commissaire ne comprit pas, puis il tourna les talons et disparut sans plus d'explications derrière son rocher. Un geste quasi imperceptible de sa main invita cependant Dupin à le suivre. Le commissaire s'ébranla avec un soupir. Cette enquête promettait d'être plaisante.

Quand il eut contourné le rocher, Brioc L'Helgoualc'h avait déjà pris une bonne avance sur lui. Vieux ou pas, il était alerte. Il s'accroupit soudain dans la bruyère, un peu plus bas sur le versant de la montagne.

— Ici !

Dupin s'approcha et découvrit un étroit sentier. Il s'agenouilla à son tour pour voir ce que le gendarme lui montrait : deux empreintes de pas, lavées par la pluie mais clairement visibles, sur un morceau de terre qui séparait les roches des mousses. Le pied droit et le pied gauche étaient en position quasi parallèle, profondément incrustés dans le sol. Quelqu'un était resté debout ici pendant un bon moment.

Dupin laissa son regard courir le long du sentier. Il menait directement de la route à la crête accidentée sous laquelle gisait le cadavre.

— J'en ai trouvé une autre un peu plus bas, et encore une sur le haut. Malheureusement, la plus grosse partie du sentier est recouverte de pierres ou de mousse.

Le téléphone de Dupin sonna de nouveau. C'était encore Labat. Il décrocha tout de même.

— Patron, où êtes-vous ? On n'attend plus que vous. La légiste voudrait faire enlever le corps.

— Figurez-vous que je mène une enquête, répondit sèchement Dupin. J'espère que vous m'appelez pour autre chose ?

— Elle dit qu'il y a des traces de lutte, en plus des marques de strangulation.

— Ah ?

C'était important.

— Des hématomes sur la moitié gauche du visage, au menton et à l'estomac, qui ne semblent pas provenir de la chute. La main droite est tordue et présente des fractures, mais cela ne ressemble pas à un impact contre une paroi rocheuse. Cependant, elle veut…

— Des fractures à la main ?

La lutte avait dû être féroce entre la victime et son assassin.

— Elle a dit autre chose ?

— Non, mais c'est déjà pas mal, sachant que l'autopsie n'a pas encore eu lieu.

— J'arrive. Ne bougez pas.

Dupin se tourna vers Brioc L'Helgoualc'h.

— Il faut que j'y…

— Une main cassée ?

Sa voix s'était faite insistante.

— Oui.

— C'est à la tombée de la nuit que les Kannerezed, les blanchisseuses de la nuit, des femmes au corps osseux et à la peau pâle, commencent à laver les linceuls des morts dans la lande. Celui qui les croise doit faire de même, mais si on se trompe de sens en essorant le linge, elles vous brisent la main et vous laissent saigner jusqu'à la mort.

Il fixa sur Dupin un regard de conspirateur.

— Il n'a pas été saigné, balbutia Dupin, et sûrement pas au poignet, de toute façon.

Les images épouvantables évoquées par le vieillard l'avaient fait frissonner, pourtant il en avait l'habitude, depuis qu'il vivait ici. Chacune de ses enquêtes, jusqu'à maintenant, avait compté son lot de légendes effrayantes. Après tout, ils se trouvaient en Bretagne, le contraire eût été impensable. Ce récit le consolait par ailleurs de l'absence de Le Ber – d'ordinaire, c'était lui qui assurait la part mythologique d'une enquête. Au contraire du bonhomme qui était resté relativement concret, Le Ber ne se serait pas privé d'accompagner son histoire d'une verve emphatique. Après ce bref intermède, le gendarme revint aux empreintes.

— Comme je vous le disais, j'ai trouvé les mêmes un peu plus bas. A mon avis, c'est une pointure 45 ou 46. Un homme de forte corpulence, ou alors lourdement chargé – chargé d'un corps, par exemple. Les empreintes sont profondes.

Brioc L'Helgoualc'h se posta juste à côté des traces, s'immobilisa quelques instants, puis fit un pas de côté.

— Regardez.

Dupin se pencha. Les chaussures de l'officier s'étaient à peine enfoncées dans la terre, et elles semblaient minuscules comparées aux autres.

— Je chausse du 41.

Dupin était impressionné : son estimation avait été précise.

— Je pense qu'il a porté le corps jusqu'ici. Je ne vois aucune trace montrant qu'on l'a traîné, mais peut-être que les empreintes n'étaient pas suffisamment profondes. Et avec cette pluie… L'homme a dû s'arrêter à plusieurs reprises pour reprendre son souffle – sans doute aux emplacements où le sol était plat et où il pouvait se tenir sans trop d'effort. S'il y a eu combat, il a sûrement eu lieu en bas. Pas ici, pas sur la montagne.

Dupin hocha la tête.

— Il portait des chaussures de sport. Des Nike. Il…

— Des Nike ?

— Oui. Leur forme est très facilement reconnaissable.

Dupin étudia plus attentivement les traces. Les bords avaient beau être clairement visibles, il aurait été bien incapable de reconnaître un quelconque motif. Brioc L'Helgoualc'h le fit soudain penser à un pisteur indien. Il existait sûrement quelque lien secret entre les Celtes et les Indiens, dont Dupin n'avait pas encore connaissance.

— Un tracé assez grand qui ressemble à du nid-d'abeilles, entrecoupé de lignes ondulées… Oui, Nike, le modèle classique.

— Je vois.

Si c'était vrai, ils auraient là un premier indice concernant le coupable. Un homme de forte corpulence, chaussant du 45 ou du 46. Peut-être ces détails feraient-ils toute la différence. Dupin avait hâte d'entendre l'avis de l'équipe technique, mais il ne doutait pas un instant de celui de son confrère.

— Ce n'est pas un randonneur. Aucun marcheur qui se respecte ne porte ce type de chaussures.

— Vous voyez des traces d'une seconde personne ?

— Non.

— Pas davantage sur la crête ?

— Non. Il n'y a que de la roche, c'est sans espoir.

— J'aimerais tout de même y jeter un coup d'œil.

Dupin s'engagea sur le sentier qui menait au sommet. Effectivement, c'était beaucoup plus facile de l'atteindre par ce chemin que par celui qu'il avait emprunté. Il arriva bientôt à hauteur des derniers rochers. De là, le précipice était impressionnant. Raide, profond et jalonné d'avancées rocheuses acérées. Dupin détourna les yeux et pivota lentement.

Les énormes nuages d'un noir d'encre s'étaient déchirés et laissaient percer des étendues de ciel bleu de plus en plus larges. Le regard portait plus loin, jusqu'à la sublime presqu'île de Crozon, jusqu'à la baie de Brest d'où on apercevait l'Atlantique – Ar Mor braz : la grande mer. A l'est s'étendaient les marais peuplés de blanchisseuses nocturnes, entourées des trois *roc'h*. Puis venaient le lac Saint-Michel, et, au-delà, l'une des plus grandes forêts de Bretagne, le chaos du Huelgoat. Un lieu qui inspirait les légendes les plus étranges, lui aussi.

— Tout ça, c'est le balcon de l'Ouest.

Il faillit bondir. Il n'avait pas entendu L'Helgoualc'h arriver. Dressé près de lui, celui-ci s'exprimait d'une voix rauque, presque mélancolique.

— C'est ce qu'on dit : le balcon de l'Occident. Pour vous, les monts d'Arrée ne sont probablement rien de plus que des hauteurs aux formes insolites mais, en réalité, ce sont des montagnes. De fiers sommets, oui. Le Massif armoricain est une chaîne montagneuse impressionnante, qui s'étend depuis la Normandie jusqu'ici, sur des centaines de kilomètres. Pendant de longues années, ses cimes étaient plus élevées que l'Everest. Elles atteignaient plus de neuf mille mètres. L'Himalaya, les Alpes, les Pyrénées, le Caucase, tous ces reliefs sont jeunes, comparés à celui-ci. Ils ne comptent même pas cinquante millions d'années ! Les monts d'Arrée sont dix fois plus vieux. Voilà ce que sont ces montagnes, monsieur.

Dupin devait admettre qu'il était ému, lui aussi. Pour les Bretons, avait-il fini par comprendre, le passé était au moins aussi réel que le présent. Un moment vieux de trois cents millions d'années, par exemple, valait tout autant que la minute qui venait de s'écouler. Dans ces conditions, il était tout à fait injuste et présomptueux de privilégier le jour présent au continuum du temps. Ce n'était pas parce qu'on faisait partie des vivants actuels qu'on était plus important que ceux d'hier ! Quel orgueil, quelle arrogance de la modernité ! Si l'on considérait les monts d'Arrée d'un point de vue breton, ils étaient la même chaîne montagneuse impressionnante aujourd'hui que par le passé.

— On est au cœur de la Bretagne bretonnante. C'est ici, bien plus que partout ailleurs, que bat le cœur de la Bretagne.

L'Helgoualc'h avait formulé cette phrase comme une loi immuable. Au cours des dernières années, Nolwenn n'avait pas manqué d'expliquer à Dupin tout ce qui concernait cette fameuse « Bretagne bretonnante ». Le terme faisait référence à la pointe la plus occidentale de la péninsule bretonne, la Basse-Bretagne. Dans le langage d'usage dans la région, cela signifiait : « loin de la capitale », loin de Rennes ou Paris. Pour un Breton, rebelle de par sa nature même, il n'y avait pas plus flatteur.

C'était ici qu'on parlait le « vrai » breton, le celte et non le gallo de Haute-Bretagne, plus à l'est. Tout comme le français, celui-ci s'était développé à partir du latin vulgaire, il s'agissait donc d'une langue « jeune ». Le celte comptait sans doute mille cinq cents ans de plus que le français, un détail qui avait son importance aux yeux des Bretons. C'est ainsi que la Bretagne bretonnante avait acquis, au fil du temps, le qualificatif de « vraie » Bretagne. Si le Finistère était le noyau de toute chose – le début du monde : *Penn Ar Bed* –, la Bretagne bretonnante était au cœur de ce noyau.

— Bon. Je vais voir ce cadavre de plus près, lança Dupin, soudain pressé. Excellent travail, monsieur.

L'Helgoualc'h ne manifesta aucune réaction face à ce compliment. Au contraire, sa mine s'assombrit visiblement.

— Le coupable n'est pas du coin.

— Qu'est-ce qui vous fait dire cela ?

— Il n'y a qu'un étranger pour vouloir faire disparaître un corps en le jetant depuis cette falaise. Celui qui connaît un tant soit peu la région sait qu'un chemin passe juste en dessous. Un résident aurait abandonné le cadavre dans la tourbière, Yeun Elez, à quelques kilomètres d'ici. (Il agita la main en direction de l'ouest.) Là, on peut être sûr que le cadavre ne réapparaîtra jamais.

Sa théorie tenait la route.

— On y accède directement depuis Kernévez. Il y a des tourbières qui font plusieurs mètres de profondeur, remplies d'eau et de boue. Cela aurait été un jeu d'enfant. Croyez-moi, la personne qui a fait ça ne connaît pas la région. Un étranger. Il passait par ici, c'est tout. On n'a rien à voir avec ça, nous.

On aurait presque pu croire qu'il parlait de sa tribu. Comme quelques instants plus tôt, il prit soudain un ton plus mystérieux.

— Si vous saviez le nombre de personnes qui ont déjà disparu dans la tourbière... En général, cela se passe la nuit, mais c'est déjà arrivé en plein jour, aussi. Par grand soleil. Tout à coup le brouillard se lève, la surface de l'eau se met à frémir comme si elle était en ébullition. Si vous vous arrêtez alors pour observer le phénomène, vous êtes perdu. Votre curiosité vous aura coûté la vie. Le sol sur lequel vous vous tenez cède sous vos pieds et vous disparaissez à jamais dans le Youdig. La porte des enfers. La première fois, c'était il y a quelques années : trois hommes ont disparu en plein jour, par beau temps.

— On ne les a jamais retrouvés ?

A peine avait-il lâché cette question que Dupin eut honte de l'avoir posée. Cette fois encore, il s'était fait prendre.

— Jamais. Les marais ont été passés au peigne fin pendant plusieurs jours.

Cela avait dû se passer avant son arrivée, car Dupin n'avait jamais entendu pareille histoire. Il s'en félicita secrètement.

— C'est comme ça que ça se passe, ici. Toutes les nuits, on entend un hurlement quelque part. Les démons, les âmes des défunts qui ont pu se libérer pour quelques heures… De temps à autre, on voit même apparaître dans les villages des individus qui ne sont pas ce qu'ils prétendent être. Leur apparence est trompeuse. Il n'y a pas si longtemps, vous savez, les prêtres d'ici opéraient encore des exorcismes : ils attiraient les démons dans les corps des chiens noirs avant de les précipiter dans l'eau du Youdig. Ces monts ont quelque chose de spécial.

L'Helgoualc'h leva les yeux au ciel avant de poursuivre :

— C'est ici que les druides organisent leurs principales cérémonies, surtout dans les marais. La fête de fin d'année celte, par exemple. C'était il n'y pas si longtemps. Ils ont rassemblé pas mal de monde, on comptait trois cents druides !

Dupin en avait entendu parler. Les druides existaient encore et organisaient toutes sortes d'événements. Le Ber le lui avait expliqué. Curieusement, l'inspecteur ne participait pas à ces rassemblements, mais il en connaissait quelques membres. Bien entendu, il ne voyait rien d'étrange à tout cela.

L'Helgoualc'h en avait terminé avec ses récits et regardait Dupin d'un air interrogateur.

— Vous avez sans doute raison. Ce devait être un étranger.

Dupin essaya de chasser les images de démons de son esprit.

— Ils m'attendent, en bas.

Après un dernier regard méfiant vers les marécages, il entama la descente. Il était content de retrouver sa voiture, le monde normal. Il devait se concentrer sur des éléments concrets, un scénario tangible : une personne de forte corpulence aurait porté la victime jusqu'en haut de la montagne avant de la précipiter dans le vide. Au moment de la chute, cette dernière était déjà morte, étranglée. Une lutte violente avait eu lieu. Le suspect n'était pas d'ici et portait des chaussures de sport, de marque Nike. C'était tout de même un bon début.

En effet, le cadavre était épouvantablement abîmé. Dupin en avait vu d'autres, mais celui-ci comptait sans aucun doute parmi les pires qu'il eût jamais contemplés. Labat n'avait pas exagéré. Dans sa chute, l'homme avait dû percuter la paroi rocheuse à plusieurs reprises, si bien que son corps avait littéralement éclaté à certains endroits. La corniche sur laquelle il reposait était couverte de sang et d'autres substances liquides et visqueuses.

— Vous en avez pour longtemps ? J'aimerais bien l'emporter à Brest pour commencer l'autopsie, demanda la légiste qui se tenait sur le rocher, près du cadavre.

Dupin était resté à l'écart. Agée d'une quarantaine d'années tout au plus, elle avait une chevelure brune et bouclée et affichait une mine concentrée. Pour une fois, Dupin avait affaire à une représentante de la profession d'apparence étonnamment sympathique.

A cet emplacement de la montagne, le paysage était complètement différent, les buissons étaient hauts et on apercevait même quelques bois. A quelques pas d'eux se dressait un chêne solitaire et massif, qui jetait de longues ombres autour de lui.

Dupin avait parcouru une bonne partie du chemin à pied. Au bout de quelques centaines de mètres de piste herbeuse quasi impraticable, il avait été contraint de garer sa voiture.

A première vue, l'homme était de stature plutôt frêle et de petite taille, à peu près un mètre soixante-quinze. Dupin essaya de se faire une idée : cheveux blond foncé, une teinte banale. La description qui lui en avait été faite correspondait en tous points.

— Emmenez-le. Il y a du nouveau ?

— J'ai confié à votre inspecteur tout ce que je pouvais conclure à ce stade. Une chose, encore : au-dessus de son poignet brisé, nous avons découvert un reste de tatouage. Cela pourra peut-être vous aider pour l'identification. Il faut que je découpe ses vêtements au scalpel, j'espère qu'il reste suffisamment de peau pour voir ce dont il s'agit. (Le ton était pragmatique, professionnel.) Je vous tiens au courant dès que j'en sais davantage.

— Très bien, merci.

La médecin adressa un signe aux deux jeunes hommes qui patientaient un peu plus loin, un brancard calé entre les mains. Dupin se détourna à son tour et s'approcha du petit groupe rassemblé à quelques mètres de là dans la bruyère. Labat était en grande conversation téléphonique, la mine importante, comme à l'accoutumée.

Un jeune officier de gendarmerie s'approcha de lui. Dupin le salua d'un geste :

— C'est à vous que j'ai parlé au téléphone ?

— Oui. Gendarmerie de Sizun. Je crois que vous avez déjà fait la connaissance de mon collègue, sur la crête.

— A-t-on une idée plus précise de ce qui a pu se passer ?

— Non.

— Rien d'intéressant ? Quelqu'un a été porté disparu ? On a remarqué quelque chose d'inhabituel, au cours des derniers jours ?

Le gendarme lui répondit avec un regard quasi craintif :

— Non. Enfin... pas pour le moment, en tout cas. Ç'aurait été trop beau.

— Les collègues de l'équipe technique aimeraient savoir si vous avez besoin de leur aide ici ou s'ils peuvent poursuivre leur travail en haut, sur le sommet.

C'était incroyable, l'équipe technique elle-même semblait agréable.

— Aucun problème.

Dupin se retint d'ajouter qu'il doutait fort qu'ils trouvent d'autres indices que ceux déjà découverts par leur collègue pisteur. Il s'aperçut avec surprise que le mot « sommet » ne le faisait plus sourire. A partir de maintenant, il ne se moquerait plus des reliefs bretons.

— On ne sait rien ? Rien du tout ?

— Oui... enfin, non.

Les deux gendarmes s'étaient presque mis au garde à vous pour lui répondre.

— Bon travail, lâcha Dupin pour les encourager, mais il se sentait peu convaincant.

Heureusement, le visage de l'un des deux officiers s'éclaira de plaisir.

Il n'avait plus rien à faire ici, et il rêvait d'un café. Il avait besoin de se remonter le moral et de s'éclaircir les idées. Il fallait qu'il réfléchisse sérieusement, maintenant qu'il avait deux enquêtes à mener. L'une plus mystérieuse que l'autre, pour couronner le tout.

— On est loin de Sizun ?

— En voiture, à peine quelques minutes.

— C'est le village le plus proche d'ici ?

— Oui.

— Je vais y faire un tour.

Le gendarme brûlait visiblement de lui demander pourquoi mais il semblait aussi comprendre qu'il valait mieux se taire.

— Me voilà, patron.

Labat s'était approché :

— J'ai terminé mon coup de fil. Tout va bien.

Son visage exprimait exactement le contraire. Il avait l'air bouleversé, nerveux et très désireux de le cacher.

— Qu'est-ce qu'il y a, Labat ?

L'inspecteur semblait hésiter.

— Oh, rien. Tout va pour le mieux.

— Bon.

Dupin n'avait pas l'intention de lui tirer les vers du nez. Il se retourna sans un mot et se dirigea vers sa voiture.

Situé à quelques minutes à peine des monts, Sizun était minuscule et ravissant.

Dupin s'était installé à la terrasse du bar de l'hôtel des Voyageurs. Le soleil montrait beaucoup de bonne volonté pour ce début d'avril, on sentait la chaleur des rayons sur la peau. Il n'y avait là que quelques chaises et quelques tables de bois, c'était une de ces enseignes que l'on trouvait dans chaque village français, même les plus reculés, et que Dupin affectionnait. On était certain de s'y voir servir une entrecôte-frites digne de ce nom et un verre de bon vin rouge. A l'instar de toutes les maisons du village, l'hôtel des Voyageurs était une belle bâtisse de pierres anciennes située sur la petite place centrale du village. Toute en longueur, peinte en blanc, elle était rehaussée de cadres de fenêtres, d'un auvent et d'autres détails d'un vert éclatant.

C'est là que les gens du coin se rassemblaient à toute heure de la journée, surtout le soir ; ici s'écoulait la vie quotidienne, se trouvait le cœur de l'existence. Dupin pouvait passer des heures assis dans ce genre d'endroit à regarder les gens vaquer à leurs occupations. Ici se jouaient la routine journalière comme les événements exceptionnels : les naissances, les baptêmes, les fiançailles, les mariages et les anniversaires importants – et aussi les enterrements.

Dupin s'en était tenu à son unique petit-café-qui-ne-comptait-pas. Par mesure de prudence, il avait également commandé un sandwich jambon-fromage, car il ignorait quand se présenterait la prochaine occasion de se mettre quelque chose sous la dent. A peine arrivé, Dupin avait avalé le café d'un trait. Il avait senti aussitôt une vive douleur à l'estomac. Pendant les enquêtes, son alimentation était déséquilibrée. Le sandwich était copieux ; il dépassait largement des bords de l'assiette.

Le commissaire avait échangé trois mots avec Nolwenn. S'il n'avait jamais entendu parler de lui auparavant, Brioc L'Helgoualc'h était manifestement une référence au sein des forces de l'ordre du Finistère. La voix de son assistante avait trahi un profond respect pour le vieil homme.

Nolwenn était sans nouvelles de l'examen de Le Ber. L'épreuve écrite avait lieu ce matin, à partir de neuf heures. En revanche, le préfet Guenneugues s'était manifesté – bien plus tard que de coutume. Un homme détestable, mais qu'il ne pouvait malheureusement éviter. Il devait le rappeler « immédiatement », c'était « urgent ». Dupin n'était pas surpris – dès qu'une enquête promettait d'être médiatisée, l'intéressé ne manquait jamais de se placer au premier rang. Un détail cependant retint l'attention du commissaire : le préfet souhaitait lui parler de l'enquête, bien entendu, mais aussi d'« une affaire très délicate ».

Dupin n'avait pas la moindre idée de ce que cela pouvait être. Il n'était pas impatient de le découvrir, d'ailleurs, mais il avait dû promettre à Nolwenn de s'en occuper. C'était important. Depuis le coup de fil, dix minutes s'étaient déjà écoulées.

Le commissaire lâcha un soupir, mordit dans son sandwich et reprit son téléphone. Il s'apprêtait à composer le numéro quand la sonnerie se fit entendre. Un numéro masqué. Il hésita une fraction de seconde avant de décrocher.

— Commissaire, c'est madame Bandol ! Il faut que je vous parle, c'est urgent.

Elle s'exprimait à toute allure.

— De quoi s'agit-il ?

— Eh bien, du dernier événement… D'autres choses me sont revenues.

Dupin dressa l'oreille. C'était inespéré. Elle semblait sûre d'elle et tout à fait lucide.

— Racontez-moi.

— Tout dépend de mes souvenirs, n'est-ce pas ? Nous n'avons rien de plus, pour le moment ?

Elle marqua une brève pause.

— En effet.

— L'homme portait un jean. J'en suis sûre. Il avait effectivement les cheveux très courts, brun foncé ou peut-être noirs, en tout cas très sombres. Ses chaussures étaient décorées d'un motif d'oiseaux. Ou d'un seul oiseau, c'est possible. C'était une veste, pas un manteau. Ce n'était pas aussi long qu'un manteau. Elle était vert foncé, comme je vous le disais. Je l'ai revue très clairement, cette nuit.

Les phrases se précipitaient.

— Vous l'avez revue cette nuit ?

— Oui, j'ai tout revu. Dans mon rêve.

— Dans votre rêve ?

— Oui, oui ! Tout était très clair !

Dupin ne savait pas qu'en penser.

— Vous avez rêvé tout cela ?

— Je revois tout dans mes rêves, même les choses que j'avais oubliées auparavant.

— Vous voulez dire que vous vous remémorez la nuit des éléments dont vous ne vous souveniez plus avant ?

— Dieu seul sait pourquoi mais oui, c'est exactement ça. Alors, notez bien ce que je dis dans votre petit carnet rouge.

— Je... Quoi d'autre, madame ? Est-ce que vous avez rêvé d'autre chose ?

— C'est déjà pas mal, non ? répondit la vieille dame d'une voix sévère. Si vous mettez tout cela bout à bout, ça vous fera un portrait à peu près utilisable pour votre travail. En tout cas, ça devrait suffire pour l'identifier, et ensuite on pourra en apprendre davantage !

— Je crois…

— Vous devriez transmettre l'information au plus vite, commissaire.

Dupin était tellement surpris qu'il ne savait que répondre.

— Très bien, je vais le faire.

— Tant mieux. Tenez-moi au courant. En tout cas, ce n'est certainement pas le type de la photo. Votre jeune collègue est avec moi, je le lui ai déjà dit : cette photo ne nous mènera nulle part. C'est peut-être un nouveau mort mais, en tout cas, ce n'est pas le mien ! A bientôt, commissaire.

Elle avait raccroché. Encore étourdi, Dupin se frotta la tempe.

Le serveur arriva muni d'une petite bouteille d'eau que Dupin avait commandée par désespoir de ne pouvoir savourer un second café. Le serveur l'avait d'ailleurs regardé de travers avant d'oublier la bouteille. Pour des raisons sanitaires, l'eau minérale n'avait pas bonne réputation en Bretagne : « L'eau fait rouiller, l'alcool conserve », avait-on coutume de dire. Dupin s'en servit néanmoins un verre et sortit son calepin. Dans la matinée, il avait commencé à le remplir par la fin. Pour l'affaire des monts d'Arrée.

Il venait d'ajouter quelques notes supplémentaires quand son téléphone sonna de nouveau. C'était le préfet. Décidément, il ne prenait pas la chose à la légère.

— Oui ?

— Comme d'habitude, vous êtes injoignable quand on a besoin de vous, commissaire.

Au cours des années passées, Dupin avait fini par apprendre comment mener une conversation téléphonique avec son supérieur sans qu'elle vire à la catastrophe. Tant que ce dernier exprimait sa colère, il valait mieux se taire. Guenneugues se fichant qu'on lui réponde, il suffisait de le laisser parler.

— C'est toujours la même chose. Enfin, nous avons un problème plus sérieux. C'est votre inspecteur. Labat.

Dupin se raidit :

— Que se passe-t-il ?

— Il est soupçonné dans une histoire de vol de sable sur la plage de Trenez. C'est le commissariat de Lorient qui m'a prévenu. Ils l'ont mis sous surveillance, les plus hautes autorités sont averties. Le commissariat enquête sur un réseau criminel depuis plusieurs mois, il a déjà rassemblé quelques preuves. Avec le soutien de Paris. Vous…

— Comment Labat est-il censé être impliqué ?

— Ils volent du sable en très grosses quantités, pendant la nuit. Il…

— C'est parfaitement absurde. Une affabulation de Labat ! l'interrompit Dupin.

— Hélas, nous détenons des preuves. Il y a des clichés où on le voit en train de se livrer à une sorte de repérage. Sur les plages, la nuit, en dehors de ses heures de service, bien entendu. Vêtu de noir et escorté d'une complice.

— Une complice ?

C'était ahurissant.

— Sous un nom d'emprunt, il a pris contact avec plusieurs entreprises de construction et leur a proposé des cargaisons de sable. On a beaucoup de preuves, et elles datent des trois derniers mois. C'est du lourd.

C'était surtout incroyable. Les confrères de Lorient semblaient s'être lancés dans une enquête secrète de grande envergure.

— Bien entendu. Il...

Dupin se mit bêtement à bredouiller. Comment pouvait-il expliquer au préfet son hypothèse dans cette histoire ? Selon toute probabilité, son inspecteur, obsédé par cette histoire de sable volé, s'était lancé dans une enquête en solo en dehors de ses heures de travail.

— Il va au-devant de sérieuses difficultés, commissaire, et c'est votre subordonné. Nous devons...

— L'inspecteur Labat enquête sous ma direction, enfin, ça va sans dire ! Je lui ai demandé d'être discret.

Dupin était stupéfait par ce qu'il venait de dire. La colère lui était montée au nez et il avait répondu sans réfléchir. Labat avait beaucoup de défauts, outre celui d'être insupportable, mais ce n'était pas un criminel. Ces reproches étaient grotesques. Labat faisait partie de son équipe et Dupin ne plaisantait pas quand il s'agissait de ses hommes. Quand on en venait aux choses sérieuses, les affinités passaient au second plan.

— Vous... Qu'entendez-vous par là ? aboya le préfet désarçonné par sa réponse.

— Ma foi, cela fait un moment déjà que notre attention a été attirée par les vols de sable à Concarneau. Vous pensez bien que ce qui s'est passé sur les plages de Kerouini et de Pendruc nous a mis la puce à l'oreille. Labat était en repérage ciblé sur la plage de Trenez. Nous lui avons demandé de prendre sur son temps libre pour inspecter secrètement divers lieux et entreprises. Il a effectué tout ça sous ma direction.

Dupin devait bluffer pour paraître à peu près crédible et couvrir tout ce que Labat aurait bien pu commettre d'autre.

— Qui est cette personne qui l'accompagne, alors ? On l'a aperçu plusieurs fois en compagnie d'une femme, tous deux partiellement masqués, seuls les cheveux dépassaient de leur capuche.

Malheureusement, Dupin était bien en peine de répondre à cette question.

— Eh bien, ça faisait partie du camouflage. Nous voulions qu'ils se fassent passer pour un couple d'amoureux.

Dupin supposait que la compagne de Labat n'était autre que son épouse, monitrice de sports de combat au poste de police de Rennes – mais il préférait ne pas s'avancer.

— Vous n'y croyez pas vous-même, voyons. Et puis pourquoi ne serais-je pas au courant ?

— Nos soupçons sont trop vagues pour le moment.

Dupin était d'autant plus surpris qu'il avait toujours cru percevoir chez le préfet une certaine sympathie pour son inspecteur zélé. Celui-ci ne manquait pas une occasion de lui rendre compte des agissements du commissaire, et le préfet en faisait largement usage. Et voilà qu'il le lâchait comme une patate chaude ! Cela en disait long sur sa personnalité.

— C'était mon idée, du début à la fin, insista Dupin.

Au point où il en était, il ne lui restait plus qu'à foncer. Il espéra secrètement que son inspecteur ne s'était pas lancé dans quelque entreprise trop risquée, dans son obsession des vols de sable, mais au fond de lui, il craignait le pire.

— Vous venez de broder toute cette histoire ! lâcha le préfet d'un ton étrangement calme.

— Comme vous voyez, monsieur le préfet, nous avons eu du nez. Nos soupçons n'étaient pas infondés.

C'était sans importance pour le moment, mais Dupin était tout de même impressionné par le fait que son inspecteur n'avait pas eu tort, avec son idée fixe.

— On verra bien ce que l'inspecteur Labat dira pour sa défense. Une voiture de patrouille est en route pour le récupérer aux monts d'Arrée. Il va faire l'objet d'un interrogatoire.

— On vient le chercher ?

— Il faut bien éclaircir les soupçons qui pèsent sur lui. Ce n'est plus de ma responsabilité. De toute façon, si les choses sont telles que vous me les décrivez, il n'a aucun souci à se faire.

Labat allait être emmené au poste et soumis à un interrogatoire ! Dupin n'en croyait pas ses oreilles.

— Nous avons des problèmes plus urgents à régler en ce moment, n'est-ce pas, commissaire ? Qu'en est-il de ce cadavre des monts d'Arrée ? Et celui de Port Bélon, hier ? Il a disparu juste après avoir été découvert, si j'ai bien compris ?

Dupin devait appeler Labat dans les plus brefs délais. Il n'avait rien de plus à dire à son supérieur.

— L'enquête vient de commencer. Nous sommes arrivés aux monts d'Arrée il y a tout juste deux heures.

— Et vous ne savez rien pour le moment, me dit-on.

— Non. Nous avons pris les dispositions nécessaires pour avoir sous peu les premiers résultats.

— Très bien, c'est ce que je voulais entendre. La presse est déjà dans tous ses états. Les gros titres évoquent le « cadavre des marais de l'enfer ».

— Il ne se trouvait pas dans les marais, mais en dessous du Roc'h Trévézel.

Heureusement, Dupin n'avait pas encore lu la presse, mais il ne doutait pas qu'elle allait faire ses choux gras de cette affaire. Sans compter que le groupe de randonneurs qui avait trouvé le corps ne manquerait pas de faire circuler des rumeurs.

— Quant à l'affaire de Port Bélon, les accroches sont cocasses : « Cadavre ou illusion ? » Les journalistes s'amusent du fait que la police soit incapable de savoir s'il y a eu un meurtre ou non. Je n'ai pas besoin de vous dire que ce n'est pas exactement le genre de gros titres qui me réjouit. C'est moi qui vais devoir leur fournir des explications, vous savez. C'est moi, le responsable.

Dupin mobilisa toute sa volonté pour garder son calme.

— Nous partons du principe qu'il y a eu meurtre. Dans les deux endroits.

Le préfet observa quelques instants de silence, que Dupin se garda bien d'interrompre.

— Très bien. Alors débrouillez-vous pour m'éclaircir rapidement ce mystère aussi. Pareil pour les monts d'Arrée. Ah, et puis, Dupin : ne plongez pas avec Labat. Faites attention à vous.

Dupin n'avait pas l'intention de lui répondre.

— Et tenez-moi au courant. C'est entendu ? Appelez-moi chaque fois que vous avez du nouveau. C'est un ordre. Bon, il faut que je vous laisse, j'ai un rendez-vous important.

Il raccrocha sans plus attendre.

Dupin était atterré. Décidément, il n'était plus à une aberration près. Malheureusement, celle-ci n'avait rien de drôle. Quelle mouche avait piqué Labat ?

A vrai dire, Dupin n'avait pas besoin de réfléchir bien longtemps pour comprendre ce qui s'était passé : cette histoire de vol de sable était montée à la tête de son inspecteur qui avait perdu tout recul et avait décidé d'en avoir le cœur net.

Ce qui étonnait davantage Dupin, c'était l'attitude de son confrère de Lorient : certes, ils ne s'étaient jamais appréciés, mais il n'y avait jamais eu de confrontation réelle – peut-être quelques divergences d'opinion, mais rien de plus.

Pourquoi n'avait-il pas prévenu Dupin, tout simplement ? Ils auraient pu régler cette histoire entre eux, parler avec Labat…

Le commissaire se redressa : ce n'était pas le moment de réfléchir aux tensions internes, il avait mieux à faire. Son inspecteur avait décidément un certain talent pour se mettre dans des situations inconfortables.

Dupin composa le numéro de Labat. Un moment s'écoula avant que ce dernier ne décroche.

— Patr…

— Labat, collez bien votre téléphone contre votre oreille et écoutez-moi sans m'interrompre. Je sais que vous vous trouvez dans une fourgonnette de la police, et je suis sûr qu'un officier est assis tout près de vous, alors vous allez vous contenter de me répondre par oui ou par non. Ayez l'air détendu.

Dupin marqua une pause pour voir si son inspecteur avait bien compris le message. Après un silence, Labat répondit d'un ton relativement neutre :

— Ah. Oui.

— Bon. Alors notez bien que j'étais au courant de tout, puisque c'est moi qui vous ai demandé d'enquêter secrètement. Moi, personnellement. Tout vient de moi, même vos initiatives les plus stupides. C'est bien compris ?

Cette fois, la réponse de son inspecteur mit plus longtemps à lui parvenir :

— Oui.

— C'était votre femme, Labat ?

— Oui.

Labat s'efforçait d'adopter un ton désinvolte, mais le résultat était pitoyable.

— Vous êtes-vous lancé dans quelque chose d'illégal au cours de votre… enquête ?

— Non.

— Vous en êtes bien certain ?

— Non. Enfin oui. Oui.

— Bon.

Un silence s'ensuivit.

— Vous n'êtes pas réellement impliqué dans une affaire criminelle, Labat ? Il n'y a pas de délit, n'est-ce pas ?

Il voulait tout de même en avoir le cœur net.

— Non, rien.

— Bon. Alors il ne peut rien vous arriver. Je m'occupe de tout. Vous serez de retour sur le terrain dès que possible.

— Oui.

Dupin perçut comme une hésitation, puis son inspecteur souffla d'une voix quasi imperceptible :

— Merci.

Il ajouta d'un ton boudeur :

— Vous voyez, j'avais raison.

Il raccrocha. Si elle n'avait été réelle, cette histoire aurait pu passer pour une bonne blague.

Dupin devait garder la tête froide. Il avait très probablement deux meurtres à élucider, et voilà qu'il se trouvait contraint de réparer les frasques de son inspecteur ! C'était un comble.

Dupin avait convoqué les deux gendarmes de Sizun – L'Helgoualc'h le pisteur et le jeune homme auquel il venait de parler – à l'hôtel des Voyageurs pour faire un point rapide. Ses deux inspecteurs allaient lui faire défaut au cours des heures à venir – l'un parce qu'il passait un examen d'histoire bretonne, l'autre parce qu'il était soupçonné d'être impliqué dans des histoires criminelles. Génial.

En attendant ses confrères, il avait passé un coup de fil à Nolwenn. Il voulait avant tout lui parler de Labat. Elle était déjà au courant, bien entendu, mais elle avait toutes les peines du monde à contenir sa colère et envisageait de téléphoner personnellement au préfet pour lui dire sa façon de penser. Concernant le cadavre des monts d'Arrée, elle n'avait rien de nouveau.

Les deux hommes avaient rejoint Dupin sur la terrasse et lui avaient fait part de leurs avancées respectives. Le corps était bien arrivé à Brest et l'autopsie était en cours, sans nouveauté pour le moment. Au sommet, ils n'avaient pas trouvé mieux que L'Helgoualc'h et s'étaient contentés de confirmer l'une après l'autre toutes ses suppositions. Les empreintes correspondaient effectivement à des Nike, trois modèles étaient concernés. Autre point important : on n'avait découvert aucune autre trace de pas, on pouvait donc supposer qu'il n'y avait qu'un seul assassin au Roc'h Trévézel.

— Il a dû être porté disparu quelque part, tout de même, bougonna Dupin. Sa disparition date d'hier midi, et personne ne s'est manifesté pour la signaler ?

L'Helgoualc'h n'avait pas encore pris la parole, laissant à son jeune collègue le soin de rapporter leurs découvertes.

— Non, commissaire. Rien. La légiste a nettoyé le visage du mort et nous en a fait parvenir une photo. Malgré l'ampleur des blessures, il est à peu près reconnaissable.

— Faites-la circuler. Adressez-vous également aux médias, déclara Dupin. Transmettez-la à tous les départements de Bretagne – et puis aux autres aussi. On passe à l'échelle nationale.

Il en avait par-dessus la tête. Il fallait agir, et vite. Ils ne pouvaient se contenter d'attendre sans rien faire.

— Nous avons prévu de faire le tour des bars et des restaurants avec ce portrait, expliqua le jeune homme en cherchant le regard de Dupin. C'est assez efficace ici, en général.

Dupin hocha la tête.

— A quand remonte le dernier meurtre dans la région ?

Dupin s'était plusieurs fois posé la question. Cela devait dater.

— 1962. Une fermière avait assassiné son mari. Il était rentré ivre mort, un soir, et avait renversé leur cheval en traversant la cour de leur ferme à toute berzingue en voiture. Il sortait de ce bistrot, d'ailleurs.

L'Helgoualc'h s'exprimait d'une voix paisible, presque douce.

Dupin évita de poser d'autres questions. Il connaissait l'importance accordée aux chevaux dans la région. Nolwenn lui avait déjà conté une demi-douzaine d'histoires plus abracadabrantes les unes que les autres, toutes survenues au sein de son clan familial. Pendant des siècles, le cheval avait constitué la plus grande richesse d'une famille. La prospérité et la notoriété d'un clan se mesuraient au nombre de canassons. Parfois, ces derniers vivaient sous le même toit que les membres de la famille, et ils portaient les noms des épouses : Charlotte, Marianne ou Ma Chérie. Abattre un cheval était un crime.

— Rien d'autre ?

— Rien de bien grave. Quelques délits d'ivrognes, mais sans importance. Même pas un cambriolage, hormis quelques vols de vengeance, après une dispute, ajouta le vieil homme en haussant les épaules.

— Qu'en est-il des vêtements du mort ?

Le jeune homme reprit la parole.

— La légiste va nous tenir au courant. La marque, la taille, tous les détails qui pourraient nous être utiles. Ça ne va pas tarder.

Dupin sentit la nervosité le gagner. Une pensée venait de lui traverser l'esprit.

— Et le tatouage ?

— Rien pour le moment.

— Je…

Dupin s'interrompit. L'idée lui était venue quand ils avaient parlé des vêtements. Elle était peut-être bizarre, mais mieux valait s'en assurer. Madame Bandol avait dit quelque chose à ce sujet quand elle avait raconté son rêve.

Dupin se leva brusquement. Il lui fallait un ordinateur. Il devait vérifier quelque chose. Son smartphone ! Il oubliait toujours qu'il pouvait s'en servir pour toutes sortes de choses.

— Un instant, dit-il avant de se concentrer sur le petit écran.

Il chercha l'icône d'Internet, cliqua dessus et commença à tapoter. Après s'être trompé deux ou trois fois, il appuya sur « Entrée » et les premières images apparurent. Le visage du jeune gendarme montrait une grande curiosité, celui de L'Helgoualc'h du scepticisme.

— Ça pourrait bien être ça. Oui, je…

Dupin fit défiler les images avant de lever les yeux vers ses interlocuteurs :

— Il faut que j'y aille. C'est important.

Il fallait qu'il en ait le cœur net. Qu'il vérifie auprès d'Armandine Bandol.

— Appelez-moi quand il y aura du nouveau !

— Entendu, bredouilla le jeune gendarme, surpris par le départ précipité du commissaire.

— Merci. Bon travail, vraiment !

Dupin déposa un billet sur la petite coupelle en plastique et s'éloigna d'un pas rapide.

— Ça y est ! Il est sorti, lança Nolwenn, visiblement excitée.

C'était allé vite. Dupin n'était pas très surpris, mais le préfet n'était pas toujours facile – sans doute parce qu'il était borné. Et puis ce genre de procédure ne dépendait pas seulement de son bon vouloir, les étapes suivaient un protocole très strict.

— Comment vous y êtes-vous prise ? Labat vient de…

— Mais non, je vous parle de Le Ber ! Son examen est terminé ! Il dit qu'il a su répondre à toutes les questions. Je m'y attendais, mais tout de même !

L'excitation de Nolwenn était mêlée de fierté.

Après avoir garé sa voiture en dehors du parking, à Port Bélon, Dupin parcourut les derniers mètres à pied. Nolwenn l'avait appelé peu avant son arrivée. Chemin faisant, il transmit quelques instructions à sa jeune collègue de Riec, qui se contenta de répondre par un rapide : « Pas de problème, j'ai ce qu'il faut à la maison. » En un tournemain, Magalie Melen avait également organisé le prochain rendez-vous avec madame Bandol.

— Qu'est-ce que vous en dites ? demanda Nolwenn, interrompant ses pensées.

— Je… Ma foi, je suis très content.

— Vous savez quel était l'un des sujets ? L'Amérique !

Son assistante débordait décidément d'enthousiasme.

— Très intéressant. Je suis sûr que Le Ber nous en fera un compte rendu passionnant.

Bien tenté, mais c'était compter sans l'entrain de Nolwenn qui enchaîna de plus belle :

— L'Amérique, c'est grâce aux Bretons ! Qui l'a découverte ? Des pêcheurs de l'île de Bréhat, bien entendu ! Plusieurs siècles avant Colomb. Ce sont eux qui ont découvert la nouvelle terre. On a des preuves de tout ça. L'indépendance de l'Amérique ? C'est un Breton qui s'est battu pour l'obtenir ! C'est le marquis de la Rouërie qui leur a asséné le coup fatal, avec sa brigade ! Ah ! Et Halloween : vous êtes au courant, j'imagine ?

Depuis l'endroit où il se trouvait, Dupin voyait briller les yeux de son assistante et pria secrètement pour que la question soit purement rhétorique. En vain.

— Il n'y a rien de plus breton ! Début novembre, quand il commence à faire froid, les Celtes célèbrent la fête de Samhain. C'est pendant cette nuit-là que les portes du monde obscur s'ouvrent et que des créatures inquiétantes hantent nos sphères ! Au XVIIIe et au XIXe siècle, des émigrants celtes ont emporté ces coutumes et légendes vers l'Amérique du Nord et c'est ce qui a donné Halloween !

Cette révélation méritait en effet quelque approfondissement, mais ce n'était pas le moment.

— Ne vous inquiétez pas pour Labat, reprit Nolwenn, passant sans transition au vif du sujet. J'ai appelé le préfet juste après votre coup de fil et nous avons eu une petite... conversation. J'en ai également profité pour dire clairement ce que je pensais de ce commissaire de Lorient. Je crois que vous n'allez pas tarder à récupérer Labat, en tout cas.

Dupin mourait d'envie d'en savoir davantage, mais il se retint de le lui demander.

— Ah, tant mieux !

Il aurait été le premier surpris si on lui avait dit qu'il se réjouirait un jour de retrouver son inspecteur, mais son soulagement était sincère.

— Quant à Le Ber, il est en route. Où êtes-vous ?

— Je suis devant La Coquille. Je vais m'entretenir un peu avec madame Bandol, puis je jetterai un coup d'œil au parking où elle a découvert le cadavre.

— Vous croyez donc vraiment qu'elle a vu un mort ?

— Oui... j'ai d'ailleurs une petite théorie que j'aimerais vérifier.

— La mémoire lui est revenue ? Elle s'est rappelé quelque chose ?

— Eh bien, disons qu'elle a revu le cadavre en rêve, la nuit dernière. Plus nettement que dans son souvenir. Du coup, elle m'a donné quelques informations supplémentaires.

Dupin se sentait un peu idiot à parler de la sorte.

— Ah, comme ma tante Marguerite ! Elle se remémore toujours des choses dans son sommeil. Il arrive qu'on lui pose une question et qu'elle nous demande de la lui reposer le lendemain. En général, elle se souvient au cours de la nuit. Cela n'a rien d'extraordinaire, vous savez.

Il avait donc craint inutilement que son assistante doute de sa santé mentale. Il aurait pu le deviner. La vérité des rêves ne faisait aucun doute en Bretagne.

— Qui sait, peut-être qu'elle se souviendra d'autres choses. On a parfois de belles surprises. En tout cas, ne vous laissez pas induire en erreur, patron, même si vous n'avez pas encore grand-chose de concret. Vous connaissez bien le dicton breton : rien n'est plus réel que ce qu'on ne voit pas ! Le monde est une forêt enchantée. Toute chose cache un sens. Les rêves sont un excellent indicateur. Je vais dire à Le Ber de vous retrouver sur le parking.

De but en blanc, elle était repassée à l'ordre du jour.

Dupin était déjà en train de faire les cent pas devant la façade du restaurant rehaussée de dizaines d'affichettes multicolores : « Huîtres de Bretagne, le plaisir à l'état pur », promettaient-elles. Il avait hâte de savoir si sa théorie tenait la route.

— Merci, Nolwenn, je…

— Pour votre petite fête, demain…

Le commissaire avait sursauté à cette évocation, mais la suite se révéla moins effrayante que prévu :

— Ne vous en occupez pas aujourd'hui, vous avez autre chose à faire. L'enquête passe d'abord. J'ai confirmé le menu à Alain Trifin. Tout le monde vient, ou presque. La commissaire Rose viendra aussi – sauf fusillade imprévue dans les salines, évidemment, m'a-t-elle chargée de vous dire, et si le vent et le soleil sont favorables. Voilà, c'est tout pour le moment. De votre côté, quelque remarque ?

— Non.

— Très bien, j'appelle Le Ber.

Devant la porte du restaurant, Dupin prit une profonde inspiration et entra. Depuis le bar, Jacqueline lui adressa aussitôt un petit hochement de tête. Elle semblait l'attendre.

— Je l'ai posé là.

Elle désigna de la tête un paquet au bout du comptoir.

— Impeccable, déclara Dupin d'un air satisfait.

Magalie Melen s'était bien acquittée de sa mission. Il saisit le petit paquet et se dirigea vers la même table que la veille, où madame Bandol semblait avoir ses habitudes. Dupin, qui avait lui aussi tendance à développer très rapidement des routines, s'amusa de ce détail. Aujourd'hui, le chien de la vieille dame se tenait près de la porte de l'établissement, la truffe collée à la vitre. Il semblait agité.

— Venez donc, venez donc, commissaire ! Quoi de neuf ? J'ai comme l'impression que c'est urgent ?

Armandine Bandol le poussa littéralement vers sa chaise. Elle était entièrement vêtue de bleu ciel. De nouveau une longue jupe, un chemisier très simple au col rond largement ouvert. Elle ressemblait à une petite fille avec sa chevelure faussement désordonnée.

— Il faut que je vous dise quelque chose, madame, annonça Dupin en se postant auprès d'elle. Tout à l'heure, au téléphone, vous m'avez parlé de chaussures avec des oiseaux. Vous vous en souvenez ?

— Oui, oui.

— Ces oiseaux vous sont revenus dans votre sommeil, comme quelques autres détails.

Dupin sortit du paquet une paire de chaussures de sport. Elles étaient couvertes de boue, ce qui n'empêchait cependant pas de voir distinctement ce que Dupin voulait lui montrer : une sorte de crochet étiré vert fluorescent se détachait sur le fond bleu marine. Il avait tout d'un oiseau stylisé. Le logo de la marque.

— J'aimerais savoir…

— Ah, vous n'êtes pas si idiot que ça, vous savez ! A première vue, on aurait du mal à le croire. Les couleurs étaient différentes, elles viennent de me revenir : des oiseaux rouges sur fond noir. Enfin en tout cas vous avez raison : ce sont bien ces chaussures que j'ai vues sur le cadavre. Exactement ce modèle. Ça y est, on a notre homme !

Quelque chose s'était mis en branle dans son cerveau quand la vieille dame lui avait parlé de motif « avec des oiseaux ». Ce phénomène n'était pas rare chez Dupin. Inconsciemment, il passait son temps à former des associations et des combinaisons avec les informations qu'il détenait, et il ne prenait conscience qu'après coup qu'il avait réfléchi pendant tout ce temps. C'était une des raisons pour lesquelles il rechignait généralement à parler de ses « méthodes » de travail.

— Vous êtes bien sûre ? Aucun doute ?

Ce détail pouvait être décisif.

— Aussi vrai que je vous vois ! Je vous l'ai bien dit : je les distingue parfaitement dans ma tête, ces oiseaux.

— Et pour les couleurs : vous êtes formelle ?

— Comme si je les avais devant moi.

Dupin s'assit.

— Des Nike. La victime portait des Nike, murmura-t-il.

— Que voulez-vous dire, commissaire ?

En guise de réponse, Dupin sortit son téléphone portable. Une dernière vérification, pour balayer le moindre doute.

— Vous dites que ses chaussures étaient noires, murmura-t-il en surfant sur le site Internet de la marque.

Il entra la couleur dans le moteur de recherche et attendit le résultat avant de chercher dans la sélection les modèles dotés d'un logo rouge.

— Entièrement noires, n'est-ce pas ? Semelle comprise ?

— Complètement noires !

La vieille dame avait répondu d'un ton légèrement piqué, comme s'il était insensé qu'on mette sa parole en doute.

— Voilà ! s'exclama-t-il avant de tourner l'écran vers son interlocutrice. Celui-ci ?

— Précisément. Le dessin, la couleur… C'est ça.

Le point le plus important restait à vérifier. Dupin cliqua pour afficher la semelle. C'était bien ça : un motif de nid-d'abeilles et de vagues. Le doute n'était plus possible.

Ce modèle regroupait tous les indices qu'ils avaient rassemblés : la semelle, les couleurs et les empreintes trouvées sur les monts d'Arrée. Dupin se passa une main dans les cheveux, soudain très nerveux. Il s'agissait de se concentrer, à présent.

— Dites-moi ce que vous pensez, commissaire ! Comment voulez-vous que je vous aide, si vous ne dites rien ?

Dupin fronça les sourcils.

— Nous avons trouvé des empreintes identiques près du Roc'h Trévézel, là où l'assassin a balancé sa victime dans le vide. L'assassin portait ce type de chaussures.

Les yeux de madame Bandol s'agrandirent et prirent une expression d'épouvante, puis elle secoua la tête de l'air réfléchi qu'adoptent certains comédiens au théâtre.

— Eh bien, c'était mon mort, alors ! (Elle était soudain très excitée.) Mon cadavre disparu du Bélon est l'assassin du Roc'h Trévézel ! C'est forcément cela !

Cette conclusion était extraordinaire. Dupin avait eu la même pensée. En partant du principe que madame Bandol se souvenait véritablement de la marque des chaussures (et du reste), on était confronté à une affaire aussi retorse que dramatique. Il essaya d'imaginer le déroulement possible des événements.

L'homme aux Nike aurait assassiné la veille au matin l'individu découvert le matin même au Roc'h Trévézel. Quelques heures plus tard, il était à son tour tué à une centaine de kilomètres de là, à Port Bélon. Les deux meurtres correspondaient en fait à une seule et même enquête.

— Peut-être qu'ils portaient tous deux le même type de chaussures, objecta Armandine Bandol. L'assassin d'hier et le mort.

— Je ne crois pas.

Son intuition lui disait que ce n'était pas un hasard.

— Moi non plus, renchérit la vieille dame avec un sourire complice. Et puis c'est bien plus excitant comme ça.

Dupin ne se faisait aucune illusion. Pour l'instant, ces spéculations étaient très aventureuses. Cependant, si cette hypothèse se vérifiait, les conséquences suivaient forcément une logique implacable.

— J'aimerais faire un portrait-robot de cet homme – votre cadavre – et le faire circuler en même temps que l'autre photo. On peut espérer avoir de la chance. Peut-être ont-ils été aperçus ensemble.

Evidemment, ils ne disposaient pas de suffisamment de détails pour composer un visage complet, mais les précisions concernant les vêtements du mort pouvaient les aider. Ce n'était pas grand-chose, mais c'était tout ce qu'ils avaient pour le moment.

— Nos chances sont maigres, mais c'est mieux que rien, dit Armandine Bandol. Faites faire ce portrait-robot ! D'autres détails me reviendront peut-être. Nous verrons bien ! La mémoire est une drôle de pochette-surprise…

— Je vais demander à un dessinateur de venir vous voir.

Si leurs soupçons se vérifiaient, ils se trouvaient en face d'une affaire d'envergure. Une troisième personne, tout au moins, serait également impliquée et en liberté à l'heure qu'il était. L'assassin de l'assassin.

Ils n'avaient toujours pas le moindre indice d'un mobile possible. Ils avançaient vraiment à l'aveuglette.

Dupin sentit l'impatience le gagner. Il connaissait bien ce sentiment, cette tension qui montait quand les enquêtes se compliquaient.

— Je vous remercie, madame. (Il se leva.) Si quelque chose de nouveau vous revient, appelez-moi.

Son interlocutrice se rembrunit.

— Vous n'allez tout de même pas me planter là après m'avoir déballé toutes ces nouveautés ! C'est l'heure du déjeuner, vous devriez manger un petit quelque chose. Nous poursuivrons en nous restaurant.

Dupin attrapa les chaussures de sport et les glissa dans le sac en plastique froissé.

— Il faut que j'y aille, madame, je suis désolé.

La vieille dame sembla réfléchir un instant, puis son grand sourire généreux vint de nouveau éclairer son visage.

— Eh bien, puisque c'est ainsi, qu'attendez-vous, jeune homme ?

— A mon avis, on peut situer l'heure du décès entre onze heures et midi, hier matin. On peut aussi confirmer les suppositions du médecin de Sizun : l'homme a été étranglé. Il était déjà mort au moment de la chute. Le poignet brisé laisse supposer qu'il y a eu lutte, ainsi que les nombreux hématomes. Hélas, nous n'avons trouvé aucun fragment de peau sous ses ongles, aucune fibre appartenant au coupable.

— Quoi d'autre ?

La vieille Citroën toussa quand Dupin s'engagea un peu trop vite dans un tournant serré. La légiste l'avait appelé au moment où il s'installait au volant.

Entre-temps, il avait communiqué quelques instructions à Magalie Melen.

— Sauf nouvelle découverte, je dirais que les blessures provenant de la bagarre, le meurtre par strangulation et la chute ont eu lieu en l'espace d'une heure, approximativement. Il n'était pas mort depuis longtemps quand il est tombé.

Ce détail ne les avançait pas beaucoup, mais il permettait tout au moins de replacer les événements dans le bon ordre.

— Si je comprends bien, tout a pu se dérouler là-haut, près du Roc'h Trévézel ?

— C'est possible. On ne peut exclure, cependant, que la victime ait été tuée ailleurs et transportée là post mortem.

Dupin aimait la manière dont la légiste travaillait : elle était posée, précise et humble.

— Quelque indice concernant l'identité du défunt ?

— Rien de concluant. Soixante-cinq ans environ. Un mètre soixante-seize, type caucasien. Sa dentition est très mauvaise, il a été soigné chez un dentiste ordinaire, cela pourrait être n'importe qui. Gros fumeur. Une alimentation peu équilibrée, mais, à première vue, il jouissait d'une très bonne santé, c'en est presque étonnant. Hygiène corporelle douteuse. Vêtements sans marque, y compris les chaussures. Rien de spécial.

— Le tatouage ?

— On l'a examiné de plus près, mais le bras droit a été sévèrement abîmé pendant la chute. Un morceau du dessin a été arraché avec la peau, impossible de le reconstruire intégralement. Ce que l'on reconnaît semble être d'inspiration marine. Une voile stylisée, une sorte de bâtisse, une lettre. Un *S*, il me semble.

Il est possible qu'il manque des lettres. On pourrait conclure à un ancien marin. Le tatouage est très ancien, en tout cas.

— Un marin ?

— Peut-être a-t-il navigué quand il était plus jeune, mais rien n'est certain. Ces motifs sont assez courants. Il n'est pas impossible que cela ne veuille rien dire.

— Pourriez-vous en faire une photo et l'envoyer à mon assistante ?

— Ce sera fait. Il y a des vestiges d'un second tatouage, sur le bras gauche. Très ancien, lui aussi. Malheureusement, il est encore moins visible que l'autre, avec toutes ces blessures. Je vois un trait de trois centimètres, pointu vers le haut. Je suppose que le reste a été arraché.

— Un trait ?

— Oui, une sorte de clavette plate, ou alors un rayon. Je ne vois pas du tout ce que cela pourrait être. Je vous en envoie également une photo. C'est tout, pour le moment.

— Merci. Appelez-moi si vous avez du nouveau.

Pendant leur conversation, Dupin s'était engagé sur la petite route qui menait au parking. Il se passa de nouveau une main nerveuse dans les cheveux. A quoi rimait toute cette histoire ?

Au-delà des données statistiques, quelque chose le confortait dans l'idée que les deux meurtres étaient liés : ce côté si parfaitement mystérieux, opaque. On avait trouvé deux cadavres au milieu de nulle part, leur identité était introuvable et personne ne semblait les chercher.

Il gara sa voiture devant la banderole jaune et noire qui interdisait l'accès aux lieux. Magalie Melen avait passé la matinée à interroger les habitants de Port Bélon et de Riec : personne n'avait rien remarqué d'anormal, elle n'avait recueilli aucun renseignement intéressant.

L'emplacement où Armandine Bandol avait vu le cadavre était encerclé d'une autre bande de plastique fixée à quatre plots fluorescents. Cette délimitation, autour d'un carré d'herbe des plus ordinaires, avait quelque chose d'absurde. Surtout au milieu de cette nature sauvage.

Dupin se plia en deux et passa sous la barrière. Il se posta exactement à l'endroit où le cadavre était censé s'être trouvé et pivota très lentement sur lui-même. Il ne cherchait rien de particulier, mais une question le taraudait : Pourquoi ici ? Cela faisait un moment qu'il se posait la question.

Elle était tout aussi valable pour les monts d'Arrée. Pourquoi ces deux endroits entre tous ?

L'assassin du Roc'h Trévézel s'était probablement rendu à Port Bélon au cours de l'après-midi – pour quelle raison ? A moins qu'il n'ait été tué ailleurs et transporté ici par la suite ? Le fait que le cadavre ne soit resté là qu'un bref moment avant de disparaître laissait supposer que le meurtre n'avait pas été prémédité – en tout cas, cela ne ressemblait pas à un plan préconçu, encore moins à un plan ingénieux… Il en était de même pour les monts d'Arrée et l'endroit où avait été retrouvé le corps. Comment le corps avait-il été transporté jusque-là – dans une voiture ? Peut-être avait-il disparu à jamais.

Dupin fut tiré de ses pensées par un bruit de moteur. Un véhicule des forces de l'ordre, mais ce n'était pas celui de Le Ber. La voiture se gara juste derrière la sienne. Un instant plus tard, le gendarme antipathique qu'il avait rencontré la veille se dirigeait droit sur lui. Erwann Braz.

— Qu'est-ce que vous faites là ? grogna Dupin, agacé. Il avait espéré rester un moment seul.

— Je vérifie les propos de madame Bandol. Ils ne sont pas fiables.

— Pardon ?

— Hier, elle nous a affirmé avoir pris le chemin qu'elle suit tous les matins, mais ce n'est pas vrai. (L'officier s'exprimait avec un empressement pointilleux et ne cachait pas son aversion pour la vieille dame.) J'ai là deux témoignages selon lesquels elle prendrait toujours la route du bas, au plus près du Bélon, qui mène aux falaises donnant sur Port Manech. Puis elle fait demi-tour et revient sur ses pas. Eh bien, ce n'est pas ce qu'elle a fait hier !

Il tentait désespérément de donner un peu de suspense à sa démonstration.

— Hier, elle est passée par la route qui mène au parking ! Elle venait de là, dit-il en se retournant pour pointer un doigt vers leurs voitures. Après le premier croisement, sur cette route. A gauche il mène au gîte, à droite à Port Bélon. C'est sûrement par là qu'elle est arrivée. Elle a quitté le chemin du Bélon avant l'embouchure et est arrivée par ici.

— Et alors ?

— Et alors, cela veut dire que son témoignage ne vaut rien. Elle a fait une fausse déposition. Si cela se trouve, elle l'a fait exprès.

L'officier se comportait comme si cette découverte apportait avec elle la résolution de toute l'enquête.

Ce détail méritait d'être éclairci, en effet, mais ce gendarme agaçait Dupin au plus haut point. Commencer par dire que madame Bandol n'était pas fiable et en arriver à dire qu'elle falsifiait volontairement ses déclarations, c'était un comble !

— Le fait qu'elle soit arrivée par le haut ou par le bas ne change rien au fait qu'elle ait vu le cadavre.

— Cela altère considérablement la crédibilité de ses propos dans leur globalité – et cela jette sur elle un jour tout à fait fâcheux.

— Je pense…

Dupin fut interrompu par la sonnerie monotone de son téléphone. C'était Nolwenn. Il s'éloigna de quelques pas.

— On ne le reconnaît pas au premier coup d'œil, patron, mais, croyez-moi, c'est l'insigne des Shelter Houses !

Dupin ne voyait pas où elle voulait en venir.

— Nous y avons fait un tour, vous vous en souvenez ? Un peu comme nos Abris du marin.

Les explications de son assistante ne l'aidaient pas beaucoup.

— Ces logements et refuges que Jacques de Thézac a fondés dans divers ports bretons, au début du XXe siècle. Il voulait offrir le vivre, le couvert et un emploi aux marins en escale et les libérer de l'empire de l'alcool.

Dupin savait de quoi il s'agissait. Il y en avait un juste à côté du café de son ami Henri, à Sainte-Marine. Une superbe bâtisse, très ancienne, dont l'entrée était surmontée de l'inscription en grandes lettres : « Dieu-Honneur-Patrie ». Chaque fois qu'il passait devant, Dupin était ému.

— Et alors, qu'est-ce qu'il y a ?

— Le tatouage ! C'est l'insigne des Shelter Houses. On les trouve en Ecosse du Nord, ils fonctionnent sur le même principe que nos Abris du marin. C'est bien connu ! Le symbole aussi est très célèbre. Il manque juste le *H* sur le tatouage. Son bras est vraiment très abîmé, heureusement qu'il était déjà mort au moment de la chute.

— Poursuivez, Nolwenn.

C'était incroyable. Le cliché avait dû arriver quelques secondes auparavant, et déjà Nolwenn détenait une piste sérieuse. Selon toute apparence, ils allaient devoir se rendre en Ecosse.

— Une sorte de fraternité celtique relie les Shelter Houses aux Abris du marin.

Les dernières leçons de Nolwenn sur la Bretagne s'étaient longuement arrêtées sur le sujet : l'interceltisme. Ce lien qui reliait les différentes régions d'Europe où des millions d'hommes et de femmes d'origine celte résidaient encore aujourd'hui. Enfin ils pouvaient se rapprocher ! L'Ecosse, l'Irlande, le pays de Galles, la Cornouailles, l'île de Man et la Bretagne – les « six nations celtiques », selon leur propre appellation. Des millions d'héritiers d'une civilisation antique et fière, vieille de trois mille ans ! A l'époque de son extension maximale, au IIIe siècle avant Jésus-Christ, elle englobait la quasi-totalité de l'Europe (la Bretagne était déjà celte huit cents ans avant l'ère chrétienne !). En allant des îles Britanniques jusqu'à la Gaule, l'Espagne et le Portugal, elle s'étendait tout le long de la côte atlantique. A l'est, elle englobait l'actuelle République tchèque, la Serbie, la Croatie et la Pologne.

— Il faut absolument que nous les contactions, Nolwenn.

— Je viens d'avoir leur centrale, à Thurso. Ils ont des gîtes à Portree, sur l'île de Skye, à Oban, à Drumberg, à Hope et à Armadale. La plupart des résidents des Shelter Houses portent ce tatouage.

Nolwenn était épatante.

— Ils sont tous enregistrés ?

— Oui, les anciens résidents tout comme les nouveaux. La plupart d'entre eux reviennent de temps à autre, d'ailleurs. Ils entretiennent des liens très personnels, cela fait partie de leur fonctionnement. Je leur ai demandé d'interroger chacune de leurs maisons pour voir si quelqu'un manque à l'appel. Je leur ai également fait parvenir la photo du mort. Mon contact de Thurso ne le connaissait pas, mais cela ne veut rien dire.

— Formidable.

Peut-être tenaient-ils enfin une piste prometteuse.

— Il faut que j'y aille, patron. L'enterrement de ma pauvre tante Elwen, vous savez bien. Si je traîne trop, elle sera sous terre avant que j'arrive. Je vous tiens au courant dès que j'ai du nouveau. La dame de Thurso a mon numéro de portable.

Dupin voyait d'ici le tableau : Nolwenn, debout près de la tombe, une pelle couverte de terre dans la main droite, son téléphone dans la gauche.

Après qu'elle eut raccroché, il resta quelques instants silencieux, perdu dans ses réflexions. Tout à coup, il se retourna : un autre véhicule approchait. Cette fois, c'était celui de Le Ber. Son inspecteur stoppa brusquement et la voiture s'immobilisa dans un hoquet.

Dupin s'approcha, heureux de le retrouver. De son côté, Erwann Braz semblait hésiter à lui emboîter le pas. Après avoir fait un mètre ou deux dans sa direction, il s'immobilisa et chercha le regard du commissaire – en vain.

Le Ber affichait ouvertement sa fierté, il semblait avoir grandi de quelques centimètres.

— Le remède contre le scorbut ?

— Je… Pardon ?

— Tous les livres d'histoire s'accordent à dire que James Lind en serait l'inventeur, au début du XIXe siècle. En vérité, il s'agit de François Martin, un Breton, pharmacien à Vitré, qui l'a découvert en 1601 ! Au cours d'une expédition dans l'est de l'Inde, une tempête terrible a secoué sa flotte au point de rendre toute manœuvre impossible. Tous les marins ont été frappés de scorbut, sauf les siens : en guise de repas, il avait distribué des oranges et des citrons à ses hommes.

— Mes félicitations, Le Ber !

Manifestement, son message n'avait pas été assez clair. Le Ber poursuivit sans se laisser troubler :

— … des Hollandais ont fini par les sauver. Le roi de Hollande demanda alors au pharmacien de conserver ce secret pour sa flotte hollandaise. Par reconnaissance pour son sauvetage, il accepta.

— Le Ber, intervint Dupin avec impatience, nous avons quelques pistes intéressantes.

L'expression de son inspecteur changea instantanément.

— Nous allons sans doute pouvoir retrouver l'identité du cadavre des monts d'Arrée, dit-il.

Dupin lui transmit les informations qu'il tenait de Nolwenn.

— Il faudrait que nous…

La sonnerie de son téléphone l'interrompit. C'était de nouveau Nolwenn. Elle devait se trouver au volant de sa voiture.

— Seamus Smith ! lança-t-elle sans attendre, d'un ton triomphant. Un habitué des Shelter Houses depuis plusieurs dizaines d'années. A Oban. Ecossais. Soixante-deux ans. Ils l'ont immédiatement reconnu sur la photo. Il…

Les choses se bousculaient, Nolwenn devait être satisfaite. Elle adorait quand une enquête prenait de la vitesse.

— Il était au gîte depuis novembre dernier. Hier matin, il est sorti très tôt sans dire où il se rendait et sans avoir jamais parlé de voyage auparavant. D'ailleurs, il semble être parti sans bagages. Ce matin, quelqu'un a remarqué qu'il n'était pas rentré, ce qui ne lui arrivait jamais. Il n'a plus de famille. Certains résidents envisageaient justement de signaler sa disparition. Personne ne sait comment il a pu se procurer un billet d'avion, il n'avait pas un sou.

— Vous avez obtenu toutes ces informations en si peu de temps ?

— Ce n'était pas bien sorcier, patron. Ma copine écossaise est très forte. (Dupin perçut le respect dans la voix de son assistante.) Elle est en train d'appeler Oban pour s'entretenir avec la gérante du gîte qui semble s'être absentée. Pour l'instant, elle n'a parlé qu'à sa secrétaire.

Leur victime était donc un Ecossais. Dupin n'était allé dans ce pays que deux fois dans sa vie, il y avait un bon nombre d'années de cela. A Edimbourg. Il avait beaucoup aimé cette ville. Il ne connaissait rien d'Oban, hormis son excellent whisky.

— Qu'avons-nous d'autre ? C'est un pêcheur ?

— Oui, un pêcheur. Il ne sort plus en mer depuis un bon moment, cela dit. Il boit trop. Apparemment, il a eu une vie assez tourmentée. Beaucoup de malchance. Quelques petits boulots occasionnels dans la vente de poissons à la criée, dans l'élevage de coquillages et d'huîtres, mais rien de stable. On n'en sait pas davantage pour le moment.

— L'élevage d'huîtres ?

— Ils en font également sur la côte ouest de l'Ecosse, oui. Jusqu'à tout là-haut au nord ! Bon, il faut vraiment que j'y aille. Ma copine va rappeler Le Ber, je lui ai donné son numéro. Il est peu probable que j'aie du réseau au cimetière. Est-ce qu'il est arrivé, d'ailleurs ?

— Oui, il est là.

— Vous l'avez félicité, j'espère ?

— Oui.

Nolwenn raccrocha. Dupin rangea son téléphone dans sa poche et croisa les mains sur sa nuque. Enfin, ils avaient l'identité du mort. D'un des deux morts, tout au moins. Certes, dans l'immédiat, l'enquête était encore plus opaque. Pourquoi, par tous les diables, un travailleur journalier vieillissant, hébergé dans le gîte de marins d'un village perdu d'Ecosse, quittait-il Oban un beau matin pour se retrouver, quelques heures plus tard et quelques mille cinq cents kilomètres plus loin, à l'état de cadavre dans la campagne isolée de Bretagne ?

Comme souvent quand il téléphonait, Dupin s'était mis à marcher sans but précis – un mouvement inconscient, presque du somnambulisme. Quand il raccrochait, il lui arrivait de ne plus savoir où il se trouvait.

Il s'était approché du bord de la falaise. D'énormes blocs de granit lumineux, érodés par les siècles au point de ressembler à des dos de baleine, apparaissaient çà et là au milieu de la bruyère épaisse et dense, d'un mauve profond. Les rochers étaient recouverts de lichen jaune fluorescent, orange vif ou vert pomme d'une infinité de motifs divers – ovales, allongés ou ronds. On aurait cru des signes mystérieux, d'étranges mises en garde, des symboles anciens.

Dupin ôta sa veste. Il portait un de ces polos bleu marine qu'il affectionnait tant. Le soleil avait un air d'été. Une brise légère soufflait, c'était une belle journée atlantique, comme Dupin aimait à les décrire, où le bleu radieux du ciel était omniprésent. La mer n'était pas en reste, avec sa palette infinie de nuances azur. Juste au-dessous de l'endroit où il se tenait s'étendait la baie turquoise. Plus loin, à l'horizon, une fine ligne claire marquait le passage à un bleu plus soutenu, plus saturé. A gauche l'embouchure du Bélon, à droite celle de l'Aven, et on voyait la baie juste derrière. Sur une avancée en pente douce, Port Manech et son petit port douillet. Plus loin encore, la plage qui ressemblait à un lagon avec ses deux palmiers et le petit phare rayé de rouge et de blanc.

Le spectacle était éblouissant. C'était une de ces journées où les conditions météorologiques permettaient des phénomènes optiques étonnants. Au-dessus de la mer, l'atmosphère fonctionnait comme une longue-vue. Le Ber lui avait expliqué de long en large le phénomène. Les îles lointaines, dont on ne distinguait d'ordinaire que de vagues contours, semblaient soudain toutes proches. Les silhouettes des arbres se détachaient nettement sur le fond bleu, les plages de sable et les maisons aussi. On croyait pouvoir les atteindre en quelques brasses.

Deux grands voiliers remontaient l'Aven, un petit bateau de pêcheur vert approchait depuis le Bélon. Le regard de Dupin glissa sur l'eau. Tout à coup, une forme attira son attention. Une tache sombre se déplaçait sous la surface. Ce n'était pas un bateau. Il ferma brièvement les yeux et les rouvrit : elle avait disparu. Parfaitement immobile, il scruta attentivement la surface bleue : rien. Avait-il aperçu Kiki ? Le cousin du grand requin blanc ? Peut-être n'était-ce rien de plus qu'un rocher brièvement découvert par la houle. En tout cas, l'ombre s'était dissipée. Dupin s'ébroua.

Les nouvelles étaient de taille. Ils avaient du pain sur la planche. Il fallait répartir les tâches, prendre des mesures, définir des étapes. Ils devaient rassembler rapidement autant de renseignements que possible sur ce Smith. L'espace d'un instant, il fut submergé par un étrange sentiment. Ce n'était pas l'agitation qui sous-tendait habituellement ses enquêtes, la tension ou l'impatience. Non, c'était comme un soulagement. Il allait enfin pouvoir passer à l'action.

Il chercha Le Ber du regard. Selon toute apparence, les deux hommes étaient restés sur le parking. Dupin reprit le petit chemin caillouteux en sens inverse.

— Patron !

Il sursauta. L'appel venait de tout près, beaucoup plus près qu'il ne l'avait supposé.

— Ici !

Dupin se retourna et aperçut Le Ber, Braz et Magalie Melen qui avançaient vers les rochers en empruntant un autre sentier. Il se dirigea vers eux.

— On vous a vu approcher des falaises, commença Le Ber, je me suis dit…

Il se tut. Il savait que son supérieur détestait qu'on le suive pendant qu'il téléphonait.

— Il y a du nouveau, l'interrompit Dupin avec fermeté.

Ils n'avaient pas de temps à perdre. Ils allaient se réunir ici, sur la falaise. Erwann Braz resta posté au milieu du chemin tandis que Le Ber et Magalie Melen essayaient de dénicher une petite place pour s'installer plus confortablement dans la bruyère.

Dupin résuma en quelques mots les dernières révélations et partagea avec eux sa théorie selon laquelle le cadavre disparu du Bélon était le meurtrier des monts d'Arrée. Qu'il s'agissait donc d'une seule et même enquête. La stupéfaction s'afficha sur les visages de ses collègues.

— Smith a dû prendre un avion. Pour Brest, ou alors Quimper. Il faut que nous trouvions les détails. (Dupin avait extirpé de sa poche son petit calepin rouge.) Quelle compagnie, où, quand, avec qui. Il faut savoir s'il a voyagé seul, surtout.

— Je m'en occupe, lança Le Ber avec un enthousiasme qui avait certainement à voir avec son examen réussi. Je m'occupe de Smith.

— Je veux tout savoir sur lui. Quelqu'un doit aller s'entretenir avec tous les résidents du gîte, à Oban, et avec tous ceux qui le connaissaient.

Le Ber hocha la tête. Il connaissait bien le fonctionnement de son patron : il voulait tout savoir, même ce qui semblait insignifiant à première vue. Tout de suite.

— La police d'Oban est sur le coup. Il faut s'assurer qu'ils reçoivent bien nos questions et qu'ils les relaient autour d'eux. Le Ber, prenez contact le plus rapidement possible avec quelqu'un qui se trouve sur place.

— Je m'en charge, chef.

— Et puis j'aimerais que son identité soit rendue publique. La gendarmerie doit demander la collaboration…

— C'est pour moi, intervint Magalie Melen.

— Très bien. Braz, vous vous occupez des monts d'Arrée. La gendarmerie de Sizun. Prévenez aussi vos deux collègues. Demandez-leur s'ils sont au courant de la présence d'un Ecossais dans la région ces derniers jours.

— Ce sera fait.

— Melen, envoyez un dessinateur auprès de madame Bandol, qu'il nous fasse un portrait-robot du type qu'elle a vu. Elle s'est rappelé quelques nouveaux détails. Faites-le circuler dès que vous l'avez. (Dupin avait déclaré cela sans quitter Braz des yeux.) Qui, d'ailleurs, nous a signalé que madame Bandol avait pris un autre chemin que celui du Bélon, hier ?

Le gendarme leva vers lui un regard étonné.

— Matthieu Tordeux, un ostréiculteur. La Super de Bélon lui appartient, c'est une entreprise très prospère.

— Qu'est-ce qu'il faisait là ? Si je comprends bien, il se trouvait sur les lieux du crime à l'heure qui nous intéresse. Pourquoi traînait-il dans les parages ?

Après tout, il suffisait de lui renvoyer la balle, songea Dupin.

— Eh bien, euh… Je n'en sais rien, bredouilla Braz. Je vais lui poser la question.

— Ce ne serait pas une mauvaise idée. Comment l'avez-vous appris ?

— Nous avons interrogé toutes les personnes du coin pour savoir si elles n'avaient pas remarqué quelque chose d'anormal.

— Et vous ne vous êtes pas demandé ce qu'il faisait là ?

C'était pourtant évident.

— Il… (L'officier de police s'ébroua.) Je vais tout de suite le lui demander.

Dupin se tourna ostensiblement vers Magalie Melen.

— Parlez-moi de l'élevage d'huîtres à Port Bélon. Qui s'occupe de quoi, ici ?

— Les huîtres ?

— Oui, les huîtres.

— Elles sont aux mains de quatre entreprises. La plus ancienne est Château de Bélon, tenue par madame Laroche et sa famille – c'est la descendante du fondateur breton de l'ostréiculture. Baptiste Kolenc possède la deuxième. Un vieux de la vieille, lui aussi. Ça fait plusieurs dizaines années qu'il dirige son entreprise, Armoricaine de Bélon. Un ami de madame Bandol, d'ailleurs.

Ah oui, l'homme qui connaissait le secret de la vieille dame, se rappela Dupin.

— Le troisième, c'est Matthieu Tordeux. Quand vous descendez la rampe, sur le quai, et que vous remontez ensuite le long du haut mur de pierre, vous tombez sur sa petite maison blanche. Il y a aussi une exploitante, madame Premel, qui pratique également l'affinage. Son entreprise se trouve de l'autre côté, vers l'estuaire.

— Ce sont là toutes les personnes qui s'occupent d'huîtres ? demanda Dupin qui n'avait cessé de prendre des notes.

Si c'était le cas, cet endroit mondialement connu pour la qualité de ses huîtres était vraiment modeste.

— Seule une partie du commerce de l'huître se tient à Port Bélon. En tout, trente sociétés travaillent au Bélon, mais la plupart ont leur siège à Riec, ou au plus près du lieu de production, sur les berges du fleuve. Elles…

Le téléphone de Dupin se fit entendre et Magalie Melen posa sur le commissaire un regard interrogateur. Il jeta un coup d'œil à l'écran.

— Où êtes-vous, Labat ?

— Je… Il y a encore un petit problème, patron.

Son inspecteur semblait encore plus penaud que dans la matinée, presque pitoyable. Cela ne promettait rien de bon.

— Un instant. (Dupin lança à la ronde :) On se tient au courant dès qu'il y a du nouveau !

Il se mit en marche et reprit :

— Dites-moi ce qu'il y a, Labat.

— J'ai… Il y a du sable sur un terrain en friche qui appartient à ma femme. Il provient de différentes plages, y compris celles de Kerfany-les-Pins et de Trenez.

— Comment ça ?

— Il fallait proposer des échantillons aux clients. Nous devions paraître convaincants.

Dupin comprit soudain pourquoi Labat semblait aussi inquiet. Il avait vraiment volé du sable. Il y avait de quoi s'arracher les cheveux.

— Il y a quelques instants, vous me promettiez n'avoir rien fait d'illégal. Vous…

Dupin se tut. Cela n'avait aucun sens – il avait été naïf de le croire sur parole, c'était tout.

— Combien, Labat ? Combien de sable ?

— Une bonne quantité. Je…

— Vous avez perdu la tête !

— Ce sont des escrocs sans scrupules, s'emballa Labat. Ils détruisent les plages, des biotopes entiers, toute la Bretagne…

Dupin ne connaissait pas cette facette de la personnalité de son inspecteur, l'écologiste engagé ou le saint patron de la Bretagne – cette influence devait venir de son épouse. Il n'avait pas tort, dans le fond, mais là n'était pas la question.

— Labat ! Vous vous rendez compte de ce que vous avez fait ?

Cela devenait de plus en plus compliqué de le tirer d'affaire, et, surtout, ils avaient du pain sur la planche ! Dupin avait espéré que l'intervention de Nolwenn permettrait de récupérer rapidement l'inspecteur.

— Bien entendu, je vais dire que vous n'étiez pas au courant, pour les échantillons de sable…

— C'est le meilleur moyen de vous enfoncer complètement. Réfléchissez, Labat !

— Je ne peux pas vous impliquer davantage, tout de même !

Dupin fut surpris ; d'ordinaire, Labat ne s'embarrassait pas de ce genre d'états d'âme.

— Labat, vous êtes un imbécile. Vous vous en rendez compte ?

En vérité, Labat n'était rien de plus que le chien de terrier qu'il avait toujours été. Quand il mordait quelque chose, il ne lâchait pas le morceau.

— L'inspection est au courant, pour le sable ?

— Non, mais je vais le leur dire. J'aurais dû l'avouer dès le début.

— Vous l'avez fait parce que je vous l'ai demandé, c'est entendu ? Je voulais que vous preniez différents échantillons de sable pour les proposer aux suspects. Cela vient de moi !

Dupin n'avait pas d'autre choix que de suivre la stratégie qu'il avait choisie au départ – sans savoir s'il allait droit dans le mur. Cette histoire pouvait avoir des conséquences catastrophiques pour Labat, mais aussi pour lui.

— D'accord.

La réponse de l'inspecteur s'était fait attendre, mais il semblait soulagé.

— Y a-t-il encore autre chose que vous aimeriez me dire, avant qu'il ne soit trop tard ?

— Non, c'est tout.

— Si je découvre que vous m'avez caché un autre détail, c'en sera terminé de mon soutien.

— Vous savez quoi, patron ? (La voix de Labat avait repris un peu de force.) Vous savez où l'un des patrons de Constructions Traittot réside ? Je vous le donne en mille : à Port Bélon ! C'est quand même quelque chose, non ?

— Que voulez-vous dire ?

— Constructions Traittot ! C'est une grosse entreprise de bâtiment qui veut prendre pied en Bretagne en pratiquant le dumping. Ça fait un moment que je les ai à l'œil. On est plus avancés que nos collègues de Lorient, vous savez.

— Si vous avez quelque indice sérieux, Labat, déballez tout ! Racontez-leur, sans omettre un seul détail.

— A Lorient, ils reçoivent des livraisons de sable provenant de camions qui ne sont enregistrés par aucune compagnie.

— Vous êtes sûr ?

Dupin n'arrivait pas à croire qu'il se laissait prendre par l'histoire de son inspecteur.

— Parfaitement. Et Gracianne aussi. Nous avons des photos.

La femme de Labat, professeur d'arts martiaux à la silhouette robuste, se prénommait Gracianne. Dupin l'oubliait toujours.

— Ça ne suffira jamais pour le coincer.

— Il faut qu'on inspecte leurs registres, leur gestion dans son ensemble.

— On n'a aucune chance d'accéder à leurs dossiers sans preuve solide. Vous savez aussi bien que moi ce dont on a besoin pour obtenir une commission rogatoire. Remettez l'intégralité du dossier à nos collègues de Lorient, Labat ! Laissez-les faire. Tenons-nous à carreau à partir de maintenant. On n'y touche plus !

— Ils ne font que tâtonner, pour le moment. Si vous voulez mon sentiment…

— Arrêtez. Ce qui nous intéresse, d'abord, c'est d'éviter que vous soyez suspendu ou qu'une plainte soit formulée à votre encontre. On a deux meurtres à éclaircir, au cas où vous l'auriez oublié !

— Je…

Dupin était furieux.

— Je vais parler au préfet de ce sable sur votre terrain avant qu'il ne l'apprenne par ailleurs.

— Je…

Dupin raccrocha. Son inspecteur avait décidément l'art de le mettre en colère. Ils avaient autant besoin de cette affaire que d'un boulet au pied. Il fallait y mettre un terme, une bonne fois pour toutes.

Comme toutes les conversations téléphoniques avec le préfet, l'entretien avait été pénible et interminable – dix longues minutes de son existence gâchées à jamais. Il était tout de même parvenu à ses fins, non sans se mouiller encore davantage.

Il avait commencé par rendre compte des premiers succès de leur enquête, sans entrer dans les détails, bien entendu. Le préfet l'avait félicité d'un « C'est un début. Continuez sur votre lancée, commissaire » avant que Dupin n'en revienne à cette histoire de sable volé. Cette fois, cependant, il avait tourné le narcissisme illimité de son supérieur à son avantage : l'affaire pouvait cacher un « sacré coup pour la préfecture », imaginez ! Une entreprise française indélicate qui détruirait la Bretagne pour en tirer un profit matériel ! N'était-ce pas macabre, de piller les ressources originelles bretonnes ? Si les soupçons étaient fondés, la couverture médiatique allait être énorme : une bonne occasion, pour le préfet Guenneugues, de se positionner comme le sauveteur de l'écosystème régional !

Dupin se garda bien d'exprimer ses doutes sur la réussite de la manœuvre. Son supérieur finit par concevoir qu'« en dépit des méthodes inadmissibles du commissariat de Concarneau », l'affaire avait encore toute les chances de se résoudre à l'amiable. « Dans l'intérêt de la Bretagne, évidemment ! » avait-il martelé comme s'il disait : « Dans mon intérêt. » C'était rebutant, mais sans importance.

Cette fois, Dupin ne s'était pas arrêté à la falaise. Il avait poursuivi son chemin jusque dans la crique. Quand il raccrocha, il se tenait au milieu d'une étendue de sable fin et immaculé. Il connaissait bien cette petite plage paradisiaque. Des vaguelettes venaient doucement humecter la berge, comme sur les bords d'un lac. Depuis cet endroit, le paysage était encore plus bleu.

Quand il faisait la promenade du Bélon, avec Claire, ils finissaient souvent leur marche dans cette crique – surtout en été. Ils se baignaient et pique-niquaient ensuite : de la baguette, du brie de Meaux, du saucisson de sanglier. Dupin songea soudain à son rendez-vous mystérieux de dix-huit heures. Il ne savait pas comment il allait parvenir à se libérer, maintenant que l'enquête prenait un tour beaucoup plus sérieux. Quoi qu'il en soit, il fallait qu'il y aille.

— Commissaire ? Vous êtes là ?

Le Ber se tenait en haut, sur la falaise, et scrutait fébrilement les environs. Si quelqu'un les avait observés depuis le ciel, ils auraient certainement offert un spectacle amusant, à se réunir, se disperser et se retrouver de nouveau.

— Ici, en bas !

Le Ber porta le regard sur la mer et, un instant plus tard, se mit à trotter. Il arriva peu après au côté de Dupin, les joues rougies par l'exercice.

— Qu'est-ce qu'il y a ?

— Un deuxième homme, déclara Le Ber, essoufflé. Un autre Ecossais, ils étaient deux dans l'avion, il… son nom est Ryan Mackenzie. Ils sont partis de Glasgow et ils ont atterri à Brest. Ils ont décollé à sept heures quarante-cinq de Glasgow… Ils ont loué une voiture sous le nom de Mackenzie, une Citroën C4 gris métallisé qu'ils ont commandée depuis une agence de voyages de Glasgow. La réservation et le paiement ont été effectués par Mackenzie.

Dupin s'était raidi, très attentif. Dans le mille. Il y avait deux hommes. Smith n'était pas venu seul. Leur hypothèse commençait à se vérifier.

Entre-temps, Erwann Braz s'était également approché. Il avait dû suivre Le Ber.

— Quels vêtements portait-il ?

C'était un point décisif pour leur enquête.

Le Ber ne comprit pas tout de suite. Dupin insista :

— Ce deuxième Ecossais, comment était-il vêtu ? A quoi ressemblait-il ?

— Ils n'ont pas pu me renseigner là-dessus. J'ai demandé à la compagnie aérienne de se mettre immédiatement en contact avec le personnel de bord pour voir qui se souvient des deux hommes des places 15A et 15B. Quant à Braz, il a…

— Je viens d'avoir le loueur de voitures, intervint l'interpellé d'une voix si fluette qu'on l'entendait à peine. Il portait une veste… vert foncé…

— Verte, une veste verte ?

C'était donc ça ! C'était fabuleux. Ça ne pouvait être une coïncidence.

— Il portait également des chaussures de sport noires, ou sombres – l'homme qui s'est occupé de son véhicule s'en souvient. Un jean, des cheveux courts. J'ai… Tout semble confirmer que madame Bandol a vraiment vu cet homme.

Braz semblait extrêmement embarrassé, et il avait de bonnes raisons de l'être. Tout concordait. Madame Bandol avait vu un homme allongé près du parking, et cet homme était précisément celui-ci. Le second. Ryan

Mackenzie. Arrivé d'Ecosse en compagnie de Smith. Dupin se retint de lever le poing en signe de victoire.

De doux accords mystiques les interrompirent : la sonnerie du téléphone de Le Ber. Dupin l'avait déjà supplié maintes fois de se débarrasser de ces tonalités psychédéliques.

— Un numéro écossais. Je ferais mieux de décrocher… *Hello ?* Inspecteur Le Ber, commissariat de Concarneau.

Il tenait l'appareil à quelques centimètres de son oreille, si bien que Dupin entendait ce qui se disait. Le Ber lui transmit en chuchotant :

— Un policier écossais de Tobermory. Ile de Mull. Je lui avais demandé des renseignements concernant le deuxième homme.

Le Ber resta silencieux un bon moment. Il écoutait attentivement son correspondant. Le collègue écossais avait manifestement un tas de choses à lui transmettre.

— *Yes, thank you*, conclut-il.

Le Ber raccrocha. Dupin savait qu'il maîtrisait assez bien la langue anglaise, contrairement à ce que cet échange avait laissé percevoir.

— Nous avons affaire à un petit entrepreneur de l'île de Mull. Soixante-deux ans, marié – porté disparu depuis hier soir.

L'inspecteur s'efforçait de contenir son excitation, mais n'y réussissait qu'à moitié.

— Ça, on l'avait compris, l'interrompit Braz d'un ton boudeur.

Le Ber poursuivit sans se laisser décourager.

— Son entreprise se trouve dans une baie assez isolée de l'île, à quinze kilomètres de Tobermory. C'est également là qu'il vit avec son épouse.

La voix de Le Ber monta dans les aigus, comme pour signaler qu'il arrivait au point véritablement intéressant de son compte rendu.

— *Oyster culture* – il élève des huîtres ! (Il marqua un arrêt avant de reprendre plus posément.) Il élève d'autres types de coquillages, mais son cœur de métier est l'ostréiculture.

Peut-être était-ce là le chaînon qui leur manquait encore.

— Le collègue va nous rappeler dès qu'il aura rassemblé davantage d'informations.

— Il faut absolument que nous parlions à sa femme. Elle doit bien savoir ce qu'il avait prévu de faire en Bretagne. Pourquoi il a entrepris ce voyage, et surtout pourquoi en compagnie de Smith.

Dupin notait à la hâte les principaux éléments.

— Il faut savoir quelle était leur relation, d'où ils se connaissaient. Quand leur retour était-il prévu, Le Ber ? A-t-on une indication de vol ?

— Oui. Le même jour, donc hier à dix-neuf heures quarante-cinq.

C'était étrange, ça aussi.

— Ils voulaient rentrer dans la même journée ? Ils ont fait tout ce trajet pour quelques heures sur place ?

— En effet. Le vol ne dure qu'une heure et demie. Quoi qu'ils aient prévu, ce devait être faisable en quelques heures, si l'on en croit leur planning.

Cela expliquait aussi pourquoi Smith n'avait pas eu besoin de signaler son absence au gîte. Il avait prévu de rentrer avant la nuit. Personne n'aurait jamais rien su de son excursion. Ces informations engendraient toute une série de nouvelles questions.

— A-t-on retrouvé trace de la Citroën C4 ?

— Non, mais nous allons lancer un avis de recherche. Elle a bien dû stationner dans le coin à un moment ou un autre dans le courant de l'après-midi d'hier. (Le Ber désigna le parking du menton.) Mackenzie s'en est probablement servi pour venir des monts d'Arrée jusqu'à Port Bélon.

— Il aurait tout aussi bien pu être emmené par une tierce personne – son assassin, par exemple. Peut-être l'a-t-il rencontré aux monts d'Arrée, intervint Braz qui semblait à tout prix vouloir racheter sa négligence.

— Une chose est sûre, en tous cas, c'est qu'ils se sont rendus directement aux monts d'Arrée après avoir loué la voiture. Mais pourquoi ? Qu'avaient-ils à faire là-bas ?

Dupin savait que son inspecteur et le gendarme n'avaient pas plus de réponse que lui.

— Braz, est-ce que vous avez parlé à l'un des gendarmes de Sizun ?

— Oui. Ils ne connaissent pas Smith et ne savaient pas ce qu'un Ecossais pouvait bien avoir à faire dans la région. Ils ne connaissent aucun Ecossais.

— Rappelez-les, s'il vous plaît, et tenez-les au courant des dernières découvertes. Peut-être cela leur rafraîchira-t-il la mémoire.

C'était improbable, mais ils ne pouvaient se permettre aucune négligence.

— Il pourrait y avoir une explication très banale pour ce voyage aux monts d'Arrée, dit Braz. C'est le trajet le plus court depuis Brest jusqu'ici, même si la quatre-voies est plus rapide. Les anciens GPS calculent généralement la route en fonction du kilométrage.

C'était une explication plausible.

— Pourquoi ces deux hommes viennent-ils ensemble en Bretagne – ce qui laisse croire qu'ils se connaissent – pour que l'un d'eux tue l'autre juste après l'atterrissage ? Cela aurait été plus simple de le faire en Ecosse, non ? Ce n'était sûrement pas prévu, ils ont dû se disputer ici.

Le Ber venait de cerner le cœur du mystère.

— Combien de temps faut-il compter pour se rendre depuis Glasgow jusqu'à Oban et l'île ?

Dupin essayait de comprendre pourquoi ils avaient prévu de faire l'aller-retour dans la même journée.

— En voiture, je dirais près de deux heures jusqu'à Oban, une heure de plus pour l'île de Mull. Ils ont dû prendre le véhicule de l'ostréiculteur, je doute que Smith en ait possédé un.

Le Ber avait toujours été fort en géographie, surtout quand il s'agissait de pays frères.

Toutes ces hypothèses devenaient fatigantes, ils avaient besoin d'informations concrètes et, pour cela, il fallait s'armer de patience.

— Faites aussi rechercher Mackenzie. Je veux savoir si quelqu'un l'a vu hier. Je veux voir son portrait dans tous les journaux, à côté de celui de Smith. Sur Internet, sur toutes les télévisions de Bretagne, partout.

— C'est surtout son cadavre qui nous manque, remarqua pensivement Le Ber.

— Où est Magalie Melen ?

— Apparemment, la réalisation du portrait-robot n'est pas des plus… faciles, répondit Braz d'un ton réjoui. Elle a dû partir prêter main-forte au dessinateur.

— Ce n'est plus la peine, maintenant. Rappelez votre collègue. Elle doit lancer un avis de recherche pour Mackenzie. Elle travaillera directement avec l'inspecteur Le Ber.

Dupin réfléchit un instant, puis reprit :

— L'ami ostréiculteur de madame Bandol… (Il jeta un coup d'œil à son calepin.)… Monsieur Kolenc, travaille-t-il chez lui ?

— Oui, répondit Le Ber.

— Très bien. Je vais aller lui demander ce qu'un ostréiculteur écossais peut bien avoir à chercher en Bretagne. Peut-être connaissait-il quelqu'un ici.

Sa mine s'assombrit.

— J'irai aussi rendre visite à ce monsieur… Tordeux, Matthieu Tordeux, poursuivit Dupin. Lui demander ce qu'il faisait près du parking à l'heure probable du crime. J'imagine que vous n'avez pas encore eu le temps de le faire ?

Pour toute réponse, Braz se renfrogna.

— Pour en revenir aux Ecossais : bien entendu, il nous faut le plus vite possible la liste de leurs appels téléphoniques. Ligne fixe, ligne portable et accès Internet compris.

— C'est bon, patron, déclara Le Ber avec un hochement de tête signifiant que c'était déjà prévu.

— Bon, eh bien, nous n'avons pas de temps à perdre. On se tient au courant.

Dupin se détourna du groupe.

— Ah, autre chose, ajouta-t-il. Melen doit communiquer les dernières découvertes à madame Bandol.

Les deux hommes, surtout Le Ber, le regardèrent avec stupéfaction. Le commissaire avait la réputation de partager aussi peu d'informations que possible, même avec ses inspecteurs. Le fait qu'il veuille informer des personnes « externes » à l'enquête était parfaitement inédit.

— Qu'elle lui dise tout ce que nous savons, appuya Dupin sans pouvoir réprimer un sourire.

— Mon père est dans les parcs à huîtres. En bas, près du fleuve. C'est là que vous allez le trouver.

La fille de Kolenc – elle s'était présentée sous le nom de Louann Kolenc – devait compter une trentaine d'années. C'était une petite femme à la silhouette gracile et aux traits délicats mais dont le regard d'un bleu rayonnant trahissait la forte personnalité. Sa chevelure épaisse et noire lui arrivait aux épaules et elle montrait un visage aimable, éclairé d'un sourire discret.

— Si vous voulez, je vous accompagne.

Elle portait un jean bleu marine, un simple pull à col en V de la même teinte et de hautes bottes en caoutchouc.

— Je vais trouver, merci.

Dupin se tenait dans la cour de la vieille propriété. Autour de lui, tout n'était que pierres anciennes. Le parfum des siècles passés flottait encore dans l'air. Çà et là se dressaient quelques buissons de camélias en pleine floraison, d'un rouge profond, qui diffusaient un parfum intense. Un bassin rempli d'eau de cinq mètres sur trois était rempli de boîtes de plastique vertes et bleues : des huîtrières. Une porte coulissante entrouverte laissait apercevoir un bureau.

La jeune femme se tenait derrière une sorte de bar en bois – manifestement son lieu de travail – sur lequel gisaient quelques boîtes. A côté d'elle s'amoncelaient des paniers en osier de tailles diverses ainsi que deux monticules de ces algues brunes parsemées de bulbes ronds qui éclataient avec un « plop ! » sonore quand on marchait dessus. Creux et remplis d'eau, ils avaient fasciné Dupin quand il était enfant, en vacances au bord de la mer. Ils éclataient sous ses doigts comme les boules blanches des symphorines qu'il ramassait sur le chemin de l'école.

— Quand vous descendez la route, il faut prendre à gauche, le long du mur du jardin du château. Vous verrez les premières rangées de tables ostréicoles. Celles qui se trouvent un peu plus loin, sur le fleuve, ce sont les nôtres. Il devrait se trouver là.

— Vous travaillez dans l'entreprise familiale ?

Louann Kolenc planta son regard dans celui de Dupin, sans pourtant se départir de son amabilité. Puis elle saisit un panier de raphia et le posa devant elle.

— Mon père et moi sommes sûrs que madame Bandol a vraiment vu un mort. Elle n'est pas folle, vous savez.

— En effet. Nous en sommes à présent certains.

Dupin se demanda si Kolenc avait confié à sa fille la véritable identité d'Armandine Bandol.

— C'est une folle d'huîtres, ça oui ! Elle fait marcher le commerce, à Port Bélon ! déclara la jeune femme en riant.

— J'ai pu m'en rendre compte.

Louann Kolenc prit quelques coquilles fermées dans la boîte bleue et les frappa les unes contre les autres. Elle s'aperçut que Dupin l'observait avec curiosité.

— On les écoute, pour savoir si elles sont vivantes. Si elles sont mangeables, en somme ! Celles-ci sont en vie.

Elle les plaça dans le petit panier.

— Eh bien, c'est une bonne nouvelle, répondit Dupin faute de mieux.

— Je travaille ici depuis mes six ans. C'est devenu plus régulier après la mort de ma mère. Presque toute mon existence, en fait ! C'est un métier merveilleux, nous…

— Commissaire ! Il y a du nouveau !

Le Ber se tenait près de l'étroit portail de bois qui séparait la cour de la route. Il respirait fort, comme quelqu'un qui a couru.

— J'arrive !

Dupin se retourna et lança :

— Merci, mademoiselle !

— Bonne chance ! répondit l'intéressée d'un ton sincèrement encourageant.

Dupin rejoignit son inspecteur sur la route.

— La femme de Mackenzie a été interrogée – par téléphone, mais les flics sont en route vers chez elle. Ce n'est pas tout près, on dirait. Apparemment, elle n'est au courant de rien.

— Que lui ont-ils dit ?

C'était délicat. Il fallait l'informer d'une part que tout portait à croire que son mari était mort, mais qu'on n'en avait aucune preuve, d'autre part qu'il avait sans doute tué quelqu'un, et tout ça lors d'un séjour secret en Bretagne…

— Pour le moment, ils n'ont évoqué que ce qui est sûr : que son mari est recherché en Bretagne. Qu'il y était, et qu'on a perdu sa trace. Ils n'ont pas parlé des soupçons qui pèsent sur lui. Bien entendu, elle est dans tous ses états.

— Elle n'est pas au courant du voyage ?

— Non. Son mari lui aurait dit qu'il devait se rendre de toute urgence à Glasgow. Il possède des parts dans un bar à huîtres, si j'ai bien compris. Il s'absente parfois pour un jour ou deux. Elle était persuadée qu'il était seul. En tout cas, il n'a jamais été question de Smith.

Le Ber semblait soucieux, presque abattu.

— Elle connaît Smith ?

— Oui, de vue. Elle l'a rencontré via l'ostréiculture. C'était un travailleur saisonnier, il venait donner un coup de main au besoin, parfois pour des événements particuliers, mais elle ne sait rien de plus à son sujet. Elle affirme que ce n'était pas un proche de son mari.

— En somme, ils se connaissent à peine mais décident tout à coup de partir ensemble en Bretagne, résuma Dupin. Et cette femme n'a pas la moindre idée de ce que son mari est venu faire ici ?

— Non. Elle prétend ne pas être très impliquée dans les affaires de son mari.

— Si ce n'est pas elle, je ne vois pas qui pourra – ou voudra – nous en dire davantage.

— Tous les deux ou trois ans, il se rendait à Cancale pour un salon de l'huître, a-t-elle précisé. Il y a rencontré un ostréiculteur avec lequel il s'est plus ou moins lié d'amitié. Ils auraient parlé d'un projet commun, mais rien de concret pour le moment. Après Cancale, Mackenzie avait l'habitude de passer quelques jours aux Pays-Bas et en Belgique.

Il y avait tout au moins un lien avec la Bretagne – et les huîtres.

— Son dernier déplacement à Cancale remonte à trois ans. En théorie, le moment était propice pour y retourner, mais il n'en a pas été question.

— Avons-nous le nom et les coordonnées de cet ostréiculteur ?

— Nous avons tout, oui.

— Et sinon ? A-t-elle la moindre idée de ce qui a pu se passer ?

— Pas la moindre, d'après le policier qui l'a eue au téléphone. Il est en route pour s'entretenir plus longuement avec elle. Un autre collègue interroge leur entourage.

— Votre contact pense-t-il qu'elle dit la vérité ?

La situation était plutôt inconfortable, remarqua Dupin en son for intérieur. Ils étaient entièrement dépendants de la police d'Oban et de Tobermory. Dupin aurait aimé prendre le temps de parler personnellement à la femme de Mackenzie. Tout, dans cette enquête, le contrariait. Ils allaient être contraints de déléguer une bonne partie des investigations, ce qu'il détestait.

— Il ne me l'a pas confirmé, mais je pense que oui.

Cela ne les avançait pas beaucoup, mais que pouvaient-ils faire d'autre que le croire ?

— Prenez immédiatement contact avec le type de Cancale – non, attendez. Je vais l'appeler moi-même, ajouta Dupin après réflexion. Il me faut son nom et son numéro de téléphone.

— Je vous envoie tout de suite les deux par SMS.

— Du nouveau du côté de Smith ?

— Pas encore. Les policiers n'ont pas interrogé la directrice du Shelter House. D'après ce que j'en ai compris, elle est la seule avec laquelle il ait entretenu un semblant de relation.

— Elle a disparu, elle aussi ?

— Ils pensent qu'elle s'est rendue à Fort William pour effectuer quelques achats. Elle s'y rend une ou deux fois par mois.

— Elle n'a pas de téléphone portable ?

Dupin sentit une boule se former dans le creux de son estomac.

— Pas de réseau – c'est l'Ecosse du Nord, patron ! répliqua Le Ber d'un ton railleur.

En bon Breton, il était bien placé pour se moquer.

— A-t-on eu accès aux communications téléphoniques des deux hommes ?

— Smith ne possédait pas d'ordinateur mais un téléphone à carte prépayée, dont il se servait rarement. La police est en train d'analyser les appels de Mackenzie. Cela va prendre un peu de temps. Ligne fixe, ligne portable, ordinateur. Je…

Le Ber hésita, puis se tut.

— Qu'y a-t-il, Le Ber ?

— La légiste a essayé de vous joindre, mais elle est tombée sur Nolwenn. En plein milieu des obsèques. Elle… elle croit avoir découvert un autre trait sur son tatouage. A côté du premier. Elle…

Il s'interrompit, comme s'il doutait de ce qu'il allait avancer, puis sortit son téléphone de sa poche.

— Regardez par vous-même. (Il tendit le petit écran.) Voilà le deuxième tatouage, sur son biceps gauche.

Dupin avait failli l'oublier. On ne distinguait pas grand-chose. Un trait qui se terminait en pointe, de la peau arrachée, des hématomes.

— Je… je connais ce symbole, reprit Le Ber. C'est un signe mythique, le Tribann.

Il était pâle, et ses lèvres étaient réduites à un mince trait.

— Eh bien ? demanda Dupin.

— Trois rayons, des rayons de soleil, partant d'un point central.

— Qu'est-ce que cela représente ?

— Cela vient d'Edward Williams, le fondateur du *Gorsedd of Bards* gallois. Ça date du début du XIXe siècle. Les rayons représentent l'amour, la connaissance et la vérité. On l'appelle aussi *the magic mark*, ajouta l'inspecteur non sans frayeur.

Dupin ne se laissa pas impressionner. C'était un tatouage qui les avait mis sur la piste du premier homme, puis du second. Peut-être ce symbole leur apporterait-il la clé de leur présence en Bretagne, ou tout au moins les mettrait-il sur la bonne piste.

— Qui l'utilise, en général ?

— Au-delà de l'association de bardes gallois, celles de Cornouailles, qui l'appellent Awen… et aussi les Ecossais, et encore la fraternité… bretonne. La Goursez Breizh.

Le Ber bégayait presque.

— Des associations de bardes ?

— Oui, de druides.

Décidément, ça ne s'arrangeait pas. Dupin avait entendu parler de ces réunions contemporaines de bardes, bien sûr. Au cours des dernières années, il avait appris à réviser un certain nombre de préjugés qu'il nourrissait à l'encontre de la Bretagne. La plupart des associations de ce type suivaient un idéal strictement humaniste, semblable à celui de la franc-maçonnerie. D'un point de vue historique, les druides étaient les sages, les philosophes de la culture celte, mais aussi des scientifiques, des médecins et, surtout, ils se considéraient comme les gardiens de l'histoire et de la tradition. La formation réglementaire d'un druide s'étendait sur vingt ans.

Le Ber lui avait expliqué tout cela lors d'une session de quiz. César en personne aurait jadis chanté les louanges des druides dans ses écrits. Si l'on suivait strictement les principes de la philosophie druidique, il fallait se souvenir de tout ce qu'on savait. Toute connaissance devait être transmise par voie orale. L'écrit était considéré comme d'importance moindre, car le savoir devenait statique et immuable, ce qui était sa négation même. Ainsi le récit constituait-il la plus haute instance de la connaissance.

Etre druide entraînait une chose, plus que toute autre : être capable de raconter, de transmettre. C'était là une clé essentielle pour appréhender le caractère de Le Ber, ou celui de Nolwenn – Dupin avait fini par le comprendre.

Cette passion pour les histoires ne se limitait pas à la simple envie de partager. L'art « véritable » du récit, où se mêlaient l'histoire et la mythologie, était élevé au rang de création suprême. Ce n'était pas sans raison que la culture celte avait engendré un certain nombre d'œuvres comptant parmi les plus puissantes d'Occident, de la littérature européenne dans son ensemble : le roi Arthur et les chevaliers de la Table Ronde, Tristan et Iseult en faisaient partie.

— Vous croyez que Smith appartenait à une association druidique ? Il était druide ?

— Un grand nombre de membres se font tatouer l'insigne – ça me semble probable, oui. Ce type de rassemblement connaît un véritable regain dans les pays celtiques depuis les années 1970.

Dupin devait veiller à ce que leur conversation ne prenne pas un tour trop ésotérique. Si Le Ber ne faisait pas personnellement partie d'une de ces organisations – Dieu merci –, il les connaissait très bien.

— Que fait cette Goursez Breizh ?

— Son but est de promouvoir la langue et la culture bretonnes. Goursez veut dire « trône ». C'est un mouvement de néopaganisme celte.

— Vous pensez donc que Smith aurait pu venir en Bretagne, de par sa qualité de druide, pour un quelconque rassemblement... druidique ?

— Les différentes fraternités travaillent en étroite collaboration. Vous savez, l'interceltisme dont je vous ai déjà parlé. Au-delà des grands rassemblements, ils organisent toutes sortes d'activités communes.

Contrairement à son habitude, Le Ber se contentait de décrire les faits, sans ajouter de détails romanesques. D'ordinaire, il se laissait volontiers tenter par quelque explication surnaturelle, fantastique ou même occulte – il en raffolait. Cette fois, il paraissait comme bridé dans son élan, presque intimidé, c'était étrange. Le fait que des événements druidiques puissent être mêlés à l'enquête semblait le plonger dans un profond embarras.

— Ce type d'organisation existe dans le coin ?

— Evidemment ! (L'inspecteur parut presque vexé.) Il y en a partout, en Bretagne ! Il existe des associations locales, régionales et interrégionales qui couvrent toute la Bretagne. Dès 1850, le célèbre philologue Hersart de La Villemarqué fonda l'association *Breuriez ar Varzed* : Bardes de Bretagne. Figurez-vous que les frères Grimm ont proposé sa candidature comme correspondant local à l'*Akademie der Künste,* autrement dit l'Académie des Beaux-Arts de Berlin ! C'était une véritable célébrité ! En 1899, une délégation s'est rendue à une eisteddfod, au pays de Galles, et c'est au cours de ces festivités qu'un Gorsedd breton a été fondé sous le signe d'Excalibur, l'épée du roi Arthur. Aujourd'hui, il porte le nom de *Breudeuriezh Drouized, Barzhed hag Ovizion Breizh* – l'association des druides, des bardes et des ovates de Bretagne. La plupart des organisations locales et régionales en font partie, mais pas toutes, évidemment ! Il y a des divergences. Des différences philosophiques, ajouta-t-il.

C'était suffisant pour le moment, se dit Dupin.

— Le signe mystique, reprit Le Ber dont la mine s'assombrit, est de plus en plus souvent porté par les druides. Tout comme chez les francs-maçons, il existe trois grades : les ovates, qui portent l'habit vert, les bardes, qui sont en bleu, et les druides, en robe blanche. Peut-être était-il vraiment druide.

— De quoi pourrait-il s'agir ? Dans le cadre de ces organisations, je veux dire ?

— Je n'en sais rien.

Dupin n'insista pas. Tout cela n'était que spéculations, pour le moment.

— Demandez aux collègues écossais de vérifier si Smith appartenait à une association druidique.

— Peut-être a-t-il choisi ce motif parce qu'il lui plaisait, tout simplement. Ce symbole est très populaire, vous savez.

C'était le monde à l'envers. On aurait dit que Le Ber tentait par tous les moyens de minimiser la signification druidique du tatouage et de réduire le tour fantastique que semblait prendre l'enquête, ce qui ne lui ressemblait pas.

— Nous verrons bien. Je vais rendre une petite visite à monsieur Kolenc, dans les parcs à huîtres.

Le Ber leva vers lui un visage où se lisait le soulagement.

— Nous avons annexé une table de bois devant le château qui nous servira de quartier général. Le restaurant La Coquille est trop fréquenté. Vous voyez où c'est ? Dehors, à l'endroit où on peut déguster des huîtres en regardant le Bélon, tout…

— Je connais ces tables, Le Ber, même si je ne mange pas d'huîtres.

L'endroit était bien choisi pour un bureau temporaire. Dupin était réputé pour choisir les lieux de réunion les plus insolites, en plein air, dans des cafés ou des restaurants – où que ce soit plutôt qu'au commissariat.

— Tant mieux, dit l'inspecteur. C'est là que vous nous trouverez si vous avez besoin de nous. Magalie Melen est avec nous.

— A tout de suite, Le Ber.

Dupin s'engagea dans l'impasse en direction du quai et Le Ber tourna à droite vers leur QG de fortune.

Dupin n'avait encore jamais goûté à la « reine des fruits de mer ». Il trouvait sa coquille très belle, cette surface sombre au relief inégal et parfois acéré qui déclinait tant de nuances de gris et la faisait ressembler à une étrange pierre. A l'intérieur, la coquille était encore plus belle, toute de nacre chatoyante. Quand il était petit, Dupin avait une prédilection pour les huîtres et les ormeaux, dont il collectionnait les carapaces pour en faire des montagnes de coquillages. Il éprouvait également de la sympathie pour le tempérament de ces mollusques.

Il avait lu quelque part qu'à l'abri de leur solide coque, elles menaient une vie simple et admirablement paisible : quand elles ne dormaient pas, elles se reposaient ou mangeaient. Leur existence entière – une période de reproduction s'y ajoutait une fois l'an – se réduisait à cette présence modeste et contemplative. Dupin ne pouvait imaginer de destin plus confortable. Même la nourriture venait à elles ! Elles n'avaient rien à faire, le plancton était directement injecté sous leur coquille par le mouvement des vagues. Le fait qu'Aphrodite, la plus belle des femmes et déesse de l'amour, soit née dans une huître ajoutait beaucoup à son charme. Sans compter que ce mets s'accompagnait des meilleurs vins.

Il devait par ailleurs admettre qu'il était disposé à croire ce qu'on disait des vertus nutritives de l'huître et de son action bénéfique sur la santé. En somme, il admettait sans peine qu'elle puisse être succulente et il appréciait de loin la description de « concentré de mer » qu'on lui prêtait.

Malgré tout, il n'avait jamais pu en avaler une seule. Ce n'était pas faute d'avoir essayé. Contrairement à ce qu'on aurait pu croire, ce n'était pas le fait d'ingurgiter une créature vivante qui le rebutait, pas du tout. Il n'avait aucun mal à manger d'autres crustacés vivants. Ce qui le poussait invariablement à reposer le coquillage dans son assiette était son apparence, cette masse visqueuse et verdâtre, presque gluante. Rien à faire, et les commentaires lui assurant qu'il y succomberait à vie s'il en goûtait ne serait-ce qu'une seule ne l'aidaient pas davantage.

L'air était chargé d'effluves marins, plus intenses que jamais à marée basse, quand le soleil dardait ses rayons et que la brise se calmait. Dupin appréciait ces journées où les narines étaient chatouillées par toutes les senteurs de l'Atlantique. L'action conjuguée des rayons du soleil et de la chaleur favorisait son évaporation et il semblait flotter dans l'atmosphère une infinité de particules de vapeur d'eau.

Le Bélon progressait vers la mer, mû par un courant clairement visible. Peu large, le cours d'eau sinueux scindait en deux l'étrange paysage composé de larges étendues argentées avant de se jeter dans la mer. Que la marée fût haute ou basse, impossible de distinguer la quantité d'eau douce ; même quand la mer se retirait, des masses impressionnantes d'eau de mer se déversaient des sols et des berges. A droite et à gauche du canal, des tables ostréicoles à claire-voie étaient sagement alignées, à perte de vue. Ces constructions graciles, de métal rouillé brun sombre, se dressaient sur de fines barres nervurées d'un demi-mètre de hauteur et s'élançaient dans toutes les directions, sur dix à quinze mètres chacune. L'ensemble ressemblait à des mille-pattes métalliques géants. C'était là que reposaient les grands sacs plats à grosses mailles qu'on appelait des poches, et dans lesquels on élevait les huîtres. Au fil des marées, des masses informes d'algues brunes s'étaient empêtrées dans les pieds des tables.

Dupin s'était scrupuleusement tenu aux indications de la fille de Kolenc. Il avait tourné sur le petit quai, puis longé la rampe qui descendait en pente douce vers le lit du fleuve, sec à cette heure. Une poignée d'individus s'activaient au milieu des vastes étendues. Dupin s'approcha de deux hommes qui travaillaient aux tables proches du canal. Il circulait prudemment entre les fonds marins boueux, les pierres, les coquilles écrasées et les petits bancs de sable. En quelques minutes à peine, ses chaussures furent souillées jusqu'aux chevilles et complètement trempées.

— Monsieur Kolenc ?

Dupin avait lancé son appel en direction des deux hommes. Le plus grand d'entre eux se retourna et Dupin hâta le pas.

— Monsieur Kolenc ?

L'homme hocha la tête.

— J'aimerais vous parler. Commissaire Georges Dupin.

Baptiste Kolenc ne montra aucune surprise.

— C'est au sujet du mort du parking ?

Dupin estima son âge à une soixantaine d'années. Il était grand, bien proportionné, large d'épaules, les sourcils épais et noirs comme le jais, les yeux sombres et une chevelure grise, courte mais pleine, largement clairsemée sur les tempes. Son visage respirait la bonté et son sourire chaleureux l'illuminait, comme celui de sa fille. Il portait un pantalon de travail jaune retenu par des bretelles bleues et un sweat-shirt gris recouvert d'éclaboussures de boue.

— C'est ça. Le cadavre du parking, oui. Entre-temps, nous avons appris qu'il s'agissait d'un ostréiculteur de l'île de Mull. Il élevait d'autres coquillages, mais surtout des huîtres.

Dupin hésita un instant, puis reprit :

— Nous ne savons pas encore ce qu'il venait faire à Port Bélon. Apparemment, il est passé par les monts d'Arrée avant de venir par ici.

— Un ostréiculteur ? demanda Kolenc, étonné.

— Il semblerait que le nord de l'Ecosse compte également ses producteurs d'huîtres, répondit prudemment Dupin.

Il espéra que cette nouvelle n'allait pas sembler trop sacrilège à un pêcheur breton.

— Oui, je sais qu'il y en a aussi là-haut, répondit l'homme sans la moindre trace de mépris.

Kolenc continua à ôter les algues des piquets de la table, puis il souleva l'un des grands sacs, le secoua fortement, le déposa sur la droite, puis sur la gauche, secoua de nouveau comme pour s'assurer que les huîtres se mélangeaient correctement, puis il le reposa d'un mouvement routinier. Il y avait là plusieurs kilos de coquillages de belle taille.

— Elles adorent se coller les unes aux autres, expliqua-t-il dans un murmure après avoir intercepté le regard intrigué du commissaire. Il faut les secouer régulièrement pour qu'elles se détachent, sinon elles prennent des formes trop biscornues.

— Il s'appelle Ryan Mackenzie. Ça vous dit quelque chose ?

Très concentré sur sa tâche, Kolenc avait déjà attrapé le sac suivant.

— Jamais entendu parler. Je devrais ?

— J'espérais que quelqu'un le connaîtrait. A votre avis, qu'est-ce qu'un ostréiculteur peut bien avoir à faire à Port Bélon ?

— Du commerce ? Peut-être qu'il fait affiner ses huîtres ici. Cela n'aurait rien d'inhabituel. Beaucoup le font, parfois aussi des étrangers. En tout cas, il ne venait sûrement pas pour vendre des naissains.

Dupin avait entendu parler de l'affinage dans le contexte huîtrier. Magalie Melen l'avait évoqué quelques minutes plus tôt, mais il ne savait pas précisément à quoi correspondait ce terme.

— Qu'entendez-vous par là, monsieur Kolenc ? demanda-t-il en sortant son calepin de sa poche.

— Eh bien, il pourrait apporter ses huîtres matures dans le Bélon, pour qu'elles s'affinent quelques semaines dans nos eaux douces et salées, riches en nutriments. Auquel cas il aurait le droit de les vendre en tant que « Bélon ». C'est une pratique courante.

Dupin fronça les sourcils et Kolenc précisa :

— Les Bélon font partie des huîtres les plus célèbres au monde. Vous imaginez bien que chacun aimerait pouvoir s'attribuer ce label. Chez les huîtres, c'est l'origine qui définit le prix.

— Alors, quand elles sont prêtes, on les dépose quelques jours dans l'eau du coin et on les appelle Bélon ?

Dupin trouvait cela un peu fort.

— Oui, c'est… c'est acceptable.

Kolenc haussa les épaules.

— Qu'est-ce que vous entendez par « acceptable » ?

— Il suffit de quelques semaines pour qu'une huître modifie complètement sa physiologie. Elle change de peau, en quelque sorte. Si elle passe du temps chez nous, elle prendra la teinte et le goût typiques du Bélon.

Pour un Breton, Kolenc était étonnamment bavard et désireux de partager son savoir.

— Tous les ostréiculteurs font cela ? Vous, par exemple ?

Dupin n'arrivait pas à se faire à cette idée.

— Vous n'y connaissez pas grand-chose, hein ?

La question n'était pas méchante, mais Kolenc lâcha néanmoins un soupir.

Dupin ne savait rien de l'élevage des huîtres. Au cours des cinq dernières années, beaucoup de monde lui avait raconté tout un tas de choses à leur sujet, mais il n'y avait prêté qu'une attention distraite. C'était d'ailleurs l'une de ses forces : cette faculté à ne pas écouter, parfois ostensiblement, quand un sujet ne l'intéressait pas.

— Il faut différencier la reproduction, l'élevage et l'affinage.

— Ah ?

Dupin voulait surtout comprendre cette histoire d'affinage.

— La reproduction ne se fait que dans certaines régions. En Bretagne, par exemple, ce sera du côté de Cancale, ou dans les parcs entre le Couesnon et la Loire. Un peu plus loin, ce sera l'Atlantique, dans le bassin d'Arcachon. Les creuses nous arrivent à dix-huit mois, pour l'élevage et l'affinage. Ensuite, il faut compter dix-huit mois supplémentaires. Les plates, on va les chercher quand elles sont matures – on ne fait plus que l'affinage. Le véritable affinage.

— Cela prend combien de temps ?

— Ça dépend. Chacun décide pour soi. Chez nous, on compte six mois.

— Existe-t-il une durée minimale ?

— Les règles sont strictes : quinze jours. Il faut surtout faire la différence entre deux choses : les entreprises qui élèvent les huîtres dans leurs propres parcs, qui les affinent et les vendent à partir d'ici comme leurs propres huîtres. Et celles – cette fois, la voix de Kolenc prit une intonation nouvelle, chargée de mépris – qui ne font rien d'autre que d'affiner les huîtres des autres en un temps record avant de les renvoyer à leur producteur. Elles prêtent leurs parcs, leurs emplacements dans l'eau, à des entreprises nationales ou étrangères.

— Connaissez-vous des sociétés qui affinent des huîtres écossaises ?

C'était le point qui intéressait Dupin. Le lien possible avec l'Ecosse – direct ou indirect, peu importait, pour le moment. S'il comprenait bien, l'affinage serait une explication plausible de la présence d'un Ecossais à Port Bélon.

— Non, mais c'est possible. Nous n'affinons que nos propres huîtres, nous, précisa Kolenc avec fierté.

Il se retourna et saisit une brosse en acier avec laquelle il entreprit de frotter énergiquement les sacs. De la saleté, des coquillages et des restes de varech s'en détachèrent.

— Est-ce un commerce important ? Cette histoire d'affinage ?

— Oh, oui. Les huîtres nous arrivent de partout, de nos voisins européens, mais aussi de Chine et du Japon, paraît-il. La plupart viennent de régions françaises moins réputées pour l'ostréiculture, cela dit.

— Qui pratique ce type de commerce, ici ?

— Vous voulez dire à Port Bélon ?

— Oui.

— La commerçante, madame Premel. Et puis Matthieu Tordeux, l'un des trois ostréiculteurs. C'est auprès de lui que vous devriez chercher des contacts avec l'Ecosse. Château de Bélon ne le fait pas, et nous non plus. Mais faites attention : Tordeux et Premel ne s'apprécient pas. Sinon, il y a aussi quelques sociétés un peu plus grosses, à Riec. Leurs cultures sont plus importantes, elles s'étendent sur l'ensemble du fleuve, entre ici et Riec. Ça fait bien quatre ou cinq kilomètres, il y en a un peu partout.

Ainsi, le joli village de Riec-sur-Bélon était vraiment le haut lieu de l'huître sur le fleuve. En voiture, il se trouvait à quelques minutes à peine de Port Bélon. Dupin aimait cet endroit, son merveilleux boulanger mais aussi sa maison de la presse bien fournie et son joli petit marché.

— Vous avez parlé de… (Dupin consulta ses notes)… de naissains. Vous avez dit que ce n'était sûrement pas cela. Qu'est-ce que cela veut dire ?

— Les naissains, ce sont les bébés huîtres, si vous voulez. Comme je vous le disais, la reproduction ne se fait que dans quelques zones. A partir de cet endroit, elles sont vendues à d'autres régions, où elles seront élevées et affinées. En Ecosse, par exemple, les huîtres ne frayent pas. L'eau est trop froide. Il n'y a pas de reproduction.

— D'où viennent les naissains du Bélon, alors ?

— Certains viennent de pays voisins, les Pays-Bas pour la plupart – c'est le plus gros producteur de naissains d'Europe. D'autres, du bassin d'Arcachon. Les nôtres viennent de Bretagne, exclusivement. Même les plates, qui nous parviennent déjà matures, sont d'ici. Elles adorent le Bélon.

— C'est un gros commerce, ça aussi ? Le commerce des naissains ?

— Oh, oui.

— Et les plates, qu'ont-elles donc de particulier ?

Kolenc le regarda avec surprise. Décidément, le commissaire était un parfait ignorant.

— Vous n'en avez jamais mangé ?

— Non.

Le pêcheur mit un moment à répondre. Il semblait hésiter entre la stupéfaction et la consternation, puis il soupira.

— Les huîtres plates, ce sont nos huîtres indigènes, celles qui viennent d'Europe. Elles sont en voie de disparition. Elles sont plus plates, comme leur nom l'indique, plus lisses, et généralement plus petites. Quant aux creuses, eh bien, elles sont plus profondes, plus longues, plus incurvées. A l'origine, ce sont des huîtres du Pacifique. Les creuses font l'essentiel du marché, partout en Europe et dans le monde. Notre entreprise, comme Château de Bélon, est spécialisée dans le commerce d'huîtres européennes, mais nous élevons également des creuses. La plupart de nos concurrents n'élèvent que des creuses.

— Et en Ecosse ?

— Ils font les deux. Pareil en Angleterre. Quoi qu'il en soit, les huîtres européennes ne représentent qu'un pourcentage très faible de la production. Sur les quarante-cinq mille tonnes d'huîtres que la Bretagne met chaque année sur le marché, seules mille tonnes sont des plates. Mais peut-être, ajouta Kolenc d'un air pensif, que votre Ecossais voulait tout simplement acheter des huîtres.

— Que voulez-vous dire ?

— C'est tout simple. Il voulait peut-être acheter des huîtres du Bélon pour les importer en Ecosse et les vendre là-bas. Certains éleveurs sont aussi commerçants, après tout. A moins qu'il ne les vende lui-même, en direct. Peut-être s'est-il spécialisé dans les plates, elles sont très appréciées en Grande-Bretagne, vous savez. Auquel cas il se fournit au Bélon. Ce sont les meilleures.

C'était plausible. Après tout, il y avait aussi ce bar, à Glasgow. La piste était valable, comme celle de l'affinage. Cela pouvait expliquer la présence de Mackenzie en Bretagne, ainsi que ses déplacements dans la région.

— Les plates sont les meilleures, alors ?

Kolenc le considéra d'un air amusé.

— C'est une question de goût. Nous sommes de cet avis, mais les creuses ne sont pas toutes pareilles. Pour les huîtres, tout dépend de la composition de l'eau dans laquelle elles vivent. Du plancton, par exemple. Des différentes sortes de plancton, que nous appelons les « arômes verts ». Ou alors de la composition des minéraux, mais avant tout du volume de sel. Les huîtres accumulent en elles le goût de l'eau dans laquelle elles vivent. Elles sont en quelque sorte un « pur concentré de mer ». Même chose que pour le vin avec le sol et le climat qui leur donnent leur saveur unique. Pour l'huître, c'est l'eau. Pour le vin, le terroir ; pour nous, le merroir. Voilà pourquoi les creuses du Bélon sont exceptionnelles.

Le ton poétique de Kolenc contrastait avec son tempérament terre à terre.

Dupin n'avait jamais considéré les précieux mollusques sous cet angle. L'image lui plaisait : les huîtres réunissaient en elles une mer, un lieu, une eau bien particulière. Comme les vins, en effet. Dupin s'aperçut soudain qu'il rêvassait.

— Bon. Alors vous ne le connaissez pas, cet Ecossais ?

Kolenc lui jeta de nouveau un regard intrigué. Il avait changé de sujet un peu brusquement.

— Non, mais demandez aux autres. Ici, mais aussi à Riec.

— D'après vous, que s'est-il passé ? Pourquoi quelque chose d'aussi… (Dupin repensa au terme utilisé par madame Bandol)… d'aussi grave pourrait-il se produire dans le monde de l'ostréiculture ? Un conflit qui débouche sur un meurtre, c'est un peu fort, non ?

Kolenc prit une expression sérieuse.

— Je n'en sais rien, mais une chose est sûre : il doit s'agir d'une grosse somme d'argent. De renommée, d'orgueil ou de cupidité. Si les huîtres sont les créatures les plus placides et paisibles du monde, les hommes sont tout le contraire.

Dupin voyait très bien de quoi il parlait. C'était partout pareil. Partout. Une chose, encore, le titillait.

— Que voulez-vous dire quand vous avancez que vos deux confrères, monsieur Tordeux et la commerçante, ne s'apprécient pas beaucoup ?

— Ils ont été mariés, ça a duré six mois.

L'explication avait le mérite de la simplicité.

— Ça s'est mal terminé ?

— C'est le moins qu'on puisse dire. Au début, c'était le grand amour, ou tout au moins ça y ressemblait. Elle ne dirigeait pas encore l'entreprise, qui appartenait à son père. Elle a vingt ans de moins que Tordeux. Elle est remariée depuis un bout de temps et elle a deux filles. Tordeux est resté célibataire.

— Je vois. Et ils sont devenus concurrents ?

— Ils se sont affrontés il n'y a pas si longtemps. Un élevage était en vente près de La Forêt-Fouesnant, ils le voulaient tous les deux. C'est Tordeux qui a remporté l'affaire. Ils n'arrêtent pas de se disputer, en vérité. (Kolenc réfléchit.) En toute occasion, même lors des réunions de l'association. On dirait qu'ils ne peuvent pas s'en empêcher.

Lily et Philippe Basset, de L'Amiral, et son ami Henri du café du Port achetaient leurs huîtres chez un producteur de La Forêt-Fouesnant. Il devait s'agir d'un autre fournisseur. Il poserait la question à Henri ou Lily, à l'occasion. Dupin avait entendu parler de cette vente.

— Pendant que nous y sommes : avez-vous eu vent de quelque autre conflit, dans le coin ? Avec ou sans Ecossais ?

— Pas que je sache, non. On s'entend plutôt bien. Nous ne sommes pas forcément copains, mais nous nous respectons.

— Vous croyez…

— Commissaire ! Commissaire !

Le Ber accourait en hurlant, c'en était presque comique.

— J'arrive ! lança Dupin avant de prendre congé de Kolenc. Merci, vous m'avez été d'une grande aide.

— Armandine Bandol m'a confié que vous faisiez équipe, remarqua en riant Kolenc, que l'idée semblait amuser. Je pourrais être votre conseiller, moi.

Il marqua une pause et ajouta :

— Elle vous aime bien. Elle vous fait confiance.

Dupin comprit ce que l'homme entendait par là : il était content de savoir que le secret de la vieille dame était bien protégé.

— Quelle femme étonnante !

— En tout cas, passez me voir s'il vous faut d'autres informations concernant les huîtres.

— Comptez sur moi. A bientôt.

Kolenc retourna à ses tables et arracha d'une main ferme un épais nœud d'algues brunes.

Pendant que Dupin terminait sa conversation avec Kolenc, Le Ber était reparti en sens inverse vers le rivage. Dupin le rattrapa juste avant qu'il n'atteigne la rampe du quai, puis il s'arrêta, tourna les talons et revint rapidement vers Kolenc, qui l'observait avec curiosité.

— Une dernière question. Peut-être que ça n'a aucun rapport, d'ailleurs. Un entrepreneur en bâtiment possède une maison à Port Bélon.

— Paul Delsard. Un frimeur.

— Comment cela ?

— Il est rarement ici. Il vient parfois avec des amis ou des « associés » et organise de grosses fêtes. Ces jours-là, le port est envahi par les Porsche, les Jaguar, les Range Rover. Ils viennent des quatre coins de Bretagne et aussi de Paris, bien sûr. Les meilleurs traiteurs de la région y défilent, c'cst une débauche d'huîtres, de coquillages rares, de homards, de champagne, de foie gras…

A cette évocation, Dupin sentit l'eau lui venir à la bouche. Cela faisait beaucoup trop longtemps qu'il ne s'était rien mis sous la dent.

— Où réside-t-il habituellement ?

— A Lorient. C'est aussi là que siège son entreprise. On raconte qu'il a investi dans les huîtres. Pour s'amuser. Parce qu'il ne sait pas quoi faire de son argent.

— Ici, à Port Bélon ?

— Je ne peux pas vous en dire plus. Officiellement, personne ne sait rien. Demandez à Tordeux. Ils sont amis.

— Il aurait des parts dans l'entreprise de Tordeux ?

Ce serait un curieux mélange – le bâtiment et l'ostréiculture. Dupin n'y avait pas encore songé.

— Je n'en sais rien. Tout ce que je vois, c'est que Tordeux veut s'agrandir. En plus de l'élevage de La Forêt-Fouesnant, il a récemment acheté une société à Cancale.

— A Cancale ?

— Oui. (Kolenc réfléchit puis ajouta :) Ce n'est pas si rare, par ici. Cancale est la ville la plus importante de Bretagne pour tout ce qui concerne les huîtres, hormis les naissains. Un grand nombre de producteurs ont une filiale là-bas.

— Je vois. Chez qui se fournit-il, pour ses nombreuses fêtes ?

— J'imagine que son ami lui procure ce dont il a besoin.

— Merci encore, monsieur Kolenc.

L'interpellé le gratifia de nouveau de son sourire rayonnant.

— Les conseillers sont là pour ça.

Dupin se hâta de rejoindre Le Ber qui l'attendait sur le quai.

— Nous avons du nouveau du côté de Smith et Mackenzie. Et puis surtout : la directrice du Shelter House est réapparue. Elle était effectivement en train de faire des courses à Fort William.

Dupin fut rassuré de l'apprendre.

— Smith a été membre actif d'une association de druides, nous a-t-elle confirmé, mais il s'en était éloigné depuis plusieurs années. Le groupe s'appelait Seashore Grove et dépendait directement du Gorsedd écossais. Smith se rendait parfois aux festivités, mais pas régulièrement. La thèse d'une réunion druidique semble très improbable, ajouta-t-il fermement. Sans compter que personne n'a jamais vu Mackenzie s'intéresser aux druides.

Dupin n'était pas encore complètement convaincu, mais il décida d'y revenir plus tard.

— Poursuivez.

Le Ber lui jeta un regard plein de reconnaissance. Ils franchirent le quai et tournèrent vers la droite pour remonter la route.

— Cela fait vingt-sept ans que Smith était résident du Shelter House. Il venait de l'île de Skye. C'était un véritable loup solitaire, selon la directrice. Aucun lien familial ou social solide, en tout cas il n'en a jamais parlé et personne ne l'a vu frayer avec quiconque. Un homme renfermé, qui passait la plupart de ses soirées seul et buvait beaucoup. Aucun problème de santé, cependant. Un gros mangeur, ajouta Le Ber qui paraissait pressé de livrer toutes les informations qu'il avait récoltées. La maison compte un autre résident du même âge, ou presque, avec lequel il s'entretenait de temps à autre. Ils se racontaient des histoires de marins, de pêche, de rugby, de sports celtes, de concours de cornemuse. Ce genre de trucs. Smith pêchait beaucoup et rapportait parfois un beau poisson pour la cantine. En gros, c'était le genre de type qui aime qu'on le laisse tranquille. Il lui arrivait de sortir de ses gonds quand il avait trop bu, mais c'était rare. Généralement pour des broutilles. D'ordinaire, il était plutôt paisible.

— Des histoires de violences physiques, de coups et blessures ?

— Non. Il s'est bagarré une fois, mais il n'y a pas eu de blessés. Les autres résidents sont moins calmes. La directrice nous a cependant signalé une chose : il a été impliqué dans le braquage d'une banque qui a mal tourné.

Ma foi, il s'agissait tout de même d'un acte criminel sérieux et Le Ber l'évoquait en conclusion de son compte rendu comme un détail insignifiant.

— Cela s'est passé quand ?

— En 1970. Il avait dix-neuf ans.

— Il y a presque un demi-siècle, constata Dupin dont l'intérêt retomba d'un coup. Il s'est fait remarquer depuis ?

— Non.

Dupin prenait des notes, remplissait son calepin.

— Qu'en est-il de ses jobs alimentaires ?

— Toujours des emplois saisonniers, jamais rien de fixe. Comme nous nous en doutions, il a été pêcheur de haute mer. Sur de gros bateaux, dans l'Atlantique nord, la vraie mer, précisa Le Ber avec une nuance de respect dans la voix. La directrice ne savait pas grand-chose à ce sujet.

— Son lien avec Mackenzie ?

— J'allais y venir. Apparemment, il a toujours travaillé pour Mackenzie, parfois pendant quelques semaines, parfois plusieurs mois. Il y a sept ans, il a fait quasiment douze mois d'affilée, mais jamais plus de quelques semaines à la suite au cours des dernières années. Les résidents des Shelter Houses ont l'obligation de signaler leur situation professionnelle, c'est une des conditions de leur admission.

— Que s'est-il passé ? Pourquoi travaillait-il moins ?

— Nous ne le savons pas. Peut-être à cause de la catastrophe qui a touché l'industrie de l'huître à l'époque. En 2008, les plates ont été attaquées par une bactérie redoutable, qui a bien failli avoir leur peau. Une hécatombe. A moins que ce ne soit à cause de la grande crise économique qui a touché tous les commerces.

— Ici aussi, au Bélon ? Je veux dire : les huîtres sont mortes ici aussi ?

— Partout. Une nouvelle vague de bactéries s'annonce en ce moment, d'ailleurs.

Dupin sursauta malgré lui.

— Ici ? En ce moment ?

Dans un réflexe absurde, il regarda autour de lui. Personne ne lui en avait parlé !

Ils avaient rejoint les tables du château depuis un moment, déjà. Leur quartier général. Ils avaient opté pour la dernière table. Ils étaient seuls, Braz et Melen s'étaient dispersés dans la nature.

— Port Bélon n'est pas encore touché – ça a commencé dans le bassin d'Arcachon et c'est remonté jusqu'à l'île d'Oléron. Une véritable catastrophe, et personne ne peut se l'expliquer. La bactérie est inconnue au bataillon. Ça fait un moment déjà qu'elle détruit les huîtres, surtout les plates. Elle attaque avec une violence inouïe, même les coquillages pleinement matures ! Les deux tiers des bancs sont touchés.

Le Ber s'était assis mais Dupin resta debout. Il savait que son inspecteur s'y connaissait en huîtres. Outre les inévitables langoustines, il en apportait souvent une douzaine pour le déjeuner au commissariat. Il ne manquait jamais de se féliciter de leur prix avant de s'adonner avec dévotion à leur dégustation en compagnie de Nolwenn.

A Paris, Dupin était bien placé pour le savoir, elles coûtaient quatre fois, voire cinq fois ce que l'inspecteur avait payé ! Le Ber ne tombait jamais malade et racontait à qui voulait bien l'écouter que son régime alimentaire à base d'huîtres était la raison de son excellente santé. Sans compter que ces mollusques étaient le symbole de la Bretagne, ce qui justifiait largement leur consommation.

— On s'attend à ce que la bactérie arrive jusqu'ici ?

La question de Dupin prit une connotation plus tragique qu'il n'aurait voulu.

— Ça peut arriver d'un instant à l'autre, oui.

Côté drame, Le Ber n'était pas en reste.

Dupin ne voyait pas comment les deux faits pouvaient être liés, mais ce ne devait pas être un hasard si l'ostréiculteur écossais et le travailleur saisonnier se rendaient en Bretagne en ce moment précisément – alors qu'une catastrophe imminente menaçait.

Un bip sonore et solitaire se fit entendre. Un SMS. Dupin sortit son téléphone de sa poche et consulta l'écran : c'était Claire, qui lui communiquait les détails de leur rendez-vous du début de soirée : « Au coin de la rue de Kergariou et de la rue du Sallé, à dix-huit heures trente. » Sans autre précision.

— Revenons-en à Smith. Autre chose ?

— C'est tout pour l'instant. Les collègues sur place essaient de retrouver des membres de sa famille ou des proches à prévenir.

— Quand a-t-il travaillé pour la dernière fois avec Mackenzie ?

— Pendant les fêtes de fin d'année. La haute saison pour les producteurs d'huîtres. Il a travaillé trois semaines.

— Après, plus rien ?

Trois mois s'étaient écoulés depuis.

— Et Mackenzie : autre chose ?

— Le policier est chez sa femme en ce moment. On aura sûrement du nouveau dans pas longtemps. Je lui ai passé un coup de fil rapide à cause de cette histoire de druides. (Le Ber grimaça.) Les collègues ont vérifié les informations disponibles via son entreprise. Apparemment, il aurait tenté de s'agrandir à plusieurs reprises. Il l'a fondée il y a trente-cinq ans et possédait même une dépendance à Kirn, mais il a dû la vendre au bout de deux années. Il y a dix ans de cela, il a acheté un petit élevage, à Lochgilphead. Ensuite, il a ouvert un bar à Tobermory, où il vendait ses propres produits de la mer – et voilà qu'il y a six ans, il a mis la clé sous le paillasson pour les deux entreprises.

— Pourquoi ?

— Les documents officiels ne disent rien sur les causes. Sans doute la récession. Le tourisme a aussi dû régresser en Ecosse. A moins que ce ne soit encore une conséquence de la bactérie. La région a été épargnée, mais je ne vois pas comment il aurait pu se procurer les naissains… Ou encore, c'est un mélange des deux.

— A la fin, il n'avait donc plus qu'une affaire ?

— Il a pris des parts dans un bar de Glasgow dans le courant de l'année dernière. L'Oyster Heaven. Son élevage de l'île de Mull et ce bar, c'était ses deux commerces du moment.

Manifestement, Mackenzie avait de la persévérance. Il avait toujours cherché à monter quelque chose d'ambitieux alors qu'il échouait chaque fois. Qui sait, la faute à la conjoncture, tout simplement, se dit Dupin.

— Il faut savoir au plus vite si Mackenzie achetait ses huîtres au Bélon ou s'il les faisait affiner ici. Peut-être s'était-il spécialisé dans les huîtres européennes ? Votre collègue écossais doit aller questionner les employés de son entreprise.

— Ce sera fait, patron.

— A-t-on pu jeter un œil dans les registres commerciaux de Mackenzie ? On devrait pouvoir y trouver ce qu'on cherche.

— S'il en avait, oui – et s'ils étaient légaux. Sinon, on ne trouvera sûrement pas de trace écrite. Il se peut aussi qu'il soit venu en Bretagne pour mettre en route ce projet. Dans ce cas, on ne trouvera rien de plus.

Dupin faisait les cent pas sur la terrasse. Le paysage était enchanteur. Quelques mètres au-dessus du Bélon, juste devant la superbe propriété, étaient disposées quelques tables et bancs faits de longues planches de bois, dont la peinture verte s'était abîmée avec le temps. L'embouchure du Bélon apparaissait entre deux vieux chênes aux formes mystérieuses et aux branches envahies par la verdure grimpante. L'eau scintillait, couleur émeraude, dans la lumière chaude de l'après-midi.

— Ça arrive souvent, ce genre de catastrophe, pour les huîtres ? demanda Dupin, qui ne pouvait se sortir de la tête cette histoire de bactérie.

— Dans des proportions moindres qu'en 2008, ça peut arriver. En 1920, une infection a eu raison des neuf dixièmes des huîtres plates d'Europe. Jusqu'à la fin du XIXe siècle, c'était la seule variété d'huîtres disponible entre les fjords norvégiens et Gibraltar, hormis quelques petites cultures portugaises. Avant les épidémies, c'est l'augmentation massive de sa consommation qui lui a porté préjudice, après que le Roi-Soleil l'eut élevée au rang de produit de luxe. Elle occupait déjà cette place dans la Grèce et la Rome antique, d'ailleurs.

Les yeux de Le Ber se mirent à briller, il était dans son élément.

— Au Moyen Age, les huîtres étaient un aliment de pauvres, leur cours était très bas. Puis Louis XIV exigea que l'on serve cent huîtres, très précisément, à chacun de ses invités lors des fêtes fabuleuses qu'il organisait. Son cuisinier n'en avait jamais assez. D'ailleurs, ajouta-t-il avec une mine affligée, il a fini par se tuer à cause d'un retard dans la livraison de la pêche du jour. Il…

— Le Ber, on en était aux épidémies !

Ce n'était pas le moment de se lancer dans des digressions historiques. Et toute cette histoire était un peu macabre. A l'écouter, on aurait pu croire que l'inspecteur comprenait les raisons de ce suicide.

— Après des siècles d'huîtres européennes, il y a eu le grand demi-siècle des huîtres portugaises : 1868 a été l'année du revirement !

A ces mots, Dupin manqua d'éclater de rire, mais Le Ber ne se laissa pas démonter.

— Un navire breton chargé de six cent mille huîtres portugaises a été pris dans une tempête qui ne voulait pas prendre fin. Il a cherché asile dans l'embouchure de la Gironde, sans succès. Au bout de quelques jours, le capitaine s'est résigné, certain que les mollusques n'étaient plus mangeables. Il a ordonné de jeter toute sa cargaison à la mer. Or, certaines de ses huîtres étaient encore vivantes.

Le Ber parlait de plus en plus vite, comme s'il craignait que Dupin ne lui coupe de nouveau la parole :

— Elles ont commencé à se multiplier et à s'étendre à l'ensemble de la côte atlantique. A une période où les huîtres européennes avaient presque complètement disparu, on était trop heureux d'accueillir celles-ci. Sans compter que les huîtres portugaises étaient moins fragiles et se reproduisaient de telle manière qu'on pouvait en vendre toute l'année !

— Kolenc m'a parlé d'une huître du Pacifique... risqua Dupin.

Mais Le Ber était lancé.

— En 1970, l'huître portugaise a été assaillie par deux virus mortels à la suite. Elle a failli s'éteindre complètement, elle aussi. Heureusement, quelques années plus tôt, un ostréiculteur avait rapporté une petite culture d'huîtres du Pacifique de Colombie-Britannique et du Japon. Elles étaient insensibles au virus, Dieu merci. Ce sont les « géantes ». On s'est dépêché d'aller en chercher davantage et on a commencé à les élever. Ce sont les plus robustes de toutes. L'ironie du sort a cependant voulu qu'un autre virus, tout aussi redoutable, se soit caché dans un mollusque importé. Il a failli exterminer une nouvelle fois les huîtres européennes qui se remettaient tout juste de la catastrophe précédente.

Le Ber reprit sa respiration pour conclure :

— Aujourd'hui, l'huître pacifique occupe 90 % du marché mondial, l'huître européenne seulement 0,2 %.

Dupin ne pouvait s'empêcher d'être impressionné. Selon toute apparence, l'histoire du précieux mollusque était sanglante – une suite d'épidémies mortelles et de catastrophes, mais aussi, comme tout en ce monde, une question de hasard.

— Elle finira bien par disparaître complètement, notre huître européenne, conclut Le Ber d'un ton triste. En attendant, elle vient de se voir décerner le titre de mollusque de l'année, une belle récompense !

Dupin manqua de nouveau de pouffer, mais Le Ber était très sérieux.

— Il s'agit de répertorier les mollusques dont l'existence est menacée et qui ont une fonction écologique importante. Le *Vertigo moulinsiana* avec son ventre rond, la limace léopard, le *Myosotella myosotis*, l'unio d'eau douce, également appelée naïade, les *Clausiliidae*… C'est une manière d'informer le grand public de l'existence de certaines espèces et de l'intéresser aux thèmes relatifs aux mollusques, qui…

— Le Ber ! Nous ne sommes pas à l'université !

Il y avait des moments où il devait s'imposer, même s'il comprenait parfaitement que des mollusques affublés de noms aussi abracadabrants aient besoin d'un médiateur pour attirer l'attention.

— Kolenc n'a pas parlé d'épidémie, et il n'avait pas l'air inquiet. Pourtant, cela signifierait l'arrêt de sa production et de celle des autres.

— Pour plusieurs raisons, il n'est pas improbable que la bactérie s'arrête au fleuve. Il suffit que les courants changent un peu, et le Bélon sera épargné.

Dupin hésita à poser cette question, puis il se lança :

— Le Ber… Vous trouvez que les plates sont meilleures que les creuses, vous aussi ?

L'espace d'un instant, son inspecteur afficha une sincère stupéfaction, bientôt remplacée par de la joie. Il semblait enchanté que Dupin manifeste enfin quelque intérêt pour ce trésor de Bretagne. Cela faisait des années qu'ils – Le Ber, Nolwenn, mais aussi Lily Basset, de l'Amiral, et Henri – s'efforçaient en vain d'éveiller sa curiosité pour les huîtres.

— Les plates ont un goût de noisette tout à fait unique. Elles sont très fines, délicates, avec une touche salée en arrière-goût. En tout cas ici, dans le Bélon. C'est grâce à cette eau exceptionnelle dans laquelle elles vivent, à mi-chemin entre les arômes fluviaux et les saveurs maritimes.

Le visage de Le Ber avait pris une expression béate, comme celle d'un critique lors d'une dégustation de vins.

— Les arômes fluviaux rappellent le concombre, le melon ou les germes de soja tout frais, un goût bien contrebalancé par la touche claire et métallique de l'iode. Cet aspect fait presque entièrement défaut aux huîtres provenant des bassins d'affinage d'Oléron, par exemple, bien qu'elles soient formidables, à leur manière. Celles qui proviennent des grandes baies ou du grand large contiennent beaucoup plus d'iode – en fin de compte, tout dépend du…

— … merroir, compléta Dupin.

Le Ber hocha la tête d'un air satisfait.

— Quand on mange une huître, il faut fermer les yeux. Il faut s'imprégner de son odeur, de sa saveur, de sa consistance – de la mer, de son lieu d'origine ! Il n'y a que les ignares pour avaler des huîtres d'une seule bouchée.

Une expression de dégoût mêlé de douleur traversa le visage de l'inspecteur qui reprit aussitôt :

— Il faut la mâcher lentement, laisser s'épanouir toutes ses saveurs. Pour en tirer un maximum de goût, il faut renoncer à tout arôme additionnel : citron, poivre ou vinaigrette. L'eau, d'ailleurs, est aussi succulente que la chair. Figurez-vous qu'il existe des barbares qui servent l'huître très froide – une hérésie ! Le froid tue leur parfum.

Dupin allait devoir intervenir une fois de plus. Son inspecteur était parti sur sa lancée.

— L'idéal, c'est de les servir à une température variant entre huit et douze degrés. Exactement comme le muscadet jeune aux notes minérales et aux parfums de pomme et d'agrumes qui l'accompagne parfaitement !

— Ah oui, il n'y a rien de meilleur que le muscadet, lâcha Dupin malgré lui.

L'eau lui était venue à la bouche, à présent que son inspecteur était passé au vin.

— Il est important de choisir un vin de même qualité – en fonction du goût, de la provenance et du type d'huître. Tous les vins blancs ne conviennent pas. Le muscadet s'accorde merveilleusement aux Bélon ! Le chablis n'est pas mal non plus, et pourquoi pas un pouilly-fuissé ou un puligny-montrachet – une véritable merveille !

— Calmez-vous, Le Ber, calmez-vous.

Le visage de l'inspecteur exprima soudain une joie presque solennelle.

— Vous croyez que l'affaire du Bélon tourne autour des huîtres, patron ?

Dupin fronça les sourcils. Le Ber, Nolwenn, Labat, le commissariat tout entier, sans oublier l'intégralité de la presse régionale, semblaient s'être donné le mot, dernièrement, pour nommer leurs enquêtes de cette manière. « L'affaire des tableaux », « l'affaire des Glénan », « l'affaire des marais salants » – c'était ridicule. Quand il entendait ce genre de choses, il craignait le pire pour la petite fête donnée en son honneur le surlendemain. Il fallait d'ailleurs qu'il pense à exiger de Nolwenn un veto sur toute velléité de discours, d'évocation pseudo-humoristique de son passé ou d'anecdotes en tous genres.

— Il faut savoir si les autres ostréiculteurs connaissaient Mackenzie ou Smith. Interrogez tout le monde.

— D'accord, patron.

— D'ailleurs, essayez de savoir s'il existe un lien avec l'Ecosse, de manière générale. Quel qu'il soit. Il ne doit pas y en avoir des masses. Que les deux collègues de Riec vous donnent un coup de main. Interrogez toutes les entreprises.

Il manquait toujours d'aide. Le Ber était de retour, certes, mais Labat et Nolwenn lui faisaient cruellement défaut.

— Je me charge des entreprises de Port Bélon, reprit Dupin après un coup d'œil à sa montre.

Il lui restait une heure avant de se mettre en route pour Quimper. Quelque chose lui soufflait qu'il avait intérêt à arriver à l'heure au mystérieux rendez-vous de Claire. Pendant leur première tentative de relation, il avait accumulé les retards – quand il n'oubliait pas tout bonnement leurs rendez-vous.

— Avez-vous réussi à joindre l'homme de Cancale, patron ?

C'était important, et pourtant Dupin n'avait pas encore essayé de le joindre.

— Je le fais tout de suite, sur le chemin de l'entreprise de Tordeux… (Dupin feuilleta son calepin.) Ah, voilà ! La Super de Bélon.

— Très bien. Je vous ai envoyé ses coordonnées, vous devez tout avoir sur votre téléphone.

— A tout de suite, Le Ber.

— Encore une chose, patron, dit l'inspecteur en se balançant d'un pied sur l'autre. C'est à propos de Labat : les affaires internes l'ont emmené sur son terrain pour qu'il leur montre en détail de quoi il retourne. Les échantillons de sable, tout ça. Ils veulent se faire une idée précise de *notre* opération secrète. Nolwenn vient de me le dire.

— Elle vous a appelé depuis le lieu des obsèques ?

Dupin s'était immobilisé.

— Oui. Tante Elwen est déjà sous terre, ne vous inquiétez pas.

— Quand récupère-t-on Labat ?

— Ce soir, je pense. Demain matin, au plus tard.

Dupin quitta la terrasse d'un pas pressé. Arrivé au coin de l'établissement, il se retrouva nez à nez avec Magalie Melen. Ce n'était vraiment pas le moment.

— Ah ! Commissaire. Madame Bandol demande si elle aura la chance de vous voir aujourd'hui. Elle a essayé de vous joindre.

— Elle se souvient d'un nouveau détail ? La mémoire lui est revenue ?

— Je ne crois pas. Elle m'a parlé d'une « réunion de travail ». Elle semblait se demander comment vous pouviez avancer dans l'enquête sans son aide.

Dupin ne douta pas un instant qu'il s'agissait des propos exacts de la vieille dame.

— Dites-lui que cela ne va pas être possible aujourd'hui, malheureusement. Je l'appellerai demain.

Dupin regrettait vraiment de ne pas la voir. Il venait de se rappeler un élément de son échange avec Kolenc. Il avait même pris une note à ce sujet.

— Qu'en est-il de la propriétaire du château ?

— Agadir, au Maroc. Jusqu'à la fin de la semaine, avec son mari et ses deux enfants. Elle est partie dimanche de la semaine dernière, déjà. Ils partent quinze jours par an, traditionnellement les deux semaines avant Pâques.

— Qui prend en charge la dégustation, pendant leur absence ?

— Leur nièce. Une vingtaine d'années, boulangère de formation. Elle vient tous les ans pour deux semaines. Elle s'occupe uniquement des dégustations sur place. Il n'y a pas affluence, à cette époque. Et puis, il y a les trois ouvriers qui s'occupent des parcs à huîtres. Ils viennent tous les trois de Riec.

— Vous connaissez la propriétaire ?

— Assez bien, oui.

A l'entendre, ils étaient copains comme cochons.

— On peut lui faire confiance ?

Le Ber resta impassible, professionnel.

— Je crois, oui.

— Appelez-la au Maroc et demandez-lui si elle connaît Mackenzie ou Smith. Et si elle a des contacts en Ecosse.

— D'accord.

— Il faut que j'y aille.

Dupin se remit en marche. Il avait encore un appel à passer et une visite à faire. Il ne pourrait pas parler à la distributrice avant d'aller à Quimper. Il avait besoin d'un café, de toute urgence. Un soupir à fendre l'âme lui échappa.

— Allô ?

Dupin avait attendu si longtemps qu'il était sur le point de raccrocher :

— Je suis le commissaire Dupin, du commissariat de police de Concarneau. J'aimerais parler à monsieur Cueff.

— C'est moi.

L'homme avait un ton bourru.

— Nous enquêtons dans le cadre d'un meurtre, monsieur. Un homme a disparu hier après-midi. Vous le connaissiez.

— Vous plaisantez ?

— Non, monsieur. Il s'agit de Ryan Mackenzie.

— Ryan Mackenzie ?

Sa voix trahit son émotion.

— Oui. Il a très probablement été assassiné à Port Bélon.

— Très probablement ?

La question était justifiée, le ton méprisant :

Entendez-vous par là qu'il a très probablement été assassiné, ou que cela s'est très probablement produit à Port Bélon ?

— Les deux.

C'était la vérité, il n'y avait rien à ajouter. Un silence s'installa sans que Dupin songe à l'interrompre.

— C'est incroyable. Il m'a appelé pas plus tard que la semaine dernière. Mercredi après-midi.

— Pardon ?

— Ça faisait au moins un an que je n'avais pas de nouvelles. Je le connais depuis vingt ans, vous savez, nous…

— Que voulait-il ?

— Il m'a dit que ses affaires marchaient bien, qu'il voulait passer dans peu de temps pour évoquer une collaboration. Son dernier passage dans la région remonte à deux ou trois ans.

— Il voulait venir en Bretagne ?

Cela devenait intéressant.

— Il voulait me rendre visite à Cancale. Et alors ?

— Quel type de collaboration ? Vous travaillez ensemble ?

— Non. C'était juste une idée, pour le moment. Rien de plus. Il voulait prendre des parts de mon élevage d'huîtres. Vingt pour cent, quelque chose de cet ordre-là. Ça faisait un bout de temps qu'il en avait envie, et je n'étais pas contre. Bien au contraire. C'est resté à l'état de projet, cela dit.

La facilité avec laquelle Cueff livrait toutes ces informations contrastait fortement avec son ton clairement dissuasif.

— Pourquoi en avait-il envie, à votre avis ?

— Les *Breton Oysters* sont un marché attractif en Grande-Bretagne. Et puis, ça lui aurait permis de s'assurer un fournisseur de naissains.

Heureusement que Dupin s'était laissé instruire par Kolenc, sinon il aurait fait piètre figure.

— Depuis quand précisément le connaissez-vous ?

— Ça doit remonter à 1997. Un salon qui réunissait des producteurs ostréicoles européens, ici, à Cancale. Il était assis à la même table que ma femme, mon fils et moi. Depuis, il nous a régulièrement rendu visite, chaque fois qu'il passait sur le continent.

— Vous a-t-il parlé de son voyage en Bretagne ? Cette semaine ?

— Non, il…

Cueff hésita, manifestement mal à l'aise.

— Non, rien. Il m'a dit qu'il voulait venir, mais sans mentionner de date. Il désirait me tenir au courant. Rien de plus.

— Avez-vous remarqué autre chose au cours de votre conversation téléphonique ?

— Il était de très bonne humeur. On a dû parler pendant trois minutes. Non. Je vous ai rapporté tout ce que nous nous sommes dit, en gros.

Dupin était arrivé au quai. Depuis la rampe, on apercevait clairement la petite maison blanche, quasiment collée à la haute muraille couverte de verdure du château. Une pancarte facile à repérer indiquait « Super de Bélon » en lettres bleu vif sur fond blanc.

— Ce genre de participation, cela représente quoi, en termes financiers ?

— Nous n'en sommes pas arrivés là.

— Combien vaut votre élevage de Cancale ?

Cueff mit un long moment à répondre. Il semblait se demander s'il ne ferait pas mieux de se taire.

— De nos jours, ce type d'exploitation se valorise à un million.

— Possédez-vous d'autres entreprises ? Des parts dans d'autres affaires, peut-être ? A Port Bélon, par exemple ?

— Non.

— Le nom de Seamus Smith vous dit-il quelque chose ?

— Non.

— C'est tout pour le moment, monsieur Cueff. Une chose, encore : où étiez-vous quand vous avez parlé à Ryan Mackenzie ?

— Chez moi.

— Il vous a appelé sur votre ligne fixe ?

— Non, je m'en sers à peine. Sur mon portable.

— Vous étiez seul ?

— Je travaillais dans mon bureau, oui.

— Personne ne vous a vu ?

— Seulement le soir. Quand ma femme et mon fils sont rentrés. Vers vingt heures trente.

La réticence perça de nouveau dans la voix de Cueff, et il ne chercha pas à la cacher.

— Merci beaucoup, conclut le commissaire. Nous vous recontacterons très bientôt.

Son interlocuteur ne répondit pas. Dupin raccrocha sans attendre. Quelques mètres à peine le séparaient du logement de Tordeux. La même pancarte énorme était suspendue au-dessus de la porte : « Super de Bélon. »

Dupin composa le numéro de Le Ber, qui décrocha dès la première sonnerie.

— Patron ?

— Cet homme de Cancale, commença Dupin sans attendre. Cueff… Il nous faut toutes les informations disponibles à son sujet, activités commerciales comprises. Tout ce qui est accessible. J'aimerais aussi que quelqu'un passe s'entretenir avec lui dès que possible. Cueff doit lui rapporter très précisément le contenu de sa conversation téléphonique avec Mackenzie. Il faut aussi vérifier son alibi et, surtout, le policier qui se trouve avec la femme de Mackenzie doit lui demander si elle était au courant de ses projets de participation à un élevage à Cancale. Apparemment, il aurait renouvelé sa volonté de prendre des parts récemment, ce qui expliquerait sa présence ici. Ce serait un investissement financier d'envergure.

— Ce sera fait, patron.

— Le Ber, Nolwenn est-elle rentrée ?

Dupin n'était jamais tranquille quand Nolwenn s'absentait au cours d'une enquête. Son assistante n'était pas seulement extrêmement réactive et efficace, elle lui fournissait également un soutien psychologique et moral essentiel. Sans compter sa foi quasi superstitieuse dans la conclusion heureuse de chaque enquête.

— La cérémonie devrait toucher à sa fin, à cette heure-ci…

— Dieu soit loué, lâcha Dupin. A plus tard.

Le fleuve s'était renfloué entre-temps, son lit s'était fait plus large. Un bassin d'ostréiculture tout en longueur s'étendait à côté de la maison de Tordeux. Un peu plus loin, un tracteur rouge était immobilisé, la pelle tournée vers le ciel à quelques centimètres du sol. Deux hommes vêtus des pantalons de ciré jaunes qui semblaient de rigueur dans la région s'affairaient à déposer des sacs rouges remplis d'huîtres dans la gueule du tracteur. Dupin s'approcha. Cette fois encore, ses chaussures s'enfoncèrent profondément dans la vase. Décidément, elles ne sécheraient plus aujourd'hui.

— Monsieur Tordeux ?

Les deux hommes, qui ne l'avaient pas entendu venir, firent brusquement volte-face.

— A l'intérieur, dit l'un d'eux avec un geste vague.

Puis tous deux reportèrent leur attention sur les sacs rouges. Dupin tourna les talons sans mot dire. La porte, ou plutôt le portail, était grande ouverte.

— Monsieur Tordeux ?

Dupin entra sans attendre d'y être invité.

Il était dans une grande pièce aux murs de crépi grossier qui avaient dû être blancs naguère et étaient à présent d'un brun-gris douteux. Chaque recoin était rempli d'outils, de montagnes de bourriches empilées dans le plus grand désordre. Il avisa au fond une sorte d'escalier bricolé auquel on n'accédait qu'en zigzaguant entre les objets jonchant le sol. Il n'y avait qu'une seule fenêtre, toute petite, la lumière filtrait surtout par la porte.

— Ici, en haut.

Monsieur Tordeux n'était visiblement pas pressé de répondre.

Dupin grimpa un escalier aux marches si hautes qu'il crut escalader une montagne. A l'étage, une atmosphère bien différente l'attendait. Le contraste était impressionnant.

Soudain, on se retrouvait dans un atelier design et sophistiqué à l'équipement luxueux. Trois côtés de la pièce étaient percés de baies vitrées et, surtout, une immense fenêtre au cadre en aluminium était aménagée dans le toit qui révélait un bon morceau de ciel. Non loin de la vitre qui donnait sur le fleuve se dressait une grande table d'un blanc immaculé qui supportait une lampe et un grand écran plat. L'ensemble était très élégant, comme le fauteuil de bureau. Deux chaises devant la table. Des étagères métalliques blanches couvraient les murs. A l'autre bout de la pièce trônait un canapé de cuir noir que jouxtait une table basse de la même couleur.

— Monsieur Vannec ?

Tordeux s'était levé au dernier moment et s'approcha de Dupin d'un pas résolu, la main tendue, accueillant.

De taille moyenne, il était mince et légèrement hâlé. Ses cheveux noirs et coupés court coiffés en arrière montraient des reflets d'argent aux tempes. Son visage étroit et distingué était rasé de près. Il portait un pantalon de tweed anthracite et une chemise d'un gris plus clair, qui mettait si bien ses cheveux en valeur que ce ne pouvait être un hasard. Trois boutons de sa chemise étaient ouverts, lui donnant une allure volontairement décontractée. Il devait avoir la cinquantaine, peut-être même soixante ans, mais il était resté jeune sans pour autant donner l'impression de vouloir se rajeunir.

Dupin décida de garder le silence et de profiter de la méprise pour laisser son interlocuteur s'exprimer librement.

— Vous avez bien fait de venir me voir. Les huîtres du Bélon, il n'y a rien de meilleur ! Nous sommes très heureux de vous accueillir. D'ailleurs, nous vous avons préparé une séduisante proposition. Asseyez-vous donc !

Il désigna une des deux chaises. C'était là l'art et la manière d'un commerçant-né. Dupin resta debout.

— Commissaire Dupin, du commissariat de police de Concarneau.

Après un bref moment de surprise, Tordeux sourit d'un air amusé. Il semblait parfaitement maître de lui.

— Ah ! J'attendais un nouveau client. Un gastronome. Il devait venir à dix-sept heures. Mais j'accueille également volontiers la police, bien entendu.

Dupin n'avait pas le cœur à la plaisanterie.

— Entretenez-vous des relations commerciales avec l'Ecosse, monsieur Tordeux ?

— Nos frères de sang ?

Dupin ne prit pas la peine de répondre.

— Oui, je suis en relation avec un commerçant d'Edimbourg. Et aussi avec un éleveur de Dundee.

La désinvolture de Tordeux semblait un peu forcée.

— Et votre partenaire s'appelle Ryan Mackenzie, c'est ça ?

Il ne perdait rien à essayer.

— Non, Ian Smollet. C'est le nom du distributeur d'Edimbourg. Je lui vends les plates, nos huîtres les plus délicates. Quant à James MacPhilly, l'éleveur de Dundee, je fais de l'affinage pour lui. Je vois ces deux hommes tous les deux ans, plus ou moins. Ces échanges en valent la peine. Edimbourg est une ville fantastique, les gens ont du goût, là bas !

Dupin avait sorti son calepin.

— Vous ne connaissez aucun Ryan Mackenzie, monsieur Tordeux ? Vous ne l'avez jamais rencontré, n'avez jamais entendu parler de lui ?

— Jamais, j'en suis sûr et certain.

— Il a été assassiné hier, tout près d'ici.

— Ah, c'est donc vrai. Des rumeurs peu rassurantes circulent depuis hier. Et le cadavre vous a échappé, si j'ai bien compris. Ce doit être rageant.

— Seamus Smith, ce nom vous dit-il quelque chose ?

— Pas davantage. Jamais entendu, jamais rencontré.

— Votre distributeur et votre éleveur, peut-être connaissent-ils cet homme ?

— Vous me faites rire ! Vous croyez que je connais les contacts de mes partenaires commerciaux ? Qui sont ce Mackenzie et ce Smith, d'abord ? Des ostréiculteurs ?

— L'un d'eux, oui. Ryan Mackenzie.

— Mes partenaires n'ont pas de comptes à me rendre. Et pour que vous puissiez vous faire une idée, j'entretiens des relations commerciales avec seize pays européens.

— Depuis combien de temps travaillez-vous avec l'Ecosse ?

— Vingt ans, je crois. Peut-être un peu plus.

— L'un de vos deux partenaires, Smollet ou MacPhilly, s'est-il rendu en Bretagne, récemment ?

— La dernière fois que je les ai vus, c'était l'année dernière. En janvier et en mars, si je me souviens bien. Ils ne sont pas restés longtemps. C'est tout ce que je peux vous dire.

Il paraissait parfaitement détendu.

— Vous entretenez vos relations de quelle manière ? Par téléphone, par e-mail ?

— Décidément, vous êtes tenace. Où voulez-vous en venir ?

Un sourire suffisant traversa fugacement le visage de Tordeux.

— J'enquête, répliqua Dupin. Alors ?

— Bien entendu, nous restons en contact. Les livraisons sont faites régulièrement. Toutes les deux semaines, mon distributeur reçoit une cargaison de plates. Deux fois par an, l'éleveur m'envoie une grosse quantité d'huîtres, et je les lui retourne un peu plus tard.

— Ne craignez-vous pas que les huîtres du Bélon soient touchées par une bactérie, monsieur Tordeux ? La catastrophe d'Arcachon pourrait remonter jusqu'ici.

— On verra bien.

La question ne semblait pas le surprendre – pas davantage que les autres, d'ailleurs. Dans l'ensemble, il se montrait détendu – ou alors il cachait bien ses émotions.

— On en parle, par ici ?

— Demandez aux autres. Moi, en tout cas, je n'en parle pas.

Les yeux de Tordeux se mirent soudain à briller.

— Oh, mais j'y pense : le commissariat de Concarneau a-t-il un fournisseur d'huîtres ? Je peux vous faire une proposition imbattable, si vous voulez !

Dupin se demanda s'il plaisantait.

— J'ai appris que vous aviez acquis un élevage près de La Forêt-Fouesnant et que vous souhaitiez l'agrandir ?

— C'est exact. Et un autre à Cancale, il y a deux ans. Il faut savoir assurer ses arrières, voyez-vous. Mes affaires marchent bien, mais c'est aussi parce que je travaille beaucoup.

— Nous parlons de sommes importantes, tout de même. D'où vous vient ce succès ?

Tordeux planta son regard dans celui de Dupin.

— Au cours des dix dernières années, nous avons multiplié par douze notre chiffre d'affaires. Et augmenté notre capital.

— Paul Delsard, entrepreneur en bâtiment. On me dit que c'est votre ami. Vous le fournissez également en huîtres et crustacés ?

— C'est un très bon ami – et un excellent client, en effet.

Cette bonne volonté à répondre frisait presque la provocation, se dit Dupin.

— Monsieur Delsard ne possède pas des parts de votre entreprise, par hasard ? En tant qu'investisseur, ou comme associé invisible ?

La réponse fusa sans attendre, claire et pragmatique :

— Non. Je préfère mener mon affaire tout seul.

— Vous en êtes bien sûr ?

— Absolument ! répondit Tordeux avec un éclat de rire sonore.

— D'un point de vue économique, votre activité repose davantage sur l'élevage, ou sur l'affinage ?

— L'affinage.

Dupin jeta un coup d'œil à sa montre.

— Une question encore, monsieur Tordeux. La plus importante.

Dupin observa une longue pause, comme s'il attendait quelque chose.

— Que faisiez-vous sur les lieux du crime à l'heure supposée du meurtre ?

La question prit Tordeux au dépourvu. Il perdit un bref instant contenance, puis répondit d'un ton volontairement ironique et léger :

— Ah, nous y voilà. Je suis votre suspect. Je ne vous aurais pas cru si drôle, vous savez. D'ordinaire, les Parisiens sont plutôt sinistres.

En effet, monsieur, répondit sèchement Dupin. C'est moi qui désigne les suspects. Vous avez toutes les raisons de vous inquiéter. Alors ?

Il en avait assez de cet échange de politesses.

— Oh, mais vous savez montrer les crocs. Je suis rassuré ! C'est ce qu'il faut, dans votre métier. Alors voici ma réponse officielle, pour votre rapport : je possède un gîte rural hérité de ma tante qui se situe à un kilomètre environ du parking. Un seul chemin y mène : la route qui part de l'accès au parking. C'est celle que j'ai empruntée. D'après ce que j'en sais, cela n'a rien d'illicite. J'y étais vers seize heures quarante.

J'avais quelque chose à faire au gîte, et c'est à ce moment que j'ai croisé la vieille Bandol avec son chien. Elle remontait le sentier depuis le Bélon. C'est tout. Comme tout citoyen digne de ce nom, j'ai signalé tout cela aux autorités quand j'ai été interrogé par un de vos collègues.

— Qu'aviez-vous à faire dans votre gîte, monsieur ?

— J'attendais des locataires.

— Vous vous occupez de ça vous-même ?

— Bien entendu, j'ai quelqu'un qui s'occupe du logis, répondit Tordeux, presque indigné. Elle fait les lits, le ménage, toute sorte de choses. Mais il y en a d'autres que je fais en personne.

— Vous avez beaucoup de clients ?

— Je pourrais en avoir davantage si je le voulais. Ce n'est pas mon cœur de métier. Je me contente généralement de louer à des amis ou à des connaissances.

— Bien. Nous vous recontacterons très bientôt, monsieur. Un collègue s'entretiendra également avec vos clients.

Dupin tourna les talons et se dirigea vers l'escalier.

— Je ne bouge pas, répondit joyeusement Tordeux. Et réfléchissez à ma proposition ! Vous avez sûrement besoin d'huîtres pour les réceptions, les événements. Il doit y en avoir un paquet, d'ailleurs, depuis que vous êtes arrivé… ajouta-t-il d'un ton qui n'avait rien d'ironique.

Concentré, Dupin entreprit de descendre les marches aussi rapidement que possible malgré leur hauteur. Il était six heures moins le quart.

Arrivé au portail, il vit s'avancer un petit homme bedonnant vêtu d'un affreux costume jaune pâle. Sans doute le gastronome qu'attendait Tordeux. Il frôlait le mur, dans l'espoir manifeste d'éviter de poser un pied dans la vase, et cela lui donnait une allure parfaitement ridicule.

Dupin pressa le pas. Il aperçut bientôt Le Ber qui se tenait au croisement menant à leur QG. Dupin eut beau se faire tout petit, l'inspecteur le repéra immédiatement et se précipita vers lui. Avant même que le commissaire ne lui explique qu'il était pressé, il lança :

— Patron, le policier qui s'est rendu chez la femme de Mackenzie vient d'appeler. Nous avons eu une longue conversation. Nos collègues…

— Alors ?

— Jane Mackenzie assure qu'elle ignorait qu'il se rendait en Bretagne. Elle…

— Je vous appelle de ma voiture, Le Ber. Dans une seconde.

Il voulait tous les détails de l'entretien.

— De votre voiture ?

Dupin n'avait parlé à personne de son excursion à Quimper.

— Dans une seconde, oui.

— Il y a autre chose. Ils ont examiné les communications téléphoniques de…

— Une seconde, Le Ber. Promis ! Au fait ! Tordeux a deux associés écossais. A Edimbourg et à Dundee. Un ostréiculteur et un distributeur. Demandez à la police écossaise de se renseigner sur ces deux hommes, Tordeux vous donnera leurs coordonnées. Essayez de savoir s'ils étaient en lien avec les nôtres.

En s'éloignant, Dupin se retourna une dernière fois :

— Et voyez avec cette exploitante, Nolwenn Premel, à quel moment je pourrais la rencontrer. De préférence dès ce soir ! Il ne faut pas attendre.

Il était dix-huit heures trente-sept. Dupin était presque à l'heure mais, surtout, il était nerveux. Pourquoi Claire faisait-elle tant de mystères, tout à coup ?

Il était arrivé à la place Laënnec qu'il aimait tant, non loin de l'imposante cathédrale. D'ici peu, il arriverait au coin de la rue de Kergariou et de la rue du Sallé. Dallée de pavés anciens, celle-ci montait en pente raide, comme bien d'autres dans cette ville médiévale vallonnée. Les maisons anciennes se succédaient dans des nuances de beige, d'ocre et de gris qui reflétaient joyeusement la lumière.

Le Ber lui avait rendu compte très précisément des dernières avancées de l'enquête, cela avait pris quasiment toute la durée du trajet.

L'entretien avec la femme de Mackenzie avait été long, le policier de Tobermory avait dû l'interrompre plusieurs fois à cause de l'état de nerfs préoccupant de Jane Mackenzie.

Elle n'avait connaissance d'aucun lien commercial entre son mari et la Bretagne. Il aurait évoqué son idée de partenariat avec Cueff, mais, à son avis, c'était encore très vague. Elle ne savait pas que son mari avait appelé Cueff la semaine précédente, et qu'il avait remis le sujet sur le tapis.

Jane ne s'intéressait pas beaucoup aux affaires et aux finances de son époux. Elle avait brossé un historique sommaire de leur société au policier, sans omettre leurs tentatives renouvelées de s'agrandir et leurs échecs successifs. En 2008, c'était en effet l'extinction massive des huîtres qui avait provoqué la fermeture de leurs deux autres sociétés, à laquelle s'ajoutait la situation économique déplorable du pays. L'entreprise des Mackenzie avait connu beaucoup de hauts et de bas, mais, malgré les revers, Ryan Mackenzie n'avait jamais abandonné son rêve de grandeur.

Le matin du meurtre, il avait dit à sa femme qu'il devait se rendre à Glasgow et qu'il passerait probablement la nuit sur place. Il avait proposé une rencontre à son associé, trois semaines plus tôt, mais Jane Mackenzie avait trouvé un e-mail par lequel il annulait le rendez-vous, sans raison apparente. Tout avait dû se jouer dans les jours qui précédaient sa mort. Quelque chose, dans l'existence de Ryan Mackenzie, avait dû le pousser à faire ce voyage qui lui serait fatal. Peut-être cela avait-il un rapport avec l'appel de Smith ?

D'après sa femme, Ryan Mackenzie était un homme « profondément bon ». Le Ber avait scrupuleusement noté les adjectifs qu'elle avait utilisés : un homme « introverti, droit, dépourvu d'ennemis ». Avec la meilleure volonté du monde, elle ne pouvait s'imaginer qu'il ait été mouillé dans une histoire trouble. (Décidément, toujours la même rengaine, songea Dupin.)

Dans sa jeunesse, il avait bien eu quelques problèmes d'alcool, mais c'était de l'histoire ancienne. Elle l'avait rencontré alors qu'elle avait vingt-deux ans et lui trente. Jane Mackenzie avait également confirmé qu'à son avis Smith et son mari se connaissaient peu. Son mari avait « pitié de lui », raison pour laquelle il l'employait de temps à autre.

Dupin avait demandé quelques précisions, puis il s'était mis à questionner son inspecteur comme s'il était lui-même la veuve de l'Ecossais, et leur échange avait rapidement viré au grotesque.

Pendant l'entretien avec Jane Mackenzie, deux collègues avaient passé l'entreprise au peigne fin. Ses employés n'étaient pas au courant de son excursion en Bretagne, et ne voyaient pas du tout ce que leur chef pouvait bien avoir à faire à Port Bélon. Ils ne connaissaient même pas Cueff. Autre détail important : ils n'avaient aucune connaissance de liens commerciaux avec la Bretagne. Ni aujourd'hui, ni par le passé.

L'enquête des policiers écossais avait été plus fructueuse dans un autre domaine. Très efficaces, ils disposaient déjà de la liste exhaustive des appels, sur ligne fixe ou mobile, passés par Mackenzie au cours des six derniers mois. Principalement des communications locales, quelques-unes avec l'Oyster Heaven à Glasgow. Aucune communication avec la France ou la Bretagne, hormis la conversation qu'il avait eue avec Cueff, le mercredi précédent à quatre heures et demie, et qui correspondait en tous points aux informations communiquées par ce dernier. Quatre minutes, ou presque. Ce qui était intéressant, c'était les neuf conversations avec Smith, dont les policiers avaient également analysé le téléphone prépayé. Un appel de Mackenzie trois semaines avant Noël, suivi d'un long silence, puis un autre le mardi, il y avait deux semaines de cela.

Smith l'avait appelé et ils avaient discuté pendant près d'une demi-heure dans la matinée. Puis il y en avait eu deux autres, plus tard dans la même journée, respectivement de huit et de quinze minutes. Cette fois, c'était Mackenzie qui avait appelé.

A partir de ce moment, ils s'étaient parlé presque tous les jours, vers quinze heures. Puis deux fois juste avant le départ, le lundi précédent. A bien y regarder, on pouvait en déduire que quelque chose s'était mis en route deux semaines plus tôt – mais quoi ?

Dupin patientait déjà depuis un moment au coin de la rue de Kergariou et de la rue du Sallé, mais Claire n'était pas là.

Il regarda autour de lui. Peut-être se cachait-elle dans l'une des boutiques avoisinantes. Quelques-uns de ses magasins de prédilection se trouvaient dans cette ruelle pentue. L'un vendait des torchons de cuisine, des nappes et de la céramique de toutes les couleurs du spectre, l'autre un bric-à-brac insensé de babioles plus inutiles les unes que les autres, fabriquées à partir d'objets recyclés. Un peu plus haut se dressait un vénérable et ancien lycée, puis on arrivait aux murailles médiévales, avec leurs jardinets enchanteurs reliés par un labyrinthe de sentiers étroits. C'était d'ici qu'on percevait le mieux le charme de Quimper, alliant une fière beauté aux attraits de l'âge.

Peu avant son arrivée, juste après qu'il avait pris congé de Le Ber, Nolwenn avait appelé à son tour. Ils n'avaient pas pu s'entretenir longuement, mais Dupin était soulagé : son assistante était sur le chemin du retour vers le commissariat.

Elle l'avait brièvement tenu au courant des dernières aventures de Labat. L'enquête des affaires internes était achevée. Il restait désormais à rédiger une déposition qui avait toutes les chances d'être interminable, puis l'affaire serait close. Grâce à un coup de fil du préfet, Nolwenn avait par ailleurs appris qu'une « unité spéciale » de deux hommes avait été envoyée depuis Lorient pour superviser les investigations sur « l'affaire du sable volé ». Apparemment, ils la trouvaient « hautement intéressante ». Le préfet, d'excellente humeur, avait ordonné qu'on rassemble toutes les données disponibles concernant ces « agissements inadmissibles ». Il avait officiellement chargé Labat d'enquêter à ce sujet pour « porter un coup fatal » à ces « vandales de l'environnement ». Il y avait de quoi rire, et Dupin se réjouissait d'avance de cette collaboration entre Labat et l'« unité spéciale » – ah, ils allaient s'amuser, les collègues de Lorient !

Toujours pas de signe de Claire. Dupin, de plus en plus agité, faisait les cent pas sur le trottoir.

Il s'immobilisa devant la vitrine du coutelier qu'il affectionnait tant. Il proposait des centaines de canifs fabriqués à la main dans quelque village d'Auvergne qu'il avait certainement visité avec son père quand il était enfant. Des Laguiole, des Thiers, des Perceval – des noms mythiques. Des couteaux qu'on gardait toute une vie et qu'on transmettait aux générations suivantes. Lui aussi avait hérité la collection de son père, quatorze couteaux de toutes sortes accumulés au fil des années : certains avec des manches de noyer, d'autres de genévrier, d'olivier, de cerisier, de bois de fer, de frêne, de chêne ou de hêtre.

Dans son enfance, il leur avait prêté une force surnaturelle, avec leurs noms gravés comme sur des baguettes magiques : Gwalarn ou Aile de Pigeon.

Un beau jour, Dupin avait décidé d'enrichir la collection. Pour cela, il venait parfois ici, dans cette petite boutique, mais il aimait surtout fureter chez le célèbre et sympathique vendeur de matériel de pêche, tout près de l'Amiral, qui possédait une collection impressionnante.

— Georges ! Je suis là !

La voix familière retentit enfin derrière lui. Claire était euphorique. En guise de bonjour, elle l'attrapa par le bras et l'attira à sa suite.

— Tu ne vas pas le croire, dit-elle avant de remonter la rue et de se diriger vers la boutique de brocante.

Juste avant d'y arriver, elle tourna et pénétra dans le petit magasin de céramique.

— Choisis-en un. Celui qui te plaît le plus.

Ils se tenaient devant une impressionnante étagère chargée de bols de toutes les formes possibles et imaginables, de toutes les tailles et de toutes les teintes.

Dupin voulait savoir de quoi il retournait. Pourquoi Claire était-elle ici un mercredi, en plein milieu de semaine ? Elle ne venait pas d'arriver : elle n'avait aucun bagage. Que se passait-il ?

— Depuis quand es-tu là, Claire ? Tu as pris des jours de congé ?

— Allez, choisis ton bol, Georges !

Elle était sérieuse. Il la connaissait, elle ne lâcherait rien avant qu'il se soit exécuté et qu'elle juge le moment venu de lui révéler la raison de sa présence.

Il parcourut l'étagère des yeux et s'arrêta sur un petit bol classique, d'un bleu d'opale à l'extérieur, beige à l'intérieur. Claire à son tour choisit un bol d'un bel orange chaud.

— Ils vont très bien ensemble, constata-t-elle.

Elle prit également le sien, se rendit à la caisse et paya. Un instant plus tard, ils étaient de nouveau dans la rue.

— Encore quelques pas, lança Claire en l'attirant avec impatience vers le haut de la rue. Allez, Georges, encore un instant !

Tout à coup, elle s'immobilisa devant un très bel immeuble ancien. D'un jaune pâle, les angles et les encadrements de fenêtres étaient rehaussés de pierres de granit lumineux.

Claire fouilla dans sa poche et s'approcha de la porte.

Dupin aperçut une clé dans sa main.

Elle ouvrit et entra d'un pas décidé.

Elle semblait connaître les lieux.

Dupin lui emboîta le pas.

Ils montèrent au deuxième étage, puis Claire s'employa à déverrouiller la porte d'un appartement. Elle entra et fit signe à Dupin de la suivre.

Le moment de poser des questions ne semblait toujours pas venu. Elle finirait bien par lui dire ce qu'elle tramait.

L'appartement était vide. A gauche, un petit couloir donnait sur une chambre avec vue sur le jardin. Un parquet ancien de chêne clair. Une deuxième chambre sur le devant, baignée de soleil.

Claire entra dans la seconde pièce et alla ouvrir la porte du balcon. Une petite table de marbre ronde et deux chaises pliantes à la peinture écaillée semblaient les attendre.

Claire sortit de leur sachet les deux bols et de son sac à main une thermos. Elle l'ouvrit, puis versa quelque chose dans les bols. Dupin reconnut immédiatement le fumet divin du café au lait. Puis elle s'installa sur une chaise et le regarda, sereine.

Elle n'avait toujours pas prononcé un mot.

Dupin prit place à côté d'elle, de plus en plus nerveux. Il regarda autour de lui. La vue était grandiose. Des bâtisses au charme suranné, des teintes douces. On voyait la rue de Kergariou d'un bout à l'autre, avec ses grappes de flâneurs arrêtés devant les innombrables devantures. Juste devant eux, une ruelle moins étroite que les autres laissait passer un grand pan de ciel. Tout était étrangement calme.

Claire but une gorgée de café puis reposa doucement son bol sur la table. Un sourire passa brièvement sur ses lèvres.

— Bienvenue chez moi.

Elle avait prononcé ces mots sans grande effusion, avec ce sourire auquel Dupin succombait chaque fois.

— Je… Claire, qu'est-ce que tu racontes ? Tu as… c'est… (Dupin bégayait rarement, mais cette fois il trébuchait sur tous les mots.) Claire, c'est ton appartement ? *Ton* appartement ?

— Depuis cet après-midi, dix-sept heures. Comme ça, ce sera plus pratique.

Quand Claire était de passage, il l'hébergeait toujours. Son logis était suffisamment grand pour deux, même quand elle prolongeait ses séjours de quelques jours, voire de quelques semaines.

Du point de vue de Claire, c'était une grande nouvelle – une nouvelle extraordinaire. De son côté, Dupin avait du mal à exprimer quoi que ce soit.

— Tu as loué cet appartement ? Pour toi ?

— Oui. Je te l'ai dit : je trouve ça beaucoup plus pratique !

Dupin n'en revenait pas. Il avala une grande gorgée de café au lait, envoyant au diable les recommandations de son médecin.

— D'ici, j'en ai pour quelques minutes à peine jusqu'à la clinique. En tant que chef du service de cardiologie, je ne peux pas me permettre d'arriver en retard…

Dupin se leva d'un bond.

— Tu as trouvé un emploi à Quimper ? Tu as un appartement ici ? (Il se tut, le temps de prendre conscience de ce qu'elle venait de dire.) Tu t'installes en Bretagne ?

Claire s'était levée, à son tour.

— Bien vu, commissaire.

C'était magnifique. Dupin n'en croyait pas ses oreilles. Claire, normande dans l'âme, parisienne dans la vie, allait devenir bretonne.

— J'ai eu simplement envie d'essayer, expliqua sa compagne avec calme et fermeté.

Dupin l'attira contre lui et l'embrassa. Claire adorait l'étonner et ne se privait jamais d'une occasion de le faire. Cette fois, cependant, la surprise prenait une tout autre dimension. Elle n'avait jamais mentionné son intention. Mais elle était ainsi, il ne la connaissait que trop bien, et c'était ainsi qu'il l'aimait. Elle ne reculait devant aucune décision, si importante soit-elle, quand il s'agissait de construire la vie qu'elle souhaitait. Nous n'avons qu'une seule chance, se plaisait-elle à répéter, et tout peut toujours aller de travers. C'est trop facile de rester immobile par crainte de se tromper.

Soudain, Dupin comprit que le moment présent, ici, sur ce balcon ensoleillé, à quelques mètres et pourtant si loin de l'effervescence de la ville, resterait probablement l'un des plus beaux de sa vie.

— J'ai vu l'offre d'emploi de la clinique il y a deux mois, début février, expliqua Claire les yeux brillants d'excitation. J'ai appelé le directeur et quelques jours plus tard, je suis venue ici pour le premier rendez-vous.

Tout s'est finalement décidé il y a trois semaines, et j'ai signé. Tout collait parfaitement, Georges. Et puis, j'ai bénéficié d'une aide précieuse…

Voilà qui expliquait son comportement des derniers mois. Sous prétexte de changements d'horaires à l'hôpital, elle lui rendait visite en plein milieu de la semaine. Elle avait également lâché une ou deux fois qu'elle « voulait voir comment c'était, de vivre le quotidien breton ». Ces déclarations auraient dû lui mettre la puce à l'oreille !

— J'ai visité cet appartement la semaine dernière, ajouta-t-elle avec un sourire.

Le téléphone de Dupin sonna. Sans réfléchir, il le sortit de sa poche et s'avisa au même moment que Claire ignorait tout de son enquête. Lui-même n'y avait pas pensé une seconde au cours des dernières minutes.

C'était Le Ber. Ce n'était vraiment pas le moment d'interrompre le récit de Claire – cet instant qu'ils partageaient était trop important, et puis elle avait sûrement échafaudé quelque projet pour la soirée. Dupin décrocha néanmoins.

— Quoi ?

— On a retrouvé la voiture, patron. La C4 de location.

Dupin reprit immédiatement ses esprits.

— Le cadavre de Mackenzie est dedans ?

Il vit les yeux de Claire s'agrandir.

— Non, mais c'est déjà une bonne chose qu'on ait la voiture.

— Où ?

— Au cap isolé qui se trouve en dessous de Kerfany-les-Pins et Kerdoualen. Il y a une vieille route qui mène à la mer. Pas loin de la plage du Trenez. On l'a simplement poussée dans l'Atlantique.

Une des innombrables routes côtières qui s'enfonçaient dans la mer pour mettre les bateaux à l'eau.

— Pas de trace du corps ?

— Aucune.

— Merde !

Si seulement ils pouvaient retrouver ce corps, cela les avancerait considérablement.

— D'autres traces ?

Dupin s'excusa d'un regard auprès de Claire et disparut dans la pièce voisine.

— Les vitres ont été baissées, les portières ouvertes. La personne qui a fait ça voulait faire disparaître toute trace. Très efficace, on dirait.

— Comment avez-vous retrouvé le véhicule ?

Tout en parlant, Dupin faisait le tour de l'appartement. Il était vraiment charmant.

— Deux plongeurs qui cherchaient des crabes et des araignées de mer sont tombés dessus. La saison a commencé, remarqua Le Ber avec une joie non dissimulée, avant de revenir au vif du sujet. L'assassin savait très bien ce qu'il faisait.

— Que voulez-vous dire ?

— Eh bien, que nous avons affaire à un criminel habile.

Le Ber devait tirer son analyse d'un de ces insupportables séminaires de psychologie consacrés aux « profils de coupables » qu'il avait suivis l'an passé, se dit Dupin. Au cours des mois suivants, son inspecteur lui avait largement tapé sur les nerfs, avec ses analyses « scientifiques » à la noix.

— Notre homme connaît bien la région, mais ce n'est pas tout. Il sait comment couler une voiture en effaçant tout indice. Peut-être s'est-il débarrassé du cadavre au même endroit. Les marées sont importantes, en ce moment, et les courants d'autant plus puissants. S'il a balancé le cadavre à l'eau, on ne le retrouvera jamais.

Les suppositions de Le Ber étaient plausibles. Si une personne qui connaissait bien la région voulait se débarrasser d'un véhicule et d'un cadavre situés à Port Bélon, elle ne s'aventurerait pas à traverser Pont-Aven pour redescendre de l'autre côté de l'Aven. Elle ne remonterait pas davantage la côte vers Lorient, où l'accès à la mer était plus difficile. Elle choisirait ce cap, pas un autre. Sans compter que l'endroit était particulièrement isolé.

— Comment est-il reparti de là, dans ce cas ? Il a dû rentrer à pied jusqu'au Bélon, ou tout au moins jusqu'au prochain arrêt de bus.

Dupin réfléchissait à voix haute. L'assassin avait bien dû revenir au parking, où l'attendait sa propre voiture – un véhicule « sombre », voire « rouge ».

— L'arrêt le plus proche est Kerfany-les-Bains.

— Demandez à votre collègue de Riec de vérifier si un bus s'est arrêté à Kerfany vers dix-sept heures trente. Si c'est le cas, qu'il contacte le chauffeur pour lui demander s'il se souvient d'éventuels passagers qui seraient montés à cet arrêt ou un autre à proximité.

— S'ils étaient deux, l'un d'eux aurait pu conduire la voiture de Mackenzie tandis que l'autre prenait la C4. De cette manière, ils auraient pu s'en aller sans le moindre problème. Sans compter qu'une personne qui connaît la région n'aurait pas pris le risque d'emprunter les transports en commun.

— Faites-le quand même !

Tous les scénarios étaient encore possibles, il y avait de quoi devenir fou.

— Trenez, Kerfany… vous remarquerez que ce sont les plages où Labat croit avoir repéré des vols de sable, lâcha Le Ber d'un ton volontairement désinvolte.

Dupin n'y avait pas pensé.

— Et alors ?

— Oh, rien. Une coïncidence intéressante, c'est tout…

Le Ber savait faire enrager son supérieur quand il s'y mettait. Craignant que son inspecteur ne se laisse convaincre par les lubies de Labat, il se garda bien de répondre.

— Vous êtes où, d'ailleurs, patron ?

Dupin avait plus ou moins élégamment évité cette question lors de leur précédente conversation alors qu'il se trouvait sur la route de Quimper.

— Je… je vais venir à Kerfany. Attendez-moi là.

Dupin raccrocha et retourna sur le balcon. Claire n'avait pas bougé. Confortablement installée sur sa chaise, les jambes croisées, le regard perdu dans l'animation de la ruelle, elle semblait sereine, détendue.

— File, Georges. Attrape-les, ces crapules, dit-elle en se tournant vers lui.

Ses paroles n'avaient rien d'ironique et elle ne semblait pas déçue, constata le commissaire avec soulagement. Elle pensait vraiment ce qu'elle disait, il le voyait à ses yeux. Elle se leva et quitta la terrasse, non sans l'avoir embrassé au passage.

— Je vais faire un tour dans ma nouvelle ville. Il me faut absolument quelques meubles, tu sais. Et puis il faut que je passe à la clinique, il y a encore des formalités à régler avec le directeur.

Ses horaires de travail allaient sûrement être aussi impossibles qu'à Paris, se dit Dupin.

— Quand j'aurai terminé, je m'installerai à l'Amiral, d'accord ? C'est comme ça que ça se passe ici, si j'ai bien compris ?

Un sourire plein de chaleur sur les lèvres, elle regarda Dupin.

— Exactement. C'est comme ça que ça se passe, répondit-il avec le même sourire.

— Viens quand tu auras fini, on trinquera ! Je vais annuler ma réservation au restaurant de Quimper.

— Si ça se trouve, je serai rentré tôt... objecta Dupin avec empressement.

Son téléphone se remit à sonner.

— Pourquoi me rappelez-vous, Le Ber ? La voiture a disparu ?

— A tout à l'heure, à l'Amiral, murmura Claire avant de disparaître dans la cuisine.

— La maison de Tordeux est en flammes – son domicile privé ! Personne ne sait s'il se trouve à l'intérieur. La fille de Tordeux a appelé les pompiers. Elle...

Le Ber criait presque.

— Quoi ?

Dupin se crut frappé par la foudre.

— Les pompiers sont en route, Melen et moi aussi. Nous avons laissé Braz s'occuper de la voiture.

— La gendarmerie est sur place ?

— Non. On vient seulement de recevoir l'appel.

— Vous pensez que c'est criminel ?

— Nous n'en savons rien pour le moment, patron.

— Il faut convoquer une équipe technique spécialisée dans les incendies. Tout de suite.

— Très bien.

— Où se trouve la maison ?

— Au milieu du village, vous ne risquez pas de la manquer. C'est celle qui brûle.

— J'arrive.

Dupin dévala l'escalier et déboucha dans la rue quelques secondes plus tard. Ses pensées se bousculaient. L'hypothèse qu'il s'agisse d'un accident – que Tordeux ait oublié d'éteindre sa gazinière, par exemple – était peu probable. Il n'empêchait qu'il fallait exclure cette possibilité aussi rapidement que possible. Si l'acte était criminel, la donne allait encore changer.

Jusqu'à présent, il était parti du principe que les faits appartenaient au passé. Deux crimes, certes, mais il croyait qu'il s'agissait simplement de les élucider.

Un rebondissement impliquait que l'affaire, quelle qu'elle fût, n'était pas terminée. Que le meurtrier œuvrait encore – sous son nez, pour couronner le tout.

Quatre camions de pompiers étaient garés dans le jardin. Sur la route qui menait au quai, temporairement barrée, stationnaient deux véhicules de gendarmerie derrière lesquels Dupin rangea sa voiture.

Il avait aperçu la fumée de loin – grisâtre, sculptée en une impressionnante colonne couchée par le vent qui soufflait fort à cette heure de la journée.

De plus près, il était difficile de croire que la maison brûlait. La façade était intacte, rien ne trahissait l'incendie.

— Patron, je suis là !

Dupin s'orienta à la voix de Le Ber pour trouver l'entrée du jardin.

Une douzaine de pompiers s'affairaient là selon un processus bien rodé, on ne percevait aucune trace d'effervescence ou de nervosité.

Escorté de Magalie Melen, Le Ber se tenait juste derrière la grande échelle. Tout en haut de celle-ci, la nacelle soutenait le poids de deux hommes armés d'une lance.

Le vent avait beau disperser la fumée, l'odeur était si âcre et l'air si piquant que les yeux de Dupin se mirent immédiatement à pleurer.

— C'est l'annexe qui brûle. Une construction de bois où Tordeux avait installé son bureau. Le feu est maîtrisé à présent, ils ne vont pas tarder à l'éteindre complètement. Ils ont réussi à éviter qu'il ne se propage dans la maison principale, grâce au vent qui…

— Et Tordeux ? coupa Dupin.

— On ne sait toujours pas. On essaie de le joindre sur toutes ses lignes téléphoniques. Il n'est pas dans la maison, qui a déjà été inspectée. Sa voiture n'est pas dans l'allée, et elle ne se trouve pas non plus du côté des parcs à huîtres. On peut en déduire qu'il s'est absenté. Il va falloir encore un moment avant que les pompiers puissent s'introduire dans ce qui reste du bâtiment.

— Tout le monde sait que nous le recherchons ?

— A Port Bélon, tout le monde est au courant. Nous avons également transmis l'info à la radio ; il doit contacter la gendarmerie de Riec dès qu'il aura le message.

— Que disent les pompiers ? Où le feu a-t-il pris ?

— Certains indices portent à conclure qu'il est parti du côté du mur extérieur, vers le jardin, résuma sobrement Magalie Melen. On ne peut pas en dire plus pour l'instant.

Dupin contourna la maison en formant un grand arc de cercle, Le Ber et Melen sur ses talons.

— Il faut tout d'abord s'assurer que Tordeux n'est pas à l'intérieur. D'ordinaire, les incendies criminels ont lieu au milieu de la nuit, quand tout le monde dort, et non en fin d'après-midi. Il se peut, en revanche, qu'il y ait eu une dispute et que Tordeux soit blessé ou inconscient.

Inquiet, mal à l'aise, Dupin essayait d'envisager tous les scénarios possibles.

— Où sont les équipes techniques ?

— En route. De toute façon, elles ne vont pas pouvoir se mettre au travail avant que l'endroit ne soit sécurisé.

Dupin s'approcha de l'annexe carbonisée. A l'emplacement où ils se tenaient, le toit d'ardoise pointu, typique de la Bretagne, s'était effondré, révélant un trou de deux ou trois mètres de diamètre.

Le Ber devina la pensée de son chef.

— Ils déjà tenté de jeter un coup d'œil à l'intérieur, depuis l'échelle, mais ils n'ont rien pu distinguer.

Dupin se tourna vers Magalie Melen.

— On a contacté sa famille, ses amis ?

— Il existe une ex-femme…

— Oui. J'en ai entendu parler.

— Il changeait souvent de compagne. En ce moment, ce serait une femme de Saint-Malo. Son meilleur ami est…

— Paul Delsard, l'entrepreneur immobilier.

— C'est ça. Pourtant, Delsard est beaucoup plus jeune que lui. On n'arrive pas à le joindre, lui non plus.

Dupin dressa l'oreille.

— C'est étrange, non ?

— Pas vraiment, répliqua Magalie Melen sans détour. S'il est en rendez-vous, par exemple, il peut très bien avoir éteint son téléphone. Ou alors il n'a pas de réseau. La Bretagne compte beaucoup d'endroits sans réseau.

A qui le disait-elle. !

— Une femme, des enfants ?

— Célibataire, comme Tordeux.

Dupin s'écarta de quelques pas puis s'immobilisa et se passa une main dans les cheveux.

— C'était donc son bureau, n'est-ce pas ? Et l'étage supérieur de la maisonnette blanche, près des parcs à huîtres ?

— Il s'en servait pour accueillir ses associés, faire des présentations, ce genre de choses, expliqua Melen. Les travailleurs du parc occupent le rez-de-chaussée. Son matériel informatique, ses papiers, tout ce qui concernait ses entreprises se trouvait ici. C'était le siège, en quelque sorte. Une secrétaire venait lui donner un coup de main le lundi et le vendredi.

— S'il ne réapparaît pas, il va falloir demander une commission rogatoire.

— Bonne idée, Le Ber. Je vous laisse vous en occuper.

Dupin réfléchit.

— Nous devons tout savoir sur Tordeux. Fouillez toutes les sources que vous avez à votre disposition.

— S'il est mêlé au meurtre de Mackenzie, si c'est un criminel, on ne peut pas exclure qu'il ait mis le feu lui-même pour supprimer des preuves...

Le Ber réfléchissait à voix haute et s'exprimait lentement. C'était un scénario possible, qu'il ne fallait pas négliger.

— Tordeux au téléphone ! s'exclama soudain un jeune gendarme que Dupin ne connaissait pas encore.

Le jeune homme se précipita vers eux.

— Commissaire, il appelle de Saint-Brieuc, où il dînait, et…

— Passez-le-moi.

Dupin saisit l'appareil.

— Monsieur Tordeux ?

— En personne. Je ne gis pas en cendres dans mon bureau, si c'est ce que vous voulez savoir !

Dupin regretta amèrement de ne pas avoir de réplique à lui offrir.

— Qu'est-ce que…

— Votre collègue m'a dit que mon annexe était en flammes, reprit Tordeux.

Cette fois encore, il était passé sans transition du ton de la plaisanterie à une froideur terre à terre.

— En effet. Un incendie.

— Votre collègue m'a dit qu'il était maîtrisé.

Il ne semblait pas particulièrement affecté par l'incident, pas même surpris ou choqué :

— Je dois remercier les pompiers. Je vais…

— Monsieur Tordeux, votre bureau est intégralement calciné, vous en êtes conscient ?

— L'important, c'est que personne n'ait été blessé. Ce genre de chose peut arriver. J'ai cru comprendre que ma demeure principale était épargnée, voilà qui aurait été beaucoup plus ennuyeux. Il n'y a que mon bureau, dans l'annexe. On peut remplacer les ordinateurs. Quant aux données, elles sont toutes sur le Cloud.

Pour mes affaires, la disparition de ma maisonnette des parcs à huîtres aurait été beaucoup plus grave.

Soit le sort de son bureau lui était effectivement indifférent, soit il jouait la comédie ; auquel cas il maîtrisait son jeu à la perfection. Une autre possibilité, encore plus perfide, était qu'il savait que le commissaire ne croirait pas à sa décontraction, et qu'il la simulait à dessein. Peut-être pour lui prouver sa supériorité.

— Cela fait quelques années déjà que j'envisageais de rénover entièrement l'annexe. Je voudrais pouvoir y accueillir du monde. Tout était vieux, là-dedans.

— Avez-vous une idée des causes de l'incendie ?

A son tour, Dupin avait adopté un ton détaché.

— Peut-être ma bouilloire a-t-elle eu un court-circuit. A moins que ce soit l'ordinateur ou l'un des nombreux câbles. Le routeur Wi-Fi fait des siennes depuis quelques mois. Il date de Mathusalem.

— Etes-vous rentré chez vous, après la visite de votre client ? Pour repartir ensuite ?

— Oui, absolument.

— Quand êtes-vous parti ?

— Vers six heures et demie.

Dupin ne réagit pas.

— Je vais me mettre en route sous peu, commissaire. Nous pourrons en reparler sur place.

— Venez tout de suite.

— On a l'habitude de mettre les pauvres victimes sous pression, à Paris ?

— Je vous attends dans les plus brefs délais.

Dupin s'apprêta à raccrocher, mais il se ravisa :

— Qu'est-ce que vous faites à Saint-Brieuc ?

— Il y a une grande réunion gastronomique. Je suis invité.

— Y avez-vous croisé un certain Cueff, de Cancale ?

Cette idée lui était venue spontanément. Après tout, les deux villes n'étaient pas très éloignées.

— Jamais entendu ce nom.

— A tout de suite, alors.

Dupin raccrocha.

Tordeux était d'une arrogance insupportable. Elle ne le rendait que plus suspect d'avoir mis le feu lui-même. Il devait en être conscient, malin comme il l'était. Mais pourquoi, dans ce cas, se comportait-il de la sorte ?

S'il avait existé quelque preuve à charge contre lui, un document en lien avec quelque affaire douteuse, tout avait disparu à jamais. Mais peut-être s'amusait-il simplement à semer la confusion dans l'esprit de Dupin ? Peut-être la provocation était-elle aussi un moyen de se défendre.

D'instinct, Dupin lui prêtait toutes les intentions possibles.

— Que dit Tordeux, patron ?

Le Ber et Melen s'étaient postés à ses côtés.

— Je veux tout savoir sur cet homme. J'aimerais aussi que vous demandiez à tous les habitants du village ce qu'ils faisaient entre, disons, dix-huit heures trente et dix-neuf heures trente, où, avec qui, etc. Sans exception. Je veux savoir en quelle compagnie Tordeux se trouvait. Et quelle relation il entretient vraiment avec cet entrepreneur.

— Très bien, patron ! Savez-vous que le restaurant qui se trouve au-dessus de la plage du Trenez a brûlé il y a deux mois ? A l'endroit même où on est en train de repêcher la voiture ? Tout a disparu, hormis les anciennes fondations de pierre. Les circonstances de l'incendie sont assez mystérieuses.

Dupin se rappelait en effet avoir lu quelques articles du *Télégramme* et d'*Ouest-France* consacrés à cet incident.

— Comment ça, mystérieuses ?

— Ça s'est passé la nuit, vers trois heures du matin. La manière dont les flammes se sont propagées indiquerait la présence d'un accélérateur de feu. Ce qui laisserait conclure à un incendie criminel. Malheureusement, on n'a trouvé aucune trace de l'accélérateur en question, rien. Très étrange, vraiment.

— Sûrement une fraude à l'assurance, répondit Dupin.

— Les propriétaires avaient contracté une assurance dérisoire. Cela n'avait aucun intérêt pour eux.

— Vous voyez un rapport avec notre enquête, Le Ber ?

Cette manie qu'avait Le Ber de suggérer des liens obscurs sans jamais les préciser ou en tirer quelque conclusion ! Dupin en était d'autant plus agacé qu'il ne pouvait complètement écarter les théories de son inspecteur. Il arrivait en effet que ses inspirations presque « divinatoires » se vérifient un peu plus tard – en général par le plus grand des hasards.

— Je n'en sais rien.

Le Ber hésita, puis reprit :

— En tout cas, il ne faut pas oublier que le terrain adjacent appartient à Delsard. Or, à ce qu'il paraît, celui-ci pourrait être impliqué dans cette histoire de sable volé…

— Et alors ?

Il ne manquait plus que ça.

— Et alors, il faut tout envisager, lâcha l'inspecteur.

En principe, il avait raison, bien sûr. Pourtant, Dupin ne voyait pas comment l'assassinat probable de ces deux Ecossais et le vol de sable pouvaient être liés. Ni de près, ni de loin.

Melen ramena les deux hommes à la réalité.

— L'équipe technique vient d'arriver. Elle ne pourra pas se mettre au travail avant un moment.

— A-t-on des nouvelles de la voiture coulée ? Doit-on y aller ? demanda Dupin.

— J'ai téléphoné à René Salou juste avant votre arrivée.

— Racontez-moi tout. Mais pas ici.

— Alors, cette voiture ? Des traces du cadavre de Mackenzie ?

Dupin, Le Ber et Melen avaient quitté la propriété de Tordeux et cheminaient sur la ravissante petite route bordée de lierre qui menait au quai.

— Salou était furieux que nous nous absentions « pour un simple incendie », raconta Le Ber.

— Des résultats ? demanda Dupin sans relever.

— Non. Comme je vous le disais, les portes du véhicule étaient ouvertes. L'eau, les marées et les courants ont bien fait leur travail, tout a disparu. La scientifique n'a pas été plus heureuse que nous : pas de sang dans le coffre, rien sur les sièges, aucune trace d'ADN.

— La voiture est sécurisée, maintenant ?

— Un camion de pompiers aidé de plongeurs l'a treuillée hors de l'eau. Un sacré spectacle. Ils viennent de l'emmener.

C'était peut-être frustrant de ne pas avoir retrouvé le deuxième homme, mais la découverte de la voiture de location leur apportait tout au moins des éléments concrets. L'éventualité que l'Ecossais ait été vivant quand Armandine Bandol l'avait découvert sur le parking se faisait de plus en plus mince.

— Que Salou nous tienne informés de ses découvertes. Quoi d'autre ?

Le Ber sortit son carnet de notes.

— Hier soir, un bus a effectivement fait le trajet de Kerfany à Riec en passant par Moëlan-sur-Mer. A dix-huit heures vingt-cinq. D'un point de vue horaire, ça pourrait coller. Trois personnes sont montées à Kerfany. Deux jeunes filles qui se rendaient sans doute à Moëlan, et une femme.

Dupin se dressa.

— Une femme ? Quelle femme ? Le chauffeur du car la connaissait ?

— Non. Il dit qu'il ne l'avait jamais vue auparavant. Elle était d'ailleurs difficilement identifiable car elle portait un long manteau bleu dont elle avait relevé la capuche.

— Jusqu'où est-elle allée ?

— Elle est descendue à Riec.

Trois kilomètres séparaient Riec de Port Bélon. Autrement dit, un saut de puce.

— Les autres passagers connaissaient-ils cette femme ?

— Nous ne le savons pas encore.

— Je veux savoir qui c'est. Arrangez-vous pour l'apprendre.

— Très bien.

Ils avaient rejoint leur quartier général sur la terrasse devant le château.

— Et les deux associés de Tordeux, en Ecosse ? demanda Dupin qui avait sorti son calepin de sa poche.

Le Ber le devança :

— Smollet. Un distributeur d'Edimbourg. MacPhilly, un éleveur de Dundee. La police écossaise les a longuement entendus. Tous deux affirment ne connaître ni Mackenzie ni Smith. Aucun d'eux n'a entretenu de relations commerciales avec un autre que Tordeux en France. J'ai également demandé au collègue de Tobermory de s'entretenir à nouveau avec les employés de Mackenzie. Même résultat : ils sont certains que celui-ci n'a jamais fait d'affaires avec un Smollet ou un MacPhilly. Outre l'Oyster Heaven, à Glasgow, il livrait exclusivement la gastronomie locale et régionale… Au fait ! Nos collègues ont terminé de contrôler les registres. Côté importations, il n'y a que les naissains, et rien du côté de l'export.

Décidément, ils piétinaient.

— Et les ostréiculteurs de Riec ? Ont-ils des liens avec l'Ecosse ?

La voix de Dupin s'était faite pressante.

— Trois entreprises de Riec affinent dans le Bélon les huîtres d'un producteur écossais, qui les récupère ensuite pour les vendre là-bas, répondit Melen. C'est tout.

— Un rapport avec Mackenzie, ou Smith ?

— Aucun, pour le moment. Ni direct ni indirect, ni professionnel ni privé. J'ai contacté la propriétaire du château, à Agadir où elle se trouve actuellement. Son entreprise n'a rien à voir avec l'Ecosse, et elle ne connaît pas d'Ecossais.

Dupin fronça les sourcils, concentré.

— Et si Jane Mackenzie était complice ? Du moins, si elle savait quelque chose qu'elle ne voulait pas nous dire ? Elle peut nous raconter ce qu'elle veut, après tout.

— C'est vrai, patron. Elle peut nous mener par le bout du nez. C'est aussi la raison pour laquelle la police écossaise a voulu interroger d'autres personnes de l'entourage de Mackenzie. D'abord le maire de Tobermory, puis deux restaurateurs qui lui achetaient des huîtres et d'autres fruits de mer, un patron de bar et un vieux camarade d'école avec lequel il partait parfois en randonnée. (Le Ber s'éclaircit la voix.) Même résultat : personne ne lui connaissait de lien avec la Bretagne, et s'ils avaient entendu parler de Cueff, ils ignoraient que les deux hommes étaient encore en contact. Personne n'était au courant de son projet de voyage. Seul son compagnon de randonnée et le barman savaient qu'il avait des parts dans un bar de Glasgow. Selon toute apparence, Mackenzie ne fréquentait pas grand-monde et ne parlait pas beaucoup de lui.

— A qui appartient l'autre moitié du… Oyster Heaven ? demanda Dupin en feuilletant son calepin.

— Un certain Paul Phorb. On n'a pas pu le joindre pour le moment. Quarante-huit ans, originaire de Glasgow, il vit dans les Highlands.

— Vous n'avez pas pu le joindre ? Le bar est fermé ?

— Non, mais il n'y est pas. Les deux jeunes gens qui y travaillent ne savent pas où il se trouve.

— Il a disparu ?

Dupin savait que cette absence ne signifiait rien, mais…

— Ils ont dit qu'il passait tous les deux ou trois jours. Ils ignorent ce qu'il fait le reste du temps.

— Ils doivent bien avoir son téléphone, non ? Ils l'appellent régulièrement pour le travail, je suppose ?

— Il ne répond pas. La police est sur le coup depuis quelques heures. Pour l'instant, pas de quoi s'alarmer, à mon avis.

— Je… où se trouvent les trois entreprises écossaises qui font affiner leurs huîtres dans le Bélon ?

— L'une se trouve sur le Loch Fyne, répondit du tac au tac Magalie Melen, qui semblait attendre sa question. Un très long fjord, sur la côte ouest, au nord-ouest de Glasgow. Une des rares zones ostréicoles reconnues d'Ecosse. L'entreprise est importante.

— Des conditions semblables au Bélon, intervint Le Ber qui s'emballait de nouveau. Les grandes marées charrient sans cesse du plancton frais, et on y trouve ce même mélange d'eau douce et d'eau salée. Des dauphins, des grands requins blancs…

— Le Ber !

— L'autre est du côté de Thurso, au nord, et la troisième non loin de Saint Andrews, au nord-ouest, compléta Magalie Melen.

— Ces élevages se sont fait remarquer, d'une manière ou d'une autre ?

— Non. Ce sont toutes des maisons de qualité.

— C'est tout ? Pas d'autres relations entre les ostréiculteurs écossais et ceux du Bélon ?

— Seulement celles-ci. Il doit bien y avoir quelques échanges par l'intermédiaire de grossistes et de sous-traitants, mais ils sont plus difficiles à retracer…

C'était un maigre butin. Les contacts que Tordeux entretenait avec l'Ecosse n'en étaient que plus intéressants – théoriquement, en tout cas. Il n'était pas exclu qu'ils fassent encore chou blanc.

— Il existe de nombreux liens commerciaux avec l'Angleterre et l'Irlande, reprit Le Ber – et Dupin s'arma mentalement de patience. Après la France, l'Irlande est le plus gros producteur d'huîtres. L'Angleterre est aussi importante dans ce domaine. Les jours de fête, Henri IV avait coutume d'ingurgiter quatre cents huîtres avant de se consacrer au reste du repas. Les anciens Celtes avaient pour habitude d'accompagner les huîtres d'*Uisge beatha*, leur eau-de-vie. Aujourd'hui, on appelle ça whisky.

Le Ber était lancé, et Dupin eut le malheur de le regarder avec une certaine curiosité. Le mal était fait.

— Aujourd'hui, ils préfèrent les savourer avec du Black Velvet, un mélange de champagne et de Guinness. (Le Ber eut une moue de dégoût.) Sans compter qu'ils les mangent enrobées de lard et revenues à la poêle ! Ce sont les fameux *angels on horseback*… En soi, leurs huîtres sont excellentes, remarqua l'inspecteur avec un soupir de regret. Les Romains eux-mêmes les appréciaient beaucoup. Ils faisaient acheminer de la glace depuis les sommets alpins jusqu'à Rome. Les huîtres sont d'ailleurs la seule raison pour laquelle César voulait s'approprier les îles Britanniques – il en raffolait.

Le Ber se tut tout à coup. Il avait dû se rendre compte que ce n'était pas le moment pour ce type de digression. Magalie Melen se chargea de le ramener à la réalité.

— Au fait, nous avons appelé la négociante, madame Premel, pour savoir si elle était en contact avec Mackenzie ou Smith. Vous vouliez lui parler en personne, n'est-ce pas ? Nous avons…

— Oui, je vais le faire.

Madame Premel était la seule personne, parmi les ostréiculteurs du Bélon, avec laquelle il ne s'était pas encore entretenu. C'était urgent, surtout après l'incendie.

Dupin avait cependant le vague sentiment que personne ne serait en mesure de leur expliquer la présence des deux Ecossais en Bretagne. Soit parce que personne ne les connaissait, soit parce que ceux qui les connaissaient ne souhaitaient pas en parler.

— Et cette épidémie qui remonte la côte, où en est-on ?

Il n'arrivait pas à se l'ôter de l'esprit.

— On a repéré des cas juste avant le golfe du Morbihan.

Ce n'était plus très loin, se dit Dupin. Il ne comprenait pas pourquoi Le Ber semblait si décontracté. Celui-ci intercepta le regard inquiet de Dupin.

— Braz est en contact avec les autorités sanitaires qui nous préviendront au moindre changement.

— Quoi d'autre ?

— Mackenzie n'était pas spécialisé en huîtres européennes. Son entreprise propose les deux espèces, les creuses et les plates. C'est ce que vous vouliez savoir, non ?

Dupin hocha la tête.

— Et puis le collègue de Cancale nous a contactés.

Le Ber lui fit le compte rendu de sa conversation et toutes les informations concordaient avec le récit de Cueff. Y compris son alibi, et le fait que personne n'était en mesure de confirmer sa présence chez lui jusqu'à vingt heures trente. Ni voisin, ni interlocuteur téléphonique, personne.

— Notre collègue continue ses investigations autour de Cueff. Il connaît du monde dans le milieu.

— Sait-on où il se trouve ce soir ?

— Oui, le collègue est allé le voir dans son parc à huîtres et en est reparti il y a trois quarts d'heure.

— Très bien. Qu'en est-il du gîte de Tordeux ? Son histoire de clé et de clients ?

— J'ai tout contrôlé, intervint Melen. Un jeune couple. Leur témoignage concorde exactement avec les propos de Tordeux : il leur a remis les clés.

Cela ne voulait pas dire grand-chose. Tordeux aurait pu choisir le moment opportun pour se rendre au gîte.

— Bon.

En vérité, ce n'était pas bon du tout. Les dernières informations qu'ils avaient récoltées ne faisaient qu'ajouter à l'étrangeté des faits. A l'heure qu'il était, le moindre détail de cette histoire était une énigme absolue.

Avec un peu plus de caféine dans le sang, Dupin aurait été bien plus avancé, il en était convaincu.

— Combien faut-il de temps à Tordeux pour venir de Saint-Brieuc ?

— Tout dépend de l'heure à laquelle il se met en route. Il faut compter une heure et demie environ.

— Appelez-moi quand il arrive. Je vais m'entretenir avec madame Premel.

Dupin tourna les talons.

— Elle prévoyait de rester dans les parcs jusqu'à dix-huit heures trente, lança Magalie Melen. Elle y était quand je lui ai parlé. Après ça, elle envisageait de se rendre à une réunion de sa guilde, qui durera jusqu'à la tombée de la nuit. Pas…

— Sa guilde ? Un rassemblement de druides ? demanda Dupin, perplexe.

Cela ne pouvait pas être vrai, tout de même !

— Pas loin d'ici, oui. Quand on remonte la route du cap en direction de Riec. Dans la forêt qui se trouve près du pont du Guilly, là où le Bélon est encore un petit ruisseau. Une forêt de chênes, assez sauvage. Il y a même une source très ancienne près d'une clairière. Sinon, vous pouvez aussi la voir plus tard, chez elle. A Riec. C'est là qu'elle vit, avec son second mari et leurs deux filles.

Si elle aussi trouvait cette réunion étrange, Melen n'en laissait rien paraître.

— Si je comprends bien, madame Premel est druide, conclut Dupin sur un ton presque solennel. Qu'est-ce qu'il ne faut pas entendre !

Il vit son inspecteur pincer les lèvres ; Magalie Melen s'empressa de répondre.

— Cela n'a rien d'exceptionnel par ici, vous savez. Au contraire. Les druides…

— A quelle association appartient-elle ?

— La *Bugel a tarzh-heol* ou BTH, c'est-à-dire les Enfants de l'Aube. A ne pas confondre avec l'EBH, l'*Eurvezh a tarzh-heol*, l'Heure du Lever, et la KAB ou *Bugel a derwenn*, les Enfants du Chêne. (Melen ne semblait pas avoir conscience de l'incongruité de ses explications.) La BTH est une association druidique locale, d'observance strictement néo-humaniste et tolérante. Les deux groupes affichent des différences philosophiques considérables.

— Le Ber, quel est le nom de l'association dont nous avons parlé cet après-midi ?

Le nom du groupe auquel appartenait Smith n'avait rien à voir avec le mot « Aube ».

— *Breudeuriezh Drouized, Barzhed hag Ovizion Breizh* – le *Gorsedd Breizh*, répondit Le Ber d'une voix blanche.

Il était blême comme s'il avait vu un spectre.

— L'EBH fait partie du *Gorsedd Breizh*, comme beaucoup d'organismes druidiques, expliqua Melen. Elle…

— Attendez un instant, coupa Dupin. Vous voulez dire qu'elle appartient à la même organisation que Smith ?

Enfin ils avaient trouvé un lien, aussi étrange fût-il !

— Ce n'est pas si simple. Les Gorsedd des régions celtiques sont en quelque sorte des confédérations. A strictement parler, elle est seulement druide dans une des guildes rattachées au Gorsedd.

Si Le Ber se donnait du mal pour montrer les spécificités des différentes organisations, Dupin ne trouvait pas ses arguments bien convaincants.

— Le ralliement d'une association au Gorsedd implique tout de même un engagement réel. Surtout depuis que la tutelle en a été confiée au grand druide Gwenc'hlan Le Scouëzec, un libéral convaincu, expliqua Melen.

Dupin était de plus en plus surpris, non seulement par tous ces noms bretons, mais aussi par les connaissances très pointues de la gendarme.

— Mon père était membre du Gorsedd, ajouta-t-elle fièrement.

— Mais enfin, il n'y a aucun rapport ! Cela fait des années que Smith n'avait plus aucune activité druidique ! Qu'est-ce que vous racontez ? s'exclama Le Ber avec emportement.

— Ma foi, il ne me reste plus qu'à m'entretenir avec madame Premel, conclut Dupin. Qu'est-ce qui les amène à se réunir ce soir dans cette clairière ?

— Ils préparent l'une des huit célébrations druidiques du calendrier celte : *Alban Eilir*. Elle a lieu samedi prochain.

— Qu'est-ce que cela veut dire ?

Dupin voulait être préparé au mieux avant de rencontrer la druidesse.

— Cela signifie « Lumière de la Terre ». L'équinoxe de printemps. C'est une date importante pour le peuple celte, elle marque le retour à la vie.

Magalie Melen exposait tout cela avec le plus grand sérieux et Le Ber lui-même, qui se remettait tout juste de ses émotions, semblait passionné. Il n'était cependant pas décidé à lui céder complètement le terrain :

— Pâques, ainsi que tous les rituels pascaux, découle de cette fête païenne celte, y compris le lapin et les œufs. Le lapin est le symbole antique de l'*Alban Eilir*. Celui qui protège les œufs, en somme. Il était déjà vénéré en Egypte et à Babylone. De manière générale, l'œuf est l'un des mystères les plus importants du druidisme. L'œuf porteur de vie, apporté aux hommes par le lapin de Pâques.

— Vraiment ?

Dupin lâcha un soupir incrédule. Il avait l'impression d'être en plein thriller ésotérique : les sociétés secrètes, les loges, les alliances et tous ces rites païens et ces cérémonies qui se cachaient derrière les fêtes et les symboles du christianisme.

— Pareil pour Halloween ! Le monde entier célèbre nos anciennes fêtes païennes, sans même le savoir !

A les écouter, il n'y avait qu'une conclusion possible : le monde entier était breton. Dupin ne connaissait que trop bien le phénomène, et il devait avouer qu'il en était chaque fois impressionné. Décidément, les Bretons avaient inventé, créé et fondé les choses les plus incroyables.

— Samedi dernier, les druides ont fêté quelque chose dans les monts d'Arrée, près des marécages, si je me souviens bien, grommela-t-il. Non loin de l'endroit où on a trouvé le cadavre de Smith.

Dupin se passa une main dans les cheveux et se mit à faire les cent pas. Un détail lui était revenu alors que Melen parlait de la forêt de chênes et il déclara, d'un ton involontairement dramatique :

— Le corps démantelé de Smith gisait sur une pierre, juste à côté d'un chêne solitaire. Le seul à cet endroit.

Il fallait avouer que cette évocation avait quelque chose de bizarre, mais Dupin n'arrivait pas à s'ôter de l'esprit la vision de ce chêne solitaire.

— Les druides célèbrent des fêtes dans de nombreux endroits, cela n'a rien d'exceptionnel, intervint Magalie Melen. Il a dû y avoir des dizaines de célébrations différentes, samedi dernier. C'était Digor.

Le Ber renchérit.

— En effet, toutes les associations druidiques sont concernées. Digor est une fête populaire, les non-druides eux-mêmes y sont conviés. Il s'agit tout d'abord de rendre hommage au cercle des six nations celtiques. L'un des rituels est consacré à l'épée du roi Arthur, brisée en six morceaux correspondant aux six pays membres. C'est aussi un rappel du serment qu'il a fait peu avant sa mort : revenir un jour, rassembler et souder les fragments de son épée et annoncer le règne de la justice, de la fraternité et de la paix.

Dupin se secoua imperceptiblement pour revenir au monde réel. Cette piste existait parmi d'autres. Les druides aussi, après tout, étaient des personnes normales qui entretenaient des relations tout à fait ordinaires avec autrui. Voilà ce qui les intéressait avant tout.

Magalie Melen lisait dans ses pensées.

— Pour dire la vérité, je vois mal en quoi notre enquête pourrait avoir un rapport avec les druides. Il vaudrait mieux trouver un lien un peu plus direct, plus évident.

Le Ber lui lança un regard chargé de reconnaissance. Il avait suffi d'une phrase, prononcée avec détermination par la jeune femme, pour écarter toute dimension occulte de leurs préoccupations.

— Bon, eh bien tenez-moi au courant s'il y a quelque chose, lâcha Dupin.

Il se détourna et entreprit de remonter la route d'un pas décidé. Il dépassa la maison de Tordeux. Le vent venait de tomber.

Arrivé à sa voiture, il repensa à Claire. Quelques instants plus tôt, il se tenait avec elle sur le balcon et découvrait l'incroyable surprise qu'elle lui avait faite. Tout cela lui semblait si irréel, tout à coup. Il lui tardait de mettre un terme à cette journée de travail pour aller s'assurer en personne qu'elle avait dit vrai. Qu'elle s'installait réellement à Quimper.

Le commissaire était confortablement assis sur le siège de cuir de sa Citroën.

Il avait besoin de faire un point complet avec Nolwenn. Elle venait de lui envoyer un SMS très bref dans lequel elle le mettait au courant des péripéties concernant Labat.

— Je suis de retour au commissariat, patron !

— Comment s'est passée la cérémonie ?

La question pouvait sembler macabre, mais Nolwenn n'était pas du genre à se formaliser.

— Ils ont fait un *kig ha farz* léonard – vous savez, ce pot-au-feu breton à base de lard et de boulettes de farine de blé noir. Un régal ! C'était très joyeux, tout le monde était là – la famille au grand complet, cinquante-sept personnes, sans compter les nombreux amis et proches d'Elwen. Un vrai festin !

La réponse de son assistante était presque plus macabre que la question, en fin de compte, se dit Dupin. Il ne s'était pas encore accoutumé au rapport que les Bretons entretenaient avec la mort. L'Ankou, sombre créature armée d'une faux, était omniprésent dans l'imaginaire breton, sans pour autant inviter au fatalisme, à la résignation ou même au désir de mourir. La mort n'était pas écartée de la vie, c'était tout. Elle en faisait partie. Il existait des milliers d'histoires sur l'Ankou. Dupin en appréciait une tout particulièrement, dans laquelle l'Ankou accordait un peu plus de temps aux Bretons qu'aux autres avant de les emporter, parce que la route à parcourir n'était pas longue. Les Bretons avaient ainsi le privilège de pouvoir mettre un peu d'ordre dans leurs affaires avant de s'en aller, et grâce à cela, la mort leur semblait moins terrible.

Soudain, Nolwenn changea de sujet.

— Qu'est-ce que c'est que cette histoire d'incendie ? Une manœuvre de diversion ? Et si c'était Tordeux lui-même, qu'est-ce que vous en pensez ? Ou alors quelqu'un qui veut vous induire en erreur ?

Comme d'habitude, Nolwenn n'avait pas attendu de le contacter pour se tenir au courant des derniers événements. Dupin avait déjà songé à la possibilité d'un acte purement tactique, l'idée était plausible.

— Je n'en sais rien pour le moment.

— Une chose est sûre : nous n'avancerons pas tant que nous ne saurons pas avec qui ces Ecossais étaient en contact. Vous en avez une idée, patron ?

Comme toujours, elle tapait dans le mille.

— Non, aucune.

— Sans doute faudrait-il que vous interrogiez personnellement ce Cueff. Sondez-le ! C'est le seul lien concret avec la Bretagne. Peut-être pas directement avec Port Bélon, mais tout de même. Qui sait s'il ne nous cache pas quelque chose.

C'était bon d'entendre la voix décidée de Nolwenn, son énergie et sa détermination à ne pas se laisser abattre. Dans le courant de la journée, Dupin avait à plusieurs reprises eu l'impression de se laisser embobiner. Il ne savait pas exactement par quoi ou par qui, mais il avait l'intuition qu'il s'éloignait du cœur de son enquête. Il courait après les événements sans parvenir à les saisir. Oui, il fallait qu'il rencontre Cueff, le plus vite possible.

— Merci, Nolwenn !

— Il n'y a pas de quoi.

— Je suis bien content…

Dupin marqua une pause avant de reprendre, dans un élan de sincérité.

— Je suis vraiment content que vous soyez de nouveau parmi nous !

— Labat revient demain matin, lui aussi. Je vais demander à Le Ber de le mettre au courant des dernières avancées.

— Très bien.

A vrai dire, il était un peu sceptique sur le retour de son inspecteur. Celui-ci se montrerait insupportable, c'était certain. Mais puisque lui-même faisait à présent officiellement partie du groupe d'intervention spécial « vol de sable »…

— Claire a donc fini par vous le dire, lâcha soudain Nolwenn.

— Je… Oui.

Claire avait donc mis Nolwenn dans la confidence. Il aurait dû s'en douter. Qu'avait-elle dit, déjà ? Qu'elle avait « bénéficié d'une aide précieuse » ? Sur le coup, il n'avait pas eu la présence d'esprit de lui demander des précisions.

— Ah, c'est un sacré bout de femme, votre Claire ! A propos, le docteur Bernez Pelliet a finalement confirmé sa présence à votre petite sauterie, vendredi soir. Je dois aussi vous communiquer quelques recommandations.

Dupin craignait le pire.

— Il part évidemment du principe que votre abstinence de café pendant l'enquête est acquise – c'est particulièrement important dans les situations de stress.

Dupin voulut répliquer, mais elle ne lui en laissa pas le temps.

— Et puisque vous vous trouvez à Port Bélon, il vous prescrit une cure d'huîtres. Il a insisté sur ce point.

— Une cure d'huîtres ?

Voilà qui dépassait toutes les bizarreries qu'il avait entendues ces derniers jours. Une chose, cependant, était regrettable : son médecin était bien la seule personne au monde qui avait le pouvoir de l'effrayer. Il lui faisait peur et lui donnait mauvaise conscience à la fois. Chaque fois qu'il se trouvait dans son cabinet, il lui semblait être redevenu un écolier.

— Il sait très bien que vous n'en mangez pas. Il dit que les petites plates sont parfaites pour débuter.

Je suis d'accord avec lui. Il préconise trois douzaines par jour, matin, midi et soir, pendant une semaine.

Nolwenn ne plaisantait pas. C'était déjà une aberration de ne pas aimer les huîtres quand on était français, mais quand on vivait en Bretagne, c'était un crime.

— Trente-six huîtres par jour ?

— Trois douzaines, oui !

— Pourquoi ?

— Pour votre estomac.

— Mon estomac ?

C'était précisément l'organe qui réagissait le plus mal à la perspective de manger ces mollusques. Dupin avait déjà entendu beaucoup de choses au sujet des huîtres, mais cet élément était nouveau.

— Bien entendu ! C'est bon pour l'estomac, mais aussi contre le stress. Cela favorise le bien-être ! Et puis, les huîtres sont très efficaces contre les inflammations chroniques ou aiguës des muqueuses. Principalement grâce au zinc, un anti-inflammatoire puissant. Les huîtres contiennent énormément de zinc, vous ne le saviez pas ?

— Non.

— Attendez un instant…

Dupin entendit cliqueter le clavier de Nolwenn.

— Ah, le voilà ! Le docteur nous a envoyé un lien. Je cite : « Le zinc est un oligo-élément essentiel qui joue un rôle décisif dans une variété de réactions métaboliques et de processus physiques. Entre autres, le zinc est essentiel pour tout ce qui touche à la croissance, à la peau, à l'absorption de l'insuline, à la synthèse des protéines, à la production des spermatozoïdes et surtout au système immunitaire. » Et voici ce qui vous concerne plus particulièrement : « Le zinc est un antiviral puissant, il renforce la structure des muqueuses, ce qui rend l'adhésion et la pénétration des virus plus difficile. »

— C'est formidable, Nolwenn, mais n'oublions pas que nous avons d'autres priorités pour le moment.

Entre-temps, il avait atteint Moëlan-sur-Mer, la moitié du trajet était déjà derrière lui. Il en fallait toutefois davantage pour décourager Nolwenn.

— Les huîtres sont de véritables alliées pour la santé ! Des merveilles thérapeutiques, patron ! Elles sont d'une puissance insoupçonnée. L'huître est le plus sain des aliments que l'on puisse trouver sur notre planète – tout au moins selon l'état actuel des sciences. Cela fait des millénaires qu'elle est utilisée dans un contexte médical, car elle contient une palette de nutriments et de vitamines d'une richesse unique. Elle renferme les protéines les plus importantes ainsi que les vingt acides aminés qu'on trouve dans la nature, mais quasiment pas de graisse et de glucides, ce qui la rend idéale pour les régimes !

Dupin trouva qu'elle appuyait un peu trop lourdement sur cette dernière affirmation. Nolwenn s'était tue et semblait attendre une réaction, sans doute l'unique moyen de mettre un terme à son plaidoyer.

— Très impressionnant, déclara Dupin d'un ton peu convaincu.

— Sans oublier le meilleur : la dopamine, la substance même du bonheur ! Les huîtres alimentent notre cerveau en dopamine, elles nous grisent ! Voilà pourquoi on leur prête des vertus aphrodisiaques. A son époque, Casanova en mangeait cinquante par jour, au moins ! C'était plutôt malin, vu qu'elles augmentent également la production de spermatozoïdes.

— Vous dites que c'est bon pour l'estomac ?

Dupin n'avait aucune envie d'épiloguer sur la production de spermatozoïdes de Casanova.

— Absolument !

Il fut tenté de lui relater les expériences de certains de ses amis, qui étaient restés alités pendant une semaine dans un état pitoyable après avoir consommé une seule de ces prétendues merveilles de la nature. Il savait d'ailleurs que de nombreuses personnes avaient perdu la vie à cause des huîtres. Quelqu'un lui avait dit un jour qu'il fallait être « téméraire » pour avaler ces mollusques, et il partageait largement cet avis.

Il mobilisa toute l'autorité dont il était capable pour mettre un terme à cette discussion et changer de sujet :

— Nolwenn, avez-vous déjà entendu parler de dissensions graves entre deux organisations druidiques ? Ou au sein de celles-ci ?

— A cause de Smith ?

Nolwenn avait tout de suite compris où il voulait en venir.

— Oui, et aussi parce que madame Premel est également druide. Je suis en route vers chez elle, je veux lui parler. Les associations dont Smith et Premel sont membres dépendent toutes les deux du Gorsedd.

— Les druides sont aussi des êtres humains, j'imagine qu'il y a parfois des querelles, oui. Vous avez un soupçon particulier ?

— Pas encore.

— En tout cas, on ne peut pas négliger ces informations.

C'était aussi l'avis du commissaire.

Il était arrivé au pittoresque pont de pierre qui enjambait le Bélon. Un ruisseau serpentait joyeusement d'un côté, de l'autre il s'était transformé en fjord.

— Je suis presque arrivé, Nolwenn.

Il allait se garer là et faire le reste du chemin à pied jusqu'à la clairière.

— Alors à tout à l'heure, patron. (Nolwenn marqua une hésitation avant de poursuivre.) Vous devriez tout de même écouter votre médecin, vous savez. Réfléchissez deux minutes : les humains et les huîtres sont arrivés sur terre au même moment, il y a plus de deux millions d'années – ça ne peut pas être une coïncidence !

Elle raccrocha. Dupin laissa échapper un profond soupir. Il avait déniché un chemin, derrière le pont, qui débouchait sur un sentier de forêt, parallèle au Bélon. Le soleil avait déjà largement entamé sa course vers l'horizon, son coucher ne tarderait plus. Ce soir-là, la voûte céleste était divisée en deux moitiés : à l'ouest, le ciel translucide avait viré au jaune d'or ; il remplissait tout l'espace, sans la moindre trace d'orange. A l'est, en revanche, un gris de granit commençait à l'assombrir. La terre et tout ce qui lui appartenait faisaient partie du monde jaune de l'ouest. Cette coloration était rare, inexistante en été. Dans ces conditions, le soleil lui-même apparaissait curieusement blanc.

Dupin fit quelques pas dans la forêt.

Il y faisait beaucoup plus sombre qu'il n'aurait pensé. La nature était plus sauvage. Les chênes anciens étaient recouverts d'une mousse vert pâle et beige, le sol était jonché de branches cassées, de lianes, de lierre, de buissons et de lichen. Une véritable jungle. Dupin fouilla la forêt du regard pour dénicher la clairière.

Il s'était enfoncé dans les bois avant de tourner sur le petit sentier qui montait en pente douce. D'ordinaire, il possédait un sens de l'orientation très fiable. Il avait même été scout dans sa jeunesse ! Pourtant, il avait ici la sensation désagréable de pouvoir se perdre à tout instant. Où qu'il pose les yeux, tout lui paraissait identique. Il avait en permanence l'impression de reconnaître quelque chose, comme s'il avait déjà parcouru cette forêt. Ou s'il était en train de tourner en rond. C'était étrange. La lumière perçait à peine à travers le feuillage.

Il réussit enfin à s'orienter en apercevant le ruisseau au milieu des buissons. Les chênes lui paraissaient plus nombreux et plus denses, ils prenaient des allures inquiétantes, de véritables silhouettes à l'âme ancestrale, couvertes de gui. Dupin se rappela soudain que l'année passée, son médecin lui avait prescrit une cure de gui, également pour son estomac. Un grand verre, trois fois par jour. Au début, il avait eu toutes les peines du monde à avaler cette potion, mais ensuite il l'avait trouvée délicieuse.

Tout à coup, il eut l'impression qu'il faisait plus clair. Il fit un pas, puis un autre, et avant même qu'il puisse s'en apercevoir, il déboula au bord d'une grande clairière. Elle avait surgi comme par magie. Une prairie idyllique remontait jusqu'à une petite colline. A droite, le ruisseau féerique serpentait harmonieusement. Le jaune du ciel avait viré à un orange rosé éclatant, offrant un tableau époustouflant.

Le véritable spectacle, cependant, lui apparut soudain à l'autre bout de la prairie. Il crut reconnaître des robes blanches, flottant parmi les ombres allongées des arbres. Une vingtaine de ces apparitions étaient regroupées en un cercle irrégulier. Il avisa au centre du cercle une petite construction de pierre, sans doute la vieille source dont on lui avait parlé. De grands cierges, disposés tout autour, propageaient une clarté chancelante.

De l'endroit où il se tenait, cette vision avait quelque chose d'archaïque. Rien ne la situait dans le temps présent, elle aurait pu sortir tout droit de l'Antiquité.

Il s'approcha, d'abord hésitant puis d'un pas de plus en plus assuré. Il avait une enquête à mener et ces rassemblements de druides n'allaient pas le freiner. Sans compter que madame Premel lui avait personnellement suggéré de passer. Après tout, ce n'était qu'une « répétition ».

Un homme coiffé d'un bandeau doré rehaussé de branches de gui déclama quelques mots d'une voix puissante et solennelle. Dupin ne comprit pas un traître mot, ce devait être du breton. Comme pour compléter le cliché, il avait une longue barbe blanche. Il tenait une épée à la forme élégante. Sur la grosse pierre, devant lui, gisait un œuf sculpté, de très grande taille. Il était vraiment là, l'œuf sacré de la Pâque celtique.

Comme le chef, l'assemblée entière était vêtue de longues robes d'un blanc immaculé. Certains étaient également affublés d'une coiffe du même tissu qui voletait dans la brise, maintenue sur leur tête par un bandeau décoré. Dupin découvrit, à quelques pas du druide, un couple en civil. L'homme avait une cornemuse coincée sous le bras, la femme avait en main une corne pointue. Deux des druides qui se tenaient dans le cercle tenaient un grand bâton de bois noueux – du chêne, devina Dupin. L'arbre cultuel par excellence.

Dupin était partagé entre la gêne, l'envie de rire et un certain respect : cette scène ressemblait en tout point aux fameuses rencontres de druides qu'on trouvait dans les albums d'Astérix. Il n'aurait pas été surpris de dénicher derrière quelque tronc d'arbre des compères qui surveillaient le déroulement des événements en mâchonnant un cuissot de sanglier.

Il s'aperçut que la moitié des participants étaient des femmes. Cela ne l'avançait pas beaucoup, car il ne savait pas à quoi ressemblait madame Premel.

Personne ne le remarqua, tous étaient concentrés sur la cérémonie. Il hésita à toussoter, à crier carrément « Nolwenn Premel ? » ou à patienter encore un peu quand la femme en civil souffla dans sa corne. Un coup très bref, qui lui retourna les sangs. C'était le cri d'un animal qu'il ne parvenait pas à définir, un cri sauvage et furieux.

— C'est bon. Nous sommes prêts pour samedi ! Bonne soirée tout le monde !

Le druide à barbe blanche s'était exprimé sur un ton normal et d'une voix un peu plus aiguë qu'auparavant.

Des saluts fusèrent à droite et à gauche, les coiffes furent enlevées et aussitôt l'assemblée solennelle se disloqua en plusieurs petits groupes qui se mirent à bavarder.

La présence de Dupin n'avait toujours pas été remarquée. Deux femmes passèrent devant lui.

— Il faut que j'aille chercher Arthur, il est chez ses grands-parents.

— Je vais boire un verre avec Pierre. Tu peux m'emmener à Riec ?

Le contraste était saisissant. En l'espace de quelques secondes, la rencontre de druides avait pris des allures de chorale en plein air quand le maître de chœur clôt la répétition par quelques paroles aimables et que la convivialité joyeuse réapparaît d'un coup.

— Madame Premel ?

Dupin avait opté pour la question directe, claire et distincte.

— Ah, le commissaire. Où se trouve votre voiture ?

Dupin sursauta. Elle se tenait juste derrière lui.

Il se retourna et découvrit une femme mince, vêtue d'un jean, d'un sweat-shirt et de bottes en caoutchouc. Le pull était rouge vif et les bottes vert pomme, rien de tout cela ne semblait assorti et pourtant l'ensemble avait belle allure. Elle avait coincé son habit blanc sous son bras. Sa longue chevelure brune dissimulait des yeux d'un vert profond, pénétrants, et son visage exprimait un mélange d'énergie et de bienveillance.

— Nous pourrons papoter sur le chemin du parking. Je dois aller chercher deux ou trois bricoles à la succursale de Riec avant de retourner à Port Bélon. Si vous préférez, je peux vous emmener dans ma voiture et vous déposer, cela nous laissera davantage de temps. Mais j'imagine que vous avez besoin de votre véhicule.

Elle s'exprimait à toute allure. L'orange lumineux du ciel avait disparu, comme s'il n'avait servi à rien d'autre qu'à fournir un éclairage dramatique à la cérémonie et que le druide l'avait simplement éteinte au terme de celle-ci.

— Je suis garé en bas, du côté du pont.

— Salut, Nolwenn !

Dupin leva les yeux. Le druide barbu venait de les dépasser, sa robe coincée sous le bras. Il était vêtu d'un jean et d'une chemise légère de couleur sombre. La barbe était bien réelle, mais, de près, les poils soigneusement taillés n'avaient rien d'une sauvage parure druidique.

— Salut, Jean ! Je passerai à la banque, demain. J'ai des virements à effectuer, entre autres…

Elle revint à Dupin.

— Si vous vous êtes garé en bas, vous avez dû faire une belle balade à travers notre forêt enchantée. Là-bas, il y a un petit pont qui enjambe le ruisseau. C'est le chemin le plus direct pour le parking, quelques minutes à peine.

Elle fit un geste du menton et reprit aussitôt :

— J'imagine que vous arrivez directement de l'incendie de la maison de mon ex-mari – depuis Port Bélon, il faut tourner avant le pont, pas après. Je sais ce que nous allons faire : vous venez avec moi et je vous conduis à votre voiture. Comme ça, on ne perd pas de temps.

Elle parlait à toute allure, Dupin ne la vit même pas reprendre son souffle. Il la suivit en trottinant.

— Qu'avez-vous à dire au sujet de cet incendie, madame Premel ? Où étiez-vous ce soir entre six heures et demie et sept heures ?

Puisque c'était comme ça, il n'allait pas perdre de temps, lui non plus.

Ses questions ne semblaient pas la contrarier le moins du monde.

— Ce doit être l'heure à laquelle je me suis mise en route pour venir ici. J'étais un peu en retard, d'ordinaire on commence à sept heures. Nous habitons au-dessus de l'entreprise, sur les bords du Bélon. Il reste toujours un dernier truc à régler, vous connaissez sûrement ça. Quant à l'incendie, qu'est-ce que vous voulez que je vous dise ? Heureusement, ça fait un moment que je n'ai plus affaire à cet homme. Je n'en sais rien.

Il y a sûrement beaucoup de monde qui ne l'aime pas, peut-être même que certains le détestent malgré ses airs aimables. Il a certainement des ennemis. Ça fait longtemps que je m'en fiche, mais nous continuons de nous disputer de temps en temps. Par exemple aux réunions de l'association. On vous en parlera, c'est sûr. Je ne me fais aucune illusion, mais ça ne me dérange plus. Franchement, si vous voulez savoir avec qui il se chamaille en ce moment, adressez-vous à quelqu'un d'autre.

Elle avait sorti sa tirade d'une traite. Dans le même temps, Dupin n'en aurait certainement pas dit la moitié.

— Cela signifie que vous vous trouviez sur les lieux au moment précis où l'incendie a été déclenché. Vous auriez très bien pu vous garer à quelque distance de la maison et accéder à l'annexe en passant par le petit bois et le jardin. Cela vous aurait pris quelques minutes.

— C'est vrai. Mais pourquoi aurais-je fait une chose pareille ?

— Vous avez dû être en colère quand votre ex-mari a mis la main sur l'élevage de La Forêt-Fouesnant.

— Pour ce prix-là, je lui souhaite bien du plaisir. Il a dû proposer un million et demi, peut-être même davantage. C'est infâme. J'aurais bien fait affaire s'il y avait eu moyen, mais il est prêt à tout pour s'agrandir. Qu'il le fasse, dans ces conditions.

Elle donnait l'impression d'être remise de sa défaite.

— Vous trouvez qu'il a payé trop cher ?

— Beaucoup trop.

— Et vous pensez qu'il a versé des pots-de-vin ?

— Je ne peux pas l'affirmer, mais... (Elle réfléchit un instant.) Cette fois, je pense qu'il s'est contenté d'offrir davantage que le prix demandé. Dans d'autres cas, je n'en serais pas si sûre.

Ils avaient atteint le pont, ou plutôt la passerelle de bois, et apercevaient déjà le parking dont elle avait parlé. Quelques voitures s'éloignaient, ils arrivaient parmi les derniers.

— Connaissez-vous Ryan Mackenzie et Seamus Smith ?

— Le « cadavre des marais de l'enfer » et le « disparu du Bélon ». Le négociant en huîtres. Tout le monde en parle. Pas plus tard que sur le trajet pour venir ici, sur France Bleu Breizh Izel. J'imagine que vous voulez savoir si j'en avais entendu parler avant. Si j'ai fait affaire avec eux, par exemple. Eh bien, non. Je pourrais vous mentir, évidemment.

Dupin peinait à la suivre, elle marchait aussi vite qu'elle parlait. Elle semblait sérieusement réfléchir à sa question.

— Regardez dans les registres de mon entreprise… Remarquez, j'aurais pu les falsifier, eux aussi.

Si elle continue comme ça, elle va pouvoir mener l'interrogatoire toute seule, se dit Dupin.

— Vous commercez avec l'Ecosse, madame Premel ?

— Non.

— Quels producteurs vous fournissent en huîtres ?

— La plupart viennent de Port Bélon. Il y a bien quelques éleveurs de Riec, mais moins nombreux. Vous essayez de cerner un réseau ? Ça ne va pas être facile.

Ils avaient atteint le parking. Madame Premel se dirigea vers une fourgonnette Renault cabossée et toute rayée.

— Autre chose vous vient à l'esprit concernant le « disparu du Bélon », par exemple ?

— Il a dû y avoir une dispute. Quelqu'un dans le milieu doit le connaître, voire tous les deux.

Les possibilités sont nombreuses. Ça pourrait aussi être une histoire d'ordre privé. Ce qui ne faciliterait pas les choses.

A peine avait-elle déverrouillé la portière qu'elle était déjà installée au volant et attendait Dupin qui faisait péniblement le tour du véhicule.

— Vous ne pensez à rien de particulier – dans le milieu, je veux dire ?

— Non.

Dupin s'assit et elle démarra aussitôt.

— Et dans celui des druides ?

Le commissaire évita sciemment d'entrer dans les détails.

— Vous vous intéressez aux druides ?

— Le mort du marais faisait partie d'un Gorsedd écossais.

— Ah, tant mieux. Les associations bretonnes et écossaises sont très proches. Peut-être nous sommes-nous croisés à une réunion interceltique dans ce cas. Qui sait ? Je n'y suis pas toujours, malheureusement. Je n'ai pas le temps, entre la famille et l'entreprise… Ce qui expliquerait leur présence en Bretagne. En cette période, juste avant Pâques, il y a traditionnellement la réunion de préparation du grand Festival interceltique de Lorient. Elle a lieu à Riec. Il y a sûrement quelques Ecossais dans le tas. D'autant que l'Ecosse est le pays d'accueil, cette année.

Ni les cailloux qui jaillissaient de part et d'autre de sa voiture ni les profonds nids-de-poule ne la freinaient.

— En ce moment ? A Riec ?

— Ces jours-ci, oui. A Riec. C'est là qu'a eu lieu le premier festival de Bretagne, celui de Lorient date des années 1970. Dès 1927, cent cinquante délégués des autres pays celtiques se réunirent à Riec. Parmi eux, il y avait aussi des Ecossais, avec des groupes de joueurs de cornemuse et des druides.

— L'Ecosse est pays d'accueil ?

— Ça s'est décidé il y a un an, vous n'êtes pas au courant ? Tout le monde en a parlé !

Même en partant du principe que Smith et Mackenzie n'étaient pas venus en Bretagne en tant que « délégués » pour la préparation du festival, c'était tout de même une information intéressante. Un lien direct entre le Bélon et l'Ecosse, pour un rassemblement prévu durant cette période. Les événements n'avaient pas forcément de lien avec le festival, bien sûr, mais celui-ci avait pu servir de prétexte.

— Riec est donc une sorte de centre de l'interceltisme ?

— Absolument. Il existe d'innombrables activités celtiques et interceltiques, par ici. Ils adorent ça, au Bélon ! Mon ex-mari lui-même est un grand fan.

— Que voulez-vous dire ?

— Quand il était plus jeune, il faisait partie d'une équipe de sport celtique. Sa spécialité était l'*ar maen pouez*, le lancer de poids. Il fait aussi partie du groupe de préparation du festival – qu'il sponsorise, d'ailleurs. Je parle du festival de Lorient, bien entendu.

— Votre ex-mari est un sponsor du festival ?

C'était l'événement le plus important de cette catégorie. Dix jours, presque un million de visiteurs venus de toute l'Europe celtique. Une fête somptueuse, avec des concerts, du théâtre, des lectures, des conférences.

— Oui, Matthieu aime bien faire le généreux en public. Son partenaire, cet entrepreneur, en est aussi.

Ils se servent du festival pour se faire de la pub et des relations.

— Paul Delsard ?

Décidément, ce nom revenait de plus en plus souvent.

— Oui.

— A-t-il des parts dans l'entreprise de votre ex-mari ? Sont-ils en affaire ensemble ?

— Une fois de plus, je serais la dernière avertie, croyez-moi. Tout ce que je peux vous dire, c'est que mon ex-mari préfère être seul chef à bord en général.

— Votre petit groupe entretient un contact direct avec l'Ecosse ?

— Oh, oui ! Nous avons pas mal de contacts avec différents groupes – dont un de la côte Ouest, d'où viennent vos deux cadavres, si j'ai bien compris. *The Ring of Dawn.* A Tarbert. Les autres groupes viennent du Nord ou des Highlands.

Ils s'engagèrent à vive allure dans la rue principale ; à droite se trouvait le pont, juste derrière le sentier que Dupin avait emprunté. Ils auraient rejoint sa voiture d'ici quelques instants.

— Avez-vous connaissance de tensions, de dissensions entre les deux équipes ? Un incident, peut-être ?

— Non. Ce sont des rencontres amicales, vous savez. Bien entendu, j'ignore tout des relations personnelles. Après tout, ce sont aussi des rendez-vous d'amour, ajouta-t-elle très sérieusement. Vous voulez sûrement savoir si j'ai des amis dans le groupe ? Pas vraiment. Je n'ai jamais participé aux voyages à Tarbert – nulle part en Ecosse, d'ailleurs. Les membres du *Ring of Dawn* ne sont pas non plus venus en Bretagne. Je ne peux pas vous en dire beaucoup plus. Ça vous aide ?

Cette question aimable mais ferme laissait entendre qu'à ses yeux la conversation était close. Dupin remarqua en son for intérieur qu'il s'agissait sans doute de l'interrogatoire le plus rapide de sa carrière.

— Vous faites cela depuis combien de temps ?

— Vous voulez savoir depuis quand je suis membre de ce groupe ? Cinq ou six ans. Pas très longtemps.

Smith avait déjà cessé toute activité druidique, à cette période. Madame Premel poursuivit sans attendre.

— J'imagine que ce genre de pratique n'est pas vraiment courant, à Paris. Vous devez avoir tout un tas de préjugés.

Dupin ignora sa pique.

— Et dans le commerce de l'huître ?

— J'ai hérité de l'entreprise de mon père, ça fait déjà vingt ans. Je l'aide depuis que je suis toute petite.

— Quelles sont les raisons de l'échec de votre mariage ?

Elle ne parut nullement incommodée par sa question.

— C'est moi qui y ai mis un terme. J'ai fini par comprendre que ce n'était pas moi qui intéressais Matthieu, mais l'entreprise de mon père. C'est aussi simple que cela.

Le ton de sa voix ne montrait aucune amertume.

La Citroën du commissaire était garée devant eux. Madame Premel s'en approcha et pila au dernier moment.

— Que faisiez-vous hier après-midi entre quatre heures et demie et cinq heures ?

— Ah, vous parlez du « disparu du Bélon », cette fois. Je vois. J'étais au travail, c'est la haute saison, juste avant Pâques. Nous sommes débordés.

D'ailleurs, notre service d'expédition fait une nocturne aujourd'hui.

— J'imagine que vous n'étiez pas seule. Quelqu'un vous a vue ? Vos collaborateurs, peut-être ?

Madame Premel avait remis le moteur en marche et appuyait de temps à autre sur l'accélérateur.

— Nous sommes six en ce moment. Nous nous partageons les heures de travail. J'ai passé pas mal de temps dans le bureau. En haut. Personne ne m'a vue à l'étage. En bas, oui.

— Que pensez-vous de cette épidémie, madame Premel ? Va-t-elle toucher le Bélon ?

— On verra bien.

Pour la première fois depuis le début de leur échange, la commerçante laissa transparaître une certaine impatience. Son corps tout entier semblait vouloir lui dire : « Bon, vous sortez maintenant ? J'ai d'autres chats à fouetter, moi ! »

Dupin ouvrit la portière.

— Merci beaucoup.

— Je vous en prie.

Il avait à peine posé le pied par terre qu'elle démarrait en trombe. Il claqua tant bien que mal la portière derrière lui. Un instant plus tard, seul un nuage de poussière trahissait le passage de la Renault sur le parking. Le soleil s'était couché, les dernières lueurs ne tarderaient pas à s'éteindre.

Dupin se frotta les yeux.

Il avait parlé à tout le monde.

Tous ceux qui avaient un lien avec l'ostréiculture. Les deux éleveurs, la négociante – Kolenc, Tordeux, Nolwenn Premel. Seule manquait la propriétaire du château, qui passait ses vacances au Maroc avec sa famille. Il s'était entretenu avec la seule personne qui semblait connaître Mackenzie. Mais surtout, il avait fait la connaissance de la merveilleuse et folle Armandine Bandol.

Dupin avait posé les deux mains à plat sur la carrosserie de sa voiture et resta un moment dans cette position, penché en avant, le front barré de plis.

Il était extrêmement insatisfait.

Cela le rendait fou de ne pas trouver où se cachait le lien direct entre les habitants de la Bretagne et les deux Ecossais. Ses collègues outre-Manche avaient beau travailler de manière très sérieuse et rigoureuse, c'était frustrant de ne pas mener les interrogatoires soi-même, sans compter que personne, là-bas, ne dirigeait les opérations. Aucun alter ego qui prendrait le temps de mettre son nez un peu partout, au risque de se tromper. Personne pour trouver de nouvelles pistes, pour fouiner, s'entretenir avec tout un chacun, des proches, des amis des deux hommes. C'était pourtant précisément ce qui lui faisait défaut.

Dupin jeta un coup d'œil à sa montre. Il songeait à repasser par La Coquille pour demander à madame Bandol ce qu'elle pensait de l'incendie. Son avis pouvait être intéressant. Et puis, il ressentait le besoin de revenir aux débuts de son enquête. Or, tout commençait par la vieille dame à la mémoire erratique.

Il passerait ensuite échanger quelques mots avec Tordeux, puis il se rendrait enfin à l'Amiral. Retrouver Claire.

Dupin s'installa au volant de sa voiture, mit le contact et démarra tout aussi énergiquement que la druide.

Dix minutes plus tard, il pénétrait dans le restaurant. Toutes les tables étaient occupées et une atmosphère accueillante régnait, très conviviale. Madame Bandol le repéra immédiatement et lui adressa de joyeux signes de la main, comme si elle avait su qu'il passerait.

Dupin salua la personne qui surveillait les allées et venues d'un œil attentif, postée derrière le comptoir, et rejoignit la table d'Armandine Bandol. Zizou dormait à ses pieds.

Elle entra directement dans le vif du sujet.

— Quelle étrange affaire ! Et ce mystérieux incendie, maintenant ! Votre charmante jeune gendarme m'a mise au courant de ce qui s'était passé jusqu'à dix-huit heures. C'est l'heure à laquelle elle m'a dit que vous ne viendriez pas dîner avec moi. Quant à l'incendie, j'ai appris ça au village. Vous ne m'avez même pas prévenue. La fumée venait dans ma direction.

Elle n'aurait pu être plus claire, dans ses reproches comme dans ses exigences.

Dupin lui relata en détail les événements de la soirée, ce qu'ils savaient sur l'incendie – en somme : rien –, la découverte de la voiture et une grande partie des témoignages qu'ils avaient récoltés. La vieille dame l'écouta attentivement, le visage de plus en plus sombre malgré les efforts que fournissait Dupin pour donner à l'ensemble une note positive.

— Ça n'a aucun sens, lâcha Armandine Bandol en secouant la tête. Il manque tous les éléments essentiels. Que venaient faire ici ces Ecossais ? A qui devons-nous cet incendie ? Qu'est-ce que ça cache ? Dans le fond, nous ne savons absolument rien. L'enquête piétine, commissaire, et l'heure tourne. A partir du moment du crime, la probabilité qu'une affaire soit résolue diminue d'heure en heure. C'est Hercule Poirot qui le dit !

Elle avait adopté un ton où se mêlaient l'inquiétude, la remontrance et un mélange de solidarité et d'encouragement. Son regard se perdit dans les remous du Bélon, derrière la vitre, puis se fixa sur un point, sur l'un des bateaux de pêcheurs. De l'endroit où il se trouvait, Dupin ne parvenait pas à distinguer ce qu'elle regardait.

— Voilà un bon enquêteur. Vous pourriez en prendre de la graine !

Dupin ne put réprimer un sourire. Il n'était pas vexé, au contraire. Il éprouvait un profond respect pour Hercule Poirot.

— Qui pourrait en vouloir à Tordeux, madame ?

— Oh, ce n'est pas forcément de la colère. Tout ce que je sais, c'est que ce bonhomme n'est pas très apprécié par ici. Mon ami Baptiste Kolenc se l'est coltiné, ce frimeur, vous devriez l'interroger à ce sujet. Moi, je ne le connais pas. Et puis d'abord, renchérit-elle d'un ton de conspiratrice, qu'est-ce qui vous dit qu'il n'a pas mis le feu lui-même ? Une manœuvre de diversion. Ce ne serait pas si bête.

— Comment votre ami se l'est-il « coltiné » ?

— Il dit qu'il bafoue l'esprit de l'ostréiculture.

— Il a des arguments concrets ?

— Je n'en sais rien, demandez-le-lui !

— Et l'ex-femme de Tordeux ?

— Ha ! Elle l'a oublié depuis belle lurette ! C'est une forte femme, vous savez. Elle vit sa vie, elle se fiche du qu'en-dira-t-on.

Jacqueline s'approcha de la table avec la commande d'Armandine Bandol, une assiette de Saint-Jacques à la bretonne. Dupin sentit l'eau lui monter à la bouche. C'était sans doute le premier contact qu'il avait eu avec la Bretagne, dans son enfance : ces gros morceaux de coquille Saint-Jacques assaisonnés d'un peu de crème fraîche et de chapelure fine, nichés au creux du grand coquillage. Il se sentit faiblir. Il n'avait rien mangé depuis le sandwich des monts d'Arrée, dont le souvenir lui semblait remonter à plus de vingt-quatre heures.

— J'ai pris un peu de retard avec mon dîner, ce soir, mais j'avais à faire. Prenez quelque chose, ne soyez pas impoli.

— Je dois malheureusement décliner, je suis attendu.

Etonnamment, la vieille dame accepta cette excuse sans broncher. Elle se contenta de lever les sourcils et changea de sujet.

— Si seulement je me rappelais d'autres détails de la voiture ! Cela pourrait considérablement vous aider.

Elle ferma les paupières, puis les rouvrit en secouant la tête d'un air dramatique.

— Pour le reste, je ne crois pas que la mémoire va me revenir. C'est vraiment trop bête, constata-t-elle comme s'il s'agissait d'une conclusion scientifique. Mais comme vous venez d'en parler, je peux tout de même vous dire que j'ai bien vu cette voiture que vous avez repêchée dans l'eau.

— Pardon ?

Dupin avait sursauté.

— Je m'en suis souvenue quand vous en avez parlé. Argentée. Une Citroën. Taille moyenne. La voiture que vous avez tirée de l'eau.

Elle sourit.

— Vous vous rappelez avoir vu cette voiture sur le parking quand vous avez vu le cadavre ? Vous êtes sûre ?

— Oui ! A l'autre bout du parking.

Dupin la dévisagea. Une curieuse idée lui était venue à l'esprit pendant qu'elle parlait. Peut-être pas si curieuse, en fin de compte. Et si madame Bandol se souvenait de plus de choses qu'elle ne le prétendait ? Et si elle s'amusait à lui donner les informations au compte-gouttes, par simple divertissement ? Ou pour s'assurer d'être toujours tenue au courant de l'avancement de l'enquête ?

— Elles viennent des Glénan ! Elles sont incomparables.

La vieille dame porta avec gourmandise un morceau de chair à sa bouche avant de poursuivre.

— Ce qui est sûr, c'est que Mackenzie a sûrement rencontré quelqu'un de Port Bélon. Plutôt improbable qu'il ait choisi ce lieu de rendez-vous s'il venait pour la première fois. Seuls les gens du coin connaissent ce parking caché. Même une personne de Riec aurait proposé un autre endroit – un des bois sombres sur le fleuve, par exemple. Peut-être celui d'où vous venez, justement. Non, non, c'est forcément quelqu'un d'ici.

La vieille dame avait peut-être une mémoire capricieuse, au moins réfléchissait-elle avec méthode. Elle reprit :

— Et puis aussi, il y a tellement peu de monde sur les routes, à cette période, qu'un trajet en voiture ne passerait pas inaperçu. Ce serait courir des risques supplémentaires que d'aller beaucoup plus loin.

Elle le laissa quelques instants réfléchir à ce qu'elle venait de dire, puis elle ajouta, l'air mystérieux :

— A moins que ce type de Cancale ne soit venu jusqu'ici. En tant qu'ostréiculteur, il doit bien connaître le Bélon. Peut-être même qu'il a un complice.

Elle se redressa, but une gorgée de champagne et fronça les sourcils.

— Quoi qu'il en soit, nous manquons d'éléments concrets, commissaire !

Dupin se rappela soudain la question qu'il s'était posée quelques heures plus tôt, au moment du déjeuner.

— Pourquoi hier avez-vous emprunté un autre chemin que d'ordinaire ?

Elle lui répondit sans manifester la moindre surprise :

— Quand il pleut, le sentier du bord de l'eau est très boueux. On glisse facilement. Ces jours-là, je préfère prendre celui du haut. Mais je vais tout de même jusqu'au cap ! Ça, aucune intempérie ne pourra m'en empêcher.

Son explication était logique.

— Il faut que je file, monsieur Tordeux peut arriver d'un moment à l'autre.

— Ne vous faites pas trop d'illusions, commissaire. Il ne dira rien.

— Retrouvons-nous demain. Et tenez-moi au courant si la mémoire vous revient, promis ? Quoi que ce soit, à n'importe quelle heure.

— Comptez sur moi.

Dupin se leva.

Il était arrivé au comptoir quand il se ravisa et revint sur ses pas.

La vieille dame l'observa qui s'approchait. Dupin se pencha vers elle et plongea son regard dans le sien avant de demander sur un ton de complot :

— Vous avez un soupçon, madame ? (Il marqua une courte pause.) Une idée de l'identité du coupable ?

L'espace d'un instant, le visage d'Armandine Bandol exprima la surprise, puis elle éclata de rire :

— C'est vous, le commissaire ! Pas moi !

— Vous ne soupçonnez donc personne ?

— Non, cher ami. Personne.

— Mes inspecteurs me le disent, quand ils ont ce genre d'intuition. Ça reste entre nous.

La vieille dame le gratifia d'un regard affectueux.

— Je vous promets d'y réfléchir.

— Merci.

Le commissaire quitta le restaurant.

La nuit était tombée, on n'y voyait pas à deux pas. Le ciel avait dû se couvrir, on n'apercevait ni le chatoiement cristallin de la voûte céleste, ni les étoiles, ni la lune. L'obscurité avait tout avalé.

La fraîcheur était revenue, la brise maritime s'était levée, des bourrasques remontaient le Bélon avant de s'engouffrer dans le village, accompagnées d'une chorale de sons étranges et inquiétants. Des claquements lointains et proches, aigus et graves, des sifflements, des cliquetis, des hurlements et des râles. Ni les chênes ancestraux ni les bâtisses isolées n'étaient assez puissants pour leur résister.

Dupin s'avança sur le quai et sortit son téléphone de sa poche.

— Patron ! Hé, patron !

Le Ber accourait vers lui.

— Tordeux est arrivé il y a cinq minutes. On tient quelque chose !

Il s'immobilisa devant le commissaire et reprit sur un ton théâtral :

— Tordeux a un casier judiciaire ! Trois mois avec sursis. Il a été impliqué dans une sombre histoire de fraude. Il a traité des grandes creuses ordinaires des Pays-Bas avec un piment vert et les a fait passer pour des fines de claire et des spéciales de claire.

La nouvelle était intéressante.

— Quand ? Où ?

Le Ber hésita :

— Il y a dix-neuf ans.

— Vous me parlez de quelque chose qui s'est passé il y a bientôt vingt ans ?

Autrement dit, une éternité.

— A l'époque, il vivait encore à Cancale. Il possédait un petit élevage d'huîtres avec une adresse fictive à Marennes d'Oléron, d'où proviennent les fines et les spéciales. Il vivait à Cancale ! Vous vous rendez compte !

— Et alors ?

Dupin ne voyait pas où il voulait en venir.

— Cueff ! Nicolas Cueff. Il vit aussi à Cancale.

— Si je ne m'abuse, ils ne sont pas les seuls ostréiculteurs de Cancale...

Le commerce de l'huître était beaucoup plus développé dans cette ville qu'au Bélon.

— Est-on au courant de liens éventuels entre Cueff et Tordeux ?

— Pas encore, patron.

— Outre cette affaire de fraude, il y a dix-neuf ans, il y en a eu d'autres ? Tordeux a récidivé ?

— D'après les rapports de police, aucune nouvelle tentative.

L'enthousiasme de Le Ber était retombé. Comme quand il avait évoqué le passé criminel de Smith, plus de quarante ans auparavant.

— Quand Tordeux est-il venu s'installer à Port Bélon ?

— Il y a dix-sept ans. Deux ans après son délit.

— Il est donc venu ici pour recommencer de zéro.

— Ou alors il voulait tenter sa chance une nouvelle fois, plus habilement…

La voix de Le Ber était chargée de sous-entendus.

— Comment s'y est-il pris, exactement ? Peut-être pourrait-on voir une méthode, un schéma qui s'applique également à la situation actuelle.

— Les fines de claire et les spéciales de claire sont des affinages très qualitatifs des creuses de l'île d'Oléron et de la côte toute proche. Elles sont élevées dans des vieux bassins de salines, elles…

— Des bassins de salines ?

Dupin ne put s'empêcher de repenser à l'affaire des salines de Guérande qui avait failli lui coûter la vie, l'année précédente. Dans ce domaine, il avait donné.

— Oui. Les sols de glaise et les algues fournissent des nutriments parfaits pour les huîtres. L'une des spécificités de l'endroit est une algue riche en cuivre, qui comporte un pigment vert. En colorant les huîtres, il leur donne aussi une sorte de marque de fabrique.

— Elles sont très chères ?

— Oh, oui ! Pendant la dernière phase d'affinage, les fines ne peuvent cohabiter avec plus de vingt autres huîtres par mètre carré. Les spéciales, pas plus de dix ! Pendant plus de deux mois, en général. Elles sont littéralement gavées pour les rendre plus charnues. Pensez que Gillardeau fait graver au laser chacune de ses huîtres !

— Tordeux a donc coloré des huîtres bon marché et les a vendues comme des produits de luxe ?

— Exactement.

Voilà qui lui fournirait un bon sujet de conversation pour sa rencontre avec Tordeux tout à l'heure.

— Où est-il, en ce moment ?

— Dans sa petite maison, près des parcs.

Le Ber et Dupin parcoururent les derniers mètres qui les séparaient du quai à partir duquel les parcs et la maisonnette étaient facilement accessibles.

— Il y est allé directement ?

— Il a jeté un rapide coup d'œil à son annexe, j'étais avec lui. Le feu est éteint, la scientifique a prudemment commencé son travail.

— Il s'est exprimé ?

— Non.

— Très bien.

La nouvelle valait tout de même son pesant d'or. Il y avait, à Port Bélon, un individu qui avait déjà eu des démêlés avec la justice, qui s'était fait remarquer par des actions criminelles dans le domaine ostréicole. Or, cette personne était la même qui se trouvait hier près du lieu du crime – peu importait la solidité de son alibi. Et voilà que la maison du même homme prenait feu. Tordeux pouvait s'être contenté de reprendre ses activités criminelles sous une couverture plus « noble ».

Il était également possible que tout cela ne veuille rien dire. Dupin connaissait des gens qui avaient vraiment changé.

— Le Ber !

— Oui, patron ?

Son inspecteur leva vers lui un regard attentif.

— Nous allons changer de méthode, déclara Dupin d'un ton décidé. Complètement. En abordant nos suspects directement. Ça ne peut plus continuer comme ça.

— D'accord, patron.

Le Ber connaissait bien ces déclarations énergiques de son patron, mais celle-ci était tout de même très vague.

— Vous prenez le premier avion pour l'Ecosse, demain matin. Moi, je vais aller à Cancale interroger Cueff dès la première heure. Melen et Labat tiennent leurs positions à Port Bélon, et Nolwenn centralise le tout depuis le commissariat.

— En Ecosse ? Vraiment ? Vous voulez que me rende tout seul en Ecosse ?

— C'est bien ce que j'ai dit, oui.

— Demain matin ?

— Le plus tôt possible. Appelez Nolwenn, elle va vous organiser tout ça. Sans oublier les formalités. Et dites-lui que je l'appelle demain.

— Je... Bon, très bien.

Le Ber réfléchit un instant avant de s'enthousiasmer.

— Au dernier séminaire, on nous a parlé de la célèbre fraternité qui unissait des soldats bretons et écossais au cours d'une des nombreuses guerres qui ont opposé la France à l'Angleterre au XVIIIe siècle. Au cœur de la bataille, des soldats écossais auraient reconnu la langue celte. Aussitôt, ils auraient baissé les armes. Au bout du compte, ils sont partis avec les Bretons. Nos « frères d'outre-Manche », ajouta l'inspecteur d'un ton où perçait un fond de tendresse.

— Vous et vos histoires ! Ce n'est vraiment pas le moment. J'y vais. On s'appelle plus tard.

— Très bien, patron.

Dupin était content. C'était la bonne décision. Il aurait dû la prendre beaucoup plus tôt. Personne mieux que Le Ber ne connaissait ses méthodes de travail. Son inspecteur saurait parfaitement s'y prendre. En lui communiquant les bonnes instructions, ce serait presque comme s'il y était lui-même. Il avait d'ailleurs envisagé cette possibilité, mais mieux valait rester en Bretagne. Qui pouvait savoir ce qui les attendait encore ici ?

Un morceau de bois posé par terre maintenait la porte de la maisonnette ouverte, le vent puissant s'y engouffrait, provoquant des sifflements puissants et étranges. Le rez-de-chaussée était éclairé par une seule ampoule nue qui pendait au plafond. Depuis l'étage, un fort rai de lumière éclairait l'escalier.

— C'est entendu. Demain matin, sept heures. Bonne nuit.

La voix de Tordeux lui parvenait, calme mais autoritaire. Dupin monta sans prendre la peine d'annoncer sa présence.

Tordeux ne daigna pas se lever. Dupin s'empara d'une chaise blanche, la déposa sans hâte au milieu de la pièce et s'assit tranquillement sans quitter son interlocuteur des yeux.

— Commissaire, vous ne cherchez pas de lien entre les meurtres et cet incendie, tout de même ? A quoi pourrait-il ressembler ?

On décelait un fond de coquetterie dans sa voix.

— Vous auriez très bien pu mettre le feu vous-même avant de partir pour Saint-Brieuc. Vous vous trouviez près du parking au moment du meurtre.

— Ce ne sont que spéculations ! Rien de plus !

— On me rapporte que l'entrepreneur Paul Delsard possède des parts dans votre nouvelle acquisition à La Forêt-Fouesnant. Vous m'avez affirmé le contraire.

Peut-être est-il également impliqué dans votre affaire à Cancale ?

— Il n'est pas interdit de fabuler.

Dupin changea brusquement de sujet.

— J'ai cru comprendre que vous étiez un ardent défenseur de l'interceltisme ? Vous êtes un homme très engagé, Tordeux ?

— C'est une vieille passion. Nos racines, notre histoire, notre identité. Qu'y a-t-il de criminel à cela ? Je joue aussi de la bombarde, si cela peut vous intéresser. Un merveilleux instrument. Très ancien – celte, évidemment.

Le Ber lui avait un jour montré cette sorte de hautbois qui produisait un son puissant.

— Participez-vous à la préparation du Festival, cette année ?

— Je serai présent deux soirs seulement, pour la programmation et la logistique.

Dupin changea de stratégie.

— Ce qui nous intéresse, c'est de savoir ce que vous pouvez bien trafiquer ici, Tordeux. J'imagine que vous avez trouvé autre chose que des pigments, cette fois.

Un sourire suffisant éclaira le visage de son interlocuteur.

— Ah, voilà où vous voulez en venir. Je vois. Truand une fois, truand toujours. Tout cela est de l'histoire ancienne, commissaire. Je suis navré de vous décevoir.

Son sourire ne le quittait pas. Dupin devait admettre qu'il avait de la repartie. Le filou était un dur à cuire, et il savait sans doute que, sans indices réels, jamais la police ne pourrait l'épingler.

— Merci, monsieur. Cette conversation était très édifiante.

Dupin se leva soudain, tourna les talons et entreprit de redescendre les escaliers. Sans préambule. Sans prévenir d'aucune manière. A en juger par la mine de Tordeux, ce départ impromptu le prenait au dépourvu.

— N'oubliez pas ! Je vous fais un bon prix, si votre commissariat est intéressé ! lança-t-il néanmoins en guise d'adieu.

Dupin descendit tranquillement les marches, traversa le fouillis de matériel qui le séparait de la porte et sortit dans la nuit froide. Il se dirigea vers le quai où il s'arrêta.

Il frissonnait. Sa veste était restée dans la voiture. Il avait la sensation très nette que Tordeux était impliqué dans quelque trafic malhonnête, mais il ne savait pas lequel, ni comment.

Quelques mètres plus loin, il s'immobilisa et tendit l'oreille. Il tapa du pied à plusieurs reprises, aussi fort que possible, puis se figea de nouveau, attentif. Rien.

— Il y a quelqu'un ?

Aucune réaction. Peut-être l'oie Charlie avait-elle fini par retrouver son amour perdu.

Sur les routes étroites de la presqu'île, Dupin concentrait son attention sur la chaussée. Il craignait d'écraser un lapin, si nombreux par ici que, même de jour, les éviter relevait de la prouesse. Une fois sur la départementale qui reliait Riec à Pont-Aven, il avait enfin appelé Le Ber. Depuis cet endroit et à cette allure, on atteignait Concarneau en une quinzaine de minutes en passant par Névez.

Il avait brièvement rendu compte de son échange avec Tordeux. De son côté, Melen avait poursuivi ses interrogatoires. « Nous sommes par trop insignifiants pour que Tordeux prenne la peine de se brouiller avec nous », aurait déclaré Baptiste Kolenc. Par ailleurs, le soupçon selon lequel Tordeux pouvait avoir des activités « peu recommandables » n'était étayé par aucune preuve. Certes, on s'accordait à le trouver sans scrupules dès qu'il s'agissait d'affaires, mais cela ne suffisait pas à le rendre coupable. Qu'il se dispute avec son ex-épouse dès qu'il la voyait était de notoriété publique et personne ne prenait la chose au sérieux. Melen avait également essayé de dénicher quelque irrégularité dans ses relations avec l'entrepreneur, mais cette tâche s'était révélée plus difficile qu'escompté. Si les rumeurs allaient bon train, elles ne reposaient sur rien de précis. Le maire lui-même ne possédait aucune information utilisable.

Ils n'avaient pas encore retrouvé la femme du bus, personne ne semblait la connaître.

De son côté, l'équipe technique poursuivait ses analyses, cette fois à partir de morceaux de tissu de la voiture.

Le Ber était très excité à l'idée de prendre l'avion le lendemain matin à cinq heures quarante-cinq. Nolwenn avait tout organisé et Dupin avait renvoyé son inspecteur chez lui pour qu'il prépare son voyage.

L'appel se prolongea jusqu'à son arrivée à Concarneau.

Dupin venait de dépasser sa station-service habituelle quand il freina brusquement et fit demi-tour pour aller se garer devant la porte. Il était le seul client, l'heure de fermeture approchait.

La caissière, également propriétaire des lieux, le salua d'un hochement de tête fatigué.

— Je ne viens pas prendre de l'essence. Je cherche quelque chose.

Une lueur de curiosité traversa le regard de la femme, mais elle ne broncha pas.

Dupin se posta devant le rayon « mini-boutique » et inspecta les spécialités et souvenirs de Bretagne. Les étagères étaient arrangées avec amour : des biscuits et autres douceurs bretonnes, une grande variété de sels de Guérande, des rillettes égrenant tous les fruits de mer de la région, des bateaux miniatures arborant le drapeau régional, divers articles textiles portant toutes sortes de symboles locaux, des sweat-shirts, des tabliers de cuisine, des serviettes.

Dupin aperçut un tee-shirt bleu marine barré de l'inscription « A l'aise, Breizh » produit par l'une des marques représentatives de la Bretagne dont il connaissait bien la boutique, voisine de la Maison de la Presse à Concarneau. Le logo, une silhouette de Bretonne stylisée vêtue du costume traditionnel, était devenu un emblème patriotique que les Bretons et autres amateurs de la région aimaient coller sur leur voiture, si bien qu'on le voyait fréquemment sur les routes des Pays-Bas, d'Angleterre, d'Espagne, d'Allemagne, d'Italie, de France et d'ailleurs.

Dupin choisit la taille et se rendit à la caisse.

— C'est un beau modèle, approuva la caissière avec un petit geste.

— Et puis… ceci, ajouta Dupin qui venait d'apercevoir deux sets de petit déjeuner en bois, probablement du chêne.

On pouvait y lire une inscription en bleu atlantique : « Be Breizh – Sois breton. » Une formule magique, un mantra sacré qui englobait tout : l'art et la manière d'être breton – un certain regard sur le monde, sur les éléments, les êtres et la vie dans son ensemble. Un message, aussi : celui que la Bretagne avait le pouvoir de vous changer, comme une force primordiale, une promesse, un engagement. C'était exactement ce qu'il fallait pour célébrer l'emménagement de Claire.

La caissière emballa le tout dans un sac en papier bleu et Dupin regagna sa voiture, très content de sa trouvaille. Il se mit en route vers l'Amiral. Dans quelques minutes, enfin, il retrouverait Claire.

Le commissaire se gara à son emplacement habituel, sur le grand quai, devant le port de pêche, en face du restaurant. Comme tous les soirs, l'imposante forteresse de la Ville close était puissamment éclairée. Au cœur des anciennes murailles, le beau clocher carré qui surmontait la colline était particulièrement majestueux. Dans l'éclat doré des projecteurs, le bateau jaune et vert qui signalait l'entrée du musée de la Pêche avait fière allure.

La brise fraîche et salée venant de l'ouest avait également pris ses quartiers à Concarneau. Le tintement furieux des clochettes, en haut des mâts des bateaux, se mêlait aux feulements du vent. Si Port Bélon, trop isolé, était plongé dans l'obscurité à cette heure de la soirée, les lueurs de Concarneau montaient jusqu'au ciel et dessinaient les contours d'épais nuages qui filaient, bas et compacts.

Dupin se réjouissait à la perspective de passer la soirée à l'Amiral. Il s'y sentait chez lui, presque autant que dans son propre appartement, et y passait une part considérable de son temps libre.

Claire se serait sûrement installée à sa table – celle où il avait ses habitudes et où elle ne tarderait pas à trouver les siennes.

Il pressa le pas, dépassa les platanes de la place, parcourut les derniers mètres qui le séparaient de la porte et l'ouvrit à la volée.

Sa place était vide.

Pas de Claire, pas de verre, pas d'assiette, rien.

C'était impossible.

Il jeta un coup d'œil à son téléphone : l'écran n'affichait aucun appel, aucun SMS.

— Elle a essayé de te joindre, Georges, mais c'était tout le temps occupé.

Lily Basset, la propriétaire de l'Amiral, se tenait au bout du long comptoir. Dupin ne l'avait pas remarquée.

— Je suis chargée de te prévenir qu'elle risque d'arriver tard. Il y a eu une urgence à la clinique. Son nouveau chef lui a demandé d'opérer.

Comme à son habitude, Lily s'exprimait posément, sans agitation inutile.

Claire n'avait pas même commencé à travailler qu'elle était déjà dans le vif de l'action.

— Merci, Lily.

Dupin s'assit à sa place coutumière.

— On attend ?

— Non, non. On n'attend pas.

Il fallait qu'il se mette quelque chose sous la dent, c'était impératif. Il avait beau s'efforcer de les ignorer, les vertiges se faisaient de plus en plus violents, et puis personne, pas même Claire, ne pouvait savoir ce que « tard » signifiait.

Lily disparut sans autre commentaire. Ce n'était pas son genre de commenter la vie privée de ses clients, même quand certains changements étaient évidents.

Le commissaire s'enfonça dans son siège, troublé et un peu déçu. Il s'était tant réjoui de ce dîner !

C'était cependant une bonne chose qu'elle ne soit pas arrivée avant lui. Par le passé, elle avait dû patienter tant d'heures à cette même table, parce qu'il avait du retard ! Qui plus est, il était heureux de constater que ses craintes étaient infondées. Toute la journée, il avait été torturé à l'idée que Claire ait pu être déçue par sa réaction à la grande annonce. Son attitude n'avait rien laissé paraître de tel, mais on ne savait jamais.

S'il se repassait mentalement leur dernière entrevue, voilà plus ou moins ce qu'ils s'étaient dit : « Georges, j'abandonne ma vie parisienne pour venir vivre auprès de toi en Bretagne. — Très bien, Claire. Tu m'excuseras, j'ai du pain sur la planche. Il faut que je file. » Sa compagne lui avait fait part d'une des décisions les plus importantes de son existence, probablement, et lui n'avait rien trouvé de mieux à faire que de s'en aller afin de poursuivre son enquête.

Au bout d'un moment, un sourire vint enfin éclairer le visage du commissaire. Irrépressible, venu du plus profond de lui-même, il chassa instantanément tristesse et découragement. Dupin venait de comprendre quelque chose d'important : voilà à quoi ressemblerait son avenir. Il partagerait son quotidien et son existence avec Claire. Elle aussi, elle travaillerait beaucoup, à des heures impossibles, exactement comme elle le faisait à Paris. Exactement comme lui.

Cette soirée n'avait rien à voir avec les rendez-vous qu'ils connaissaient, quand Claire séjournait chez lui pour un week-end, parfois un peu plus. Le changement était déjà là. Ils n'allaient plus se séparer après un laps de temps beaucoup trop court. Ils auraient une vie commune.

Dupin croisa les mains derrière la nuque et resta un moment dans cette position, pensif.

— Et voilà !

Lily s'était empressée de lui préparer son entrecôte accompagnée de croustillantes pommes sautées maison. Elle la déposa devant lui avec une corbeille de pain frais, une bouteille de vin rouge et deux verres.

Le fumet était grisant. La viande grillée chaude et sombre, la fleur de sel et le piment d'Espelette, le cœur tendre et rouge, saignant juste ce qu'il fallait, la moutarde forte : rien ne lui apportait davantage de réconfort après une dure journée de labeur. Rien ne lui redonnait aussi efficacement des forces, ne le ramenait mieux à la réalité. Sans oublier, bien entendu, l'Ivresse des Sens, un côtes-du-roussillon velouté et lourd, d'un rouge profond et dont le nom, déjà, attirait toute sa sympathie.

— Lily ?

— Oui ?

Son amie avait repris son poste derrière le comptoir.

— Vous avez le même fournisseur d'huîtres, Henri et toi, n'est-ce pas ?

— Oui, c'est Béa.

— Près de La Forêt-Fouesnant, si je ne me trompe pas ?

— Dans la grande baie. Aux Viviers de Penfoulic. Les huîtres, les palourdes, les praires, les coques, les crabes, les araignées de mer, les bigorneaux…

Lily sembla réfléchir un instant, puis elle ajouta :

— Ah, je vois. Ton enquête. Tu trouveras Béa sur place, tous les matins, une demi-heure avant le lever du soleil.

Sans attendre de réponse, elle disparut dans la cuisine. Dupin en profita pour entamer son entrecôte.

Quand il aurait terminé, il reprendrait son calepin. C'était devenu un rituel. Combien de fois avait-il constaté que la solution de son enquête figurait dans ses notes depuis des heures, parfois même plusieurs jours ! Il fallait qu'il reprenne tout depuis le début, qu'il récapitule et qu'il établisse une liste pour Le Ber en Ecosse.

Il s'y consacrerait jusqu'à l'arrivée de la nouvelle directrice du département de cardiologie de l'hôpital de Quimper.

Il ne put réprimer un sourire. Il était heureux. Parfaitement heureux.

LE TROISIÈME JOUR

Il était sept heures dix. A l'ouest, au large de la pointe du Raz, dernière falaise du Vieux Continent giflée par les vagues, coiffant l'Atlantique sauvage et désert à cette heure, le ciel était encore d'un noir d'encre. A l'est, l'aube s'avançait, l'obscurité cédait la place à une tache chatoyante bleu outremer. Une ligne claire bordait l'horizon, fine comme un cheveu.

Les températures étaient encore plus froides et désagréables que la veille. De temps à autre, une ondée s'ajoutait aux rafales qui fouettaient le sol. C'était un temps à réveiller un mort.

Dupin avait ressorti sa veste d'hiver, dont il avait remonté et boutonné le col jusqu'au menton.

Béa n'était pas encore là. En l'attendant, Dupin se mit à faire les cent pas devant les Viviers de Penfoulic, l'élevage de crustacés et d'huîtres dont elle était la propriétaire. Installé au bord d'un bras de mer large et sinueux qui s'enfonçait dans les terres, l'exploitation bénéficiait d'un emplacement magique – au milieu de la grande baie de Concarneau, juste derrière La Forêt-Fouesnant. Un peu plus loin s'étendaient les plages idylliques et reculées du Cap Coz, bordées de pins imposants qui jaillissaient du sable lourd. Elles se prolongeaient jusqu'à Beg-Meil, qui marquait également l'extrémité de la vaste baie ; ces étendues d'un blanc éblouissant où l'eau déclinait toutes les nuances du turquoise, du vert et du bleu étaient autant de paradis immaculés.

Côté mer, le site des Viviers de Penfoulic n'était séparé de la plage que par un muret à hauteur de taille. Au-dessus étaient installées des contrefiches surmontées de filets de pêche verts, certainement pour dissuader les mouettes de se servir dans les bassins. Un réservoir longitudinal, peu profond, s'étendait jusqu'à une remise aux murs blanchis à la chaux et percés de deux fenêtres encadrées de bleu. Tout au bout était aménagée une petite terrasse qui devait servir aux dégustations de crustacés tout juste sortis de l'eau. Un clapotis s'échappait de la pompe à oxygène et rappelait le chant romantique d'un ruisseau de forêt.

A cette heure, Claire dormait sans doute encore, dans son nouveau tee-shirt qu'elle avait enfilé sans attendre. Elle avait prévu de rester chez lui tout le week-end. Les innombrables heures supplémentaires accumulées au cours des dernières années lui avaient permis de prolonger son séjour jusqu'au lundi matin. Le plus merveilleux, cependant, était que ces allers-retours allaient bientôt cesser complètement. Sans compter qu'elle revenait dès le vendredi suivant, pour la petite fête donnée en l'honneur de Dupin. Cette perspective lui rendait la soirée plus supportable.

Ils n'étaient pas rentrés à l'appartement de Dupin avant deux heures du matin, Claire n'ayant pu le rejoindre à l'Amiral qu'à une heure et demie. Dupin avait savouré un ou deux verres d'Ivresse des Sens, puis Lily avait personnellement préparé une entrecôte pour Claire, l'équipe de cuisine étant rentrée chez elle. Ils avaient ensuite partagé une petite assiette de fromages et un baba au rhum.

Dupin avait eu tout loisir de parcourir ses notes en sirotant son vin.

A six heures moins le quart, il s'était glissé hors du lit. Il avait eu une nuit agitée et s'était réveillé plusieurs fois, incapable de se rendormir. Quand enfin le sommeil l'avait emporté, il avait fait un rêve des plus étranges : devenu une particule de plancton, il était poussé par un puissant courant marin vers une énorme huître qui gisait, solitaire, au fond de la mer. Il ne faisait aucun doute qu'il allait terminer sa course dans son estomac. Par tous les moyens, la particule de plancton qu'il était avait tenté de convaincre l'huître monstrueuse qu'elle se trompait, qu'il n'était pas un aliment approprié, qu'il ne proposait pas les bonnes saveurs. Rien n'y faisait. Dans sa main droite, il serrait un téléphone portable (manifestement étanche) avec lequel il essayait sans cesse de joindre Nolwenn – sans succès. Comme il s'en doutait, celle-ci était en ligne avec Claire – elle-même nommée directrice d'une station scientifique sous-marine. Tout à coup, une voix métallique s'était élevée, tel un gong : celle de l'huître. « C'est moi, mais ce n'est pas moi », avait-elle déclaré d'un ton presque joyeux. Jusque dans son rêve, Dupin aurait pu jurer qu'il en reconnaissait le timbre. Il s'était réveillé à cet instant.

— Je peux vous aider ?

La femme se tenait derrière lui et sa question énergique invitait à une réponse rapide et précise. Dupin fit volte-face :

— Je suis un ami d'Henri et de Lily. Je m'appelle Georges Dupin.

Un rire rauque et profond lui répondit. Le visage de son interlocutrice était plongé dans l'ombre.

— J'ai commis un délit ?

Elle le connaissait donc.

— Pas du tout, madame…

Il s'aperçut soudain qu'il ne connaissait pas son nom de famille.

— … Béa, pour mes amis et leurs amis. Suivez-moi.

Sur ces mots, l'ostréicultrice disparut dans le hangar. Quelques instants plus tard, une lampe s'alluma, puissante et jaune, plongeant les alentours dans une atmosphère irréelle semblable à un décor de cinéma.

— Peut-être pourriez-vous me donner quelques renseignements, commença Dupin qui lui avait emboîté le pas.

— Je suis curieuse de découvrir lesquels.

Ils s'étaient engagés sur la bande de béton qui séparait le bassin du hangar. Plusieurs tables rectangulaires recouvertes de plans de travail de plastique bleu océan étaient alignées contre la façade de la petite bâtisse.

— Vous en voulez ?

Béa tenait à la main un sachet de papier dans lequel Dupin aperçut un croissant.

— Volontiers !

Dupin n'avait pas encore pris de petit déjeuner et pensait s'arrêter un peu plus tard devant une boulangerie. La pâte était succulente, à la fois croustillante et pleine de beurre.

Béa s'éclipsa, silencieuse, et Dupin entendit bientôt des sons métalliques, quelques chocs légers puis un robinet qu'on ouvrait. Il n'avait pas besoin de voir pour deviner : c'était le bruit d'une machine à café.

Il glissa un regard par-dessus le muret et contempla le bras de mer, beaucoup plus lumineux à cette heure que le reste du paysage. En se retirant, l'eau avait découvert des îlots qui ressemblaient à des dos de baleine, certains recouverts de lichen vert vif. L'ensemble donnait une impression de richesse nutritive dont les huîtres devaient être friandes. Quelques voiliers épars étaient d'une blancheur irréelle dans la clarté matinale. Près de la berge, trois bateaux à la silhouette aplatie, probablement d'utilisation spécifique, ressemblaient presque à des plateformes flottantes. Ils devaient appartenir à l'exploitation de Béa.

Celle-ci arriva enfin, les mains chargées de deux gobelets de céramique rouge rayée par l'usage.

— Bienvenue dans le plus beau lieu de travail du monde, dit-elle en lui tendant une tasse.

Le café était parfait, fort sans être amer.

— Connaissez-vous Matthieu Tordeux ?

— Il a acheté l'élevage de l'autre côté de la baie. Je ne l'aime pas.

Elle reposa son breuvage fumant. Dupin l'observait de biais. Sa chevelure désordonnée retombait en grosses boucles sur ses épaules et son visage était strié de pattes-d'oie qui racontaient son existence à la fois rude et heureuse.

— Pourquoi ?

— Un vrai hypocrite, tout miel tant qu'on ne l'embête pas mais qui vous balaie d'un geste, sans ciller, si vous vous aventurez à lui mettre des bâtons dans les roues. Un besoin impérieux de se mettre en avant. Un type qui veut à tout prix entrer dans la cour des grands, se lancer dans de grosses affaires.

— Il a aussi acheté un élevage à Cancale récemment.

— Je sais. *Think big*. On rapporte qu'un type de l'immobilier est également dans la combine.

— Qui vous a dit ça ?

— Jacques, le propriétaire du bistrot, sur la petite place de La Forêt-Fouesnant. Il est au courant de ce genre de choses.

— Vous parlez bien de Paul Delsard, de Constructions Traittot ?

— Oui. Ce type est encore pire que Tordeux.

Béa alluma une cigarette. Dupin sortit son calepin.

— Il y a quelques années, à Cancale, Tordeux a manipulé des huîtres bon marché avec un pigment pour les vendre sous l'appellation Fines de Claire. L'associe-t-on encore à ce type de pratique aujourd'hui ?

Le regard toujours rivé sur l'eau, Béa tira sur sa cigarette.

— Je n'ai rien entendu de tel. On dit qu'il est sans scrupules, oui. Qu'il pique des clients, qu'il corrompt ses concurrents, qu'il graisse des pattes, qu'il invente des pertes pour justifier des déclarations fiscales hasardeuses. Ça, oui.

— Mais pas de pratiques douteuses avec ses huîtres ?

— Non, rien.

— Avez-vous entendu parler d'affinages illégaux par ici au cours des dernières années ?

— Non. Le dernier cas avéré est ancien. Dix ans, au moins. Un commerçant de Riec. Il a tout perdu.

— Qu'en est-il des autres éleveurs et commerçants de Port Bélon : y a-t-il quelque chose que je devrais savoir à leur sujet ?

— Je connais un peu madame Laroche, du château, et Baptiste Kolenc. Des gens bien. Il y a aussi cette exploitante incroyable – son nom m'échappe. Une femme hyperactive, ultra-rapide.

Dupin faillit éclater de rire.

— Vous parlez de l'ex-femme de Tordeux ?

Béa ne semblait pas être au courant.

— Ah bon ? Elle a été mariée à Matthieu Tordeux ? Comme quoi, tout le monde peut se tromper.

— Que pensez-vous de cette épidémie ? Va-t-elle remonter jusqu'ici ?

— On verra bien. Ça ne sert à rien de s'inquiéter.

Dupin obtenait toujours la même réponse.

— A votre avis, un ostréiculteur pourrait-il découvrir un cas de contamination avant d'autres et en tirer quelque avantage commercial ?

Béa vit tout de suite où il voulait en venir.

— Ce serait difficile. Un certain nombre d'instituts et d'instances analysent en permanence l'eau des zones ostréicoles, sans compter les contre-analyses des laboratoires indépendants. Ce serait très compliqué.

En d'autres termes, ce n'était pas impossible. Dupin allait devoir demander à Labat ou Melen de regarder de plus près la manière dont on procédait à l'analyse des eaux.

— Bien entendu, les cultures européennes épargnées par le virus gagneraient considérablement en valeur. Les exploitants des zones contaminées seraient contraints de trouver au plus vite de nouvelles souches. C'est ce qui s'est passé en 2008. On a tous dû se mettre en quête de nouvelles cultures. Les seules régions préservées étaient le nord-ouest de l'Ecosse et la Norvège.

— On peut donc s'attendre, réfléchit tout haut Dupin, à une énorme demande d'huîtres chez les producteurs écossais. Les élevages sont rares, là-haut.

Ils pourraient sans doute fixer leurs prix à leur guise et réaliser des ventes très lucratives. Quant aux ostréiculteurs des régions touchées qui auraient eu la présence d'esprit de préserver quelques cultures au prix du marché, ils auraient un avantage considérable face à la concurrence.

— En effet. A condition d'en arriver là, évidemment.

Dupin prit quelques notes.

— Tout le monde en veut aux plates, expliqua Béa, le regard tendrement posé sur les paniers ronds dans les bassins. Elles ont beaucoup d'ennemis. Les crabes brisent leur coquille, les vers les rongent, les étoiles de mer les paralysent avec leur salive venimeuse et les aspirent ensuite, les oiseaux les piquent en plein vol, les berlingots de mer leur disputent leur nourriture…

Elle lâcha un bref éclat de rire avant de reprendre.

— Comme partout dans la mer, il y en a toujours un pour dévorer l'autre. Son ennemi mortel, cependant, c'est l'huître du Pacifique.

— La creuse ? demanda Dupin, stupéfait.

— Oui. Elle se développe comme du chiendent et chasse l'européenne de son habitat. Elle se reproduit mieux, elle a une densité de population plus importante, elle se développe plus vite. Elle ne nuit pas seulement à ses congénères, d'ailleurs. En un tournemain, les creuses sont capables de transformer un banc entier de moules en véritable récif d'huîtres. Elles détruisent tout sur leur passage, sans discernement. On les appelle les géantes.

La description avait de quoi effrayer. Le Ber ne lui en avait rien dit.

— Pourtant, elles aussi sont délicieuses, lâcha Béa qui chercha du regard deux paniers isolés au bord du bassin. En ce moment, c'est la meilleure période pour la dégustation. Elles sont grosses et charnues, sans une once de gras. Pendant les dix-huit premiers mois, on les installe dans des terrains plats, où elles reposent souvent à sec et manquent de nourriture. Ça les rend fermes et voraces. Pour les dix-huit mois suivants, on les place dans les courants les plus riches en nutriments. C'est là qu'elles prennent tout leur gras. C'est l'ancienne méthode. Vous en voulez quelques-unes ? Je vous prépare un petit paquet.

— Merci, non. Je dois aller à Cancale.

Dupin n'avait pas envie d'expliquer qu'il n'aimait pas les huîtres. Entre-temps, l'ostréicultrice avait allumé une autre cigarette.

— Ah, Cancale ! Capitale autoproclamée de l'huître !

— Connaîtriez-vous un certain Nicolas Cueff, par hasard ?

— Non. La ville compte plus de soixante ostréiculteurs, vous savez.

Dupin reposa son gobelet en céramique.

— Il faut que j'y aille. Merci pour tout, Béa.

— Sale affaire.

Les yeux brillants, elle lui offrit un magnifique sourire.

— En effet. A bientôt.

Dupin regagna rapidement sa voiture garée sur la plage devant le complexe ostréicole.

Le trajet promettait d'être long.

— Ça suffit, Labat ! Je ne veux plus en entendre parler, vous avez compris ?

Dupin avait presque hurlé. Une fois arrivé sur une route asphaltée, il avait essayé de joindre Le Ber mais Labat avait été plus rapide.

— Avec les collègues de Lorient, nous avons…

— J'ai dit : ça suffit ! Je…

— … obtenu le feu vert pour procéder à une perquisition. Notre requête a été approuvée !

— Vous avez un…

Dupin n'en revenait pas.

— Nous allons passer Constructions Traittot au peigne fin, patron ! Nous avons récolté suffisamment d'indices au cours des dernières semaines pour suspecter un vol de sable – voire une série de vols ! Nous parlons de pillage organisé et de grande envergure ! Nous allons faire une razzia au siège de l'entreprise, vérifier tous les dossiers. C'est grâce à mes photos que nous l'avons coincé. Banco ! Je le savais ! J'avais raison !

L'inspecteur s'étouffait de fierté.

Il n'avait pas fallu attendre longtemps avant que Labat ne retrouve sa vraie nature. La veille encore, cet homme glissait sur une pente très savonneuse. Sans l'aide du commissaire, Dieu sait où il se trouverait à l'heure actuelle.

— Paul Delsard, laissa échapper Dupin à mi-voix.

C'était incroyable, tout de même ! La théorie sur les vols de sable se vérifiait donc. Cela signifiait que des pratiques douteuses existaient dans la région… à l'initiative d'une entreprise dont le patron possédait une maison de villégiature à Port Bélon, et qui était lié d'amitié avec un ostréiculteur du coin…

— Le préfet était très content. Il…

— Labat ! Nous avons notre propre enquête, au cas où vous l'auriez oublié. Le Ber vous a-t-il confié tous les éléments ?

Il dut attendre un moment avant que Labat, vexé, lui réponde :

— Je l'ai eu au téléphone hier soir. Je suis au courant. D'ailleurs, il vient de m'appeler depuis l'aéroport parce qu'il n'arrivait pas à vous joindre. Il y a du nouveau.

— Et c'est seulement maintenant que vous me le dites ?

Dupin aurait pu l'étrangler.

— Jane Mackenzie est la seconde femme de Mackenzie. Sa première femme est décédée il y a vingt ans.

— Et alors ?

— Le Ber m'a dit que vous vouliez tout savoir.

— Son associé est réapparu ?

— Je crois qu'il n'y a rien de neuf de ce côté. Je ne savais pas que cela vous intéressait.

— Cela m'intéresse beaucoup, figurez-vous. Dans cette affaire, on ne peut exclure l'éventualité d'un autre meurtre. Quoi d'autre ?

— Mackenzie a été impliqué dans un cambriolage de banque, exactement comme Smith.

Décidément. C'était peut-être un rite de passage pour la jeunesse écossaise.

— Pourquoi ne l'avons-nous pas su hier ?

— Ils ont dû aller vérifier dans les archives de Fort William. Ces informations ne sont pas numérisées.

— Mackenzie s'est-il fait remarquer par la police, après cet incident ?

— Non. Le Ber doit être en route pour Tobermory à l'heure qu'il est. Il n'a sûrement pas de réseau. Il...

— Et l'incendie ? Que dit l'équipe technique ?

— La petite blonde du poste de Riec...

— Magalie Melen, Labat ! Elle s'appelle Magalie Melen.

— Elle aussi a essayé de vous joindre. Le chef d'équipe confirme que l'incendie est parti du coin gauche au fond de l'annexe.

— A l'intérieur ou à l'extérieur ?

Ce point était décisif.

— Plutôt dehors.

— Vraiment ?

Dans ce cas il s'agissait probablement d'un acte criminel.

— Bien entendu, Tordeux aurait pu mettre le feu lui-même depuis cet endroit – mais cela n'aurait aucun sens. Tant qu'à simuler un incendie, autant faire en sorte qu'il paraisse accidentel.

C'était exact.

— D'autres nouvelles du côté de Melen ?

— Non, rien. A mon avis, patron, vous vous trompez de piste, avec les huîtres.

La tension de Dupin augmenta d'un coup.

— Ecoutez, Labat. Pour l'instant, je ne privilégie aucune piste. Nous...

Il s'interrompit et prit une profonde inspiration. Discuter avec son inspecteur était une perte de temps pure et simple.

— Et la femme du bus ? Connaissons-nous son identité ?

— Non, mais la blonde...

— Labat !

— Magalie Melen s'en occupe. L'autre collègue de Riec – celui qui est sympa – a déniché quelque chose d'intéressant : l'année dernière, Tordeux aurait passé une semaine à Cancale pour une réunion d'ostréiculteurs. Nicolas Cueff y était également inscrit. Vous devriez lui en parler.

Cela pouvait être intéressant, en effet. Peut-être était-ce l'un des fils conducteurs – même indirects – qu'ils cherchaient si désespérément. De l'Ecosse jusqu'à Port Bélon, en passant par Cancale. Un lien clairement identifiable – Mackenzie, Cueff, Tordeux. Trois individus.

— Très bien. Et vous, faites parler Tordeux. Ne le lâchez pas, Labat.

— Comme vous voulez.

— Autre chose : j'aimerais savoir au plus tôt si un éleveur du Bélon a acheté des huîtres en Ecosse du Nord pendant la crise de 2008 ou durant une autre période difficile. Je parle de cultures neuves, destinées à reconstituer un élevage. Et puis passez-moi au crible les instances qui surveillent les ostréiculteurs – tout le système. Je veux savoir si quelqu'un pourrait s'arranger pour apprendre avant les autres la prolifération imminente d'une bactérie dangereuse. En usant de ses relations, par exemple. Fouinez un peu !

— Et il vous faut tout ça…

— Au plus vite !

Dupin raccrocha. Il aurait mieux fait d'envoyer Labat en Ecosse plutôt que Le Ber. Plus loin il était, mieux il se portait.

Il avait débouché sur la quatre-voies qu'il suivrait jusqu'à Cancale. Il appuya sur l'accélérateur et l'aiguille du compteur approcha lentement des cent soixante-dix kilomètres à l'heure. La limite autorisée était à cent dix, mais il était en mission officielle.

Il composa le numéro de Nolwenn. Il avait quelques questions précises.

— *Abred ne goll gwech ebet.* Le monde appartient à ceux qui se lèvent tôt, commissaire ! Tout le monde est déjà en poste depuis un moment.

Dupin se sentit instantanément plongé au cœur de l'action.

— Nolwenn, ce Festival interceltique de Lorient…

— Cette année, le thème est : « Mémoire et rêve du monde celtique ». Ce sera exceptionnel. L'événement va attirer un bon nombre d'Ecossais. Certains sont déjà à Riec pour la réunion de préparation. Vous voyez un lien entre ces festivités et les meurtres des monts d'Arrée et de Port Bélon, hormis le fait que les deux victimes sont écossaises ? Vous pensez que Mackenzie et Smith se sont servis de cette fête pour autre chose ?

Nolwenn y allait sans détour.

— Je n'en sais rien.

Sachant qu'il n'y avait que six régions celtiques, le fait que l'Ecosse soit à l'honneur cette année ne constituait pas une coïncidence notable. La seule chose que l'on pouvait retenir, c'était que, depuis la veille, les liens entre les suspects et le monde celtique ne cessaient de se multiplier.

— Si vous creusez un peu, vous découvrirez que les relations entre la région et l'Ecosse sont étroites. Pensez par exemple aux championnats de cornemuse qui vont avoir lieu en mai à Glasgow. Quinze *pipe-bands* bretons, les *bagadoù*, sont en compétition. On y trouve des cornemuses, des bombardes et des tambours. Ça fait des années que Quimper remporte le concours ! Les matchs éliminatoires ont lieu en ce moment, un peu partout. En ce qui concerne la Cornouaille, la finale a eu lieu à Riec – ce qui veut dire que la ville a déjà accueilli un grand rassemblement interceltique en février. Comme vous voyez, cela ne date pas d'aujourd'hui. Sans compter toutes les amicales Ecosse-Bretagne ! Notre parlement, à Rennes, a conclu toute une série de contrats de coopération avec les régions, les communes et les villes d'Ecosse.

Nolwenn était intarissable sur le sujet. Dupin profita d'un moment où elle reprenait son souffle pour intervenir.

— Tordeux sponsorise le festival, comme ce sinistre entrepreneur immobilier, Paul Delsard…

— Cet événement compte de nombreux sponsors, patron.

— J'aimerais que Magalie Melen rassemble une équipe pour passer en revue toutes les activités interceltiques entre l'Ecosse et le Bélon, en particulier celles dans lesquelles nos amis ostréiculteurs sont impliqués.

— Très bien. Magalie Melen est une excellente enquêtrice, n'est-ce pas ? Une personne de cette qualité ne serait pas de trop dans notre équipe.

Dupin connaissait trop bien le ton de son assistante : c'était celui qu'elle prenait quand elle fomentait quelque projet mystérieux et qu'elle voulait le préparer à un éventuel changement. Elle poursuivit :

— Savez-vous à quel point la Bretagne et l'Ecosse se ressemblent ? La monarchie écossaise a été fondée en 843, le premier royaume breton en 851. L'annexion brutale de l'Ecosse par l'Angleterre a eu lieu en 1603, celle de la Bretagne par la France en 1532. La Bretagne compte quatre millions et demi de Bretons, l'Ecosse cinq millions cent mille Ecossais. Mais surtout : nous partageons avec ce pays et toutes les nations celtiques la présence à la fois rude et merveilleuse des flots furieux de l'Atlantique. Cette vie-là forme le caractère !

Dupin n'avait jamais entendu Nolwenn s'emballer à ce point au sujet d'un autre pays. D'ailleurs, elle ajouta aussitôt :

— Cela dit, notre climat est plus clément.

Devant le silence de son supérieur, Nolwenn reprit :

— En tout cas, nous sommes tous des Celtes. Je vous appelle dès qu'il y a du nouveau. Bonne route !

Elle raccrocha.

Dupin avisa le panneau indiquant la sortie vers Lorient, lieu du festival mais aussi siège de l'entreprise de Paul Delsard.

Les Celtes, peuple téméraire et mystérieux, autour duquel se cristallisaient tant de récits, tant de fables et de légendes : n'importe quel enfant du coin était en mesure de raconter une histoire à leur sujet. Le jour où Vercingétorix déposa les armes aux pieds de César, après la défaite des Gaulois contre les Romains, marqua la fin de la dernière nation celte du continent – à l'exception, bien sûr, du petit village d'irréductibles qui allait acquérir une notoriété mondiale. Les populations des îles furent les seules à subsister. Sur la plus grande d'entre elles, les Britanniques furent brutalement écrasés par des barbares germains, les Saxons et les Angles, au Ve et au VIe siècle. Certains se retirèrent dans le nord de l'Ecosse et en Irlande, d'autres quittèrent définitivement la « Grande Bretagne » et s'en retournèrent en « Petite Bretagne », deuxième terre celte. Cette appellation resta, mais Dupin lui préférait la version celte *Armorica*, « pays sur la mer ». Ils vivaient ici depuis cette époque. Jusqu'à nos jours, les noms de leurs derniers refuges, sur les bords lointains et sauvages de l'Europe du Nord-Ouest, avaient des intonations poétiques dignes des écrits de Tolkien : Eire, Ellan Vannin, Alba, Cymru, Kernow, Breizh.

Le retour nostalgique à cette culture antique avait commencé au XVIIIe siècle, qui avait marqué le réveil de cette racine européenne importante et trop souvent oubliée, refoulée, combattue, réprimée. Chaque fois que Le Ber ou Nolwenn se lançaient dans des récits interminables et passionnés, c'était cela qu'ils défendaient : la reconnaissance et la défense de leur identité d'origine.

Au début, Dupin avait accueilli ces élans emphatiques avec un certain scepticisme, mais cela lui était passé : s'il voulait comprendre la Bretagne et ses habitants, il devait accepter la philosophie locale.

Il approchait de Rennes, capitale de la Bretagne, et venait de s'engager sur le périphérique qui contournait la ville par le nord avant de poursuivre vers Saint-Malo et Cancale. Dès Lorient, les averses s'étaient succédé, à son grand dam, et il avait dû ralentir son allure.

De véritables trombes d'eau, comme si la mer tout entière se retirait pour se déverser par le ciel.

Après sa conversation avec Labat, Dupin avait aussitôt tenté de joindre Le Ber, sans succès. Il avait réessayé toutes les cinq minutes jusqu'à ce qu'il décroche enfin. Son inspecteur était arrivé à Tobermory. Le réseau était très mauvais, Dupin avait dû lui communiquer ses priorités dans un style télégraphique. Il devait d'abord rendre visite à la femme de Mackenzie, puis passer à son entreprise.

Le préfet avait appelé juste après, mais Dupin n'avait pas décroché. Cela n'aurait servi qu'à l'agacer encore un peu plus et il aurait raté l'appel de Claire quelques secondes plus tard. Installée à l'Amiral, elle prenait son petit déjeuner. Elle avait du pain sur la planche : installer sa ligne téléphonique, s'inscrire à la mairie, faire le tour des boutiques de meubles et de décoration de Quimper. Le déménagement était en cours. Malgré lui, Dupin s'était montré laconique, impatient.

A peine avait-il raccroché que la sonnerie se faisait de nouveau entendre à travers le martèlement de la pluie sur la carrosserie. Magalie Melen. Dupin voulait justement savoir si la légiste avait terminé son rapport.

— Ah, Melen ! Qu'est-ce…

— Une camionnette pleine de gendarmes vient de débarquer ! La commission rogatoire a été étendue à tous les biens de Delsard : perquisition de l'entreprise, de la résidence, de la résidence secondaire.

Ils prenaient donc l'affaire au sérieux.

— La maison voisine de celle de Tordeux, murmura Dupin.

— Voulez-vous que nous intervenions ? demanda la jeune femme.

Dupin aurait aimé lui répondre par l'affirmative, mais que pouvaient-ils bien faire ?

— Décidément, il s'en passe des choses dans ce petit village, répondit-il à la place.

— Je ne vois vraiment pas de rapport entre cet événement, l'affaire du sable volé et notre enquête, reprit l'inspectrice avec sérieux. Et vous, commissaire ?

Dupin partageait son avis.

— Malheureusement, aucun des scénarios élaborés jusqu'à présent n'explique les événements des derniers jours…

— A propos : nous avons exploré toutes les pistes pour retrouver l'identité de la femme du bus, à Kerfany-Plage. Nous avons parlé à tout le monde. Rien. Cela se présente mal.

— Continuez quand même. Parfois, il faut insister. Et l'incendie ?

— On a prélevé le morceau de mur concerné et le labo l'analyse. Le constat reste pour l'instant le même : le foyer est né à l'extérieur de la maison, mais toujours pas de trace d'accélérateur de feu.

— Un incendie criminel ?

— Rien n'est certain.

De cette réponse dépendaient tant de conclusions, tant de scénarios possibles.

— Il faut que nous le sachions. Faites pression, appelez-les.

— Très bien. Autre chose : votre inspecteur vient de vous parler d'un lien possible entre Cueff et Tordeux, n'est-ce pas ? Nous effectuons des recherches à ce sujet. Nous avons aussi déniché un second lien entre Cueff et Port Bélon : début mars, il y a eu un grand rendez-vous d'écaillers doublé d'un concours. Devinez qui était là : madame Premel. Elle y a passé deux jours. Apparemment, cela fait partie de ses passe-temps favoris.

Dupin se revit soudain petit garçon. Il avait passé des heures, sage comme une image, dans divers restaurants guindés de Paris. Les dîners commençaient toujours par des huîtres, dont sa mère raffolait. Le petit Georges s'ennuyait à mourir et considérait les mollusques avec dégoût. Son aversion pour les huîtres datait-elle de cette période ? Sa seule distraction était d'observer les écaillers : un métier riche de tradition et hautement reconnu.

Ainsi, Cueff et Premel s'étaient peut-être rencontrés. Cela ne manquait pas d'intérêt.

— Nolwenn Premel m'a parlé de cet événement. Elle prétend ne pas connaître Cueff, mais ça ne veut rien dire.

— En effet.

— Essayez d'en savoir un peu plus par l'intermédiaire des organisateurs.

— Très bien. Nous passons aussi les activités interceltiques de Port Bélon au crible. Ah ! Il y a eu un appel des instances sanitaires : la bactérie est remontée jusqu'à l'Etel.

Il s'agissait de l'un de ces fjords fabuleux de la côte sud. Avec la douzaine d'îlots qui l'entouraient, il formait un golfe semblable à celui du Morbihan mais plus petit, non loin du Bélon.

— Il existe encore un point de contrôle entre le Bélon et l'Etel. Les ostréiculteurs sont informés, mais ils restent calmes.

Cette nouvelle semblait inquiéter davantage le commissaire que les gens du métier. Quand il s'agissait de phénomènes naturels, en général, les Bretons étaient plutôt détendus. Ils savaient que la nature était la plus forte, qu'elle aurait le dernier mot, quoi qu'ils fassent. Cela ne voulait pas dire qu'ils acceptaient leur destinée sans broncher. Ils faisaient ce qui était en leur pouvoir pour se défendre, sans perdre leur sang-froid, sans céder à la panique. Dans la région, une grosse tempête était généralement accueillie par un haussement d'épaules.

— A plus tard, commissaire.

— Attendez ! (Dupin hésita, puis se lança :) Arrangez-vous pour passer de temps en temps chez Delsard et essayez de savoir ce qui s'y passe.

— Entendu.

Magalie Melen raccrocha.

L'indicateur du niveau de carburant s'était allumé un quart d'heure plus tôt. D'ordinaire, Dupin l'ignorait le plus longtemps possible mais, à cette vitesse, ce n'était pas raisonnable. Il allait devoir sortir sous la pluie battante, qu'il le veuille ou non.

La station-service se trouvait avant la sortie, Dupin la connaissait bien, comme toutes les pompes à essence qui jalonnaient les quatre-voies de Bretagne. Il savait que le café y était bon.

Il mit son clignotant et s'engagea sur la bretelle. Quelques secondes plus tard, il se tenait sous un toit de tôle ridicule, la pompe à la main, trempé jusqu'aux os. L'eau coulait sur son visage, s'infiltrait sous son pantalon et dans ses chaussures. Seule sa veste lui offrait un maigre abri.

Il perçut soudain la sonnerie de son téléphone dans le vacarme de la pluie. Un numéro masqué. Il attendit la dernière seconde pour décrocher. Le moindre détail avait son importance à ce stade de l'enquête.

Dupin pressa l'appareil contre son oreille.

— Allô ?

— Cher commissaire, je vais m'adresser à la presse dès cet après-midi, déclara une voix théâtrale qu'il connaissait trop bien. Quelle affaire, quels rebondissements !

Le préfet Guenneugues. Ce n'était pas la première fois que ce fourbe le prenait par surprise en appelant depuis un numéro masqué. Pour l'instant, cet aspect de sa personnalité était secondaire. Dupin savait d'expérience que les conversations qui commençaient par « Cher commissaire » devaient être abordées avec la plus grande prudence.

— Des rebondissements ?

— Nous avons découvert le fin mot de l'histoire. Je suis très satisfait.

— Le fin mot ?

— Ma foi oui ! Cette mystérieuse affaire de double meurtre ! Nous connaissons enfin les mobiles et les coupables !

Dupin sentit la moutarde lui monter au nez, mais il se ravisa et prit le temps de respirer une ou deux fois avant de répondre tandis que la pluie s'engouffrait jusque dans sa bouche.

— Vous êtes encore là, cher commissaire ?

Le réservoir était plein. Dupin reposa la buse sur la fourche avant de prendre le chemin de la boutique en slalomant au petit trot entre les flaques huileuses.

— Comment un ostréiculteur écossais et son employé pourraient-ils être impliqués dans une affaire de vol de sable par une entreprise bretonne, monsieur le préfet ? Je veux dire : impliqués au point de se faire assassiner l'un après l'autre ? Et cet incendie, très probablement criminel, comment l'expliquez-vous ? Pour ma part, je ne vois aucun rapport.

— Ah, ça, cher commissaire, c'est votre boulot. Vous allez trouver le lien – on a bien résolu toutes nos enquêtes, à ce jour, non ? Une chose est sûre : il s'agit bien de vol de sable. A vous de nous établir un petit lien rapidement. Votre inspecteur Labat n'en doute pas une seconde, lui non plus. On lui doit beaucoup, vous savez.

Le préfet croyait fermement à son hypothèse et semblait décidé à ne pas se laisser démonter. C'était à s'arracher les cheveux.

La veille encore, cet homme était sur le point de virer Labat sans autre forme de procès. Pour sortir son inspecteur d'une mauvaise passe, Dupin avait avancé ce très improbable vol de sable. Ce n'était qu'un prétexte pour le blanchir, mais voilà que son supérieur fonçait tête baissée dans ce scénario rocambolesque. Quel idiot il avait été d'évoquer une telle hypothèse et d'accorder ainsi du crédit à son inspecteur !

— Si je comprends bien, vous me demandez de construire, en d'autres termes d'inventer un lien entre ces événements ?

Dupin s'était réfugié dans un coin de la boutique dont il était le seul client et la caissière lui avait déjà jeté un coup d'œil intrigué. Il s'efforça de parler à voix basse malgré son énervement.

— Vous vous rendez compte que nous n'en avons aucune preuve ? C'est…

— Pas de preuve ? Tordeux est bien le meilleur ami de Delsard, oui ou non ? Les deux hommes font affaire ensemble, oui ou non ? Cet incendie est de nature criminelle, n'importe quel débutant s'en rendrait compte au premier coup d'œil ! Soit les deux hommes se sont brouillés, soit l'ostréiculteur voulait détruire je ne sais quelle preuve. C'est clair comme de l'eau de roche.

— A mon avis, c'est pure spéculation. Comment…

Le préfet lui coupa sèchement la parole, décidé à réfuter tout argument contraire :

— Cher commissaire, quand quelqu'un a le crâne qui gratte et qu'il se découvre des poux, il est peu probable qu'il tombe également sur des puces. Vous avez conscience que Port Bélon est un village minuscule, tout de même ? Nous parlons de quelques bicoques éparpillées au milieu d'un champ ! Vous n'allez pas me dire que plusieurs délits indépendants les uns des autres peuvent survenir au même moment dans cet endroit paumé ?

C'était typique : le préfet aimait argumenter à grand renfort d'images absurdes et de raisonnements grotesques. Il n'en avait pas terminé :

— Sans compter que les plages de Trenez et de Kerfany-les-Bains, véritables lieux du crime, se trouvent à deux pas d'ici ! L'Ecossais a dû voir quelque chose qu'il n'aurait pas dû voir. Cela arrive, hélas. On se retrouve au mauvais moment au mauvais endroit. Ce ne serait pas la première fois ! Par ailleurs, si j'ai bien compris, nous n'avons que des indices dans cette affaire – pas un seul témoin, n'est-ce pas ? Ça, ce sont des spéculations !

— Et Smith, son employé saisonnier ? Il…

— Est-ce à moi de mener l'enquête, cher ami ? Je l'ai déjà dit, commissaire : vous avez désormais une mission concrète. Concentrez-vous dessus. Trouvez-moi un lien, et vite. La presse me harcèle d'ores et déjà. Je vais leur annoncer dès cet après-midi que nous sommes sur le point de démasquer un groupe de criminels sans scrupules qui n'hésite pas à tuer pour détruire nos côtes bretonnes. Je vais leur promettre l'histoire complète pour très bientôt. Ce que j'attends de vous, c'est que…

A bout de patience, Dupin pressa le bouton rouge de son téléphone en regrettant de n'y avoir pas pensé plus tôt. Il inspira et expira calmement, se passa une main dans les cheveux et se focalisa sur l'essentiel : il fallait découvrir quelle histoire se cachait derrière tout cela. Le temps pressait.

Il paya et revint à sa voiture en courant sous le déluge. Une fois installé au volant, il patienta encore quelques instants. Il devait apprendre à contenir sa fureur. Il se rappela soudain une devise de Zorro : « Ne te bats jamais sous le coup de la colère. » A côté de Tintin et Milou, du Petit Nicolas, d'Astérix et du Marsupilami, Zorro avait été l'un des grands héros de son enfance. Ce n'était pas une devise facile à appliquer, surtout à présent.

Dans ces conditions, il valait mieux que Melen s'abstienne de passer chez Delsard. Moins ils se frotteraient à l'autre équipe, mieux ils se porteraient.

Il composa son numéro en mettant le moteur en marche.

— Ecoutez, Melen : laissez tomber les…

— Ah, commissaire ! C'est Matthieu Tordeux. Il a eu un grave accident. Nous ne savons pas s'il va s'en sortir. Ce n'est pas beau, ils…

— Pardon ?

Dupin crut avoir mal entendu.

— Ils sont en train de le conduire à l'hôpital de Lorient. Il est entre la vie et la mort. Votre ligne était occupée. J'ai…

— Que s'est-il passé ?

— Il s'est pris un arbre de plein fouet sur la route qui relie Port Bélon à Riec. Celle où tout le monde roule trop vite.

— Comment diable a-t-il pu foncer dans un arbre ?

— Nous n'en savons rien. La voiture est bonne pour la casse. Une vieille Citroën Jumper, une fourgonnette comme il y en a beaucoup dans la région.

— Ce n'est pas une coïncidence. C'est impossible.

Dupin en avait ras-le-bol. Que se passait-il dans ce village, bon sang ?

— Hier un incendie, aujourd'hui un accident de la route, c'est tout de même improbable ! Il faut avancer, et vite ! Cela ne peut pas être un accident. C'est…

Dupin se tut.

— Quand bien même on aurait imité un accident, cela risque d'être difficile à prouver. Peut-être a-t-on poussé Tordeux hors de la chaussée avec un autre véhicule. Cela ne se verrait pas forcément sur la voiture de la victime, et ce serait vraiment un coup de chance si un témoin se trouvait là au même moment.

— Tordeux nous le dira lui-même. Quand il sera remis.

Dupin avait retrouvé la quatre-voies depuis un moment déjà. Il décéléra pour attraper la petite voie de sortie qui lui permettrait de faire demi-tour.

— Pour l'instant, il est sans connaissance.

Dupin ne répondit pas.

— Vous êtes là, commissaire ?

— Bon sang…

Si l'accident avait été provoqué, ils étaient en présence d'une troisième tentative de meurtre alors qu'ils ignoraient toujours à combien de criminels ils avaient affaire. L'enquête prenait des proportions énormes. Ils étaient entraînés dans une suite de drames sans savoir où ils allaient.

— Qui a trouvé Tordeux ?

— Madame Premel.

— Madame Premel ? Que faisait-elle là ?

— D'après ses propos, elle se rendait à Riec. Tordeux avait pris la même route quelques minutes plus tôt. Elle a découvert sa voiture contre l'arbre, sur le bas-côté, et a immédiatement appelé la police.

— Où était-elle avant de faire route pour Riec ?

— Nous allons lui poser la question.

— Tâchez de savoir au plus vite où se trouvaient les habitants de notre petit paradis ostréicole au moment des faits.

— Très bien.

— Fouillez également la maison de Tordeux. Y compris son bureau à l'étage, dans le hangar du Bélon. Faites venir des techniciens, qu'ils examinent ses ordinateurs. Je veux que chaque e-mail, chaque document, chaque fichier soit ouvert, lu et analysé. Les factures, les dossiers de livraison, n'omettez rien ! Qu'ils commencent par les derniers mois.

— C'est compris, commissaire.

Ils allaient enfin pouvoir en avoir le cœur net. Dupin réfléchit avant de reprendre.

— Qu'ils se concentrent sur les affaires ostréicoles. Il faut dénicher d'éventuelles irrégularités. Et surtout, qu'ils nous préviennent si les noms de Mackenzie ou Smith apparaissent quelque part. C'est tout pour le moment, Melen. J'arrive.

Il avait emprunté un pont dangereusement étroit pour traverser l'autoroute et s'engageait déjà sur la bretelle pour la reprendre en sens inverse.

Cancale attendrait. Il devait retourner à Port Bélon.

— Nolwenn, j'aimerais que Brioc L'Helgoualc'h me retrouve sur place. L'homme des monts d'Arrée. Qu'il vienne tout de suite et qu'il inspecte les lieux à sa manière. La voiture, les environs, tout. Si quelqu'un demande ce qu'il fait là, dites que j'ai exigé sa présence.

Dupin venait de repenser à lui. Il n'était pas certain d'avoir correctement prononcé son nom, mais son aide pouvait être précieuse.

— Bonne idée. D'autant que Labat s'est de nouveau absenté. Le préfet vient de le convoquer pour cette « grande affaire du sable volé ». Il vient d'appeler…

— Pardon ?

— Il voulait que nous soyons « largement représentés », reporta Nolwenn sans chercher à dissimuler sa réprobation.

— Nous avons besoin de Labat.

— Il est notamment chargé d'examiner les relations commerciales qu'entretiennent Tordeux et Delsard.

Dupin s'interdit toute réaction et se contenta de murmurer pour lui-même : « Inspire, expire, inspire… », suivant les recommandations de son médecin. « La respiration est le meilleur moyen de surmonter la colère, se plaisait à répéter celui-ci, elle permet de réduire instantanément l'acidité de l'estomac. »

— Le préfet voulait vous le dire, mais il paraît que vous lui avez raccroché au nez. Il était furieux ! Il a parlé de sévères conséquences disciplinaires. Je dois aussi vous rapporter qu'il ne croit nullement à un accident. Selon lui, c'est une réaction directe à son intervention chez Delsard. Il y voit d'ailleurs la confirmation qui lui manquait : tout tourne autour du vol de sable. Voilà ce que je suis chargée de vous transmettre.

Dupin sentit son pouls s'accélérer dangereusement. Nolwenn continua sans se départir de son calme.

— Certes, ce sont de drôles de coïncidences, mais cela ne veut rien dire. La tentative d'assassinat de Tordeux peut tout aussi bien trouver une logique dans d'autres scénarios – celui que vous poursuivez, par exemple. A moins que Tordeux ne soit vraiment mêlé à cette affaire de sable. Si cela se trouve, nous avons deux enquêtes parallèles.

Dupin se demanda si son assistante essayait doucement de le mettre sur d'autres pistes. Il garda le silence pendant qu'elle poursuivait.

— Le Ber a appelé, juste avant l'accident de Tordeux. Il a mis la main sur l'autre propriétaire du Oyster Heaven, à Glasgow. Il ne voit pas du tout ce que Mackenzie a bien pu faire en Bretagne. Il aurait bien évoqué à deux reprises un ostréiculteur breton de sa connaissance, sans doute Cueff, mais il n'aurait jamais parlé de déplacement. Il dit se fournir exclusivement chez Mackenzie. D'après les dossiers de la police, il n'a rien à se reprocher mais on ne peut pas exclure qu'il raconte des histoires, bien entendu.

— Hmm.

A mille cinq cents kilomètres de distance, il était difficile de s'en rendre compte par soi-même. Il ne leur restait plus qu'à les croire sur parole.

— Le Ber a parlé à la femme de Mackenzie, reprit Nolwenn. Son témoignage correspond à la déposition faite au policier écossais, à l'exception d'un point : à la réflexion, il lui a semblé que son mari avait une attitude étrange ces derniers temps. Il lui arrivait de ressortir, tard dans la soirée, sous prétexte de se dégourdir les jambes, ce qu'il ne faisait jamais auparavant. Et dans la journée, il lui arrivait de s'absenter du bureau un long moment pour passer des coups de fil. Elle pense qu'il était préoccupé par quelque chose.

— A partir de quand ? S'en souvient-elle ? Le Ber lui a-t-il posé la question ?

— Plus ou moins trois semaines.

Dupin sortit son calepin d'une main et le posa sur ses genoux avant de le feuilleter. De l'autre, il tenait fermement le volant. Il trouva rapidement ce qu'il cherchait : « Mar 16/03 : 1er appel de S à M. » Trois semaines auparavant.

Il allait devoir repartir d'une de ses précédentes théories : tout avait commencé avec le premier coup de fil de Smith à Mackenzie.

— Autre chose ?

— Non. Je dois juste vous dire que Le Ber la croit sur parole. Elle ne donne pas l'impression de savoir quelque chose. C'est son sentiment, en tout cas.

Ce n'était pas négligeable : Le Ber avait du flair pour ces choses-là.

— Il doit être chez la directrice du Shelter House à l'heure qu'il est. Il rappellera juste après.

— Très bien.

— J'ai demandé du renfort pour que Magalie Melen et Erwann Braz puissent déléguer un peu de leur travail.

— Formidable.

— Je vais prévenir l'antenne de Cancale de ne pas vous attendre. Que dit-on à Cueff ?

La question méritait d'être posée. Dupin l'avait oublié. Cet interrogatoire était urgent, et Dupin aurait aimé en profiter pour vérifier deux ou trois points dans les alentours. Il hésita, puis trancha :

— Demandez-lui de venir à Port Bélon. Je lui parlerai ici.

Ce n'était pas idéal, mais quelque chose lui disait que sa présence sur les lieux était importante. Au cœur géographique de l'enquête.

— Je m'en occupe. Je l'ai eu au téléphone tout à l'heure pour définir le lieu de rendez-vous. Je vais lui envoyer l'adresse. Je suis sûre qu'il est tout disposé à nous aider. Peut-être même qu'il sera soulagé d'apprendre que la gendarmerie ne fera pas irruption sur son lieu de travail.

— Vous l'avez appelé sur sa ligne fixe ?

— Oui. Il y a une demi-heure, il était à Cancale, il n'y a aucun doute là-dessus.

Elle avait compris au quart de tour où Dupin voulait en venir.

— Merci, Nolwenn.

Le trajet avait été épique. Partagé entre la rage, la frustration, l'impatience et le désespoir, Dupin avait mené la vie dure à sa pédale d'accélérateur et à Magalie Melen qu'il avait appelée toutes les cinq minutes pour s'enquérir de l'avancée des recherches. Pas une seule fois celle-ci ne s'était départie de son calme.

A l'heure qu'il était, aucun témoin de l'accident n'avait pu être trouvé. Tout ce qu'on savait, c'était que Tordeux se rendait comme chaque matin à son entrepôt de Riec – d'où les commandes étaient habituellement préparées et expédiées. Il effectuait ce même trajet tous les jours à la même heure : neuf heures et demie. Tout le monde à Port Bélon le savait.

Le légiste et l'équipe scientifique au grand complet étaient déjà sur place depuis un moment. Jusqu'à présent, ils n'avaient rien remarqué d'anormal sur le véhicule. Aucune intrusion visible, pas d'intervention « extérieure »

– ni balle, ni pierre, rien. Sauf preuve du contraire, René Salou partait de l'hypothèse d'un accident.

Tordeux avait quitté la chaussée juste après un virage offrant peu de visibilité. A trop grande vitesse, il n'était pas impossible de perdre le contrôle de sa voiture si un élément venait perturber la concentration du conducteur. Un animal, par exemple. A vol d'oiseau, l'emplacement se situait à moins d'un kilomètre de Port Bélon.

Les médecins jugeaient l'état du blessé très préoccupant. Ils n'étaient pas encore parvenus à le stabiliser. L'homme n'avait pas repris conscience, sa hanche était pulvérisée, tout comme sa jambe droite. Il était couvert de profondes blessures, mais l'hémorragie interne était plus inquiétante. Aucune raison clinique n'expliquait qu'il ait perdu le contrôle de son véhicule, pas d'arrêt cardiaque ni rien de similaire, mais le médecin responsable ne souhaitait pas encore prononcer de verdict définitif.

Ils possédaient un premier aperçu des activités des habitants du Bélon au cours de cette matinée. Toutes les personnes interrogées avaient répondu de manière convaincante, bon nombre d'alibis étaient cependant difficiles à vérifier. Et si quelqu'un avait trafiqué le moteur de Tordeux, il s'y serait sans doute pris la veille au soir ou pendant la nuit. Une seule chose était sûre : c'était la première sortie de l'ostréiculteur ce matin.

Dupin avait garé sa Citroën à une centaine de mètres du lieu de l'accident, sur l'étroite bande de pelouse près de la route. A bonne distance de la barrière de sécurité.

Le spectacle était impressionnant.

Que Tordeux soit sorti vivant de ce tas de ferraille relevait du miracle. Pour Dupin, les accidents de la route faisaient partie des scènes les plus difficiles à affronter. On devinait sans peine la brutalité physique des forces en action quelques instants plus tôt – la vitesse, la masse de l'acier tordu ou cassé. Face à celle-ci, l'extrême vulnérabilité d'un corps humain sans défense. Selon les lois du hasard et la malchance du conducteur, le métal pouvait écraser, déchirer ou ravager tout ce qui se trouvait sur son chemin.

Le commissaire s'immobilisa à quelques mètres de la carcasse métallique. C'était bien suffisant, d'autant qu'il n'avait aucune envie de s'entretenir avec Salou. Presque trois heures après l'accident, l'odeur était encore insupportable. Un mélange de caoutchouc brûlé et de plastique, de vernis carbonisé et d'acier qui avait râpé la chaussée. Une puanteur agressive, qui prenait à la gorge.

Une grappe d'hommes et de femmes était assemblée autour de la voiture, quelques véhicules de gendarmerie stationnaient un peu plus loin.

Magalie Melen l'aperçut et vint à sa rencontre.

— Du nouveau ? demanda Dupin d'un ton involontairement brusque.

— Pas encore. Les journalistes veulent vous parler, commissaire. Ils sont arrivés tôt. Ils ont appris que des hommes fouillaient le domicile de Delsard. Je les ai envoyés promener. Le préfet a annoncé une conférence de presse pour midi. Il…

— Je sais. L'Helgoualc'h est là ?

Dupin n'allait pas perdre son temps avec la presse. Il n'avait pas non plus envie d'entendre les conseils et les commentaires désapprobateurs des uns et des autres. A partir de maintenant, il ne suivrait plus que son instinct, son intuition.

— Il est arrivé il y a une demi-heure et a disparu dans la forêt peu après.

— Dans la forêt ?

Dupin se retourna instinctivement.

— Oui. Il a examiné la voiture quelques instants avant de s'enfoncer dans la nature.

A cet endroit, la route traversait un bois typique de Bretagne, broussailleux et dense.

— Bon. Je vais au village. Je veux parler à deux ou trois personnes, à commencer par Nolwenn Premel.

Magalie Melen hocha la tête.

Salou avait aperçu Dupin quelques minutes plus tôt mais s'était ostensiblement détourné : le commissaire n'avait pas à déranger l'artiste pendant son travail.

— En ce qui concerne le feu, les techniciens se sont prononcés : incendie criminel, pas de doute possible. On l'a déclenché depuis le mur extérieur. Certainement pas Tordeux. Ça a démarré au ras du sol, contre les lattes de bois. Aucune trace d'accélérateur de feu mais pour des façades en bois comme celle-ci, une petite bûche enflammée suffit pour que le feu se propage aussitôt.

Magalie Melen expliquait le processus comme si elle avait éteint des incendies toute sa vie.

Ainsi, leurs soupçons se vérifiaient : c'était un crime – comme celui de ce matin, sans aucun doute. Quelqu'un voulait la peau de Tordeux.

— Une équipe de Quimper s'est attelée à l'inspection du domicile de la victime, y compris son hangar et ses dossiers.

— Bon, c'est bien.

Ils se turent un instant, puis Melen aborda le point suivant.

— Les activités interceltiques se comptent par centaines par ici, Nolwenn a dû vous le dire. Nous avons même déniché un Ecossais à Riec. Un excellent poissonnier. Il organise régulièrement des virées en Ecosse avec un groupe d'amateurs. Sept ou huit individus, toujours les mêmes, mais aucun ne vient de Port Bélon. Aucun lien avec Mackenzie, Smith ou qui que ce soit du coin. Vous avez entendu parler de l'association druidique : quatorze personnes de Riec, et madame Premel de Port Bélon. Eux aussi se rendent parfois en Ecosse.

— Bon.

Dupin avait le sentiment que cette piste n'était plus la bonne, mais il ne fallait rien négliger. Il nota scrupuleusement tout ce que sa collaboratrice lui rapportait.

— Labat m'a chargée d'un message pour vous. Il s'est occupé de deux points que vous vouliez éclaircir : d'abord, personne n'a acheté de cultures d'huîtres européennes fraîches à l'Ecosse du Nord depuis la catastrophe de 2008. Uniquement à la Norvège. Ensuite, il a pris contact avec les instances qui surveillent la qualité des eaux de mer. Il y a plusieurs organismes, c'est un système compliqué. Selon Labat, il est peu probable que quelqu'un puisse se procurer des informations importantes en avant-première et en exclusivité, même en corrompant un employé. Ces établissements travaillent de concert et publient très officiellement leurs résultats dès qu'ils y ont accès.

Encore une impasse.

— Merci. A plus tard, Melen.

Dupin se dirigea vers sa voiture pour s'en aller.

— Venez voir ça !

Le commissaire sursauta et tous les muscles de son corps se tendirent. La voix sombre et grave venait des sous-bois. Magalie Melen s'était retournée en fronçant les sourcils. Quelques instants plus tard, un homme émergeait de la forêt : Brioc L'Helgoualc'h. Il affichait sa mine maussade habituelle.

— Suivez-moi.

Sans attendre leur réaction, il fit volte-face et se fraya de nouveau un chemin dans les feuillages. Melen consulta Dupin du regard, il lui répondit d'un haussement d'épaules. Tous deux emboîtèrent tant bien que mal le pas au vieil homme dans les broussailles coupantes.

Sans bruit, parfaitement à l'aise, celui-ci évoluait au milieu des arbres comme s'il était chez lui. Tout à coup, il bifurqua vers la gauche, fit encore quelque pas et s'immobilisa.

Dupin et Melen mirent un moment à comprendre ce qu'il voulait leur montrer. En suivant son regard, ils découvrirent enfin une piste presque invisible qui partait dans les buissons. A peine marquée, elle était cependant clairement reconnaissable.

L'Helgoualc'h s'agenouilla.

— Quelqu'un est passé par ici après la pluie. Les traces sont fraîches, même si on ne trouve aucune empreinte complète.

Melen et Dupin l'avaient imité et inspectaient le sol de plus près. L'Helgoualc'h tendit l'index vers un point précis : de la terre, des brindilles de bois, des feuilles sombres… sans résultat. Ils ne distinguaient rien de particulier.

— C'est évident, lâcha L'Helgoualc'h avant de se relever pour suivre la piste.

Il suffisait de quelques pas pour sortir du bois, et les trois enquêteurs aboutirent sur la mince bande herbue qui séparait la route de la forêt bretonne. Tout près du virage en épingle, à quelque vingt mètres du lieu de l'accident. Magalie Melen et Dupin stoppèrent derrière le vieil homme.

Sans dire un mot, celui-ci pivota et retourna dans les bois, ses deux acolytes attentifs toujours sur les talons. Il s'arrêta, sonda le sol et s'accroupit.

— Quelqu'un s'est posté ici pendant un bon moment avant de repartir très rapidement. Cela ne fait aucun doute.

Il y avait de la satisfaction dans sa voix.

— Qu'est-ce que cela signifie ?

Dupin sentait l'impatience le gagner.

— Regardez.

Le vieil homme pointa de nouveau son index vers un emplacement précis.

Melen et Dupin s'agenouillèrent : mais oui ! On voyait nettement une marque de chaussure – deux, même, proches l'une de l'autre. Les contours étaient bien délimités, même si les empreintes n'étaient pas complètes. Des semelles sans relief. A l'avant du pied, la trace s'enfonçait dans la terre, quelques brindilles étaient brisées. C'était encore plus net pour le pied droit que pour le gauche.

Melen résuma leur pensée avec lenteur :

— Vous voulez nous faire comprendre que l'on s'est posté ici jusqu'à ce que Tordeux s'approche... avant de bondir hors des fourrés pour le surprendre ?

— Tout ce que je vois, c'est que quelqu'un est resté debout à cet endroit un bon moment avant de partir en courant.

Un silence accueillit son explication.

— Auquel cas Tordeux aurait eu le réflexe de l'éviter, reprit Melen qui poursuivait son raisonnement. Il a donné un brusque coup de volant, a perdu le contrôle de son véhicule et s'est encastré dans l'arbre. La méthode la plus simple pour provoquer un accident.

La jeune femme fit quelques pas vers la chaussée, regarda à droite et à gauche avant de revenir sur ses pas.

— Depuis cet endroit, cette personne était idéalement placée pour surveiller la circulation.

Le scénario de Melen ne reposait sur rien d'autre que des empreintes de pas incomplètes, mais il était parfaitement plausible.

— Aucun juge d'instruction, aucun tribunal n'avalera cela. Nous devons rassembler d'autres preuves, grommela L'Helgoualc'h. Je vais tâcher d'en trouver.

Dupin et Melen le suivirent du regard.

— Où mène cette piste ? demanda le commissaire.

Sans raison, il s'était mis à parler à voix basse.

— Je suppose que c'est un sentier de chasseurs, comme il y en a beaucoup dans les parages. Si on le suit, on arrivera directement à Port Bélon.

C'était bien ce que pensait le commissaire.

— J'aimerais que…

La sonnerie de son téléphone hurla dans la forêt silencieuse. C'était Le Ber.

— Patron, vous n'allez pas le croire. C'est complètement fou.

— Parlez, Le Ber !

— Comme je vous le disais, je me suis rendu au Shelter House et j'ai tout vérifié, y compris les effets personnels de Smith. Il ne possédait presque rien, à vrai dire. Je suis tombé sur une pile de photos de personnes inconnues à ce jour. Certaines étaient annotées, d'autres conservées dans une petite boîte en bois décoré. Il y avait aussi deux cannes à pêche

– des modèles très anciens – ainsi que trois pulls, deux…

Le Ber était coutumier des rapports très détaillés et son agitation le rendait encore plus précis que d'ordinaire.

— Qu'avez-vous trouvé, Le Ber ? coupa Dupin.

— Une vieille édition du *Creux de la vague* de Robert Louis Stevenson, deux polars très abîmés et un numéro de *Piping Today* daté du 16 mars de cette année !

— Venez-en au fait, bon sang !

— Vous connaissez ce magazine ? C'est le bimensuel le plus important dans le domaine du *piping* et de tout ce qui s'y rapporte – l'histoire de la cornemuse, la musique, la technique, les héros immortels…

— Le Ber, qu'est-ce que je viens de dire ? Venez-en au fait !

Son inspecteur reprit, extrêmement excité :

— C'est aussi le journal officiel du World Pipe Band Championship. Chaque année, on y trouve en détail les comptes rendus de tous les matchs de qualification. Cette édition comprend un dossier spécial consacré aux éliminatoires. Evidemment, on y parle aussi de la Bretagne et des épreuves qui ont eu lieu à Ricc fin février. L'article est bien illustré : cinq photos prises les 27 et 28 février dernier. On y voit Kolenc et Tordeux avec le bagad de Riec.

— Vraiment ?

C'était invraisemblable.

— Le groupe n'a pas participé aux éliminatoires, mais il était chargé des animations. Le défilé d'ouverture à travers le village, par exemple. C'est un bel événement, d'ailleurs. Il…

— Revenez-en aux photos, Le Ber !

— A l'arrière-plan, on aperçoit madame Bandol et la fille de Kolenc. Sur un autre cliché, madame Premel avec sa famille, dans le public au bord de la route. Kolenc joue de la cornemuse, Tordeux de la bombarde, tous deux font partie d'un grand groupe. J'ai les images sous les yeux.

— Selon toute probabilité, Smith a donc vu Kolenc, Premel, Tordeux et madame Bandol sur cette photo ! C'est incroyable !

— Pas tellement, patron. Tous ceux qui s'intéressent au *piping* lisent ce magazine – toute l'Ecosse, en d'autres termes. Ce numéro appartient au Shelter House. Ces foyers sont abonnés à plusieurs revues et journaux qui sont mis à la disposition de tous dans la pièce commune. Je viens de tomber dessus. La plupart sont consacrés à la pêche, aux bateaux ou à la musique écossaise, en particulier la cornemuse. Chaque résident a le droit d'emporter un journal dans sa chambre pendant vingt-quatre heures.

— Que dit l'article ? Y a-t-il des précisions sur les personnes photographiées ?

— Rien. L'article est très général, on annonce une victoire probable de Quimper, comme l'année dernière. Il y a aussi quelques reportages plus touristiques sur la campagne et les habitants de la région. Un seul article sur les huîtres, les Bélon cette fois, mais sans le moindre détail. Aucune entreprise n'est citée.

Si toute l'histoire était partie de ce magazine, on pouvait imaginer que Smith avait reconnu quelqu'un sur ces photos. Une ou plusieurs personnes, d'ailleurs, et qu'il avait ensuite appelé Mackenzie. Mais qui avait-il repéré, et pourquoi ? Une seule chose était certaine : c'était le premier lien direct qu'ils découvraient entre les deux Ecossais et Port Bélon.

Les idées de Dupin défilaient à toute allure. Ils tenaient la pièce manquante. Enfin ils avaient une histoire commune aux deux régions !

— Vous n'avez rien remarqué d'autre dans l'article ?

— Rien de spécial, non. Je vous l'envoie dès que je trouve un scanner – l'appareil photo de mon téléphone est trop mauvais. Cela ira plus vite si vous vous procurez le numéro actuel de *Piping Today* à la maison de la presse de Riec. Vous l'y trouverez sûrement.

— C'est bien, Le Ber. Essayez de faire parler la directrice, et surtout l'ami de Smith. Demandez-lui s'il lui a parlé de cet article, montrez-lui les photos. La femme de Mackenzie aussi doit les voir.

— Très bien, patron.

Quand il eut raccroché, Dupin chercha des yeux Magalie Melen. Elle se tenait à quelques mètres et terminait également une conversation téléphonique. Elle se dirigea vers lui d'un pas décidé.

— Il y a du nouveau : Cueff a menti ! Il a bien quitté son domicile avant-hier. Quelqu'un l'a aperçu au grand Leclerc vers une heure moins le quart.

— Vraiment ? Qui l'a vu ?

L'information était intéressante.

— Une ostréicultrice, au rayon charcuterie.

— Elle en est bien sûre ?

— Oui.

C'était sidérant. Etait-il bête ou seulement inconscient pour se permettre pareil mensonge ? S'il s'était rendu dans un supermarché, il devait bien savoir que les chances de passer inaperçu étaient quasi nulles ?

Soit il se moquait d'eux, soit il était idiot ou il agissait sous le coup de la panique.

— En somme, poursuivit Melen, si Cueff a quitté Cancale vers treize heures, il a très bien pu se trouver à Port Bélon vers quinze heures. Sa femme et son fils confirment l'avoir vu à vingt heures trente au domicile familial. Cela lui laisserait jusqu'à dix-huit heures trente, donc trois heures et demie, pour agir à sa guise.

C'était envisageable, en effet. Sauf que Cueff n'était pas l'agresseur de Tordeux. Ce n'était pas lui qui avait mis le feu à sa maison, et ce n'était pas lui non plus qui l'avait attendu ici, dans les bois. Il pouvait cependant être impliqué d'une autre manière.

Melen sembla lire dans les pensées de Dupin.

— Nos collègues de Cancale ont parlé aux organisateurs du concours d'écaillers et leur ont envoyé une photo de madame Premel. Selon l'un d'eux, Nolwenn Premel et Nicolas Cueff se sont forcément croisés s'ils participent au concours, mais il ne se souvient pas de les avoir vus ensemble. En revanche, il semble peu probable que Cueff et Tordeux se soient rencontrés à cette réunion. Il y avait cent cinquante participants et, selon le même témoignage, Cueff ne serait pas resté plus d'une demi-heure. D'autres ont confirmé cette version des faits.

— Tordeux a-t-il passé la nuit à Cancale ?

— Non. Il est retourné à Port Bélon tout de suite après. Avec sa voiture. Nolwenn n'a pas encore pu joindre Cueff, mais elle lui a laissé un message le prévenant de ne pas vous attendre et lui demandant de rappeler d'urgence. Les collègues de Cancale sont au courant.

— Il faut que je m'entretienne avec lui au plus vite. Je vais aussi aller revoir Nolwenn Premel.

Dupin était distrait. Cette histoire de photos lui trottait dans la tête. Il partagea rapidement les dernières informations avec Magalie Melen.

— On part donc du principe qu'il existe un lien direct entre Smith et quelqu'un de Port Bélon, conclut-elle.

Dupin hocha la tête, pensif.

— Pourriez-vous me rendre un service ? Voudriez-vous me rapporter…

Le commissaire réfléchit, puis changea d'avis.

— Non, laissez tomber. Je m'en charge.

La Maison de la Presse n'était pas loin et il voulait lire le reportage sans attendre.

Melen le regarda avec curiosité.

— L'article du *Piping*. Je vais passer le chercher.

Adossé à un muret de pierre, non loin du point de vente de journaux, Dupin s'était plongé sans attendre dans le magazine. Il se trouvait sur la place centrale de Riec, avec son église impressionnante et sa merveilleuse boulangerie. Le soleil brillait de toutes ses forces printanières et paraissait vouloir s'installer pour un bon moment.

Dupin avait commencé sa lecture dans la boutique et l'avait poursuivie le long du chemin sans se laisser troubler par les deux présentoirs qu'il avait failli renverser au passage. L'aimable caissier avait d'ailleurs été contraint de lui courir après pour lui rendre la monnaie.

Il n'en revenait toujours pas. C'était curieux de les voir là, ces ostréiculteurs du Bélon, dans ce magazine de cornemuse écossais. Pour Smith, tout avait forcément commencé par cette découverte. Ce n'était qu'une théorie, mais c'était la seule valable. Cette photo avait justifié son coup de fil à Mackenzie et, après d'autres échanges, ils s'étaient tous deux rendus en Bretagne.

— Bon sang, quel casse-tête !

La cornemuse de Kolenc était recouverte d'un tissu qui ressemblait à du velours d'un rouge flamboyant, et la bombarde de Tordeux ressemblait à une longue flûte à bec. Tous deux portaient un pantalon noir, une chemise blanche et des vestes vert forêt.

Madame Bandol était vêtue d'une robe rouge sombre et d'un boléro bleu. Elle se tenait au bord de la route, dans un petit groupe de spectateurs. Un peu plus loin, on apercevait Louann, la fille de Kolenc, en grande conversation avec une femme qu'il ne connaissait pas. Un autre cliché montrait madame Premel avec sa famille. Elle avait l'air de s'amuser, comme les autres personnes présentes sur les photos. Dupin appréciait lui aussi beaucoup les fêtes bretonnes.

Hormis quelques indications touristiques sur la région et ses habitants, l'article ne s'attardait sur rien en particulier. Le seul détail qui attira son attention fut l'adresse de l'association de Riec qu'il découvrit à la fin du reportage : « Rue du Presbytère. »

Dupin la connaissait. Cette ruelle partait directement de la place de l'église. C'était là que se tenait le petit marché du mercredi et du samedi matin. Outre les fruits de mer et d'autres spécialités locales qu'on y trouvait, Isabelle Baratte y vendait les meilleurs fromages de France.

Le commissaire réfléchit un instant. Cela ne coûtait rien d'essayer. Il était midi et demi. Avec un peu de chance, il arriverait à temps.

Il roula le magazine, le coinça sous son bras et se mit en route.

C'était encore plus près que dans son souvenir. Le numéro 78 donnait presque sur la place. C'était une de ces ravissantes maisons de pierre à deux étages, blanchies à la chaux.

Un panonceau usé par les intempéries était fixé à côté de la sonnette : « Amis de la musique celtique / Bagad Bélon ».

Dupin sonna, deux fois.

Aucune réaction.

Il essaya une nouvelle fois.

Toujours rien. Tant pis, il demanderait à Erwann Braz de passer un peu plus tard.

— Bonjour. Puis-je vous aider ?

Un jeune homme barbu, vêtu d'une veste informe de couleur brunâtre, se dressait derrière lui.

Dupin le connaissait. Il ne savait pas où il l'avait vu, mais il savait qu'il l'avait rencontré peu de temps auparavant.

— Georges Dupin, du commissariat de police de Concarneau. Vous faites partie des… amis de la musique ?

— Vous avez de la chance, je viens de fermer la banque. C'est la pause-déjeuner. Je suis Jean Danneau, directeur du centre et sonneur en chef du bagad Bélon, expliqua-t-il avec une simplicité où perçait une once de fierté.

Il sortit des clés de sa poche.

Dupin se rappela soudain où il l'avait vu.

— Vous êtes le druide que j'ai aperçu dans la clairière !

En plein jour et loin des bois, sa barbe, ni longue ni blanche, n'avait plus rien d'extraordinaire. L'imagination avait de sacrés pouvoirs, tout de même.

— Et vous, vous êtes venu chercher Nolwenn Premel après la réunion. Que puis-je faire pour vous ?

S'il tenait toujours ses clés à la main, le druide ne semblait pas vouloir déverrouiller sa porte et se contentait de regarder le commissaire avec curiosité.

— Baptiste Kolenc et Matthieu Tordeux font partie de votre groupe.

— Vous pensez qu'il y a un lien entre le bagad et l'accident de Tordeux ?

Les nouvelles allaient vite par ici. Dupin n'était pas surpris. La propagation instantanée de toute rumeur faisait partie du savoir-faire inné des Bretons et ne nécessitait aucun recours aux nouveaux médias.

— Nous sommes curieux d'en savoir un peu plus, voilà tout.

Dupin n'aurait pas pu fournir d'explication plus vague, mais c'était précisément son intention.

— Parlez-moi de ces deux hommes.

— Kolenc vient régulièrement. C'est un de nos membres les plus fidèles. Tordeux beaucoup plus rarement à présent – mais quand il est là, on l'entend ! Il maîtrise très bien la bombarde. Un instrument pour les costauds !

— Votre groupe entretient-il des contacts avec l'Ecosse ? Y allez-vous de temps en temps ?

— Oh, oui. Nous rendons régulièrement visite à un groupe de *piping* de Saint Andrews, au nord-est d'Edimbourg. Les Ecossais aussi viennent nous voir de temps en temps. Parfois, ils participent au festival de Lorient. Pas tous les ans, mais probablement une année sur deux.

— Tordeux et Kolenc voyagent avec vous, en général ?

— Kolenc, jamais. Il prétend qu'il ne peut pas quitter son élevage. Tordeux… laissez-moi réfléchir. (Il serra les lèvres et ferma les yeux.) Non, je n'ai pas le souvenir qu'il nous ait accompagnés ces dernières années. Mais quand le groupe écossais est de passage, ils sont généralement de la fête. On s'amuse bien, ces soirs-là.

— Kolenc et Tordeux entretiennent-ils des relations particulières avec l'un ou l'autre membre de l'équipe écossaise ? Ont-ils des amis là-bas ?

— Pas que je sache. Kolenc est un homme renfermé. C'est l'une des personnalités silencieuses de notre petit monde des huîtres. Il aime qu'on le laisse tranquille. A mon avis, il ne doit pas se faire des amis très facilement. Tordeux, à l'inverse, joue à la grande gueule et au bouffon du groupe, mais je ne lui connais pas de véritable ami.

— Depuis combien de temps font-ils partie de votre… club ?

— Très longtemps. Je suis le troisième sonneur en chef qu'ils connaissent. Plus de trente ans, je crois.

— Proposez-vous d'autres activités que la musique ?

— Non, rien d'autre. Ce qui nous importe réellement, c'est d'abord la convivialité, bien sûr.

— Autre chose : madame Bandol, madame Premel et la fille de Kolenc sont également impliquées dans le bagad ?

— Eh bien oui, en quelque sorte. La plupart du temps, elles font partie de notre public enthousiaste.

La famille Premel est toujours là, malgré la présence de l'ex-mari de Nolwenn. Quant à la comédienne, c'est là que je l'ai vue pour la première fois. La fille de Kolenc nous rejoint parfois, mais pas régulièrement.

— Madame Premel n'a jamais été membre ? Elle n'a pas participé aux voyages ?

— Jamais.

— Avez-vous entendu parler d'événements particuliers lors des éliminatoires de Riec ? S'est-il passé quelque chose d'inhabituel ?

— Que voulez-vous dire ?

L'inquiétude altéra les traits de Jean Danneau.

— Une particularité dont vous vous souviendriez ?

— Non. Nous avons passé deux jours très amusants. Tout s'est très bien déroulé.

— Le magazine *Piping Today* a publié un reportage sur les festivités de Riec, avez-vous rencontré les journalistes ?

— Oui, un rédacteur et un photographe. Je me suis brièvement entretenu avec eux.

— Savez-vous quelque chose sur ces deux hommes ? D'où venaient-ils ?

— Non, je ne sais rien d'eux.

— Ma foi, c'est tout. Merci, monsieur.

— Vous pensez que Tordeux va s'en sortir ?

L'homme semblait sincèrement préoccupé.

— Nous ne le savons pas.

— J'espère que oui. Nous manquons cruellement de bombardes, ce serait très ennuyeux. Cela dit, je m'inquiète avant tout de sa santé, bien sûr !

Cette dernière phrase était une politesse de rigueur bien plus que l'expression d'une véritable angoisse, Danneau n'avait pas essayé de s'en cacher.

— Eh bien, j'espère que nous aurons la chance de vous voir à l'une de nos représentations ! Vous verrez, le spectacle vaut le détour.

Il se retourna et introduisit une clé dans la petite boîte aux lettres à côté de la porte.

— Je venais juste prendre le courrier. Au revoir ! lança-t-il aimablement.

Dupin s'éloigna, en proie aux sentiments les plus contradictoires. Tout cela était intéressant, mais ils ne détenaient toujours rien de concret. Pourtant, son sentiment lui disait qu'il était sur la bonne piste.

Une fois installé au volant de sa Citroën, il se sentit soudain submergé d'une grande lassitude et se laissa aller à deux ou trois bâillements profonds. Cela lui arrivait rarement. Il envisagea un instant de passer par la boulangerie pour s'autoriser un café – dans l'intérêt de son enquête, uniquement ! Hélas, son estomac ne l'entendait pas de cette manière. Depuis la tasse du matin, qui n'était pourtant pas censée compter, un élancement violent le faisait régulièrement frémir de douleur.

Une humeur étrange envahit le commissaire tandis qu'il parcourait les derniers mètres qui le séparaient de la demeure de Nolwenn Premel.

Loin de l'idyllique village qu'il connaissait bien, Port Bélon lui semblait soudain menaçant. L'endroit était en proie à une effervescence inhabituelle. Deux grands vans de gendarmerie stationnaient respectivement devant la maison de Tordeux et celle de Delsard. Entre ceux-ci, il dénombra trois voitures de patrouille et, un peu plus loin, dans le jardin de Tordeux, un camion de pompiers.

Sur le parking, deux agents interrogeaient tous ceux qui approchaient du village : certainement sur ordre du préfet, qui d'ailleurs essayait de le joindre.

Négligeant volontairement de décrocher, Dupin pressa le pas. Arrivé au quai, il aperçut une petite pancarte de bois discrètement installée en bordure de route : « Huîtres Fines – Nolwenn Premel ». Il suivit le panneau.

Il avait déjà tenté d'appeler Le Ber un peu plus tôt depuis sa voiture, mais c'était occupé. Il tenta une nouvelle fois.

— Oui, patron ?

— J'ai besoin d'une information urgente. Trouvez-moi le nom du journaliste qui a fait le reportage ainsi que celui de toutes les personnes qui se trouvaient à Riec à cette occasion. On m'a parlé d'un rédacteur et d'un photographe.

— Très bien, chef. Je viens de parler à la directrice et à quelques résidents : personne ne sait si Smith a lu l'article, dont ils n'avaient pas connaissance. La directrice dit qu'il emportait régulièrement *Piping Today* dans sa chambre, ainsi qu'un magazine de pêche. Elle ne connaît personne à Port Bélon et il ne lui en a jamais parlé. Pas plus que de la Bretagne en général, d'ailleurs. La seule chose dont elle croit se souvenir, c'est que Smith a lui-même joué dans un groupe de *piping*, il y a très longtemps. De la bombarde. Autrefois, le Shelter House avait son propre groupe de musiciens.

— Plus maintenant ?

— Non.

— Tordeux joue lui aussi de la bombarde.

— Ah, au fait, patron ! Il semblerait que Mackenzie et Smith aient été complices dans un braquage de banque. Même lieu, même date. J'ai vérifié. Ils partagent donc un passé criminel. Ce genre d'expérience soude pour la vie, même si les chemins divergent par la suite.

Voilà qui expliquerait beaucoup de choses. Manifestement, seul Mackenzie avait réussi à se bâtir une vie honnête et stable. Peut-être s'était-il senti responsable de Smith.

— Madame Mackenzie est-elle au courant de ce braquage ?

— Elle n'en parle pas. Cela s'est produit exactement onze ans avant qu'ils ne se rencontrent. Il peut très bien l'avoir gardé pour lui.

Pendant leur échange, Dupin était arrivé devant une bâtisse de pierre un peu délabrée qui s'élevait en bordure d'une petite échancrure du Bélon.

— Appelez-la, posez-lui la question.

— Très bien. Vous savez, la police écossaise m'a proposé de profiter de l'hélicoptère de service. Apparemment, c'est tout à fait normal par ici.

— Comme vous voulez.

Tout ce qui pouvait accélérer la résolution de cette enquête était bon à prendre.

— Génial !

Dupin n'avait encore jamais entendu ce mot dans la bouche de son inspecteur.

— Commissaire ! Commissaire !

Sa chevelure blonde ébouriffée par le vent, Magalie Melen arrivait en courant et s'arrêta devant lui, hors d'haleine.

— Je viens de vous voir passer devant la maison. Il y a deux nouveautés importantes : d'abord, nos hommes ont enfin trouvé l'accès au Cloud de Tordeux grâce à un technicien qui participait à la fouille de la maison de Delsard. Figurez-vous que le volume d'huîtres du Bélon vendu par Tordeux est nettement supérieur à celui qu'il peut produire. Or, il ne semble rien acheter ici.

— Qu'est-ce que cela signifie ?

Dupin s'aperçut soudain que Le Ber était toujours en ligne, sur son téléphone portable. Il prit rapidement congé et raccrocha.

— Il vend davantage d'huîtres du Bélon qu'il n'en cultive, il y a donc une tromperie quelque part.

— En sommes-nous bien sûrs ?

— Presque. Ce qui est certain, c'est qu'il y a un problème avec les quantités. Si nos recherches sont correctes, il achète un grand nombre d'huîtres à l'étranger, sans doute sous prétexte de les affiner. Sauf qu'il ne le fait pas. Au lieu de cela, il les met directement en vente sous l'appellation de Bélon. Avec cette manœuvre, il se fait une belle marge. Cela représente beaucoup d'argent.

— Il se fournit auprès de producteurs moins connus, fait croire qu'il affine les huîtres et se contente d'exhiber quelques faux papiers pour les revendre à prix d'or, c'est bien ça ?

Le bonhomme n'était pas allé chercher bien loin après son histoire de pigment vert. La combine était à peine plus difficile à prouver.

— C'est bien cela. Le comble de la rouerie serait qu'il se serve de ses propres huîtres, par exemple celles de La Forêt-Fouesnant. Ce serait encore plus ardu à retracer.

Ainsi Tordeux vendrait-il une partie de sa production de Fouesnant sous l'appellation « Bélon ». Un simple échange.

Melen poursuivit :

— Cela justifierait son intérêt dans cet élevage – et cela expliquerait aussi pourquoi il disposait de la somme nécessaire.

— C'est malin, mais pouvait-il vraiment passer inaperçu ?

— Tant que personne n'a accès à ses dossiers, il n'y a pas de raison de découvrir le pot aux roses.

— Quand en aurons-nous la preuve ?

— L'analyse complète va prendre un peu de temps. En tout cas, une chose est certaine : il vend davantage de Bélon qu'il n'en possède.

Leur liste comptait donc deux escrocs : Tordeux et Delsard. C'était un bon score.

— L'autre nouvelle, c'est que les autorités sanitaires ont gelé toutes les ventes du Bélon, par précaution. L'état de l'eau de l'Etel a empiré. On n'a rien trouvé dans le Bélon pour l'instant, mais les analyses vont être élargies dès demain matin.

— Que disent les gens du métier ?

— Ils ont l'habitude. Ce sont des mesures préventives, rien de plus. Cela arrive. Pour l'instant, ils continuent de travailler normalement. Quand l'interdiction de vendre sera levée, ils seront prêts à inonder le marché.

Dupin décida de prendre de la graine de ces ostréiculteurs qui gardaient leur calme en toute circonstance.

— Ça représente quel montant, l'escroquerie de Tordeux ?

— Les différences sont notables. Une belle somme, sûrement.

— Je vois.

— La question est maintenant la suivante : comment Smith ou Mackenzie pourraient-ils baigner dans cette filouterie ? poursuivit Melen. Ils ne figurent pas dans les dossiers de Tordeux. L'élevage de Mackenzie n'est pas mentionné une seule fois. Les seules relations commerciales qu'on y trouve sont celles dont il vous a parlé : le distributeur d'Edimbourg et l'éleveur de Dundee. Bien sûr, on peut imaginer qu'ils aient également reçu des fausses Bélon. Aucun de ses clients n'a dû être épargné.

Soudain, un son métallique assourdissant les fit tous deux sursauter. Ils regardèrent instinctivement vers l'endroit d'où provenait le bruit, mais le haut mur qui longeait la maison de madame Premel obstruait la vue.

— Merci, Melen.

— Autre chose, commissaire : l'opération de Tordeux s'est bien passée. Les hémorragies internes sont endiguées, mais son état général reste très préoccupant. Les médecins refusent d'établir un pronostic.

Il y avait tout de même un peu de progrès, se dit Dupin.

— Je vous rejoins sur la terrasse après avoir parlé à madame Premel.

— Très bien, commissaire.

La jeune femme tourna les talons et se dirigea d'un pas décidé vers le quai.

Dupin venait de se souvenir d'un détail auquel il avait pensé au cours de son échange avec l'inspecteur. Il le rappela :

— Le Ber, une dernière chose. Cherchez à connaître les détails de ce braquage. J'aimerais savoir comment cela s'est passé exactement.

— Ce sera fait !

Il raccrocha. Nolwenn Premel, à présent.

Le mur de pierre était percé d'une étroite porte de bois ordinaire. Au-dessus, une pancarte délavée par le temps s'agitait au vent, plus discrète encore que celle qu'il avait vue sur le quai : « Vente et dégustation, huîtres plates et creuses ». Les lettres bleues étaient décolorées par le soleil.

En l'absence de sonnette, Dupin poussa la porte. Elle s'ouvrit sur un escalier très raide menant au fleuve. Avec la marée haute, le courant était fort et les flots atteignaient presque les deux bassins de béton de l'élevage – de deux mètres sur dix, estima Dupin – qui s'étendaient à proximité immédiate de l'eau. A l'intérieur de ceux-ci, des tables métalliques supportaient trois ou quatre grands sacs de matière synthétique, noirs et rouges, empilés les uns sur les autres. Ils étaient remplis d'huîtres.

Devant un bassin reposaient deux paniers bleu ciel, eux aussi regorgeant de mollusques. Dupin avisa au bout de l'installation une terrasse carrée aménagée de quelques tables et chaises. Un emplacement de rêve pour s'adonner à la dégustation, au cœur même du Bélon.

Vêtue de l'habituel pantalon de ciré jaune, de hautes bottes en caoutchouc et d'un tee-shirt rose pâle, Nolwenn Premel se tenait au bord du premier bassin. Ses mains disparaissaient dans de longs gants de caoutchouc vert foncé et sa chevelure était négligemment nouée sur sa nuque. L'ensemble formait un joyeux assemblage de couleurs.

Plongée dans son travail, elle n'avait pas remarqué le commissaire et s'agitait près d'une écluse de bois d'où s'échappait un flux continu d'eau. Elle tourna une manivelle, des engrenages se mirent en mouvement dans un sursaut et la vanne s'ouvrit un peu plus. En tournant, la roue métallique avait produit le cri sonore que Dupin avait entendu un peu plus tôt alors qu'il s'entretenait avec Melen. Le filet d'eau grossit encore.

— J'aurais quelques questions à vous poser, madame Premel.

Après avoir descendu les marches de pierre qui menaient au bassin, Dupin s'approcha. Nolwenn Premel se tourna vers lui sans montrer la moindre surprise.

— Avec plaisir, si cela ne vous dérange pas que je poursuive mon travail pendant que nous discutons. Je dois avoir terminé d'ici une demi-heure. Quelle journée de fous !

— Vous parlez de la tentative d'assassinat sur votre ex-époux ? C'est vous qui l'avez découvert dans sa voiture...

Elle eut un regard étonné.

— Ah, c'était donc volontaire. Eh bien, ça ne m'étonne pas. J'imagine que l'incendie aussi était criminel, dans ce cas. C'est bien ce que je pensais. Vous ne connaissez pas le coupable et je fais un suspect idéal. Je vois. C'est logique.

— Comment expliquer que vous ayez pris la route de Riec quelques minutes seulement après votre ex-mari ?

— Je me suis posé la même question. Pourquoi fallait-il que cela tombe sur moi ? C'est comme ça. Je n'y peux rien. Une coïncidence. Ou pas, d'ailleurs. Après tout, je fais le trajet plusieurs fois par jour. Je n'ai pas d'horaires précis, mais mon ex-mari, tout le monde le sait, passe par là tous les jours à neuf heures et demie. Comment cela s'est-il passé ? Je suis curieuse de savoir de quelle façon le meurtrier s'y est pris.

Son débit s'était de nouveau accéléré. Entre-temps, elle avait grimpé dans le bassin pour hisser quelques sacs sur le muret.

— Cela ne vous bouleverse pas beaucoup, à ce que je vois. Cet horrible accident, l'état de votre ex-mari, le fait qu'il s'agisse d'une tentative de meurtre...

— Ne croyez pas que cela me laisse indifférente. Si vous voulez de la compassion, en revanche, il va falloir chercher ailleurs. Ce n'est plus mon boulot, ajouta-t-elle simplement.

— Où étiez-vous avant de vous rendre à Riec, madame Premel ? Quelqu'un peut-il témoigner ?

Dupin était désormais persuadé que celui qui avait attenté à la vie de Tordeux était du coin.

— J'étais ici. Mes collaborateurs m'ont vue. Je ne peux pas vous dire précisément à quelle heure je les ai croisés, mais j'étais là dès neuf heures et j'ai dû partir une demi-heure plus tard.

Dupin avait sorti son calepin et prenait des notes. Tous les alibis de madame Premel se démarquaient par leur imprécision.

— Je me suis laissé dire que vous étiez une adepte de bagadoù et que vous vous rendiez régulièrement aux rencontres musicales, surtout celles du bagad Bélon ?

— Je ne vous ai pas caché mon penchant pour tout ce qui touche au celtisme. Mes filles y sont très attachées, elles aussi. Nous...

— Avez-vous remarqué quelque chose de particulier lors des éliminatoires de Riec, les 27 et 28 février derniers ?

— Nous nous sommes bien amusés, c'est tout ce que je peux vous dire. Je...

— Votre ex-mari était présent, lui aussi. Pour des personnes qui n'ont plus rien à se dire, vous vous fréquentez beaucoup...

— Eh oui. C'est ainsi quand on vit à la campagne et qu'on exerce la même profession. En général, je ne remarque même plus sa présence. Vous savez, cela fait un bout de temps, déjà, que j'ai décidé de ne pas me laisser marcher sur les pieds – surtout pas par lui, conclut-elle en regardant Dupin droit dans les yeux.

— Commissaire ! Il faut que je vous parle !

L'appel de Magalie Melen venait du haut de l'escalier de pierre.

— J'arrive ! Excusez-moi, ajouta Dupin à l'intention de Mme Premel.

Il grimpa l'escalier. Melen avait descendu quelques marches pour le rejoindre au milieu et lui expliqua à mi-voix :

— Tordeux a brièvement repris conscience et a prononcé quelques mots confus. C'était difficile de le comprendre, mais le médecin a néanmoins tenté de lui faire raconter comment s'était passé l'accident. Apparemment, il aurait parlé de « fantôme » et de « voiture ». Il s'est évanoui juste après. Son état est plus que préoccupant.

— Un fantôme ? Que peut-il bien vouloir dire ?

L'homme avait sans doute déliré.

Magalie Melen réfléchit quelques instants en silence.

— Eh bien, je ne sais pas… Mais si nous partons du principe que notre théorie est plausible, le criminel aurait-il jailli du bois à découvert, identifiable par tous ? Si Tordeux avait repris le contrôle de son véhicule et évité l'accident, ou si ses blessures avaient été superficielles, il aurait reconnu son agresseur, vous ne croyez pas ? Nous l'aurions coffré sans problème. Il n'a sûrement pas pris ce risque.

— Et alors ?

— Il aurait pu se couvrir, se rendre méconnaissable. Une cape, un imperméable – peut-être même un drap ?

— Et voilà notre fantôme.

Dupin avait compris.

— Exact. Sans compter que l'apparition d'un spectre a encore plus de chances de surprendre un automobiliste.

— Bien vu, Melen.

L'hypothèse méritait d'être retenue.

— Que dit L'Helgoualc'h ?

— Rien de neuf. Mais on a retrouvé Cueff.

Dupin se sentit soulagé. La disparition de cet homme l'avait davantage inquiété qu'il ne le pensait.

— Où était-il ?

— Dans les Jardins de la mer. Il n'y a pas de réseau, là-bas.

Dupin lui lança un regard interrogateur.

— Ce sont les grands parcs à huîtres de Cancale. Ils s'enfoncent dans la mer sur plusieurs centaines de mètres, tout au long de la côte. Nolwenn lui a parlé. Il est d'accord pour venir vous rencontrer à Port Bélon. Il passe se changer chez lui et les collègues de Cancale le conduisent jusqu'ici.

— A-t-on trouvé un lien entre l'ancien groupe de Smith et les associations bretonnes ?

— Rien de notre côté. Le Ber va interroger le druide des Seashore Grove.

— Très bien. Merci, Melen.

L'inspectrice tourna les talons et Dupin revint près des bassins. Agenouillée, Nolwenn Premel avait entrepris de sortir une par une les huîtres d'un des sacs pour en vérifier la qualité avant de les déposer dans un panier de plastique bleu. Ses gestes étaient rapides et précis. Dupin se posta à côté d'elle.

— Malheureusement, il faut que je continue, lâcha l'ostréicultrice sans lever la tête.

— Si j'ai bien compris, vous vous consacrez également à l'écaillage ?

— Une vieille passion, oui. Quand j'étais jeune, je travaillais à l'Atlantique, à Concarneau. C'est là que j'ai appris le métier. C'était passionnant.

— Vous avez rencontré Nicolas Cueff à l'un de ces concours, si je ne me trompe pas. A moins que vous ne le connaissiez déjà ?

— Je ne connais pas de Nicolas Cueff.

Ses yeux, plus verts que jamais à la lumière du jour, restaient obstinément rivés sur son travail.

— Vous avez pourtant passé deux jours en sa compagnie, début mars. A Cancale.

— Ah bon ? Il y a beaucoup de monde aux concours, vous savez. J'en ai surtout profité pour revoir toutes mes copines. Mon mari et mes deux filles étaient là, eux aussi. Je suis certaine que ce Cueff ne disputait pas la même compétition que moi.

Plusieurs mèches de cheveux châtains s'étaient libérés de leur attache, elle les écarta d'un souffle énergique.

— Vous êtes sûre de ne pas l'avoir côtoyé ?

— Je ne connais pas de Nicolas Cueff. Si vous me montrez une photo, peut-être le reconnaîtrais-je. S'il était là, j'ai dû le voir.

— Pas de Seamus Smith non plus ?

Cela ne menait à rien. Si la personne qui avait reconnu Smith sur la photo n'en avait pas parlé au cours des derniers jours, pourquoi le ferait-elle maintenant ? Quelqu'un mentait depuis le début.

— Je vous l'ai déjà dit hier : non. Et l'autre Ecossais non plus.

Cette fois, elle avait levé les yeux sur le commissaire.

— Vous figurez sur des photos que nous avons trouvées chez Seamus Smith.

— Cet homme possédait une photo de moi ? C'est incroyable ! Comment est-ce possible ?

Elle reporta le regard sur ses huîtres.

Dupin avait pensé garder pour lui cette histoire de reportage – la découverte de Le Ber – mais peut-être était-il préférable que l'individu qu'ils recherchaient sache qu'ils avaient une piste, qu'ils avaient trouvé le lien.

— Elle a été publiée dans la dernière édition de *Piping Today*.

— Le magazine ? Je figure dans ce journal ?

— C'est un reportage sur les éliminatoires à Riec. Plusieurs habitants de Port Bélon illustrent l'article.

— C'est assez curieux, mais c'est vous le commissaire, après tout… En tout cas, je ne connais pas d'Ecossais et je n'en ai pas connu par le passé. Pas de Mackenzie, pas de Smith. Je comprends que vous me suspectiez, mais vous perdez votre temps. Qui d'autre voit-on sur ces photos ?

— Votre famille au grand complet, votre ex-mari, monsieur Kolenc, sa fille, madame Bandol.

Le silence de madame Premel se prolongea.

— Eh bien, voyez avec Jean Danneau, le chef du bagad de Riec. Vous l'avez vu hier, il…

— Je viens de lui parler. Il n'avait rien à dire de particulier.

— Eh bien, moi non plus.

— Que pensez-vous de l'interdiction de vente ? Les conséquences doivent être terribles, pour vous…

Dupin était passé du coq à l'âne, une tactique qu'il affectionnait.

— Rien n'est confirmé. On verra bien.

— Comment vous en êtes-vous sortie, en 2008 ?

— Nous avons failli mettre la clé sous la porte. Tous. Cette fois, mon petit doigt me dit que nous allons passer au travers.

Elle leva les yeux et laissa son regarda balayer la côte jusqu'à l'embouchure du Bélon, comme pour conjurer le sort.

— Nous vous recontacterons, madame, lança le commissaire en guise d'au revoir.

— Il faut que je file moi aussi. Je suis souvent sur la route, en ce moment, mais vous n'aurez aucun mal à me trouver en cas de besoin.

Elle entreprit de replacer dans le bassin les sacs pleins à craquer.

Dupin reprit le chemin du quai.

Les températures avaient grimpé depuis midi, il faisait étonnamment chaud. Le soleil régnait, fier et solitaire, sur l'ensemble de la voûte céleste.

Dupin transpirait dans son pull. La fatigue se faisait encore plus cruellement sentir que le matin et, pour couronner le tout, il était nerveux, irritable. Presque en colère. Il fallait à tout prix qu'ils percent le secret de cette enquête, ils avaient atteint la phase critique.

La découverte de Le Ber leur avait donné beaucoup d'espoir et Dupin continuait de croire que la clé de l'énigme se trouvait là, sous leurs yeux. Comment faisaient-ils pour passer à côté ? Tout était confus, tout se mêlait dans sa tête. Il avait besoin de marcher, de réfléchir en paix pendant une demi-heure.

— Ah, mais le voilà, mon commissaire ! Vous m'avez manqué, au déjeuner !

Arrivé sur le quai, Dupin s'arrêta ; Armandine Bandol sortait de la Coquille. Cette fois, elle était entièrement vêtue de beige et ses chaussures de randonnée, plus sombres, ajoutaient à son raffinement une touche moderne. Derrière elle se tenait Baptiste Kolenc en tenue de ville, jean et chemise de flanelle à carreaux rouges. Sa fille portait une robe d'été bleu ciel qui faisait ressortir son épaisse chevelure noire.

— Vous avez repéré Kiki ?

— Pardon ?

— Là !

La vieille dame pointa l'index vers l'embouchure du Bélon :

— Vous le voyez ?

Il avisa une imposante nageoire à trois cents mètres d'eux environ, suivie quelques mètres plus loin d'une seconde plus petite. L'image avait quelque chose d'irréel. Le triangle sombre et inquiétant coupait l'eau comme la lame d'un couteau. Dupin avait vu *Les Dents de la mer*, bien entendu, et beaucoup d'autres films de requins. On imaginait sans peine que celui-ci avait un lien de parenté avec le monstre blanc. Décidément, le nom de Kiki ne lui convenait pas du tout.

L'aileron se déplaçait à toute allure et se dirigeait droit vers eux.

— Il aime bien le Bélon. C'est ici qu'il trouve le meilleur plancton, commenta tendrement Armandine Bandol avant de tourner le regard vers Dupin, la mine soudain préoccupée. Où en sommes-nous ? Il s'en est passé, des choses ! Et vous ne me dites rien ! Ça ne peut pas continuer comme cela, je vous l'ai déjà dit.

C'était une véritable réprimande.

Kolenc et sa fille assistaient au spectacle, éberlués, un sourire amusé sur les lèvres. Madame Bandol ne se laissa pas troubler pour autant :

— J'ai réfléchi. A mon avis, c'est du bluff. Quel est le rapport avec notre cadavre ? C'est du grand n'importe quoi !

Elle semblait en colère, mais l'objet de son emportement n'était pas clair.

— Ce qui nous intéresse, nous, c'est de savoir quelle histoire se cache derrière tout cela !

— C'était une tentative de meurtre, madame. L'accident de Matthieu Tordeux est d'origine criminelle. Quelqu'un s'est placé dans le virage afin de lui faire peur. Sans doute pour qu'il perde le contrôle de son véhicule.

Dupin avait parlé à voix haute. La rumeur allait faire son œuvre, le coupable devait comprendre qu'on n'était pas loin de le démasquer. Les malfaiteurs acculés commettaient généralement des erreurs.

Baptiste Kolenc avait blêmi.

— Quelqu'un a essayé d'assassiner Tordeux ? Vous en êtes bien sûr ?

Dupin jeta un rapide coup d'œil sur le fleuve : Kiki avait disparu. Loin de le rassurer, cette absence inquiéta davantage le commissaire, qui eut toutes les peines du monde à se concentrer sur la question de l'ostréiculteur.

— Sûr et certain !

Dupin bluffait, mais avouer qu'il n'avait aucune preuve de ce qu'il avançait ne lui servirait à rien, au contraire.

— Vraiment ? murmura Kolenc, visiblement choqué.

— Et alors ? Si c'est le cas, il doit exister un rapport avec ce voleur de sable de Paul Delsard – une honte ! Cela n'a strictement rien à voir avec notre enquête, enfin ! pesta Armandine Bandol.

— Monsieur Kolenc, demanda Dupin en se détournant du fleuve. Dans le cadre de cette enquête, nous devons demander à tous les habitants ce qu'ils faisaient ce matin entre neuf heures et quart et dix heures.

Armandine Bandol regarda le commissaire avec une stupéfaction indignée tandis que Kolenc répondait calmement :

— Je viens de le dire à votre collègue, je…

Armandine Bandol passa aussitôt un bras sous celui de Kolenc en lui coupant la parole :

— Figurez-vous que ce monsieur a un emploi du temps sans faille : nous nous sommes mis en route ensemble à neuf heures et demie, et nous sommes arrivés vers midi. Eh oui, ma fameuse promenade quotidienne le long du Bélon ! Baptiste m'accompagne de temps en temps – beaucoup trop rarement.

— Voilà. Ensuite, j'ai déjeuné avec ma fille.

— Je me suis occupée des dégustations et des ventes, dans la cour, enchaîna Louann de cette voix joyeuse qui avait déjà séduit Dupin la veille. J'ai commencé à neuf heures et j'ai fermé à midi et demi. Je n'ai eu que quatre clients, deux couples d'un certain âge. Il n'y a pas grand monde à Port Bélon en ce moment.

— Deux alibis en or ! s'exclama Armandine Bandol. Vous n'allez pas le croire, mais je suis rassurée, moi aussi. Un enquêteur est bien obligé de suspecter tout le monde – même son meilleur ami. A moins, bien sûr, qu'il ne présente une excuse irréfutable.

Elle s'était exprimée avec fermeté, mais les coins de sa bouche trahissaient un sourire ironique.

— Que disent les autres ? Nolwenn Premel ? L'entrepreneur ? Qui nous dit que ce type de Cancale n'est pas venu fureter ici dans la matinée ? Et surtout, n'oubliez pas les figurants ! Lisez Agatha Christie, commissaire, ça ne vous fera pas de mal. Je ne parle pas des personnes extérieures à notre affaire, mais celles qui sont en marge, entre le cœur et l'extérieur. Il ne faut jamais les oublier, celles-là…

Elle avait pris une expression mystérieuse.

— A qui pensez-vous ?

— Eh bien… la nièce, au Château, par exemple. Une personne comme elle. A moins, bien sûr, qu'il ne soit préférable de se concentrer sur celles qui sont au cœur. Les plus évidentes !

— Nourrissez-vous quelque soupçon, madame ?

— Oh, mon Dieu, non ! Je voulais juste vous donner des pistes. Je suis absolument convaincue que la jeune femme du Château n'a rien à voir avec toute cette affaire. C'est une fille adorable !

— Je vois.

— J'imagine que vous êtes au courant de l'interdiction temporaire de vente, coupa Kolenc d'une voix inquiète.

Dupin lui fut reconnaissant d'être le premier à aborder le sujet avec une mine de circonstance.

— Oui. Qu'en dites-vous ?

— Nous ne paniquons pas, cela n'en vaut pas la peine. On verra bien.

— J'ai une autre question, monsieur Kolenc.

L'homme le regarda avec curiosité :

— La cornemuse. Vous la pratiquez depuis longtemps ?

— Trente ans. Le bagad du Bélon est formidable. On s'amuse beaucoup.

— Cette activité vous a-t-elle amené à vous rendre en Ecosse par le passé ? Avec ou sans le bagad ?

— Hélas, non. Les huîtres n'aiment pas beaucoup qu'on les abandonne à leur sort.

— Quand les groupes écossais sont de passage dans la région, les fréquentez-vous ?

— Non.

Kolenc avait répondu sèchement et ajouta aussitôt avec plus de douceur :

— Mais je crois qu'ils sont très sympathiques.

— Savez-vous si Tordeux était lié d'amitié avec l'un d'eux ?

— Non.

— Je vous remercie, monsieur.

Dupin lâcha un soupir discret. Ils n'avançaient pas. Il se tourna ensuite vers madame Bandol :

— Je passe vous voir dans un instant.

— Bon, si vous insistez. Je vous attends.

Elle lui adressa un clin d'œil, et un sourire radieux éclaira aussitôt son visage. Chaque fois, Dupin était subjugué.

— Nous…

Dupin s'interrompit.

A moins de deux mètres de distance de lui, juste sous la surface de l'eau, une masse noire venait d'apparaître. De si près, les douze mètres étaient encore plus impressionnants. Béante, la gueule de la bête était gigantesque. Elle n'aurait aucune peine à avaler un corps humain tout entier. Dupin fut soulagé de se rappeler qu'il ne faisait pas partie des mets favoris de Kiki.

— N'ayez pas peur, il ne vous fera rien, commissaire.

Dupin ne connaissait que trop bien ce type de phrase, habituellement prononcé par des propriétaires de chiens. Il avait appris à s'en méfier.

Louann sourit et attrapa le bras de son père :

— Nous devons y aller. Au revoir, commissaire !

Armandine Bandol leur emboîta le pas. Après un hochement de tête courtois, Dupin reporta son attention sur l'eau. Kiki avait disparu.

La sonnerie de son téléphone le tira de sa contemplation. Il jeta un rapide coup d'œil à l'écran : Le Ber.

— Oui ?

— Patron, je suis sur le point de rejoindre Harold dans un pub d'Oban. Il y a beaucoup de vent, vous m'entendez ?

En effet, Dupin peinait à comprendre ce qu'il disait.

— Vous rencontrez qui ?

— Un journaliste du coin. La police ne sait presque rien de ce cambriolage – c'était avant Internet, vous savez bien. Il y a plus de quarante ans. C'est un vieux policier qui m'a conseillé d'aller voir du côté des journaux. Le braquage s'est vraiment mal passé. Un employé de banque a pris une balle, le troisième complice s'est noyé en prenant la fuite. Le butin s'élevait à de plus de deux cent mille livres. A l'époque, Harold était reporter au *Fort Williams News*. C'est lui qui a couvert l'histoire.

C'était exactement la raison pour laquelle Dupin avait envoyé Le Ber en Ecosse : pour fourrer son nez un peu partout et accéder à ce type d'informations.

Un bruit de pas précipités se fit entendre dans son dos.

— Commissaire, j'ai quelque chose pour vous !

Magalie Melen et L'Helgoualc'h approchaient.

— Un instant ! (Dupin changea son téléphone d'oreille et reprit :) Autre chose, Le Ber ?

— La femme de Mackenzie ne savait rien du braquage et les photos ne l'inspirent pas davantage. Je vous rappelle tout à l'heure.

— Très bien !

Entre-temps, les deux gendarmes l'avaient rejoint. Dupin s'aperçut que le vieil homme avait enfilé des gants de plastique transparent et qu'il tenait dans la main droite ce qui ressemblait à un morceau de tissu.

— J'ai trouvé ça dans les bois, dans des broussailles. Derrière les maisons de Delsard et Tordeux, à l'écart du sentier.

— Et alors ?

L'Helgoualc'h déplia le morceau de tissu ; il s'agissait d'une sorte de nappe épaisse, taillée dans un lin lourd. Probablement beige à l'origine, elle était délavée et couverte de saleté. Dupin comprit d'un coup : la théorie du fantôme.

— Vous dites que vous l'avez trouvée où ?

— Derrière les maisons de Delsard et Tordeux.

— Hors du chemin ?

— Oui, environ à dix mètres. J'ai dû m'y reprendre à trois fois pour dénicher l'endroit où notre fantôme a quitté le sentier. Le sol est couvert de brindilles et de lierre épais. Qui que ce soit, cette personne est très souple.

— Est-elle légère ?

— Pas forcément, si elle est agile.

— Quelle est la taille des empreintes ?

— Pas très grande, mais c'est malaisé à déterminer sur ce fichu sol, grommela L'Helgoualc'h.

Le vieux gendarme avait beau faire preuve de la meilleure volonté du monde, Dupin avait toujours l'impression qu'il livrait ses conclusions à contrecœur.

— Avez-vous trouvé d'autres traces ?

— Je pense qu'il a agi seul. J'ai trouvé quelques traces de pas, mais aucune n'était complète. Il y a trop de pierres. Notre individu venait de Port Bélon et c'est également là qu'il est retourné ensuite. Il a emprunté la sente étroite et peu fréquentée qui débute au parking et s'enfonce dans la forêt. En général, ce sont les chasseurs qui l'utilisent.

— Quelqu'un serait donc venu avec la nappe et s'en serait débarrassé sur le chemin du retour, supposa Melen.

— Combien de temps faut-il compter pour effectuer le trajet qui sépare le parking du virage ?

— Dix-sept minutes aller-retour en restant sur le sentier, et sans courir. Je n'ai pas dit que notre homme avait accédé à ce sentier depuis le parking. Il a très bien pu sortir d'un jardin.

— Celui de Tordeux ou de Delsard, alors. Bien que les maisons de Kolenc et Premel ne soient pas bien loin, elles non plus. Le Bélon est truffé de ce type de sentiers et de chemins.

Melen avait raison, mais la remarque de L'Helgoualc'h était intéressante.

— Remettez ce tissu aux techniciens. Si je comprends bien et si tout s'est passé comme nous le pensons, dit Dupin en se frottant le front, l'action dans son ensemble n'a pas duré plus de vingt, vingt-cinq minutes.

— Peut-être aussi que le suspect a voulu attirer l'attention sur Tordeux ou Delsard en cachant la nappe derrière leurs domiciles. Une fausse piste, avança Melen.

Dupin approuva d'un hochement de tête.

— Avez-vous encore besoin de moi ? demanda L'Helgoualc'h.

Le ton signifiait clairement qu'il n'avait aucune envie de prolonger l'entrevue.

— Pas pour le moment. Merci mille fois.

L'Helgoualc'h replia la couverture et s'éloigna d'un pas lourd.

Magalie Melen et Dupin avaient retrouvé leur QG de fortune en face du château. Calepin à la main, Dupin faisait nerveusement les cent pas devant les tables et reprenait point par point les récentes informations :

— Premel, Kolenc et sa fille ont tous les trois un alibi pour ce matin.

Melen opina du menton.

— Cela corrobore toutes les informations rassemblées jusqu'à présent. Sans compter la jeune femme du Château, qui s'est occupée des ventes et des dégustations dès neuf heures dans la petite cour. Bien entendu, nous ne pouvons pas localiser ces personnes à la minute près. Après tout, nous parlons d'une absence de vingt, vingt-cinq minutes, tout au plus. En l'absence de clientèle, Louann Kolenc ou cette demoiselle aurait très bien pu s'éclipser sans que personne s'en aperçoive. Si des clients étaient passés à ce moment-là, ils auraient patienté ou seraient revenus un peu plus tard. Ça va être difficile à vérifier.

— Quant à Kolenc et Bandol, ils se couvrent l'un l'autre, constata Dupin.

— Oui. Aucun alibi n'est vraiment vérifiable, et j'ai peu d'espoir que cela change.

— Quelqu'un doit aller sonder les employés de Nolwenn Premel, déclara Dupin, la mine sombre. Il faut insister.

— J'envoie Braz. Quant à Tordeux, la clinique a rappelé. Il a replongé dans le coma. Les médecins ne présagent de rien mais une chose est sûre : on ne va pas pouvoir l'interroger.

— Ohé ! J'ai du neuf, c'est important !

Tout agité, Labat approchait en courant.

Décidément, depuis le début de l'enquête, ce cadre époustouflant servait de décor à une série ininterrompue d'entrées en scène plus spectaculaires les unes que les autres. A cette heure, le Bélon reflétait le soleil en mille diamants qui dansaient joyeusement avant de glisser dans la mer.

— Mon technicien a réussi à cracker des fichiers cryptés de Tordeux.

Une feuille à la main, Labat avait ponctué sa phrase de ces pauses dramatiques qu'il affectionnait et qui faisaient monter l'acidité dans l'estomac de Dupin : qu'entendait-il par « mon » technicien ? Et puis d'ailleurs, n'avait-il pas mieux à faire que de se mêler de leur enquête ?

— Nous avons trouvé un dossier caché qui contenait un document de première importance. Une lettre de chantage.

— Une lettre de chantage ?

Labat brandit triomphalement le papier sous le nez de Dupin :

Je veux l'argent demain, jeudi, à 16 h. En liquide.

— C'est tout ? Pas de nom, pas de lieu ?

— C'est tout pour le moment, répliqua Labat, vexé. Nous allons voir si nous arrivons à décoder d'autres documents. Celui-ci se trouvait dans un dossier de correspondance commerciale. Il a été effacé hier soir à six heures. Nous avons lu quelques autres lettres qui ne présentaient pas d'intérêt.

— Ce n'est pas suffisant, Labat. Ce n'est sûrement pas le premier message, et il nous manque les informations principales : le montant, le destinataire, tout.

— Les techniciens poursuivent leurs recherches.

— Avez-vous la date de création du document ? intervint Melen.

— Hier après-midi, quatorze heures.

— Bon sang ! lâcha Dupin d'une voix forte.

Il se passa une main dans les cheveux et commença à tourner en rond, l'inspecteur Labat sur les talons.

A quoi rimait cette histoire de chantage ? Il n'y comprenait rien. En tout cas, Tordeux semblait vouloir faire pression sur quelqu'un. Tous les chemins convergeaient invariablement vers lui. Il faisait preuve d'une impressionnante énergie quand il s'agissait d'affaires frauduleuses. Et quelle ambition ! Dupin ne l'en aurait pas cru capable, mais il s'était largement trompé.

Ses pensées se succédaient sans relâche. Sans doute l'incendie avait-il été une mise en garde que Tordeux n'avait pas prise au sérieux.

— C'est tout ?

— De ce côté, oui. Mais nous avons trouvé autre chose : Delsard a effectivement participé à l'acquisition de l'élevage de La Forêt-Fouesnant, à hauteur de cent cinquante mille euros ! La transaction apparaît sur les deux comptes en banque, on a trouvé l'acte notarial, en bonne et due forme.

Sur ce point, Dupin s'était donc également leurré. Plus encore : Tordeux avait menti, une fois de plus !

— Delsard a également contribué à l'achat de l'entreprise de Cancale. Il a investi deux cent mille euros.

Dans les deux cas, les sommes déboursées par l'entrepreneur n'étaient pas énormes par rapport à la dépense globale, mais une chose était désormais confirmée : les deux hommes faisaient affaire.

— Ça alors… Oh, j'en ai assez !

Dupin s'était figé, poings serrés. Son regard se perdit au-delà de l'embouchure du Bélon, dans l'Atlantique argenté. La moitié du village avait dû l'entendre pester.

Leur enquête tournait-elle uniquement autour de Delsard et Tordeux ? Les deux hommes s'étaient-ils brouillés ? Peut-être étaient-ils mêlés à cette histoire de vol de sable, en fin de compte ?

— J'aimerais dire deux mots à Delsard, déclara Dupin sur un ton résolu qui le surprit lui-même.

— Vous voyez, ce n'est pas si inintéressant, constata Labat avec satisfaction. Au fait, le préfet attend votre coup de fil. Il m'a chargé de vous demander de l'appeler sur-le-champ.

— Je ne ferai rien du tout.

— Il a reporté la conférence de presse à seize heures et veut vous parler de toute urgence. Je ne fais que le citer.

— Qu'en est-il des vols de sable ? interrogea Dupin à contrecœur. Du nouveau ?

— Cela se confirme. Constructions Traittot s'est servi de quantités de sable importantes dont on ne trouve aucune trace dans les registres. C'est avéré. Il n'y a qu'une seule conclusion possible : il existe bien un lien avec une société de fret bidon de Lorient. Une entreprise sans contrat qui pourrait avoir transporté le sable. Je détiens quelques indices à ce sujet. Je vous l'avais déjà signalé, d'ailleurs. On attend à tout moment l'autorisation de perquisitionner le domicile de Delsard.

Labat semblait extrêmement content de lui.

— Quelle catastrophe ! lâcha Dupin.

Le préfet allait se rengorger, toutes ces informations ne faisaient qu'étayer sa théorie. Dupin avait l'impression que le monde se liguait contre lui, mais que pouvait-il faire sinon se soumettre ? Avec son obsession absurde, ses ridicules investigations secrètes, Labat s'était lancé sur une piste des plus sérieuses. Dupin s'était totalement fourvoyé. Si les faits laissaient supposer une entreprise criminelle de grande envergure, pourquoi, bon sang, se donnerait-on la peine d'assassiner Smith et Mackenzie ? Dupin laissa son regard courir le long du Bélon et lâcha un soupir.

— On se retrouve dans trois minutes au domicile de Delsard. Trois minutes !

Dupin prit son téléphone portable et s'éloigna, le moral dans les chaussettes.

Il n'avait pas eu le temps de préparer son récit que le préfet commençait à l'abreuver de reproches. Dupin éloigna l'appareil de son oreille, mais cela ne l'empêcha pas d'entendre les vociférations furibondes de son supérieur : « comportement infâme », « boycott délibéré », « affaires internes », « suspension imminente ».

Il alla jusqu'à le menacer d'une « mutation au véritable bout du monde » qui amena Dupin à réfléchir quelques instants à ce que le préfet pouvait bien considérer comme tel.

Au bout d'un moment, le préfet baissa d'un ton et Dupin approcha prudemment l'appareil de son oreille. Il venait de s'engager sur le chemin idyllique qui longeait le fleuve.

— J'ai été contraint de reporter la conférence de presse une seconde fois ! C'est entièrement de votre faute. Nous avons toutes les preuves et personne ne me dit rien ! Rien de rien ! C'est scandaleux. J'apprends les choses au compte-gouttes, selon ce que les uns et les autres veulent bien me dire. Le faux accident de voiture ! Les manigances de Delsard et Tordeux – que Labat a démasqués pour vous, d'ailleurs ! Le chantage ! Le fait qu'il s'agissait d'un incendie criminel ! Cela fait des heures que vous savez que Delsard a tenté de tuer Tordeux, et moi, moi qui suis responsable de vous tous, personne ne me prévient !

Dupin aurait dû se douter que Labat avait informé le préfet avant de lui rendre compte de ses découvertes. Il était donc au courant de la piste trouvée dans le bois. Ce qu'il ne saisissait pas, en revanche, c'était qu'il s'agissait là d'indices bien plus que de preuves.

Le préfet n'en avait pas terminé :

— Et vous, que faites-vous ? Vous suivez la trace de ces deux Ecossais dont tout le monde se fiche, vous poursuivez des chimères, des bêtises qui ne nous regardent même pas ! Si vous n'aviez pas retenu volontairement les éléments qui étayent la thèse d'une tentative de meurtre de Delsard à l'encontre de Tordeux, sous prétexte qu'ils ne corroborent pas vos théories fantaisistes, on n'en…

— L'équipe technique a-t-elle trouvé quelque chose sur la nappe ?

— Je… non.

Un instant troublé par sa question, le préfet reprit de plus belle :

— Et où le vieux gendarme des monts d'Arrée l'a-t-il trouvée ? Hein ? Devant la maison de Delsard. Si ce n'est pas une preuve, là encore !

— *Derrière* la maison. Elle était placée de telle manière que n'importe quel professionnel y verrait immédiatement un piège destiné à faire inculper Tordeux.

Guenneugues resta sourd à l'argument du commissaire.

— Sans compter que nous avons dans notre équipe un spécialiste de haute volée qui nous coûte une fortune. Qu'est-ce qui vous prend d'aller chercher ce vieillard dans sa montagne ? Nous reparlerons de tout cela plus tard en détail, Dupin !

Enfin il se calma :

— Bon, la conférence de presse est reportée à ce soir.

— Qu'allez-vous leur raconter ?

Un silence s'installa et Dupin se prépara au pire.

— Je vais annoncer que Delsard est un multiple criminel !

La formule avait de quoi faire rire. Visiblement pas pour le préfet.

— Le vol de notre sable, de façon systématique et organisée, pendant des années. L'incendie, le meurtre, peut-être même d'autres assassinats. Des trafics peu recommandables. Ce n'est sûrement pas tout. Tordeux était son homme de paille, Delsard l'utilisait pour parvenir à ses fins. Il a dû investir dans diverses activités, pas seulement dans les huîtres. Nous serons en mesure de prouver tout ça très bientôt. J'imagine qu'il doit aussi y avoir quelques entreprises semi-légales en arrière-plan, histoire d'échapper au fisc ! Oui, c'est bien cela, il ne manque plus que l'escroquerie fiscale ! Tordeux a dû découvrir le pot aux roses et a exercé une pression sur lui parce qu'il voulait une plus grosse part du gâteau, un point c'est tout. C'est toujours dans ces moments-là que les truands ont recours au chantage ! Et Delsard a voulu se débarrasser de lui.

La manière dont le préfet tordait la réalité était exceptionnelle.

— Et les deux Ecossais ?

— Je vous l'ai déjà dit et je ne le répéterai pas : ce pauvre ostréiculteur se trouvait au mauvais moment au mauvais endroit, voilà tout. Au moment de la remise de l'argent, il…

— Comment expliquez-vous que Tordeux et Delsard, qui se connaissent si bien, se soient donné rendez-vous dans un endroit isolé comme celui-là ? Cela n'a aucun sens, vous…

Dupin se tut. Poser ces questions au préfet ne le mènerait nulle part. Celui-ci s'était entiché de son scénario et n'en démordrait pas.

— Vous voyez ?

Dupin ne voyait pas du tout où il voulait en venir, non.

— Vos questions ne mènent à rien. Vous n'avez pas l'ombre d'une réponse ! Nous allons laisser la police écossaise s'occuper de ses citoyens. Nous leur dirons tout ce que nous savons, et bon débarras ! Vous m'avez bien compris, commissaire ? C'est un ordre ! Cessez dès maintenant d'enquêter sur cette affaire. Les deux histoires n'ont aucun lien. Je n'ai pas besoin de vous expliquer à quel point ce genre de coïncidence est courant, tout de même. Nous sommes confrontés à un croisement hasardeux de faits, rien de plus.

Dupin garda le silence. Il savait d'expérience que contredire le préfet Guenneugues ne servait à rien. Quelque chose cependant le contrariait : racontée de cette manière, en évitant soigneusement les détails, l'histoire était parfaitement crédible pour toute personne extérieure. Dupin en avait l'habitude : quand une enquête était difficile, il arrivait que l'envie de chercher la vérité s'émousse. L'intérêt de découvrir le pot aux roses diminuait, puis se tarissait comme sous l'effet d'un épuisement général. A un moment donné – indépendant de la durée de l'enquête, il relevait d'une dynamique interne –, on finissait par se contenter d'un scénario plausible. La priorité était donnée à la clôture de l'enquête, il ne s'agissait plus que de choisir le fin mot de l'histoire, d'y mettre un terme, peu importait qu'elle comporte encore des lacunes, parfois énormes. On trouvait un dénominateur commun susceptible d'expliquer l'ensemble, dans les grandes lignes, sans chercher à approfondir. En général, toutes les personnes mêlées à l'enquête éprouvaient alors un véritable soulagement – et oubliaient bien volontiers leur mauvaise conscience. Dupin ne connaissait que trop bien la tentation d'en finir mais, à ce jour, il n'y avait jamais cédé. Il était incapable de se satisfaire d'un résultat qu'il savait incomplet ou inexact.

— Bon, je vois que nous sommes d'accord, conclut le préfet qui se méprenait sur le silence de Dupin. Ne prenez pas à la lettre ce que je vous ai dit, il s'agissait avant tout d'une mise en garde. (Il lâcha une sorte de soupir théâtral.) Diable, tout le monde peut se tromper, n'est-ce pas ? Ce n'est pas si simple. Dans ce type de situation, il faut s'estimer heureux d'avoir un acolyte vif et fiable. Haut les cœurs ! La bonne nouvelle, c'est que je viendrai personnellement à Port Bélon pour assister à l'arrestation de Delsard. Ramenez-nous dare-dare votre inspecteur exilé en Ecosse, ce déplacement pèse assez lourd dans le budget du commissariat comme cela.

— Vous pouvez…

Dupin se tut.

— Vous m'entendez ? Qu'il rentre sur-le-champ.

Le préfet ne plaisantait pas.

— Bon, commissaire. Ce n'est pas tout, mais j'ai quelques coups de fil urgents à passer. Je vous retrouve sur place !

Il raccrocha.

Dupin ne savait que penser. Il naviguait entre l'exaspération, la stupéfaction, l'écœurement, la rage, la révolte. Il se frotta la nuque.

Sans s'en apercevoir, il avait parcouru un bon bout de chemin le long du Bélon autour de la baie. De hauts pins disputaient l'espace aux chênes presque jusqu'à la rive. L'eau était calme et transparente, quelques cailloux reposaient sur le sable clair, on apercevait çà et là un poisson filer dans les flots peu profonds.

Il tourna les talons et, pressant le pas, reprit la route en sens inverse, le téléphone collé à l'oreille. Il voulait savoir ce qu'avait donné la dernière entrevue de Le Ber.

— Patron ?

Cette fois encore, l'inspecteur était difficilement audible, mais les bruits de fond n'étaient pas de même nature que précédemment. Il perçut des voix étouffées, des conversations décontractées, des rires.

— Il nous faut…

— Je vous entends mal, patron. Il y a de l'ambiance au pub ! Avec Harold, nous avons commandé un *haggis* et une pinte. C'est délicieux, mais il faut avoir l'estomac bien accroché. La cuisine écossaise n'a rien à voir avec ces descriptions moqueuses qu'on en fait chez nous…

— Le Ber ! Qu'a-t-il dit ?

— Cela fait un moment que nous discutons. Apparemment, le casse a été vraiment tragique. Harold a tout en mémoire, il croit même avoir gardé ses notes de l'époque. Il vous plairait, patron, c'est un type…

— Venez-en au fait, Le Ber !

— Au début, tout se passait bien pour les trois malfaiteurs. C'est plus tard que les choses se sont corsées. Un gardien a sorti son arme, il y a eu une mêlée. Mackenzie, manifestement le chef de la bande, s'est jeté sur lui pour s'emparer du pistolet mais un coup est parti. Le gardien a été atteint au ventre. Dans l'action, Mackenzie s'est blessé et n'a pas pu s'échapper. Smith et Ben Osborn, le troisième homme, ont pris la fuite à moto. Osborn avait l'argent : deux cent quarante-trois mille livres, une belle somme. Smith a été rattrapé une heure plus tard, en état d'ébriété avancée. Osborn a essayé de prendre la fuite sur un petit canot, par une mer déchaînée. Un pêcheur l'a vu appareiller, mais il n'avait aucune chance de survie. Deux jours plus tard, on a retrouvé l'embarcation brisée près d'un rocher, ainsi qu'une chaussure et le masque du braqueur.

Contrairement à son habitude, Le Ber s'exprimait de manière concise et précise.

— Et le butin ?

— Il n'a jamais été retrouvé. La gendarmerie maritime a cherché plusieurs jours. Elle en est venue à la conclusion que l'argent reposait au fond de l'Atlantique. Quand les fouilles ont cessé, ce sont les pêcheurs et les habitants du coin qui ont pris la relève. L'histoire a fait sensation, vous imaginez bien ! Tout cet argent enfermé dans un sac en plastique qui gisait dans la mer ! C'est devenu une sorte de sport régional. Mais ça n'a rien donné.

— Qu'est-il advenu de Mackenzie et Smith ?

— Ils ont avoué et ont pris respectivement trois et quatre années ferme. Ils ont eu de la chance, parce qu'ils n'avaient pas encore vingt et un ans. Sinon, leur peine aurait été bien plus lourde.

Dupin ne s'expliquait pas pourquoi cette histoire l'intéressait tant.

— Peut-être quelqu'un a-t-il trouvé l'argent et l'a gardé pour lui, dit Le Ber.

— Que dites-vous ? demanda Dupin qui pensait déjà à autre chose.

— Peut-être qu'un pêcheur a retrouvé le butin et l'a dépensé petit à petit au fil des années, sans rien dire à personne. A moins qu'il ne soit parti refaire sa vie ailleurs.

Si l'on partait du principe que l'argent n'avait pas sombré au fond de l'océan, il y avait, en effet, une multitude de scénarios possibles.

Un silence s'installa.

— A moins que… A moins que l'argent n'ait jamais été dans l'eau parce que quelqu'un l'aurait mis en lieu sûr auparavant. Ou alors, continua Dupin, le troisième homme ne l'a pas emporté avec lui. Smith l'a déposé quelque part…

— Vous avez raison, patron, tout est possible. Tout repose sur le témoignage de ces deux hommes, la seule version que l'on connaisse. Et s'ils avaient eu un plan ? Après tout, ils étaient dans la même prison – avant et après le procès.

— Peut-être Smith a-t-il menti à Mackenzie. Et s'il avait inventé cette histoire de naufrage du troisième homme ?

— C'est également l'hypothèse d'Harold.

— Un indice conforterait-il cette version ?

— Non, aucun.

— Que dit-il d'autre ?

Dupin était presque arrivé au château. Il aperçut Magalie Melen qui l'attendait devant la maison de Delsard.

— Les trois hommes se connaissaient depuis leurs seize ans. Ils venaient tous de l'île de Skye, mais de coins différents. Ils ont tous les trois passé un an à Portree pour y apprendre la pêche. Puis ils ont travaillé dans un élevage d'huîtres et de moules, tous les trois. Ils passaient leur vie ensemble, ils fréquentaient les mêmes pubs. Ils ont fait beaucoup de bêtises. Un jour, ils ont pris le bateau de leur patron et sont partis trois jours faire la bringue dans les îles Hébrides. Ils ont failli y laisser la vie, d'ailleurs, mais ils s'en sont tirés avec une lettre de licenciement.

— D'autres délits ?

— Quelques histoires sans conséquences, une ou deux bagarres, des bris de meubles, des carrosseries froissées, jamais rien de grave. Pas de coups et blessures, pas de véritable cambriolage. Tout ce qu'ils voulaient, c'était se faire la malle avec l'argent de ce braquage.

Dupin s'imagina la vie d'un adolescent, dans les années 1970, sur une île perdue, dans un coin du monde oublié de tous : une jeunesse triste, déprimante. Il ne comprenait que trop bien cette expédition en bateau. Et si l'idée de cambrioler une banque n'était pas la meilleure, il concevait également le désir ardent de partir aussi loin que possible.

— Combien de temps ont-ils travaillé dans l'élevage d'huîtres et de moules ?

— Presque deux ans.

— Continuez, Le Ber. Posez-lui des questions.

— Patron, on a retrouvé l'autre reporter du *Piping Today*. Le photographe et lui ont passé deux nuits sur place. Ils ont logé au Central, à Pont-Aven. Ils n'ont rien remarqué de particulier. Leur contact sur place était le directeur du groupe, un certain Danneau. Les clichés n'étaient pas censés mettre en vedette un habitant ou un autre, ils servaient uniquement d'illustration.

— Bon. Appelez Nolwenn et dites-lui tout ce que vous savez. Pas un mot à qui que ce soit d'autre. Ne répondez à aucun coup de fil, hormis les miens et ceux de Nolwenn ! Aucun appel de Quimper et encore moins les numéros masqués. Tenez-moi au courant de vos démarches.

Dupin raccrocha. Il n'avait pas l'intention de lui parler de la mise en garde du préfet, et encore moins de l'ordre de le rapatrier en Bretagne, mais il se devait de le protéger, au cas où.

Il se trouvait à quelques mètres de la maison de Delsard.

Peut-être que cette histoire ancienne avait réellement eu quelque répercussion récente. La question était : comment et pourquoi cette affaire devait-elle resurgir quarante ans plus tard, et en Bretagne par-dessus le marché ? L'argent était-il remonté à la surface ? Avait-il été déniché ici, par quelque détour invraisemblable ? Etait-il tombé entre les mains de quelqu'un que Mackenzie et Smith avaient connu à l'époque ? Une personne qu'ils auraient découverte dans le reportage du *Piping Today* ?

Dupin se secoua. Il fallait qu'il oublie sa fatigue et qu'il mette les bouchées doubles. Il devait reprendre toute l'affaire depuis le début et n'omettre aucun détail !

Magalie Melen était dans l'allée qui menait à la demeure de Paul Delsard à côté d'une Porsche tout-terrain vert forêt.

La maison était invisible depuis la rue. De hauts buissons de lauriers-roses et de camélias cachaient l'ensemble de la propriété. Si l'on avançait de quelques pas, on découvrait un vieux corps de ferme flanqué d'une grange, restaurés à grands frais et entourés d'un jardin qui avait tout d'un parc. La pelouse s'étendait vers l'est, en direction de Riec. Au centre, une piscine luxueuse était entourée de quelques palmiers tandis que d'épais fourrés de rhododendrons mauves poussaient çà et là. On apercevait à l'arrière la lisière du petit bois où le morceau de tissu avait été découvert.

Melen était au téléphone.

— Très bien, merci.

Elle raccrocha et s'approcha du commissaire.

— Il est dans son bureau, avec deux avocats. Il vous attend.

A l'entendre, on se serait cru en plein western juste avant l'affrontement.

— Eh bien, allons-y.

Melen tourna les talons et longea la voiture. Dupin lui emboîta le pas.

— Cueff sera là d'ici une demi-heure. La bactérie n'a toujours pas été décelée dans le Bélon, mais l'interdiction de vente est maintenue pour le moment. On a trouvé d'autres preuves des pratiques frauduleuses de Tordeux. Maintenant, on peut vraiment parler de délit. Rien de nouveau en ce qui concerne la lettre de chantage, les techniciens n'ont déniché aucun autre document intéressant. Pas d'empreinte sur le tissu, non plus…

La jeune femme marqua une pause, puis reprit d'un ton hésitant :

— J'ai bien une théorie un peu folle, mais malheureusement elle ne tient pas la route… Et si Mackenzie n'était pas mort ? Et s'il avait simulé sa mort ?

— D'où vous vient cette idée ?

— Ma foi, nous n'avons pas de cadavre. Rien. Il aurait pu organiser une mise en scène. Il a emmené son camarade de l'aéroport jusqu'ici, il a fait ce qu'il avait à faire à Port Bélon puis il s'est évanoui dans la nature.

Tout à coup, le scénario de Magalie Melen lui parut étonnamment réaliste.

— Imaginons la scène du parking : Mackenzie fait en sorte que quelqu'un le découvre et l'imagine mort. Puis il camoufle sa voiture pour que l'hypothèse du meurtre colle avec la disparition du cadavre. Toute autre personne que madame Bandol aurait bénéficié d'une crédibilité bien plus grande ! Un randonneur, par exemple. Ce qui expliquerait aussi pourquoi madame Bandol croit avoir vu un véhicule – celui du faux mort. Malheureusement, cela n'explique pas d'autres éléments tout aussi importants… Pourquoi se serait-il donné la peine de mettre en scène ce meurtre sur le parking sans laisser d'indices supplémentaires ? Il n'aurait eu aucun mal à placer des traces de sang ou un morceau de tissu qui l'auraient immédiatement identifié comme la victime.

Ils avaient pénétré dans la maison et étaient au pied de l'escalier menant au premier étage. Deux gendarmes qui surveillaient étroitement les lieux leur adressèrent un hochement de tête.

— Votre théorie est intéressante.

— Ce qui m'ennuie, c'est qu'elle n'explique pas ce qui nous préoccupe le plus : que Mackenzie venait-il faire ici ?

Elle avait raison, mais Dupin sentait néanmoins que cette version des faits ouvrait des perspectives.

— Je vous laisse, commissaire. Je vais faire un tour du côté des techniciens qui fouillent l'ordinateur de Tordeux.

— Très bien.

Dupin grimpa l'escalier d'un pas leste et accéda à une pièce imposante tout en longueur. Très probablement un bureau, dont les baies vitrées donnaient sur le jardin. Tout, dans ce décor, semblait destiné à montrer l'aisance de son propriétaire. La plupart des objets ne s'accordaient pas avec le style plutôt sobre de l'ancienne bâtisse, restaurée avec goût. Il y avait un canapé de cuir jaune vif avec une structure en acier chromé et un meuble de rangement métallique. Au fond, un plan de travail en aluminium occupait toute la largeur du mur. On apercevait un certain nombre de dossiers ainsi que deux grands écrans d'ordinateur disposés l'un à côté de l'autre devant lesquels étaient assis deux agents en civil, sans doute les techniciens.

Labat et un jeune homme de grande taille que Dupin ne connaissait pas se dressaient à côté d'un imposant fauteuil de cuir qui, par un choix inexplicable, était également de cuir jaune, mais d'un ton différent de celui du canapé. Un petit individu gringalet y était installé. Si c'était Delsard, son apparence ne correspondait en rien à ce que Dupin avait imaginé. Son visage était creux, inquiet, quasiment tordu par l'anxiété, et le personnage dans son ensemble avait quelque chose de triste, de misérable. Deux hommes élégants en costume l'encadraient, sans doute ses avocats.

Labat et le grand escogriffe se précipitèrent sur Dupin.

— Jason Riefolo, chef du groupe d'intervention spéciale.

— Un instant, s'il vous plaît.

Dupin se détourna et sortit son téléphone portable de sa poche.

— Vous n'allez tout de même pas…

L'inspecteur ne cachait pas son indignation. Sans lui prêter la moindre attention, Dupin se dirigea vers l'escalier, son téléphone à l'oreille.

— Le Ber, que dit Harold ?

— Rien de nouveau jusqu'à maintenant, chef.

Le commissaire raccrocha et se dirigea d'un pas décidé vers le petit homme assis dans son grand fauteuil jaune. Les deux avocats, la trentaine chacun, s'approchèrent aussitôt, l'un à sa droite, l'autre à sa gauche.

— Dupin, commissariat de Concarneau. J'imagine que vous êtes monsieur Delsard ? Je suis chargé d'enquêter sur les deux morts retrouvés récemment.

S'il l'apprenait, le préfet n'apprécierait pas du tout cette entrée en matière.

L'avocat posté à la droite de l'entrepreneur prit la parole.

— Cette perquisition tout à fait douteuse n'a aucun rapport avec un quelconque meurtre. Les motifs avancés par la police sont tout autres, vous…

— Je ne suis pas venu pour fouiller ce domicile, mais pour m'entretenir avec monsieur Delsard. Il s'est servi de son homme de paille, Matthieu Tordeux, pour faire quelques acquisitions dans le commerce des huîtres. Or, les deux assassinats auxquels nous sommes confrontés, tout comme la tentative de meurtre qui a eu lieu ce matin, ont également un rapport avec le monde de l'ostréiculture. Mon enquête se concentre donc sur des homicides, et non sur un vol de sable.

Entre-temps, Labat et le chef du groupe d'intervention s'étaient rapprochés et avaient assisté à toute la scène.

— C'est ridicule.

Delsard avait répondu lui-même. D'une voix légèrement altérée, mais ferme.

— Monsieur Delsard, vous devriez nous laisser parler, conseilla l'avocat à sa droite, aussitôt approuvé par celui de gauche.

Dupin garda le silence et se contenta de dévisager Delsard comme s'ils étaient seuls.

— Quand êtes-vous arrivé ici ?

— Mon client se trouve à son domicile depuis ce matin, à dix heures environ. Il…

— Vous étiez donc absent quand la perquisition a commencé ?

— Mon client était en déplacement.

— Qu'entendez-vous par « environ dix heures » ?

— Environ dix heures.

— Où vous trouviez-vous un peu avant, monsieur Delsard ? Entre neuf heures quinze et dix heures ?

— Nous ne voyons pas la nécessité de répondre à cette question.

— Vous êtes donc arrivé un peu après dix heures ?

— C'est ce que nous venons de dire.

Delsard laissa courir son regard par la fenêtre, indifférent au fait que ses avocats se chargeaient de répondre aux questions.

— Vous êtes venu seul ?

— Oui, nous avons retrouvé notre client ici.

Une chose était donc claire : Delsard n'avait pas d'alibi à l'heure de l'accident.

— Il est donc bien venu seul ?

Cette fois, Dupin s'adressait directement aux avocats.

— Je vous répète que nous l'avons retrouvé ici.

L'homme semblait mal à l'aise, conscient des conséquences néfastes que pouvait entraîner sa réponse.

— Où vous trouviez-vous avant-hier, mardi après-midi, entre quatre et cinq heures, ainsi qu'hier vers dix-huit heures trente ?

— Nous ne répondrons pas à cette question.

Leur petit jeu pouvait durer longtemps.

— Connaissez-vous Ryan Mackenzie ou Seamus Smith ?

— Vous n'avez aucune raison de poser cette question à notre client, et il n'a pas d'obligation d'y répondre.

Dupin abandonna la partie. Cueff n'allait pas tarder à arriver, de toute façon. Il aurait tout de même aimé en savoir davantage sur la relation que Delsard entretenait avec Tordeux, mais il savait que l'homme ne dirait rien. En tout cas, une chose ressortait de cet échange : Delsard n'avait pas d'alibi pour la matinée.

— Très bien. En ce qui concerne la tentative d'assassinat de Matthieu Tordeux, je vais demander un mandat d'arrêt à votre encontre. Cela vous en fera deux. On verra bien ce qu'il en ressort, monsieur.

Cette fois, le dynamique chef du groupe d'intervention ne put se contenir :

— C'est *mon* homme ! C'est à *nous* de l'arrêter ! Pour vol, crime environnemental et tout un tas d'autres délits. Nous avons suffisamment d'arguments contre lui, croyez-moi ! Le préfet…

— … a prévu de venir s'en occuper personnellement. Je sais.

Contrairement à ses habitudes, Labat se tenait à l'écart.

— Ce sera sûrement un grand moment de gloire pour vous, marmonna Dupin en s'éloignant.

Quelques secondes plus tard, il quittait la maison.

En raison de pluies violentes à l'intérieur du pays et d'embouteillages consécutifs, Cueff avait été ralenti sur la route. Magalie Melen estimait qu'il arriverait dans vingt minutes, ce qui laissait suffisamment de temps à Dupin pour se rendre à La Coquille, où il l'attendrait tranquillement. A cette heure, le restaurant devait être relativement calme.

Deux SMS étaient arrivés pendant son entrevue avec Delsard. Tous deux de Claire, qui lui demandait d'abord de la rappeler puis, quelques minutes plus tard : « Suis à Lorient. Je rentre à 18 h. On mange un morceau ? » Dupin s'aperçut que, dans le tumulte de cette journée, il l'avait quasiment oubliée. Il n'avait pas donné de nouvelles depuis leur bref coup du fil du matin. Malheureusement, il devait décliner sa proposition : « Impossible, hélas. Je t'aime. G. »

Pour taper son message, il s'était immobilisé dans la rue, côté quai, à quelques pas de la maison de l'entrepreneur. A gauche, le long du terrain de Delsard mais avant le mur de la propriété de Tordeux, il repéra un sentier qui s'enfonçait dans les bois et rejoignait la piste des chasseurs. S'il l'empruntait, il déboucherait sans doute sur le Bélon. Dupin réfléchit un instant puis s'enfonça dans la forêt.

Il y faisait aussi sombre que dans les broussailles qu'il avait inspectées un peu plus tôt avec Melen et L'Helgoualc'h.

A peine deux minutes plus tard, il accédait à la piste menant à la route et au lieu de l'accident. Le commissaire continua d'avancer en prenant son temps. Il essayait de mettre un peu d'ordre dans les informations glanées au cours de la journée. Les cimes des arbres se rejoignaient au-dessus de sa tête, les branchages étaient étroitement imbriqués, cela sentait bon le sous-bois humide, le sol riche, la résine fraîche.

D'un point de vue tactique, la conversation qu'il venait d'avoir avec Delsard était un échec. Dupin se sentit submergé par une nouvelle vague de fatigue. Il n'arrivait pas à penser clairement.

Soudain, quelque chose de bleu apparut entre les troncs, un scintillement faible qui gagnait en intensité à mesure qu'il avançait. Le Bélon.

Son sens de l'orientation ne l'avait pas trompé. Encore quelques mètres et il émergerait de la verdure. Il s'immobilisa.

C'était fou. De l'autre côté de Port Bélon, dans ce coin où il avait passé la majeure partie de son temps au cours des derniers jours et où il s'était déjà promené tant de fois, le Bélon devenait mer. Pas seulement parce qu'on voyait l'embouchure et l'Atlantique, mais surtout à cause de l'atmosphère océane.

Cependant, du côté des habitations, c'était bien différent. Sous ses yeux se déployait un paysage lacustre, calme, apaisant. Vu d'ici, le fleuve était une étendue bleue de deux ou trois kilomètres de longueur et d'un demi-kilomètre de largeur, lisse comme un miroir. D'une sérénité absolue. La marée était encore haute, mais elle baissait. Quelques tables d'élevage étaient dispersées sur les bords, dont une juste devant lui.

Dupin reprit sa marche et s'arrêta sur le rivage.

Un éclat multicolore attira son attention. Quelques coquilles d'huîtres européennes reposaient dans l'eau peu profonde. L'une d'elles, un peu à l'écart des autres, était énorme. Le Ber lui avait expliqué, un jour qu'ils étaient sur le marché de Concarneau, comment s'appelaient ces spécimens : les « pieds de cheval ». Echappées des parcs, ces huîtres poussaient librement et devenaient gigantesques – pas aussi grandes que dans le rêve de Dupin, mais tout de même impressionnantes avec leurs quarante centimètres.

Sur sa gauche, les broussailles laissaient la place à une pelouse qui donnait sur le ruisseau. Un jardin, à y regarder de plus près. Un merveilleux jardin. Il découvrit derrière les pins un petit château de granit gris clair, aussi romantique que dans les contes. Ce devait être la maison de madame Bandol.

Dupin fit quelques pas sur la promenade caillouteuse du bord de mer, d'abord hésitants, puis plus assurés, et bientôt il traversait gaillardement la pelouse et se dirigeait vers la bâtisse. Il s'était imaginé une belle propriété, certes, puisque les sœurs Bandol l'avaient achetée, mais jamais il n'avait songé à une pareille splendeur.

Il s'approcha de l'entrée, accessible grâce à un élégant escalier de pierre.

— Il y a quelqu'un ? Madame Bandol ?

Cela ne servait à rien de crier. La maison était massive et disposait certainement d'une douzaine de pièces. Il valait mieux sonner.

— Là ! Je suis là !

Dupin se retourna. A vingt ou trente mètres de lui, au bord d'un bras du Bélon qui dessinait des méandres, se dressait une tonnelle partiellement recouverte de camélias en fleur. Le spectacle n'aurait pu être plus idyllique. Devant le petit édifice s'étendait une terrasse de bois qui longeait le cours d'eau. Trois chaises longues aux couleurs vives, orange, vert pomme et turquoise, y étaient installées. Armandine reposait sur la chaise turquoise dont elle avait relevé le dossier. Elle ne fit pas mine de se lever. Zizou dormait à ses pieds.

Dupin s'avança.

— Vous arrivez bien tôt, lâcha la vieille dame, la mine sévère. Je ne suis pas prête.

Dupin se rappela soudain qu'il avait promis de passer la voir « plus tard ».

— Enfin, puisque vous êtes là…

Elle semblait décidée à rester allongée. Une flûte de champagne était posée sur le sol en bois, à côté d'elle, ainsi qu'une théière et une tasse. Il aperçut un livre, un journal, un chapeau rouge au large bord, très chic. Et une petite cloche de verre.

Dupin choisit de ne pas lui révéler qu'il se trouvait là par hasard, d'autant qu'il n'avait pas l'intention de s'éterniser.

— Je… mon emploi du temps a été bousculé. L'homme que je dois rencontrer a pris du retard. Je n'ai pas beaucoup de temps, mais je voulais tout de même passer vous voir.

Son explication manquait un peu de logique, mais Armandine Bandol ne sembla pas se formaliser. Les traits de son visage se radoucirent.

— Asseyez-vous donc près de moi, dit-elle en désignant du menton la chaise longue orange.

Dupin hésita puis obtempéra. Le dossier du transat était presque vertical.

— Observez un moment de silence en admirant le paysage. Laissez-vous imprégner. Moi, cela m'aide beaucoup à réfléchir.

Elle ferma les yeux.

Après un bref instant, Dupin se détendit et commença à regarder autour de lui. Il était nerveux, mais cet endroit avait tout d'un paradis. L'harmonie, la douceur, la tiédeur. Cela pouvait paraître étrange, mais ce jardin lui inspirait de la bienveillance. Le silence était complet, on n'entendait que les mouvements du vent.

— Je vois beaucoup de choses quand j'ai les paupières closes. Ce paysage, c'est celui des contes de fées qui se jouent au fond de nous, médita la vieille dame.

Soudain, elle ouvrit les yeux et planta son regard dans celui de Dupin :

— Bon. Où en sommes-nous ?

Dupin avait suivi ses conseils et s'était effectivement détendu. Pour une raison qui lui échappait, ses pensées étaient revenues à l'huître géante. Quelque chose le préoccupait, il n'arrivait pas à mettre le doigt dessus.

La question d'Armandine Bandol le tira de sa rêverie et il vérifia aussitôt l'heure à sa montre, puis sur l'écran de son portable. Son geste n'échappa pas à la vieille dame.

— Il n'y a pas de réseau. J'en suis très contente.

Dupin réfléchit à ce qu'il devait faire. Il était déjà en retard.

— Que diriez-vous d'interroger monsieur Cueff ici, chez vous, madame ?

Armandine Bandol ne parut pas surprise par sa requête.

— Sous la pergola ?

Dupin avait plutôt pensé à une pièce fermée, mais ce n'était pas plus mal. Cueff allait peut-être trouver l'idée insolite, c'était pourtant la plus simple. Personne ne les dérangerait, et un suspect décontenancé était parfois plus facile à cerner.

— Vous rendriez un grand service à la police, madame.

L'interpellée sourit. Manifestement, l'idée de mettre sa tonnelle à la disposition d'une opération de police n'était pas pour lui déplaire.

— C'est bien normal. Je fais partie de l'équipe.

Elle saisit la petite cloche et l'agita.

— Puis-je utiliser votre téléphone fixe ? Il faut que je prévienne Magalie Melen.

— Bien sûr, bien sûr.

Une jeune femme vêtue d'une robe noire et d'un tablier blanc orné de dentelle sortit de la maison d'un pas sautillant. Son visage n'exprimait aucune obséquiosité.

— Madame a sonné ?

— Deux choses, Odette : montrez à monsieur où se trouve le téléphone, il doit passer un appel urgent. Et puis un invité va arriver d'ici quelques minutes. Pouvez-vous nous préparer un thé ?

— Une carafe d'eau suffira, intervint Dupin.

— Vous prendrez au moins un petit café, non ? Allez, trois cafés, Odette !

Dupin réfléchit puis changea d'avis :

— Madame, croyez-vous qu'Odette pourrait appeler ma collègue et lui dire de conduire Nicolas Cueff jusqu'ici ?

La vieille dame se tourna vers son employée.

— Odette, faites ce que le commissaire demande, voulez-vous ? Nous avons le numéro de téléphone.

— Bien sûr, madame.

Odette disparut dans la maison.

— Qui entretient tout cela, madame ? Le jardin, la propriété ?

— Une petite équipe s'occupe de tout. Un jardinier, une intendante, une cuisinière et Odette. Quand c'est nécessaire, ils font appel à des aides extérieures. Cet endroit demande pas mal de travail, vous savez.

— Connaissez-vous personnellement monsieur Delsard ?

Le regard d'Armandine Bandol exprima sa surprise.

— Vous n'allez pas me dire que vous voyez un lien entre les deux affaires, tout de même ? Je suis déçue. Ne perdez pas la face, commissaire ! Vous êtes un véritable détective. Peut-être pas aussi bon qu'Hercule Poirot, mais vous vous débrouillez. Vous allez éclaircir ce mystère ! Comptez sur moi pour vous aider.

Dupin ne put réprimer un sourire. Il n'arrivait pas à deviner si l'indignation de la vieille dame était feinte ou réelle. Elle reprit :

— Et puisque vous voulez le savoir : non, je ne le connais pas. Je sais qui c'est. Un homme extrêmement antipathique. Il ne dit jamais bonjour !

— Monsieur Kolenc a-t-il votre confiance ?

Cette fois, Armandine Bandol montra une vraie stupéfaction.

— Ça suffit, maintenant. Il fait partie de l'équipe. Il est des nôtres. Bien entendu ! C'est mon ami.

Le sujet était clos.

— Delsard pourrait être impliqué dans plusieurs affaires parallèles, cela dit… reprit-elle peu après. Sans compter que son camarade Tordeux n'est pas forcément la victime ! Il est sûrement de mèche avec lui. Qui sait s'il n'a pas tué les deux Ecossais avant de se faire attaquer ? Ce serait un revirement intéressant ! L'assassin qui se fait tuer ! On se retrouverait avec un criminel de plus sur notre liste.

— Ce n'est pas impossible. Ce qui est sûr, c'est qu'il voulait faire chanter quelqu'un. On a retrouvé une lettre dans son ordinateur, malheureusement sans destinataire. Nous ne savons pas à qui il l'adressait.

Armandine Bandol écarquilla les yeux :

— Ah, vous voyez ! Il est prêt à tout !

Dupin s'était levé et avait repris ses allées et venues impatientes. Il s'immobilisa un instant au bord du fleuve et son regard glissa sur les méandres paisibles du Bélon. Il n'arrivait toujours pas à se souvenir de ce qui l'avait préoccupé quelques instants plus tôt, mais il avait la certitude que c'était important.

— Vous faites bien de méditer, commissaire ! C'est comme ça que naissent les meilleures idées. Exactement comme je vous le disais tout à l'heure.

Dupin l'entendit à peine. Il connaissait bien ces moments, quand quelque chose, en lui, se mettait à travailler de manière autonome, un enchaînement d'idées que son entendement n'était pas encore en mesure de cerner. Ou alors partiellement, obscurément.

Cueff était glabre et presque chauve, seules ses tempes étaient couvertes d'un léger duvet gris clair. Il portait une paire de lunettes de corne aux verres étroits qui donnaient à ses yeux plissés un air fourbe. Sa corpulence massive, pas athlétique pour deux sous, contrastait avec son visage aux traits fins. Parfois, se dit Dupin, les têtes et les corps ne s'accordaient pas, il n'y avait rien à faire.

Il était arrivé peu après avec Magalie Melen, et Odette les avait escortés jusqu'à la tonnelle de bois blanc richement sculpté. Deux bancs étaient disposés en angle droit, face au Bélon, dans un panorama joyeusement coloré.

Imperturbable, Armandine Bandol n'avait pas quitté son transat et, livre en main, était plongée dans sa lecture.

— Asseyez-vous, enjoignit Dupin d'une voix sèche. Vous avez fait de fausses déclarations, monsieur Cueff.

Vous avez bien quitté votre maison avant-hier. Une femme vous a vu. Et vous étiez à Port Bélon dans l'après-midi.

Dupin n'avait rien à perdre, autant bluffer d'entrée de jeu.

Après un instant de surprise, l'interpellé éclata d'un rire sonore.

— Alors c'est parce que je suis allé m'acheter deux kilos de langoustines, une salade et du dentifrice que vous me faites traverser la Bretagne sous menace de me coller un mandat d'arrêt ? Puisque vous vous intéressez à ce que je mets dans mon chariot, savez-vous qu'en ce moment le kilo est à sept euros ?

— Ce qui m'intéresse, c'est l'endroit où vous vous êtes rendu après vos courses.

— Je suis rentré à la maison. Où j'ai…

Dupin se leva d'un bond sous le regard éberlué de ses interlocuteurs. Il avait trouvé ! Ce ne pouvait être que ça. Voilà ce qui le travaillait depuis un moment. L'idée était osée et menait à des conclusions aventureuses, mais elle était intéressante.

L'énorme huître du Bélon lui avait rappelé son étrange rêve de la nuit passée. Peut-être n'était-il pas si bizarre, en fin de compte. Cela expliquerait tant de choses ! Leurs théories les plus absurdes trouvaient soudain un sens nouveau – les photos de *Piping Today*, le fait que Smith avait pu y reconnaître quelqu'un, qu'il ait aussitôt prévenu Mackenzie…

Sans plus d'explications, en proie à une sorte de transe, Dupin se précipita à l'autre extrémité de la terrasse. Cueff était furibond mais Dupin n'entendait pas ses vociférations. Il ne pensait qu'à son idée.

Il fixait du regard la surface de l'eau qui reflétait le bleu profond du ciel sans y ajouter une ride tandis que son esprit passait en boucle ce nouveau scénario. Puis il secoua la tête et s'approcha de madame Bandol.

Le visage de la vieille dame exprimait une impatience doublée d'excitation :

— Une inspiration divine ? demanda-t-elle d'une voix moqueuse.

— Je dois passer un coup de fil.

— Suivez-moi.

Elle se leva et le devança d'un pas élégant et souple tandis que Cueff et Melen les suivaient des yeux, intrigués.

Armandine Bandol ne fit pas de commentaire, ne posa aucune question et semblait savourer l'instant sans en demander davantage. Dupin lui en fut très reconnaissant.

Elle le guida le long d'un couloir lambrissé plus spacieux que l'appartement du commissaire, tout en sobriété luxueuse. A droite, il découvrit une table, probablement de style Empire, sur laquelle reposait un téléphone recouvert de velours.

— Et voilà ! lança Armandine Bandol avant de disparaître discrètement par la porte-fenêtre.

Dupin réfléchit quelques instants : le mieux était de faire appel à Nolwenn. Il composa son numéro et son assistante décrocha immédiatement.

— J'aimerais que vous fassiez une petite recherche pour moi, Nolwenn.

— Dites-moi ce que je dois trouver.

Elle connaissait ces moments où l'impatience submergeait Dupin.

— J'aimerais que vous trouviez la biographie détaillée de trois hommes : Nicolas Cueff, Matthieu Tordeux et Baptiste Kolenc. Récoltez tout ce que vous pouvez, dates et lieux de naissance, l'école, les études, tous les documents officiels qui les concernent. Concentrez-vous sur les années avant 1970.

— Très bien.

Dupin n'avait pas la moindre idée de la manière dont elle allait s'y prendre, mais il adorait cette capacité qu'avait Nolwenn de toujours lui donner l'impression que tout était possible.

— Juste ces trois hommes ?

— Oui.

— A propos, patron : le préfet exige le retour immédiat de Le Ber.

— Tant qu'on aura besoin de lui sur place, il restera en Ecosse.

— Je viens de dire à l'assistante de Guenneugues que vous m'avez demandé de lui trouver un vol mais qu'il est malheureusement trop tard pour attraper celui de ce soir depuis Glasgow. J'ai réservé une place dans le premier avion, demain à six heures cinq. Nous n'avons plus beaucoup de marge de manœuvre.

— Cela suffira. Bravo, Nolwenn.

— Je vous rappelle dès que j'ai quelque chose. J'imagine que ça reste entre nous.

Dupin avait failli l'oublier : il n'était pas censé continuer son enquête.

— Absolument.

Nolwenn avait déjà raccroché.

Dupin retourna sous la pergola où Cueff l'attendait en faisant les cent pas, hors de lui. Confortablement installée, Melen ne semblait pas se soucier le moins du monde de l'agitation de leur suspect. Quant à Armandine Bandol, elle avait retrouvé sa posture de diva sur sa chaise longue et observait tout ce petit monde avec beaucoup d'intérêt.

Dupin n'y alla pas par quatre chemins :

— Où viviez-vous avant 1970, monsieur ?

— J'espère que vous avez conscience du traitement que vous me réservez, commissaire. Je…

— Avant 1970, s'il vous plaît.

Le ton impérieux, ajouté à la stature intimidante de Dupin, sembla faire son effet.

— A Cancale.

— Où êtes-vous né et où avez-vous grandi ?

— Pourquoi ?

— Lieu de naissance ?

— Cancale.

— L'école, le bac, vous avez tout fait à Cancale ?

— Tout.

Cueff se rassit mais Dupin resta debout, droit et imposant.

Si Cueff était celui qu'il cherchait, il mentait forcément. Peut-être même disposait-il de faux papiers, ou alors ses papiers avaient disparu.

— La police compte s'amuser longtemps avec moi ? demanda Cueff d'un ton qu'il voulait léger et détaché.

Dupin décida de laisser Nolwenn reconstituer sa biographie. S'il y avait quelque chose à trouver, elle mettrait la main dessus.

— Nous allons jeter un coup d'œil à votre voiture, monsieur. Le filtre à air conditionné, les tapis, tout. Vous savez que rien n'échappe aux équipes techniques, de nos jours. Des traces de terre microscopiques, par exemple. On reconnaîtrait sans peine la composition des sols de l'embouchure du Bélon.

Dupin avait prononcé ces mots machinalement, alors que ses pensées ébauchaient encore toutes sortes de possibilités.

Cette fois, Cueff pouffa encore plus fort. Un rire sonore, artificiel :

— Vous êtes un sacré comique, commissaire !

Dupin se détourna. L'entretien était clos.

Il savait qu'il ne disposait d'aucun levier pour exercer davantage de pression sur Nicolas Cueff et le faire sortir de sa réserve. Il devait d'abord attendre les résultats des recherches de Nolwenn. Sans compter que son idée n'était rien de plus, jusque-là, qu'une hypothèse quelque peu tirée par les cheveux. Une supposition.

Dupin savait qu'il jouait gros, mais il n'avait pas le choix.

Entre-temps, Cueff avait perdu tout son sang-froid :

— Vous ne m'avez tout de même pas fait parcourir cette distance pour ces trois minutes d'interrogatoire grotesque ? J'appelle mon avocat. A partir de maintenant, vous communiquerez avec lui !

— A votre place, je l'aurais déjà fait depuis longtemps, répondit Dupin en quittant la tonnelle. Melen, ramenez monsieur Cueff et gardez-le à l'œil. Si les informations que j'attends se confirment, nous nous reverrons bien plus vite qu'il ne le pense.

Dix minutes plus tard, Dupin arrivait sur le quai de Port Bélon. Les parcs à huîtres de Tordeux et Kolenc étaient visibles, la marée descendante les avait en grande partie découverts. Le soleil avait perdu un peu de son éclat et de sa force tandis que la température avait nettement fléchi.

Dupin avait besoin de se mettre quelque chose sous la dent. Le croissant de Béa était digéré depuis bien longtemps. Son regard s'était troublé sur le chemin, il avait des vertiges. Il connaissait ces signes. Ça devenait urgent. Il avait tout juste le temps de passer à la boulangerie avant la fermeture. En chemin, il tenterait une nouvelle fois sa chance auprès de Le Ber, puis il appellerait Nolwenn.

Il remonta aussi discrètement que possible la petite route qui menait au parking. Avec sa carrure, ce n'était pas chose facile, mais il n'avait aucune envie de parler à qui que ce soit.

— Suspendu, vous m'entendez ? Vous êtes suspendu !

Les hurlements colériques du préfet le rattrapèrent. Celui-ci avait dû sortir de la maison de Delsard et s'était précipité vers lui. Dupin se retourna. Juchée au sommet de sa silhouette grande et mince, la tête d'œuf à la chevelure clairsemée de Guenneugues était si rouge qu'elle semblait sur le point d'éclater. Comme d'habitude, il était vêtu d'un de ses costumes marronnasses informes.

— Le chef du groupe d'intervention m'a tout raconté ! Vous faites obstruction à notre enquête ! Vous poursuivez vos propres lubies, des objectifs personnels ! Vous savez comment on appelle cela ? Du sabotage ! Parfaitement ! Vous vous moquez de moi, Dupin ! L'interrogatoire ridicule de Cueff, vos arrangements cousus de fil blanc avec Le Ber ! Je vous ai dit que l'affaire était close ! Vous êtes suspendu, commissaire, vous m'entendez !

Guenneugues sembla prendre un malin plaisir à articuler chaque syllabe du mot « suspendu ».

— Nous avons du nouveau…

Dupin se tut. Cela n'avait pas de sens. Etant donné l'état dans lequel se trouvait le préfet, il valait mieux éviter de lui exposer ses théories hasardeuses, sans compter qu'il admettrait par la même occasion le fait qu'il continuait à enquêter sur « les deux Ecossais ».

— Je ne plaisante pas, Dupin. Vous êtes déchargé de l'enquête.

Curieusement, ces mots finirent par l'atteindre. Jusque-là, il n'avait rien vu d'autre, dans les menaces de son supérieur, que ses habituelles explosions de colère.

— Donnez-moi votre arme et votre insigne. Croyez-moi, les choses ne vont pas en rester à une simple suspension. Cette fois, je suis sérieux.

Dupin était resté muet. Les poings serrés, il s'efforçait de garder son calme.

Entre-temps, le chef du groupe d'intervention spéciale et Labat les avaient rejoints. L'humiliation publique et spectaculaire était imminente.

Un silence s'installa. Personne ne pipait mot.

Le préfet sembla lire l'effort que fournissait Dupin pour rester maître de lui-même et poursuivit à voix basse :

— Votre arme et votre insigne, commissaire.

Dupin serra les dents. Sa main s'approcha lentement de son arme dans son étui de poitrine. Le regard rivé sur celui du préfet, il sortit son Sig Sauer et le laissa simplement glisser à terre, à ses pieds. Il répéta la manœuvre avec son insigne. Seuls ses bras étaient en mouvement. Puis il tourna les talons et s'éloigna d'un pas tranquille.

Il remonta la route jusqu'au parking. Dans son dos, le préfet déclara, cette fois sans crier :

— J'attends un rapport complet. Je veux toutes les informations importantes de l'affaire Delsard-Tordeux, particulièrement celles qui concernent l'absence d'alibi de Delsard pour la matinée.

La fin de la phrase sortit avec beaucoup moins de force que le début et se teinta presque d'une sorte de désespoir.

Dupin ne se donna pas la peine de réagir. Il mit le moteur de sa voiture en marche et démarra en formant un grand arc de cercle autour du petit groupe.

Après avoir roulé un moment en silence, il attrapa son téléphone.

— Claire ?

— Georges ! Je suis contente que tu appelles. Je comprends que tu ne puisses…

— On se retrouve où ?

— Vraiment, tu peux ? Tu ne vas pas t'attirer d'ennuis ?

— Non, aucun. Cela tombe à pic.

— C'est merveilleux, Georges !

— Allons à Rosbras, chez Marie. Je suis en route.

— J'arrive à ma voiture. J'y serai dans un quart d'heure. A tout de suite !

Il l'entendait sourire de plaisir. Dupin lâcha un profond soupir et appuya sur la pédale d'accélération.

Le commissaire s'engagea sur la petite route qui serpentait jusqu'à la modeste jetée où se nichait le bistrot. Les pieds dans l'eau – cette fois c'était l'Aven.

La poignée de maisons qui constituait Rosbras se trouvait à deux pas de Port Bélon.

Le Bistrot de Rosbras que tenait Marie était une belle bâtisse ancienne, d'un blanc lumineux. Les encadrements des fenêtres, peints en gris clair, étaient garnis de caissons rose vif qui débordaient de plantes en pleine floraison. Sous les larges stores assortis était aménagée une terrasse de bois où trônaient, çà et là, des pots de terre contenant des oliviers, des lauriers et de petits palmiers. Au milieu de tout cela, des tables de bois très simples et des chaises de bistrot qui donnaient sur l'Aven. Comme le Bélon, celui-ci était hybride, entre mer et fleuve. Tout cela contribuait à en faire un lieu d'exception, mais ce qui le rendait véritablement inégalable, c'était l'atmosphère particulière qui s'en dégageait. Un équilibre entre la beauté du cadre et une légèreté insouciante. Un air de vacances.

Dupin gara sa voiture un peu plus bas, sur le quai, avant de gagner la terrasse et de prendre place au bord de l'eau. Claire mettrait un moment à arriver.

Le restaurant était très calme, seule une autre table était occupée. Comme partout ailleurs, la saison s'amorcerait avec la semaine de Pâques, qui voyait affluer les premiers touristes.

Dupin était d'humeur étrange. D'une part, il était abasourdi et peinait à croire ce qui venait de se produire. D'autre part, il était furieux. Il avait essayé de refouler sa colère au plus profond de lui-même pendant son entrevue avec le préfet. S'il s'était laissé aller, la catastrophe aurait été assurée.

A ces deux sentiments se mêlait une sensation d'impuissance et de perplexité à laquelle s'ajoutait la fatigue. Cela ne pouvait pas être vrai, c'était irréel. Il y avait de quoi rire et pleurer à la fois, avoir envie de tout casser. Dupin se sentait comme anesthésié. Oui, c'était le mot exact. Comme si l'accumulation de toutes ces émotions contradictoires conduisait à une sorte de paralysie des sens.

— Salut, Georges, comment ça va ? Je te sers du rouge ou du blanc ?

Marie, la propriétaire des lieux, s'était approchée. Mince, dotée d'une longue chevelure sombre et désordonnée, elle portait de grandes boucles d'oreilles, un tee-shirt rouge, un jean délavé et une veste en cuir. Dupin l'aimait bien, tout comme son mari, une ancienne star du football breton, et sa sœur qui cuisinait à merveille. Marie et son époux avaient vraiment su tirer le meilleur de ce petit bar – et de l'emplacement dans son ensemble.

— Rouge. Un côtes-de-gascogne, s'il te plaît.

Elle lui offrit un sourire plein de chaleur et d'affection, plus rasséréנant que toute parole, avant de tourner les talons et de s'éclipser dans le bistrot.

Qu'allait-il faire ?

Avait-il intérêt à se tenir aux recommandations du préfet ? S'extraire complètement de cette affaire, laisser les choses suivre leur cours ? Abandonner sa théorie extravagante ? Il était suspendu. Oh, et puis il en avait assez. Ils n'avaient qu'à se débrouiller sans lui !

Sans compter que Nolwenn l'avait appelé en chemin pour lui dire qu'elle avait toutes les peines du monde à rassembler les informations qu'il lui demandait. Elle avait trouvé quelques détails concernant Kolenc, tout était en règle. Peut-être sa piste était-elle mauvaise.

Dupin s'était contenté d'écouter le compte rendu de son assistante. Il n'avait pas eu le courage de lui raconter ce qui s'était passé.

— Et voici le vin !

Marie déposa sur sa table une bouteille de Domaine de Pellehaut.

— Merci, Marie.

Il emplit son verre sans attendre, le vida d'un seul trait et se sentit aussitôt transporté en plein été, lors de ces longues soirées passées ici, dans le soleil couchant.

On voyait distinctement l'eau du fleuve se déverser dans la mer – impatiente, puissante, rapide et tumultueuse. L'Atlantique reprenait les masses liquides qu'il avait prêtées à la terre. L'Aven comptait une centaine de mètres de largeur à cet endroit. En amont et en aval, il s'élargissait et formait comme des lacs, tel le Bélon près de la maison d'Armandine Bandol. Les rives étaient bordées d'épaisses forêts d'un vert tendre, infiniment paisibles. En sourdine, on entendait le pépiement des oiseaux, le grondement de l'eau et le claquement des coques de bateaux qui s'entrechoquaient.

Dupin se servit un deuxième verre.

Au milieu du fleuve, des embarcations étaient amarrées à de grosses bouées rondes et blanches. Des bateaux à moteur et des voiliers aux mâts interminables se balançaient sans relâche au gré des flots. En face, les maisons élégantes de Kerdruc étaient dispersées au milieu de véritables jardins botaniques en pleine floraison. Des pins impressionnants s'élevaient dans le ciel. D'ici peu, le soleil se coucherait entre leurs troncs massifs. Il avait déjà entamé sa course vers l'horizon et plongeait la terre et l'eau de l'Aven dans une douce clarté dorée. Il n'y avait toujours pas un nuage dans le bleu pastel du ciel.

Dupin venait souvent ici, la plupart du temps avec Claire. Le Bistrot de Rosbras était devenu l'une de ses adresses favorites. D'ordinaire, ils se contentaient de contempler le paysage en silence, un verre de vin à la main. Ils observaient les oiseaux, les bateaux, les courants marins et la course du soleil, quand ils ne s'abandonnaient pas tout simplement à la magie de l'instant et de l'endroit.

— Qu'est-ce que tu as, Georges ? Tu as l'air contrarié ? Fatigué aussi, d'ailleurs.

Dupin sursauta. Claire se tenait devant lui. Elle avait dû garer sa voiture un peu plus haut.

— Je réfléchissais. Je ne suis pas…

Dupin se tut. Que pouvait-il dire ? Claire le connaissait trop bien.

— Tu as déjà commandé ?

— Non.

— A quand remonte ton dernier repas ?

Dupin esquissa un geste de vague de la main.

— Tu es fou, Georges ! Enfin, je vois que tu ne t'es pas déshydraté. C'est très bien ! ajouta-t-elle avec un sourire.

Elle s'installa et le soleil déclinant se prit dans les mèches de ses cheveux blonds de Normande.

— Je meurs de faim !

Dupin aimait chez Claire cet appétit d'ogre qu'elle ne cachait nullement.

Marie avait dû l'entendre, car elle se matérialisa aussitôt auprès d'eux.

— Nous avons besoin de nous ravitailler, Marie. Pour moi, ce sera la soupe de poissons puis le parmentier de canard. Oh, et puis un gâteau breton… Mais d'abord, je vais prendre des huîtres. Une douzaine. Un verre de blanc pour l'apéritif avant de passer au rouge.

A l'écouter, Dupin avait déjà l'eau à la bouche.

— La même chose pour moi, sauf les huîtres !

Marie disparut avec un sourire.

Le parmentier de canard du Bistrot était une merveille, avec sa purée crémeuse à souhait et la viande tendre et corsée à la fois.

Ce repas allait lui redonner des forces et, surtout, il se réjouissait de passer un peu de temps avec Claire. Oublier le chaos, tout au moins pour la soirée. Dupin sortit son téléphone et appuya longuement sur la touche « éteindre ». Une légère vibration confirma son choix.

— Je suis mis à pied, Claire. Officiellement. L'enquête n'existe plus, d'ailleurs, puisque le préfet a décidé qu'elle était résolue. Il est venu personnellement à Port Bélon pour coincer le coupable – lequel n'est pour rien dans tous ces meurtres, entre nous soit dit.

Prononcer ces phrases, déjà, lui avait coûté un gros effort. Il ne savait pas comment résumer cette situation invraisemblable en quelques mots et il n'en avait pas non plus l'énergie.

— J'en ai assez, Claire. C'est terminé pour moi.

— Bon. Eh bien, dînons, alors. Et buvons !

Elle remplit son verre et avala à son tour quelques gorgées de vin.

— *Yec'hed mat.* A notre santé !

— *Yec'hed mat*, Claire.

Dupin sentait déjà les effets de l'alcool sur son estomac vide, dans sa tête, dans son corps tout entier. Il était heureux que Claire n'en fasse pas toute une histoire. Elle avait bien compris que c'était le meilleur moyen de le soutenir.

— J'ai presque fini d'aménager mon appartement. Je n'apporte presque rien de Paris. Aucun meuble.

C'était tout à fait son genre : savoir aménager un appartement entier en une seule journée.

— Mon patron à la clinique m'a demandé si je voulais pratiquer une autre opération demain. Le cas est intéressant, mais j'ai annulé. Je ne veux pas risquer de rater ta fête.

La fête. Il ne manquait plus que cela. Dupin l'avait complètement oubliée et, surtout, c'était la dernière chose dont il avait envie en ce moment.

Quelques instants plus tard, Marie se présenta à leur table avec les huîtres et une corbeille de pain.

Claire s'attaqua immédiatement aux merveilleuses plates. Elle déposa quelques gouttes de citron sur leur chair tendre avant de la détacher d'un geste habile, puis elle posa la coquille contre sa lèvre inférieure pour aspirer l'ensemble et mâcher lentement, les yeux clos de plaisir. Pendant ce temps, Dupin mordait dans le pain frais qu'il accompagnait de gorgées de vin. Que c'était bon.

— Je vais pouvoir en manger tous les jours, maintenant – comme dans mon enfance. Ce qui est terrible, c'est qu'une fois qu'on a goûté à celles d'ici, on ne peut plus en manger d'autres, constata Claire.

Dupin sourit. Il voyait très bien de quoi elle parlait, même si, pour lui, cela ne concernait pas les huîtres mais tout le reste : les poissons, les moules, les homards, tout ce que les pêcheurs du coin trouvaient dans les eaux bretonnes. Le goût était tout simplement différent – meilleur que dans les plus grands restaurants parisiens. Ici, le poisson restait ce qu'il était – une saveur bien particulière, qui s'éteignait graduellement à chaque kilomètre parcouru dans les bacs réfrigérés d'un camion.

— J'ai vu un grand requin blanc, Claire. Il était juste devant moi ! Il a la même alimentation que les huîtres : de minuscules particules de plancton – nous, les humains, nous ne l'intéressons pas, tant qu'on ne vient pas l'embêter.

Claire lui jeta un regard intrigué.

— Kiki, précisa Dupin en accentuant les *i*. Ah, et j'ai aussi rencontré Charlie. Une oie.

Dupin s'aperçut que ses pensées commençaient à errer librement, qu'elles l'attiraient toujours plus loin, sans qu'il puisse leur opposer la moindre résistance. Il déplia ses jambes et s'enfonça dans sa chaise.

— Prends-en une.

Claire avait détaché un mollusque de sa coquille, la chair baignait dans sa petite flaque d'iode.

— Je préfère pas.

Claire ne se laissa pas éconduire si facilement.

— Un peu de vinaigrette, pour les débutants, dit-elle en aspergeant l'huître avant de la lui tendre, le regard brillant d'encouragement.

— Je n'en ai pas très envie. Je…

Dupin se tut. C'était idiot, mais il redoutait un peu de croiser son médecin aux festivités du lendemain soir. S'il mangeait cette huître, il aurait tout au moins suivi l'une de ses recommandations. Et puis, si elles étaient aussi saines qu'on le disait, aussi miraculeuses, cela valait peut-être la peine d'essayer.

Claire fit mine de manger l'huître mais il l'arrêta :

— Bon, donne-la-moi.

Le ton de sa voix avait été bien plus dramatique qu'il n'aurait voulu. Il saisit son verre de vin et but une grande gorgée. Il était prêt.

— C'est bon pour l'estomac. C'est le médecin qui le dit !

Sans attendre, il prit le coquillage des mains de Claire, renversa la tête en arrière sans se soucier d'élégance et fit glisser la chair dans sa bouche. Il se rappela les recommandations de Le Ber et entreprit de mâcher soigneusement avant d'avaler. Le tout n'avait pas duré plus de cinq secondes, et il était tellement tendu qu'il n'avait pas senti le goût. Le peu qu'il en retenait était la saveur d'eau salée, d'iode – pas si mauvaise que cela.

Le visage de Claire exprimait une surprise tellement sincère qu'elle le fit rire. Il se servit un verre de vin.

— Et voici l'entrée.

Marie se tenait près de lui, un plateau chargé de deux assiettes fumantes à la main. Dupin lui fut reconnaissant de reporter l'attention de Claire sur autre chose que son exploit.

— Attention, c'est très chaud.

Dupin raffolait du fumet lourd et épicé de la soupe de poissons bretonne autant que du rituel qui l'entourait. On prenait quelques croûtons qu'on tartinait généreusement de rouille avant de les déposer sur le liquide brûlant où ils flottaient comme de petits radeaux. On parsemait le tout de gruyère râpé qui ne tardait pas à fondre et à se mêler au liquide brunâtre et grumeleux. Le parfum était incomparable, un concentré chaud d'eau de mer. Une saveur forte, salée, qui se mariait à merveille avec la fraîcheur épicée de la rouille.

— Ta première huître. Je suis impressionnée.

Claire pensait ce qu'elle disait, mais cela ne l'empêcha pas d'accompagner sa remarque d'un petit clin d'œil.

— Moi aussi.

Le goût était aussi intense que le fumet. Ils se mirent à manger dans un silence religieux.

Les pensées de Dupin commencèrent à former d'étranges méandres, de plus en plus lâches – c'était tout au moins ce qu'il lui semblait.

Sourire aux lèvres, il s'empara de son verre.

Une petite Peugeot, nerveuse et réactive, approcha soudain à une allure inquiétante. Elle stoppa brusquement sous la terrasse, juste devant leur table. Les pneus lâchèrent un gémissement plaintif.

Magalie Melen en émergea d'un bond et vint se poster devant Dupin.

— Nolwenn a quelque chose à vous dire. Vous devriez la rappeler.

Dupin resta un instant sans voix. Que devait-il faire ? Claire et Marie, venue apporter une seconde bouteille pour accompagner le canard, observaient leur échange comme s'il s'agissait d'une scène de cinéma.

— Je... suis suspendu, finit-il par articuler en se redressant péniblement sur sa chaise. Je ne peux rien faire. Comment savez-vous que je suis là, d'abord ?

Il s'efforçait d'aligner clairement ses pensées et ses mots.

— Nolwenn m'a dit que je vous trouverais sûrement en train de dîner. Elle a tout de suite pensé à ce restaurant, mais c'était occupé jusqu'à maintenant. Dès qu'elle a pu, elle a passé un coup de fil pour vérifier.

— Qu'a-t-elle découvert ?

— Je ne peux pas vous le dire. Elle veut vous en parler directement.

Dupin n'était plus en état d'enquêter et il en avait assez, de toute façon.

— Pas ce soir. Dites-lui que je la rappellerai demain matin.

Cette fois, il s'était exprimé avec clarté.

Quelles que soient les découvertes de Nolwenn, il avait tout le temps de réagir – s'il en avait envie, ce qui n'était pas près d'arriver. A tête reposée. Si...

Claire ne disait rien.

— Vous êtes sûr ? demanda Melen.

— Oui.

Cette résolution lui faisait du bien. Magalie Melen, en revanche, esquissa une moue sceptique.

— Bon. Il faut que j'y retourne. Après le coup de fil de Nolwenn, je me suis éclipsée de la « grande réunion finale » avec le préfet. J'ai prétexté un malaise... Je vous comprends, commissaire, ajouta-t-elle d'une voix triste. Je vous comprends vraiment.

Elle tourna les talons, manœuvra habilement son véhicule pour faire un demi-tour et disparut aussi vite qu'elle était venue.

En quelques secondes à peine, toute la quiétude des lieux reprit le dessus. La scène s'était déroulée comme un rêve, aussitôt évanoui.

Toujours droit sur sa chaise, Dupin consulta Claire du regard. Les derniers mots de Melen avaient touché quelque chose au fond de lui : il ne pouvait pas laisser l'affaire se conclure de cette manière.

Un sourire se dessina sur le visage de Claire :

— Vas-y. Tu as déjà résisté suffisamment longtemps. File ! Je t'aime.

Elle éclata de rire et Dupin se surprit à l'imiter. Un vertige le submergea aussitôt et il dut s'agripper au rebord de la table. Il attrapa son téléphone portable et faillit renverser son verre au passage.

Nolwenn répondit à la première sonnerie et entra dans le vif du sujet sans autre forme de politesse.

— J'ai trouvé quelque chose d'intéressant. Grâce à une connaissance, j'ai pu accéder à certaines informations concernant nos trois compères.

Dupin mettait un point d'honneur à ne jamais interroger son assistante sur ses « connaissances ». Nolwenn fréquentait beaucoup de monde, et pas toujours des gens recommandables. Elle lui rappelait les détectives privés dans les grands classiques du film noir.

— Alors, qu'avez-vous déniché ?

— J'ai les trois certificats de scolarité. De Cueff à Cancale, de Kolenc également à Cancale. De Tordeux à Brasparts, dans les monts d'Arrée.

— Dans les monts d'Arrée ?

— J'ai aussi leurs actes de naissance, mais c'est entre les deux que le bât blesse : pour deux d'entre eux, j'ai aussi toute une série de documents datés de la période intermédiaire. Chez l'un d'eux : rien. Rien du tout, pas un papier ! Comme s'il n'avait pas eu d'existence entre sa naissance et la fin de ses études.

Dupin avait la chair de poule, sans doute à cause de la combinaison du vin et de cette nouvelle. Nolwenn poursuivit :

— J'ai appelé les trois établissements scolaires pour en savoir davantage. Il n'apparaît dans aucun registre, aucune liste. Pourtant, il est censé avoir terminé sa scolarité dans l'un d'entre eux. Si ma déduction est bonne, patron, il s'agit d'un faux certificat. Il n'y a jamais eu de…

Dupin s'était levé d'un bond. Il avait percuté la table au passage et la bouteille de vin était venue se déverser dans son assiette.

— Ça va, Georges ? souffla Claire avec inquiétude en redressant la bouteille.

Nolwenn lâcha le nom sans faire durer le suspense. C'était donc lui. Dupin eut l'impression d'avoir été frappé par la foudre. Mais oui – oui, cela ne pouvait être que ça.

— Je me mets en route, Nolwenn. Je vais l'arrêter. Je vous rappelle.

Il raccrocha et essaya de se mettre en marche.

— Tu ne tiens plus debout, Georges. Je vais conduire.

Claire s'était levée. Ne voyant pas Marie, elle se contenta de déposer quelques billets sur la table. Dupin essaya faiblement de protester mais elle avait raison.

Claire se dépêcha de gagner sa voiture, le commissaire chancelant sur ses talons.

Le soleil était bas, les ombres s'étaient allongées. L'obscurité était tombée dans le petit bois et les grands champs de colza s'illuminaient comme les éclairs d'un flash entre les troncs noirs.

Un dernier tournant à dépasser et ils seraient à Port Bélon. Dupin et Claire étaient restés silencieux pendant tout le trajet. La tension était palpable.

Dupin avait mobilisé toute son énergie pour tenter d'endiguer son ébriété, mais les derniers verres de vin commençaient tout juste à faire effet.

— Encore quelques mètres. Dépasse le parking.

Claire approuva d'un hochement de tête.

Dupin voulait se garer devant la porte pour une bonne raison : éviter d'être vu dans cet état. Heureusement, personne ne connaissait la voiture de location de Claire. Dans la sienne, il lui aurait été impossible de passer inaperçu.

Claire avait ralenti et Dupin l'arrêta au dernier moment.

— C'est là.

Elle coupa le moteur et serra le frein à main. Dupin ouvrit la portière et un raclement de tôle retentit : il ne s'était pas rendu compte qu'ils étaient presque contre la maison.

Claire, déjà dehors, ne réagit pas ; Dupin entreprit d'enjamber le frein à main pour sortir du côté conducteur. Après s'être cogné la tête à deux reprises, il s'extirpa enfin du véhicule.

L'air frais lui fit du bien.

— Par ici, dit-il en se dirigeant vers le portail de bois qui donnait sur la cour intérieure.

Il essaya de l'ouvrir, il n'était pas verrouillé.

— Tu as ton arme, Georges ?

— Non.

Sans autre explication, il avança sur le gravier et s'immobilisa devant la porte d'entrée. Il se passa une main dans les cheveux, prit une ou deux grandes goulées d'air frais et sonna.

— Attends ! Je ne peux pas entrer comme ça avec toi, murmura Claire.

Il ne l'écoutait pas. Pendant un long moment, rien ne se passa. Ils entendirent ensuite des raclements, comme si on déplaçait des meubles, puis un bruit de pas léger. La porte s'ouvrit. Devant eux se tenait Louann Kolenc.

Ses yeux bleus s'éclairèrent quand elle reconnut Dupin, mais elle ne montra aucune émotion. Ses cheveux noirs étaient rassemblés en natte, elle portait un pull à col en V gris clair et un jean.

— Pouvons-nous entrer, mademoiselle ?

Louann avait une expression sérieuse, mais aucunement méfiante ou hostile.

— Venez. Papa et moi allions nous mettre à table. J'imagine que vous voulez nous parler à tous les deux.

Elle les devança le long d'un couloir étroit.

Dupin et Claire entrèrent dans une pièce douillette, où une vieille table de bois trônait au milieu du mobilier ordinaire sous un plafonnier simple qui diffusait une lumière chaude, agréable. Il y avait là une grande casserole, une baguette, des assiettes, deux verres pleins et une bouteille de vin rouge. Une grande fenêtre ouvrait vers l'ouest et offrait une belle vue sur le Bélon encadré de chênes centenaires. A cette heure de la soirée, le fleuve brillait d'une clarté dorée.

Kolenc était attablé, calme, serein. Il leva vers Claire et Dupin un regard bienveillant mais ne les salua pas. Sa fille s'assit à son tour.

Un silence s'installa, long et pénible.

Puis Dupin fit un pas vers la table. Il s'efforça de contrôler sa voix, mais cela ne lui réussit pas et il émit un croassement étouffé :

— Ben Osborn, vous êtes…

Il n'arriva pas au bout de sa phrase.

C'était une vérité terrible et douloureuse, mais bien réelle. Le silence était total. Il fit une nouvelle tentative :

— Vous n'êtes pas mort. Vous ne l'avez jamais été.

Dupin sentit ses poils se dresser en prononçant ces mots. Kolenc resta parfaitement impassible.

— Vous ne vous êtes pas noyé. Vous avez mis en scène votre mort.

Dupin reprit son souffle. Enfin les mots se mirent à sortir librement :

— Vous avez gardé l'argent du casse. Vous avez pris la fuite. Probablement la nuit du hold-up.

La théorie de Dupin n'était pas si rocambolesque que cela. Le braquage était bien à l'origine de l'affaire, voici quarante ans, mais les choses avaient pris un tour différent. Ce n'était pas l'argent qui avait déclenché le drame en atterrissant entre d'autres mains, mais bien le troisième homme, censé s'être noyé en prenant la fuite. Celui qu'on avait cru mort.

Le regard sans expression de Kolenc se posa sur la table.

Dupin recula de quelques pas et s'adossa au mur. Il se sentait mieux. Il poursuivit :

— Vous avez quitté l'Ecosse pour Cancale. Personne n'a retrouvé votre piste, les semaines ont passé. Grâce à l'argent, vous n'avez eu aucun mal à vous débrouiller, et puis vous saviez élever des huîtres. Vous avez fini par vous tranquilliser, par croire que vous alliez vous en sortir, en définitive. Entamer une nouvelle existence. Vous avez rapidement appris le français. Cancale, cependant, n'était pas le lieu idéal. Ce n'était qu'un lieu de passage. Vous y êtes resté le temps de tout préparer. Vous vous êtes construit une nouvelle identité, vous vous êtes procuré de nouveaux papiers, quelques documents relatifs à votre état civil. L'argent rendait tout cela possible.

Les mots venaient de plus en plus facilement, comme si l'alcool était tout à coup un allié et qu'il l'aidait à s'exprimer. Claire le regardait, immobile, attentive, mais il n'en avait pas conscience. Il poursuivit :

— Vous êtes allé à Port Bélon. Loin de tout. Avec votre nouvelle identité. Baptiste Kolenc est né. Le formidable Baptiste Kolenc. Vous avez acquis un élevage. Vous êtes peu à peu devenu cet homme silencieux, respecté de tous. Vous êtes tombé amoureux, vous avez épousé une demoiselle du coin. Une fille est née de cette union. Vous avez travaillé dur, en toute honnêteté. Vous êtes devenu une personnalité locale, une institution, un homme d'ici – c'était votre meilleure arme. Pendant quarante ans, vous avez vécu la vie de quelqu'un que vous n'êtes pas.

Dupin marqua une pause. Cette histoire était incroyable.

L'huître surdimensionnée qu'il avait aperçue dans le Bélon, un peu plus tôt, lui avait rappelé son rêve et les paroles sombres et effrayantes qu'il avait entendues. Des mots qui semblaient sortis d'un conte de fées et qui contenaient la clé du mystère : « C'est moi, mais ce n'est pas moi. » Ils lui avaient mis la puce à l'oreille, l'avaient fait réfléchir. Nolwenn et Le Ber allaient être fiers de lui : on pouvait presque parler d'intuition druidique, de rêve prémonitoire. Le plus ahurissant, c'était que le récit de L'Helgoualc'h lui était également revenu à l'esprit. Cette histoire qu'il lui avait racontée là-haut, sur les monts d'Arrée : ces personnages qui apparaissaient parfois dans les villages et n'étaient pas ceux qu'ils prétendaient être…

Kolenc et sa fille demeuraient sans réaction. Leurs traits figés n'exprimaient ni colère ni amertume, c'en était presque inquiétant.

— Peu à peu, la peur vous a quitté, mais vous êtes resté prudent. La probabilité qu'on vous retrouve ici, à Port Bélon, après tant d'années, des décennies, diminuait de jour en jour. Tout se passait bien. Jusqu'à ce que le destin s'en mêle…

Le commissaire marqua une nouvelle pause. Cette histoire était si triste qu'il avait du mal à poursuivre.

— … ce destin qui nous joue parfois de mauvais tours, des tours irréversibles. Nous pensons que ça n'arrivera jamais et voilà que la catastrophe se produit, et notre vie en est changée à tout jamais. Un journaliste fait quelques photos pour un magazine écossais dont Smith est un lecteur assidu, il vous reconnaît sur l'une d'elles. Aussitôt, il appelle son ami Mackenzie, et la roue du destin se met en branle.

Le discours de Dupin se tarit. Il se sentait nauséeux.

Baptiste Kolenc saisit lentement son verre et but à toutes petites gorgées. Il faisait durer le moment. Sa fille suivait attentivement chacun de ses gestes. Tout à coup, elle se tourna vers Dupin, qui était resté adossé au mur.

— Ils voulaient de l'argent, dit-elle d'une voix monocorde. Cinq cent mille euros, en liquide. Ils nous ont menacés de révéler l'affaire, de détruire nos existences. Mais ils n'en avaient pas qu'après l'argent. Ils voulaient se venger. Mackenzie, surtout. Mon père était d'accord pour les rembourser sur-le-champ. Moi, j'étais contre. Ces types étaient épouvantables. Ils ont commencé à se disputer leurs parts avant même de les posséder. C'est Mackenzie qui a tué Smith au cours de leur séjour en Bretagne. Il ne s'est pas gêné pour le raconter à mon père, avant de lui dire qu'il le tenait, maintenant, qu'il n'allait pas le lâcher.

La voix de Louann s'était durcie, on sentait tout le mépris qu'elle éprouvait pour ces hommes. Baptiste Kolenc avait reposé son verre de vin. Son visage était comme pétrifié, il était impossible de deviner ce qui se passait dans sa tête. Sa fille poursuivit :

— Il a décrété que mon père serait désormais son financier personnel. Qu'il allait se lancer dans l'ostréiculture en Bretagne. Qu'il allait saccager tout ce que mon père avait construit pendant toutes ces années.

Louann Kolenc se tut. Elle fixa Dupin, rejeta la tête en arrière et s'apprêta à reprendre, mais son père lui coupa la parole d'une voix sourde :

— Je l'ai poignardé. Ce n'était pas ce que je voulais, mais je l'ai fait.

Un nouveau silence s'installa, puis la vie sembla reprendre ses droits et Baptiste Kolenc se redressa.

— Je ne suis pas Ben Osborn. Je suis Baptiste Kolenc. Oui, j'ai été Osborn, mais c'était il y a longtemps. Il n'y a plus de Ben Osborn !

— Ce sont eux les criminels, commissaire ! reprit Louann, une expression de dégoût sur le visage. Mackenzie…

— Laisse, Louann. Je l'ai tué. Je ne voulais pas le faire, mais je ne le regrette pas. Je le referais, s'il le fallait.

Dupin se détacha du mur et s'approcha de Kolenc :

— C'est vous qui avez proposé ce rendez-vous sur un parking isolé.

— J'avais garé ma voiture un peu plus haut. Je devais le rejoindre pour que nous nous débarrassions ensemble du cadavre de Smith. C'est à ce moment-là qu'Armandine Bandol est arrivée. Elle a vu le cadavre. Je me suis arrangé pour revenir le chercher plus tard et je l'ai fait disparaître dans la mer. Ensuite, j'ai appelé Louann et je lui ai tout raconté. Elle m'a aidé à cacher la voiture de Smith. Personne ne croyait ce que disait Armandine. Pourtant, elle avait raison, tout était vrai. Tout. Il y avait bien un cadavre.

Kolenc semblait à présent soulagé.

— Matthieu a vu mon père, enchaîna Louann Kolenc. Matthieu Tordeux, ce porc. Il l'a vu repartir du parking alors qu'il revenait de son gîte. Il a essayé de le faire chanter. Il voulait…

— Il l'a fait chanter ? Matthieu Tordeux était donc un acteur de cette affaire – l'incendie, la tentative de meurtre ?

Dupin n'avait pas envisagé cette possibilité. Il comprit soudain qu'il avait fini par classer ces crimes dans la catégorie « Affaire du sable volé », lui aussi.

— Nous n'avons donc qu'une seule et même enquête ? Tout est lié ?

Personne ne lui répondit.

— Je ne pouvais pas le laisser faire. Il fallait mettre un terme à tout ça. Pour toujours, reprit Louann d'une voix mécanique. Je voulais que tout redevienne comme avant. Mon père n'était pas au courant, c'est moi qui ai tout fait. Il n'aurait jamais été d'accord ! C'est quelqu'un de… merveilleux. Il a suffisamment souffert à la mort de ma mère. Il a fait une erreur quand il était jeune, mais il a purgé sa peine depuis longtemps. Ce n'était pas juste.

La voix de Louann se mit à trembler. Elle était pâle comme un linge et à deux doigts de s'effondrer.

Son père s'était tassé sur sa chaise ; il n'était plus que l'ombre de lui-même. Son regard était infiniment triste.

— Tu n'aurais jamais dû faire ça, murmura-t-il. Jamais. Je n'aurais pas dû t'imposer tout ça.

Louann Kolenc se leva, tremblante. Elle fit le tour de la table et déposa un baiser sur le front de son père, puis elle s'assit à ses côtés et prit sa main dans la sienne. Elle aussi semblait à bout de forces.

— J'aimerais…

Dupin fit un pas vers eux.

— Georges, dit Claire d'une voix douce mais ferme. C'est bon, laisse-les.

Elle avait raison, et Dupin lui fut reconnaissant de son intervention.

Kolenc se leva.

— Je vais chercher quelques affaires et on y va.

Il se dirigea vers une porte au fond de la pièce. Sa fille lui emboîta le pas.

Dupin savait qu'il devait le suivre, mais il s'en abstint et resta en compagnie de Claire.

Celle-ci s'était avancée vers la fenêtre, silencieuse. Dupin s'approcha, lui prit la main et la serra. Ils regardèrent par la vitre. Le soleil avait disparu derrière les collines de l'embouchure du Bélon, du côté du parking. Il s'était couché sans bruit, sans effets de lumière particuliers, on ne voyait que des tons pastel, du rose et un orange léger au-dessus de l'horizon bleu vif.

— C'est très dur, Georges.

— Oui.

Kolenc et Louann ne tardèrent pas à réapparaître, tous deux vêtus de manteaux. Ils s'immobilisèrent au milieu de la pièce, calmes, et observèrent le commissaire.

Dupin aurait aimé dire quelque chose, mais son esprit était vide. Il n'y avait rien à ajouter. Il se mit en mouvement avec le peu d'énergie qui lui restait. Claire le suivit.

Le père et la fille marquèrent une pause, comme s'ils se recueillaient, puis ils avancèrent à leur tour.

Kolenc éteignit la lumière avant de fermer la porte.

Dupin était assis dans son bureau de Concarneau. Il n'aimait guère cet endroit et s'était dispensé d'allumer la lumière, préférant ouvrir toutes les fenêtres. La clarté jaune des réverbères de la rue projetait des ombres dans cette pièce d'angle de l'étage. De temps à autre, un rai de lumière vive traversait l'espace à toute allure : une voiture dévalait la rue depuis la colline.

Claire était à côté, dans le bureau de Nolwenn.

Pendant tout le trajet, coincés dans la petite Citroën, ils étaient restés muets. La climatisation peinait à chasser l'humidité qui embuait les vitres, si bien que Claire avait dû baisser sa fenêtre à plusieurs reprises.

Arrivé au commissariat, Dupin avait transmis les informations essentielles à Nolwenn, dont le seul réflexe avait été de lui apporter un verre d'eau. En d'autres termes : la situation était critique.

Deux collègues s'étaient chargés d'écrouer Louann et son père. Le père et la fille s'étaient éloignés, le regard fixe, seul Kolenc s'était retourné une fois vers Dupin – un regard indéfinissable, pesant, mais sans aucune trace de reproche. Un regard digne. Presque fier. Kolenc n'avait pas honte de ce qu'il avait fait et, puisqu'il avait fallu que cela s'achève en tragédie, il en assumait l'entière responsabilité. Au fond de lui, Dupin le comprenait, même s'il n'avait pas le droit de l'absoudre.

Il restait encore quelques détails à régler, bien que Dupin fût à bout de forces et de nerfs – surtout pour la tâche qui l'attendait.

Il n'avait pas le choix. Avec un profond soupir, il saisit son téléphone et composa le numéro. Le préfet mit un moment à répondre.

— Dupin, je vous ai déjà dit que vous étiez…

Il lui coupa la parole d'une voix énergique qui le surprit lui-même :

— Nous avons coincé l'assassin de Ryan Mackenzie. Il s'agit de Baptiste Kolenc. Il vient d'avouer. Il n'est pas réellement Baptiste Kolenc, d'ailleurs. On sait aussi qui a attenté à la vie de Matthieu Tordeux : la fille de Kolenc, Louann. Elle aussi est passée aux aveux. Tout est lié. Ils sont d'ores et déjà sous les verrous au commissariat de Concarneau. Nous avons également la confirmation du meurtre de Smith par Mackenzie.

— Je…

Le préfet se tut. Dupin se demandait ce qui allait suivre et, pour dire la vérité, il s'en moquait. Il n'avait pas l'intention d'en dire davantage.

— Il n'y a pas plus tard que deux minutes, je me félicitais auprès de ce jeune officier de Riec de vous avoir suspendu pour vous permettre d'enquêter en toute discrétion ! Exactement ce qu'il nous fallait. Officiellement, l'enquête était close, le coupable se relâchait, sûr d'être passé entre les mailles du filet. Ah, j'ai vraiment eu une inspiration de génie ! Enfin, vous vous êtes bien débrouillé, vous aussi, il faut le souligner. Je dirais même : très bien ! Il faut absolument que vous me racontiez tout…

Dupin posa son doigt sur la touche rouge. C'était infâme, insupportable. Cela dépassait les manœuvres les plus mesquines auxquelles il avait assisté au cours des cinq dernières années.

Heureusement, il n'avait plus assez de forces pour se mettre en colère. Il ne ressentait rien d'autre qu'une immense indifférence.

Il se leva, ferma la fenêtre et sortit.

Claire l'accueillit dans le bureau de Nolwenn avec un sourire – ce sourire inimitable et magnifique qui lui faisait tant de bien. Les deux femmes se levèrent.

— Vous devriez aller vous coucher, patron.

— C'est ce que je vais faire, Nolwenn. Merci.

Il se dirigea vers la porte. Claire passa un bras sous le sien :

— Bonne nuit, Nolwenn.

Quelques instants plus tard, ils marchaient dans la nuit claire et fraîche.

LE QUATRIÈME JOUR

Dupin avait ouvert l'œil vers onze heures. Claire avait eu la prudence, la veille au soir, d'éteindre tous les téléphones. Le contact avec le monde extérieur était momentanément rompu. Dupin avait dormi comme un loir et s'était pourtant réveillé avec la gueule de bois.

Levée tôt, Claire était sortie chercher des croissants et des baguettes – une Sarmentine, une Tradition – au stand boulangerie, à l'entrée des halles. Elle lui avait confectionné ce petit café qui ne comptait pas et avait tout apporté au lit. Une matinée parfaite, si on faisait abstraction des maux de tête. Son estomac, en revanche, ne souffrait apparemment pas des excès de la veille. Peut-être l'huître y était-elle pour quelque chose.

Puis Claire et Dupin s'étaient tranquillement mis en route vers la légendaire plage des Sables-Blancs. La promenade avait fini par avoir raison de la migraine du commissaire. A leur retour, ils avaient flâné dans les rues de Concarneau et fait quelques emplettes pour l'appartement de Claire, principalement des torchons. L'après-midi était déjà bien avancée quand ils s'étaient installés chez Valérie Le Roux, l'artiste qui tenait une crêperie dans un coin de son atelier. Il n'y avait pas de meilleur endroit pour les crêpes. Une fois rentrés à l'appartement de Dupin, ils avaient fait une sieste avant de passer à la maison de la presse, sur la grande place, pour acheter quelques revues – aucun journal, Dupin ne tenait pas à découvrir les gros titres. Munis de leur lecture, ils s'étaient rendus à l'Amiral pour savourer un verre de vin.

Une journée idéale – en tout cas jusqu'en début de soirée. Il était parvenu à refouler la perspective de la « petite fête » jusque-là.

A son réveil, Dupin s'était contenté de passer deux rapides coups de fil d'ordre professionnel. Le premier à Nolwenn, qui lui avait relaté en détail les dernières démarches pour clore le dossier, le second au préfet. Ce dernier avait finalement tenu sa « grande conférence de presse » vers l'heure du déjeuner.

Dans la lignée de son petit show téléphonique de la veille, il avait omis de mentionner le moindre désaccord avec Dupin. Le commissaire n'en avait que faire. Il ne le changerait pas. Seul un bref silence s'était installé quand son supérieur avait mentionné, en passant, que son arme et son insigne avaient été déposés sur son bureau, au commissariat. Comme si le préfet était contrarié, voire gêné.

Baptiste et Louann Kolenc avaient fait leur déposition officielle. Le vol de sable aussi avait été confirmé, et Labat assistait à la conférence de presse.

Il ne faisait aucun doute que le préfet avait ménagé son petit effet devant les journalistes et qu'il s'était présenté comme le « héros triomphant du mal », capable de dénouer deux affaires criminelles d'un seul coup.

Quoi qu'il en soit, et c'était là une constatation des plus satisfaisantes, Dupin était parvenu à oublier leur échange quelques secondes après avoir raccroché. Il était très content de lui.

En apprenant la nouvelle, Armandine Bandol ne manquerait pas d'accuser le coup. Dupin craignait qu'elle ne lui pardonne pas d'avoir démasqué son ami. Cette histoire était difficile, et surtout très triste. L'enquête avait été dure. Compliquée. La plus étrange de toute sa carrière, assurément. A un cheveu près, il aurait baissé les bras sans l'avoir résolue. Il avait été à deux doigts d'abandonner.

La terrasse de l'Ar Men Du était un lieu magique. Pas seulement la terrasse, d'ailleurs. La langue de terre sur laquelle se dressait le formidable restaurant flanqué de son charmant hôtel ouvrait sur l'Atlantique à l'ouest et à l'est. Toutes les fenêtres offraient une vue époustouflante sur la mer, sur l'horizon sans fin et les deux petites îles au large. A marée basse, celle de Raguenez découvrait suffisamment de fonds marin – sable, cailloux, coquillages et algues – pour permettre un passage à sec, au milieu de crabes de toutes tailles qui crapahutaient sans relâche. On trouvait les coquillages les plus savoureux dans le sable et près des rochers.

Il était dix-neuf heures trente. Le ciel donnait le meilleur de lui-même et rayonnait d'un bleu profond, parfaitement uniforme. Les herbes hautes, enchevêtrées et soumises à tous les vents, formaient une touffe verte sur les îlots qui brillait doucement dans la clarté du crépuscule. Tout était lumineux. La mystérieuse bâtisse de pierre qui se dressait au milieu de l'île, vide et isolée, semblait avoir été posée là dans le but unique de rendre le spectacle plus enchanteur encore.

L'Atlantique lui-même s'était mis sur son trente et un dans son costume bleu nuit. Il s'étendait à perte de vue, paisible, presque solennel. On le devinait bien ici, ce bout du monde.

La silhouette des Glénan se dessinait à l'horizon. Ce soir-là, l'archipel mythique semblait flotter au-dessus de la mer, majestueux et secret. Dupin avait mené une enquête pénible dans cet endroit. Il avait pris ses quartiers au bar de l'Ar Men Du alors qu'une pluie diluvienne sévissait au-dehors. Cinq années, ce n'était pas rien et pourtant, il avait l'impression qu'elles étaient passées en un clin d'œil.

Devant les Glénan, un rocher aux formes acérées surgissait des flots. Un gigantesque menhir atlantique, un monument brut et noir comme du charbon. L'Ar Men Du. Il avait donné son nom à l'établissement. La légende disait que celui qui le regardait était aussitôt investi de forces exceptionnelles.

Alain Trifin, le merveilleux propriétaire pour lequel Dupin nourrissait une grande estime, avait installé une grande table recouverte de nappes blanches. Nolwenn avait annoncé la couleur : si le temps le permettait, on prendrait l'apéritif et l'entrée dehors. Il faisait bon, un pull léger suffisait et ils rentreraient ensuite pour le dîner.

Claire et Dupin s'étaient garés près de la plage plutôt que devant le restaurant. Tout le monde était là et l'ambiance s'annonçait particulièrement joyeuse.

Il y avait là Nolwenn, Labat et Le Ber, qui avait atterri à huit heures sept le matin même : sa « troupe » au grand complet, mais aussi Goulch le dégingandé, un gendarme maritime qui avait rendu de grands services à Dupin pendant l'affaire des Glénan. Dupin reconnut également Marc Leussot, le biologiste marin et écologiste acharné. Il avait été nommé directeur du célèbre institut de biologie maritime après que son prédécesseur avait été arrêté dans le cadre d'une enquête. Son ami Henri était là, lui aussi, accompagné de sa femme Héloïse, et bien entendu Lily Basset de l'Amiral, avec son mari Philippe – Dupin et Claire les avaient vus à peine une demi-heure plus tôt ; son vieux camarade Fragan Delon, proche d'un hôtelier de Pont-Aven assassiné quelques années plus tôt, et qui rendait régulièrement visite au commissaire, et puis le docteur Bernez-Pelliet, qui paraissait toujours le scruter avec la plus grande attention. Dupin n'avait pas mauvaise conscience. D'une certaine manière, il s'était tenu à l'interdiction de café et au régime à base d'huîtres. La commissaire Rose manquait à l'appel, mais Nolwenn avait lancé quelques invitations de dernière minute : Magalie Melen était présente et il la découvrait en civil – une jupe à fleurs, un chemisier blanc et un pull bleu marine. Dupin ne pouvait nier qu'il s'était habitué à sa présence au cours de cette enquête difficile, et qu'il l'aimait bien.

Bien entendu, Alain Trifin lui-même était de la partie. Afin de s'assurer de l'absence du préfet, Nolwenn avait choisi une date qui coïncidait avec un important rassemblement de notables à Rennes.

— Eh bien, commissaire, on ne vous attendait plus ! lança Nolwenn d'un ton sévère que contredisait son sourire radieux.

Elle était venue à leur rencontre, sur l'escalier qui menait à la terrasse, pour les accueillir avec deux verres pleins du vin favori de Dupin, celui des jours de fête : le Montirius Confidentiel, un gigondas déniché chez Alain.

Claire l'avait remerciée de deux grosses bises puis ils avaient fait le tour des invités.

Dupin s'était promis de faire attention à sa consommation d'alcool, mais c'était peine perdue : à la fin de son tour de table, il en était déjà au troisième verre.

— Bon, je sais que vous n'aimez pas ça, mais il faut tout de même qu'on trinque une fois tous ensemble à votre santé, lança Nolwenn, qui s'était placée en bout de table.

Elle avait levé son verre :

— A la santé du commissaire ! A vous et à ces cinq années. Vous ne vous êtes pas mal débrouillé, commenta-t-elle comme si c'était un immense compliment.

Son regard fit le tour de l'assemblée et elle reprit :

— Avec de bons professeurs, vous avez franchi avec succès les premiers pas pour devenir un vrai Breton. Dans cette tâche, les meilleurs enseignants ne sont pas de trop, surtout quand on est parisien ! *N'hall ket an den ober ul lamm hir gant ur vazh verr !* On ne peut sauter haut avec une perche courte ! A nous tous ! *Yec'hed mat !*

Des rires fusèrent en même temps que résonnait le cliquetis joyeux des verres qui s'entrechoquaient.

Sur la table, de merveilleux amuse-bouche avaient été servis : langoustines rôties, tartare de mangue et ananas, gelée de langoustines…

— Oh, et à Claire ! lança Nolwenn. Une Normande qui devient bretonne, ça se fête !

Claire sourit, visiblement émue. Tout le monde profita de l'occasion pour trinquer une nouvelle fois.

Le Ber prit la parole :

— Patron, nous avons préparé une chose pour vous. Deux, pour être exact. (Il ramassa un objet par terre avant de reprendre :) La première, c'est celle-ci.

C'était une belle canne à pêche, avec tous les accessoires utiles. Le Ber reprit :

— Vous n'êtes pas mauvais dans un certain nombre de domaines, patron, mais il y en a d'autres où vos compétences laissent largement à désirer. C'est pourquoi nous avons pensé qu'il vous fallait un petit coup de main : vous devriez apprendre à vous détendre, par exemple. Le docteur Bernez-Pelliet (il jeta un regard à l'interpellé, qui hocha la tête) nous a été d'un grand soutien dans cette démarche et accompagne ce cadeau d'une prescription sur mesure : deux à trois heures hebdomadaires de pêche à la ligne ! Sans compter, reprit l'inspecteur en prenant un ton plus sérieux, que cela vous aidera à devenir encore plus breton !

Il remit très solennellement la canne à pêche à Dupin et l'embrassa dans un geste à la fois viril et maladroit. Tout le monde applaudit.

Dupin ne savait pas quoi dire. Tout ce qui avait un rapport avec la détente organisée avait pour effet de le rendre encore plus nerveux. Enfin, peut-être que cela finirait par fonctionner, avec cette canne à pêche.

Tous les regards étaient tournés vers le commissaire :

— Formidable. J'ai toujours rêvé de pêcher à la ligne !

Fragan Delon intervint à sa manière bourrue :

— Je vous emmènerai, si vous voulez.

— Moi aussi, s'il le faut vraiment, renchérit Leussot avec un sourire moqueur.

Henri lui jeta un regard de conspirateur.

Dupin savait ce que ces propositions représentaient, de la part de Bretons : un coin de pêche, c'était sacré, cela ne se partageait pas avec n'importe qui.

Comme mû par une impulsion subite, Labat se précipita tout à coup vers le commissaire, un seau de plastique rouge à la main :

— Vous allez en avoir besoin ! Je viens d'y penser.

Il déposa le seau devant les pieds du commissaire, l'air gêné, puis il lui tendit la main.

— Je voulais… merci. Voilà, c'est tout, bredouilla-t-il.

Dupin comprit qu'il ne parlait pas de pêche à la ligne. Il serra fortement la main de Labat.

Le claquement d'une portière dispensa les deux hommes d'autres effusions. Toutes les têtes se tournèrent vers le parking.

C'était la commissaire Sylvaine Rose, du Gwen Rann.

Elle sortit un petit paquet noir de l'arrière de sa voiture, une Renault bleu nuit que Dupin ne connaissait que trop bien : il y avait passé une nuit entière, quelques années auparavant. Puis elle se dirigea vers la terrasse d'un pas tranquille.

— Et maintenant, le cadeau symbolique, reprit Nolwenn en déposant un cadre dans les mains de Dupin.

— C'est un tiré à part de l'article qui paraîtra demain dans *Ouest-France*. A l'occasion de l'anniversaire de votre arrivée. Michel Guéguen s'est chargé de la recherche et de la rédaction – c'est un historien très renommé à Concarneau.

Dupin ne comprenait pas ce qu'elle voulait dire.

— N'ayez pas peur, l'article ne parle pas de vous mais de vos origines, de votre nom, expliqua Nolwenn avant de se lancer : en effet, un Breton bien particulier a vu le jour en 1832 : Guillaume Dupin ! En terre de Guérande ! Guillaume commença par être pêcheur, comme son père. A vingt-six ans, il rencontra une ravissante jeune femme de Concarneau, Mauricette Rocherdreux, qui travaillait dans une fabrique de sardines. Il déménagea pour Concarneau et le couple s'installa au cœur de la Ville close. Il accepta un poste de gardien à l'Institut de biologie marine et devint bientôt une figure légendaire pour les pêcheurs. Il répara le célèbre baromètre du jardin de l'Institut qui leur communiquait tous les matins l'information essentielle du jour : sortir en mer ou rester sur terre ? Personne ne savait lire les prévisions aussi bien que lui – c'était tout de même une question de vie ou de mort ! Il s'est éteint en 1898, laissant derrière lui deux fils, qui ont tous deux tourné le dos à la Bretagne pour se rendre… devinez où ?

Dupin ne comprenait toujours pas à quoi rimait toute cette histoire. Nolwenn reprit :

— Plus à l'est. Au-delà de Paris.

— A l'est ?

— Dans le Jura !

C'était donc ça ! La famille du père de Dupin était originaire du Jura.

— Cela pourrait être votre arrière-arrière-grand-père, commissaire ! Guillaume Dupin, un habitant de Concarneau.

Le cœur du message était clair : les Dupin étaient bretons.

— C'est remarquable. Merci beaucoup !

L'histoire était extravagante, mais belle. Il se promit d'interroger sa mère à l'occasion. D'après ce qu'il savait, les Dupin ne faisaient pas partie des vieilles familles jurassiennes.

Les conversations animées reprirent aussitôt, l'assemblée était d'humeur joyeuse.

— Commissaire ! lança Sylvaine Rose en se postant devant lui. J'ai fini par réussir à braver vents et marées pour venir.

Elle portait un jean délavé, un pull à col roulé près du corps et une veste longue, également noire. A la fois élégante et décontractée, comme à son habitude. Elle déposa le petit paquet entre ses mains :

— Ce n'est qu'une recharge, le véritable cadeau est ici.

Elle sortit une toute petite boîte en bois de sa poche. Trois centimètres de longueur, pas davantage.

— Il faut toujours en avoir sur soi.

Elle l'ouvrit et Dupin vit aussitôt de quoi il s'agissait : de la fleur de sel ! La petite boîte en était remplie à ras bord.

— Comme ça, vous n'aurez plus jamais à manger votre entrecôte avec un autre sel !

Elle lui remit la ravissante petite boîte comme si c'était une décoration honorifique, le considéra un instant avec sérieux puis éclata de rire.

— Vous l'avez bien mérité.

— Merci.

Alain Trifin avait personnellement imaginé le menu de ce dîner qu'il présenta solennellement.

— En entrée : terrine de foie gras maison avec son chutney ananas-pomme.

Son restaurant pouvait se targuer de proposer le meilleur foie gras du monde, une véritable légende dans la région. Le cuistot aussi fou que génial de l'Ar

Men Du, Patrick Le Guen, se servait pour le préparer d'une concoction d'épices de son invention, qu'il ne confectionnait que de nuit et en toutes petites quantités, pour que personne ne puisse en découvrir la recette.

— En plat principal, nous vous servirons du turbot rôti avec des galettes de pommes de terre, déclara-t-il ensuite avec un entrain contagieux et sans prétention. Sortis de l'eau par notre pêcheur local, Philippe Briant, il y a tout juste quatre heures. Un par un. A la ligne, sans filet, car ils écorchent les poissons. Une fois à l'air libre, ils sont immédiatement préparés avant d'être enveloppés dans des torchons de lin mouillés. Cela permet de garder toute l'humidité de la chair.

Dupin avait déjà assisté au rituel quotidien de ce pêcheur. Son bateau était amarré à la pointe de Trévignon et il vendait ses prises sur place. Une heure avant l'ouverture des restaurants, il s'installait là, avec sa caisse de poissons tout juste pêchés, et les cuisiniers se regroupaient autour de lui, impatients de découvrir la moisson du jour. Un moment crucial dans la journée d'un cuisinier, et pour lequel chacun était prêt à tout laisser en plan.

— Quant au dessert, un grand classique : le millefeuille à la vanille de Tahiti.

Dupin en avait l'eau à la bouche.

Nolwenn se pencha vers lui :

— Je me suis permis d'inviter madame Bandol. Elle a appelé pour dire qu'elle était « indisposée » et qu'elle vous en voulait. Selon elle, Kolenc n'est pas le véritable coupable. Elle m'a également chargée de vous dire que sa colère finirait sans doute par passer, et que vous pourriez envisager de partager avec elle un repas à La Coquille, à l'occasion.

Dupin sourit : c'était tout à fait elle, et il fut heureux de conclure qu'ils resteraient amis. Il comprenait cependant qu'elle n'ait pas le cœur à la fête. Durant l'après-midi, déjà, il s'était promis de lui rendre visite dès que possible.

— Vous l'aimez bien, hein, patron…

— Ah, oui ! Elle est exceptionnelle.

Nolwenn laissa son regard glisser sur l'Atlantique.

— Une grande dame, c'est le moins qu'on puisse dire. Et quelle force ! Elle a perdu sa sœur jumelle l'année dernière, et la voilà…

— Pardon ? Sa sœur est morte ?

Dupin n'en croyait pas ses oreilles.

— Mais oui. Une styliste qui vivait très isolée, à Paris. Sophie Bandol et elle étaient très proches. Elle est décédée en novembre. Quelques magazines de mode en ont parlé.

Dupin faillit bondir sur ses pieds.

— C'est donc ça ? C'est donc dans ce sens ?

Nolwenn écarquilla les yeux mais ne se donna pas la peine de répondre.

Ainsi, madame Bandol était quand même Sophie Bandol, la comédienne. Et… Dupin se secoua. Cela ne servait à rien de se creuser la tête maintenant. Il éclata d'un rire joyeux qui passa inaperçu dans le brouhaha festif. C'était incroyable et merveilleux à la fois.

— Patron, reprit Le Ber, il y a quelque chose que nous aimerions que vous fassiez pour nous ce soir. Racontez-nous enfin la vraie raison de votre mutation au bout du monde. Pourquoi avez-vous été chassé de Paris ?

Dupin savait que les rumeurs à ce sujet étaient nombreuses. Il aurait écrasé le caniche nain de l'épouse du directeur de la police ; il se serait bagarré avec le maire de Paris, qui y aurait d'ailleurs laissé une dent ; il aurait eu des démêlés avec la mafia et était l'objet d'un programme de protection des témoins. En tout cas, disait-on, il avait dû sacrément énerver quelqu'un.

— Je… Ma foi, nous verrons en fin de soirée, répliqua Dupin en riant. Peut-être que l'occasion d'un récit se présentera.

La nuit promettait d'être longue, fabuleuse, et très bretonne.

Cet ouvrage a été composé et mis en page
par Nord Compo à Villeneuve-d'Ascq

Imprimé en France par
CPI Bussière
en septembre 2023
N° d'impression : 2072846

#lisez engagé !
www.lisez.com
Pour plus d'information :
Imprimé sur du papier issu de forêts gérées durablement.

Pocket – 92 avenue de France, 75013 PARIS

S28176/07